比较文学与世界文学 研究丛书

主编 曹顺庆

三编 第 **10** 册

当代新加坡英语文学中的中国形象研究

刘延超 著

花木兰文化事业有限公司

国家图书馆出版品预行编目资料

当代新加坡英语文学中的中国形象研究／刘延超 著 —— 初版
—— 新北市：花木兰文化事业有限公司，2024〔民 113〕
目 4+238 面；19×26 公分
（比较文学与世界文学研究丛书 三编 第 10 册）
ISBN 978-626-344-809-4（精装）
1.CST：文学评论 2.CST：比较文学 3.CST：英语
4.CST：形象 5.CST：中国研究 6.CST：新加坡
810.8   113009368

ISBN-978-626-344-809-4

比较文学与世界文学研究丛书
三编 第十册   ISBN：978-626-344-809-4

当代新加坡英语文学中的中国形象研究

作   者 刘延超
主   编 曹顺庆
企   划 四川大学双一流学科暨比较文学研究基地
总 编 辑 杜洁祥
副总编辑 杨嘉乐
编辑主任 许郁翎
编   辑 潘玟静、蔡正宣 美术编辑 陈逸婷
出   版 花木兰文化事业有限公司
发 行 人 高小娟
联络地址 台湾 235 新北市中和区中安街七二号十三楼
         电话：02-2923-1455／传真：02-2923-1452
网   址 http://www.huamulan.tw 信箱 service@huamulans.com
印   刷 普罗文化出版广告事业
初   版 2024 年 9 月
定   价 三编 26 册（精装）新台币 70,000 元   版权所有 请勿翻印

当代新加坡英语文学中的中国形象研究

刘延超 著

作者简介

刘延超，男，生于1970年12月，籍贯黑龙江，中共党员，文学博士，教授。硕士生导师，现任职于四川师范大学外国语学院，并担任四川师范大学全球治理与区域国别研究院国家民委东南亚研究中心兼职研究员。2011年毕业于四川大学比较文学专业，获比较文学博士学位。2010年-2011年曾作为高级访问学者在新加坡南洋理工大学研修新加坡及东南亚语言文学与文化，主要研究方向为东南亚、南亚语言文化。至今出版著作多部，发表论文数十篇，主持完成国家社科基金2项，教育部课题1项，省哲社课题2项，教育厅课题3项。

提　　要

　　本书以比较文学形象学的基本理论作为研究基础，系统地梳理了新加坡建国以来英语文学作品中的中国形象，作为新加坡主流的文学创作，新加坡英语文学比较全面、客观地构建了各种不同的中国形象。根据比较文学形象学的理论，文学作品中的异国形象是一种"社会集体想象物"，并非真实的异国形象。同时，作家受到全社会对于异国想象的影响，在塑造异国形象的时候，总会受到社会总体价值观的影响。新加坡英语作家也不例外，他们在塑造中国形象的时候，受到新加坡的中国观的影响，使得新加坡英语文学作品中呈现出的中国形象是不同，甚至是截然相反的。通过文本梳理，新加坡英语文学中的中国形象大致可以分成三个方面，即客观的中国形象、负面的中国形象和正面的中国形象。新加坡英语文学作品中中国形象的流变，与中新两国的经济发展观和国际地位的变化息息相关，是一个不断变化的过程。

本书为国家社科基金项目结题成果
（结项号：20222156）

国家民委"一带一路"国别和区域研究
中心四川师范大学东南亚研究中心项目
（项目编号：2022DNYZD001）

比较文学的中国路径

曹顺庆

自德国作家歌德提出"世界文学"观念以来，比较文学已经走过近二百年。比较文学研究也历经欧洲阶段、美洲阶段而至亚洲阶段，并在每一阶段都形成了独具特色学科理论体系、研究方法、研究范围及研究对象。中国比较文学研究面对东西文明之间不断加深的交流和碰撞现况，立足中国之本，辩证吸纳四方之学，而有了如今欣欣向荣之景象，这套丛书可以说是应运而生。本丛书尝试以开放性、包容性分批出版中国比较文学学者研究成果，以观中国比较文学学术脉络、学术理念、学术话语、学术目标之概貌。

一、百年比较文学争讼之端——比较文学的定义

什么是比较文学？常识告诉我们：比较文学就是文学比较。然而当今中国比较文学教学实际情况却并非完全如此。长期以来，中国学术界对"什么是比较文学？"却一直说不清，道不明。这一最基本的问题，几乎成为学术界纠缠不清、莫衷一是的陷阱，存在着各种不同的看法。其中一些看法严重误导了广大学生！如果不辨析这些严重误导了广大学生的观点，是不负责任、问心有愧的。恰如《文心雕龙·序志》说"岂好辩哉，不得已也"，因此我不得不辩。

其中一个极为容易误导学生的说法，就是"比较文学不是文学比较"。目前，一些教科书郑重其事地指出：比较文学不是文学比较。认为把"比较"与"文学"联系在一起，很容易被人们理解为用比较的方法进行文学研究的意思。并进一步强调，比较文学并不等于文学比较，并非任何运用比较方法来进行的比较研究都是比较文学。这种误导学生的说法几乎成为一个定论，

一个基本常识，其实，这个看法是不完全准确的。

　　让我们来看看一些具体例证，请注意，我列举的例证，对事不对人，因而不提及具体的人名与书名，请大家理解。在 Y 教授主编的教材中，专门设有一节以"比较文学不是文学比较"为题的内容，其中指出"比较文学界面临的最大的困惑就是把'比较文学'误读为'文学比较'"，在高等院校进行比较文学课程教学时需要重点强调"比较文学不是文学比较"。W 教授主编的教材也称"比较文学不是文学的比较"，因为"不是所有用比较的方法来研究文学现象的都是比较文学"。L 教授在其所著教材专门谈到"比较文学不等于文学比较"，因为，"比较"已经远远超出了一般方法论的意义，而具有了跨国家与民族、跨学科的学科性质，认为将比较文学等同于文学比较是以偏概全的。" J 教授在其主编的教材中指出，"比较文学并不等于文学比较"，并以美国学派雷马克的比较文学定义为根据，论证比较文学的"比较"是有前提的，只有在地域观念上跨越打通国家的界限，在学科领域上跨越打通文学与其他学科的界限，进行的比较研究才是比较文学。在 W 教授主编的教材中，作者认为，"若把比较文学精神看作比较精神的话，就是犯了望文生义的错误，一百余年来，比较文学这个名称是名不副实的。"

　　从列举的以上教材我们可以看出，首先，它们在当下都仍然坚持"比较文学不是文学比较"这一并不完全符合整个比较文学学科发展事实的观点。如果认为一百余年来，比较文学这个名称是名不副实的，所有的比较文学都不是文学比较，那是大错特错！其次，值得注意的是，这些教材在相关叙述中各自的侧重点还并不相同，存在着不同程度、不同方面的分歧。这样一来，错误的观点下多样的谬误解释，加剧了学习者对比较文学学科性质的错误把握，使得学习者对比较文学的理解愈发困惑，十分不利于比较文学方法论的学习、也不利于比较文学学科的传承和发展。当今中国比较文学教材之所以普遍出现以上强作解释，不完全准确的教科书观点，根本原因还是没有仔细研究比较文学学科不同阶段之史实，甚至是根本不清楚比较文学不同阶段的学科史实的体现。

　　实际上，早期的比较文学"名"与"实"的确不相符合，这主要是指法国学派的学科理论，但是并不包括以后的美国学派及中国学派的学科理论，如果把所有阶段的学科理论一锅煮，是不妥当的。下面，我们就从比较文学学科发展的史实来论证这个问题。"比较文学不是文学比较""comparative literature is not literary comparison"，只是法国学派提出的比较文学口号，只是法国学派一派的主张，而不是整个比较文学学科的基本特征。我们不能够把这个阶段性的比较文学口号扩大化，甚至让其突破时空，用于描述比较文学所有的阶段和学派，更不能够使其"放之四海而皆准"。

法国学派提出"比较文学不是文学比较"，这个"比较"（comparison）是他们坚决反对的！为什么呢，因为他们要的不是文学"比较"（literary comparison），而是文学"关系"（literary relationship），具体而言，他们主张比较文学是实证的国际文学关系，是不同国家文学的影响关系，influences of different literatures，而不是文学比较。

法国学派为什么要反对"比较"（comparison），这与比较文学第一次危机密切相关。比较文学刚刚在欧洲兴起时，难免泥沙俱下，乱比的情形不断出现，暴露了多种隐患和弊端，于是，其合法性遭到了学者们的质疑：究竟比较文学的科学性何在？意大利著名美学大师克罗齐认为，"比较"（comparison）是各个学科都可以应用的方法，所以，"比较"不能成为独立学科的基石。学术界对于比较文学公然的质疑与挑战，引起了欧洲比较文学学者的震撼，到底比较文学如何"比较"才能够避免"乱比"？如何才是科学的比较？

难能可贵的是，法国学者对于比较文学学科的科学性进行了深刻的的反思和探索，并提出了具体的应对的方法：法国学派采取壮士断臂的方式，砍掉"比较"（comparison），提出比较文学不是文学比较（comparative literature is not literary comparison），或者说砍掉了没有影响关系的平行比较，总结出了只注重文学关系（literary relationship）的影响（influences）研究方法论。法国学派的创建者之一基亚指出，比较文学并不是比较。比较不过是一门名字没取好的学科所运用的一种方法……企图对它的性质下一个严格的定义可能是徒劳的。基亚认为：比较文学不是平行比较，而仅仅是文学关系史。以"文学关系"为比较文学研究的正宗。为什么法国学派要反对比较？或者说为什么法国学派要提出"比较文学不是文学比较"，因为法国学派认为"比较"（comparison）实际上是乱比的根源，或者说"比较"是没有可比性的。正如巴登斯佩哲指出："仅仅对两个不同的对象同时看上一眼就作比较，仅仅靠记忆和印象的拼凑，靠一些主观臆想把可能游移不定的东西扯在一起来找点类似点，这样的比较决不可能产生论证的明晰性"。所以必须抛弃"比较"。只承认基于科学的历史实证主义之上的文学影响关系研究（based on scientificity and positivism and literary influences.）。法国学派的代表学者卡雷指出：比较文学是实证性的关系研究："比较文学是文学史的一个分支：它研究拜伦与普希金、歌德与卡莱尔、瓦尔特·司各特与维尼之间，在属于一种以上文学背景的不同作品、不同构思以及不同作家的生平之间所曾存在过的跨国度的精神交往与实际联系。"正因为法国学者善于独辟蹊径，敢于提出"比较文学不是文学比较"，甚至完全抛弃比较（comparison），以防止"乱比"，才形成了一套建立在"科学"实证性为基础的、以影响关系为特征的"不比较"的比较文学学科理论体系，这终于挡住了克罗齐等人对比较文学"乱比"的批判，形成了以"科学"实证为特征的文学影响关系研究，确立了法国学派的学科理论和一整套方法论体系。当然，法国学派悍然砍掉比较研究，又不放弃"比较文学"这个名称，于是不可避免地出现了比较文学名不副实的尴尬现象，出现了打着比较文学名号，而又不比较的法国学派学科理论，这才是问题的关键。

当然，法国学派提出"比较文学不是文学比较"，只注重实证关系而不注重文学比较和文学审美，必然会引起比较文学的危机。这一危机终于由美国著名比较文学家韦勒克（René Wellek）在 1958 年国际比较文学协会第二次大会上明确揭示出来了。在这届年会上，韦勒克作了题为《比较文学的危机》的挑战性发言，对"不比较"的法国学派进行了猛烈批判，宣告了倡导平行比较和注重文学审美的比较文学美国学派的诞生。韦勒克作了题为《比较文学的危机》的挑战性发言，对当时一统天下的法国学派进行了猛烈批判，宣告了比较文学美国学派的诞生。韦勒克说："我认为，内容和方法之间的人为界线，渊源和影响的机械主义概念，以及尽管是十分慷慨的但仍属文化民族主义的动机，是比较文学研究中持久危机的症状。"韦勒克指出："比较也不能仅仅局限在历史上的事实联系中，正如最近语言学家的经验向文学研究者表明的那样，比较的价值既存在于事实联系的影响研究中，也存在于毫无历史关系的语言现象或类型的平等对比中。"很明显，韦勒克提出了比较文学就是要比较（comparison），就是要恢复巴登斯佩哲所讽刺和抛弃的"找点类似点"的平行比较研究。美国著名比较文学家雷马克（Henry Remak）在他的著名论文《比较文学的定义与功用》中深刻地分析了法国学派为什么放弃"比较"（comparison）的原因和本质。他分析说："法国比较文学否定'纯粹'的比较（comparison），它忠实于十九世纪实证主义学术研究的传统，即实证主义所坚持并热切期望的文学研究的'科学性'。按照这种观点，纯粹的类比不会得出任何结论，尤其是不能得出有更大意义的、系统的、概括性的结论。……既然值得尊重的科学必须致力于因果关系的探索，而比较文学必须具有科学性，因此，比较文学应该研究因果关系，即影响、交流、变更等。"雷马克进一步尖锐地指出，"比较文学"不是"影响文学"。只讲影响不要比较的"比较文学"，当然是名不副实的。显然，法国学派抛弃了"比较"（comparison），但是仍然带着一顶"比较文学"的帽子，才造成了比较文学"名"与"实"不相符合，造成比较文学不比较的尴尬，这才是问题的关键。

美国学派最大的贡献，是恢复了被法国学派所抛弃的比较文学应有的本义——"比较"（The American school went back to the original sense of comparative literature ——"comparison"），美国学派提出了标志其学派学科理论体系的平行比较和跨学科比较："比较文学是一国文学与另一国或多国文学的比较，是文学与人类其他表现领域的比较。"显然，自从美国学派倡导比较文学应当比较（comparison）以后，比较文学就不再有名与实不相符合的问题了，我们就不应当再继续笼统地说"比较文学不是文学比较"了，不应当再以"比较文学不是文学比较"来误导学生！更不可以说"一百余年来，比较文学这个名称是名不副实的。"不能够将雷马克的观点也强行解释为"比较文学不是比较"。因为在美国学派看来，比较文学就是要比较（comparison）。比较文学就是要恢复被巴登斯佩哲所讽刺和抛弃的"找点类似点"的平行比较研究。因为平行研究的可比性，正是类同性。正如韦勒克所说，"比较的价值既存在于事实联系的影响研究中，也存在于毫无历史关系的语言现象或类型的平等对比中。"恢复平行比较研究、跨学科研究，形成了以"找点类似点"的平行研究和跨学科研究为特征的比较文学美国学派学科理论和方法论体系。美国学派的学科理论以"类型学"、"比较诗学"、"跨学科比较"为主，并拓展原属于影响研究的"主题学"、"文类学"等领域，大大扩展比较文学研究领域。

二、比较文学的三个阶段

下面，我们从比较文学的三个学科理论阶段，进一步剖析比较文学不同阶段的学科理论特征。现代意义上的比较文学学科发展以"跨越"与"沟通"为目标，形成了类似"层叠"式、"涟漪"式的发展模式，经历了三个重要的学科理论阶段，即：

一、欧洲阶段，比较文学的成形期；二、美洲阶段，比较文学的转型期；三、亚洲阶段，比较文学的拓展期。我们将比较文学三个阶段的发展称之为"涟漪式"结构，实际上是揭示了比较文学学科理论的继承与创新的辩证关系：比较文学学科理论的发展，不是以新的理论否定和取代先前的理论，而是层叠式、累进式地形成"涟漪"式的包容性发展模式，逐步积累推进。比较文学学科理论发展呈现为层叠式、"涟漪"式、包容式的发展模式。我们把这个模式描绘如下：

法国学派主张比较文学是国际文学关系，是不同国家文学的影响关系。形成学科理论第一圈层：比较文学——影响研究；美国学派主张恢复平行比较，形成学科理论第二圈层：比较文学——影响研究＋平行研究＋跨学科研究；中国学派提出跨文明研究和变异研究，形成学科理论第三圈层：比较文学——影响研究＋平行研究＋跨学科研究＋跨文明研究＋变异研究。这三个圈层并不互相排斥和否定，而是继承和包容。我们将比较文学三个阶段的发展称之为层叠式、"涟漪"式、包容式结构，实际上是揭示了比较文学学科理论的继承与创新的辩证关系。

法国学派提出，可比性的第一个立足点是同源性，由关系构成的同源性。同源性主要是针对影响关系研究而言的。法国学派将同源性视作可比性的核心，认为影响研究的可比性是同源性。所谓同源性，指的是通过对不同国家、不同民族和不同语言的文学的文学关系研究，寻求一种有事实联系的同源关系，这种影响的同源关系可以通过直接、具体的材料得以证实。同源性往往建立在一条可追溯关系的三点一线的"影响路线"之上，这条路线由发送者、接受者和传递者三部分构成。如果没有相同的源流，也就不可能有影响关系，也就谈不上可比性，这就是"同源性"。以渊源学、流传学和媒介学作为研究的中心，依靠具体的事实材料在国别文学之间寻求主题、题材、文体、原型、思想渊源等方面的同源影响关系。注重事实性的关联和渊源性的影响，并采用严谨的实证方法，重视对史料的搜集和求证，具有重要的学术价值与学术意义，仍然具有广阔的研究前景。渊源学的例子：杨宪益，《西方十四行诗的渊源》。

比较文学学科理论的第二阶段在美洲，第二阶段是比较文学学科理论的转型期。从 20 世纪 60 年代以来，比较文学研究的主要阵地逐渐从法国转向美国，平行研究的可比性是什么？是类同性。类同性是指是没有文学影响关系的不同国家文学所表现出的相似和契合之处。以类同性为基本立足点的平行研究与影响研究一样都是超出国界的文学研究，但它不涉及影响关系研究的放送、流传、媒介等问题。平行研究强调不同国家的作家、作品、文学现象的类同比较，比较结果是总结出于文学作品的美学价值及文学发展具有规律性的东西。其比较必须具有可比性，这个可比性就是类同性。研究文学中类同的：风格、结构、内容、形式、流派、情节、技巧、手法、情调、形象、主题、文类、文学思潮、文学理论、文学规律。例如钱钟书《通感》认为，中国诗文有一种描写手法，古代批评家和修辞学家似乎都没有拈出。宋祁《玉楼春》词有句名句："红杏枝头春意闹。"这与西方的通感描写手法可以比较。

比较文学的又一次危机：比较文学的死亡

九十年代，欧美学者提出，比较文学作为一门学科已经死亡！最早是英国学者苏珊·巴斯奈特 1993 年她在《比较文学》一书中提出了比较文学的死亡论，认为比较文学作为一门学科，在某种意义上已经死亡。尔后，美国学者斯皮瓦克写了一部比较文学专著，书名就叫《一个学科的死亡》。为什么比较文学会死亡，斯皮瓦克的书中并没有明确回答！为什么西方学者会提出比较文学死亡论？全世界比较文学界都十分困惑。我们认为，20 世纪 90 年代以来，欧美比较文学继"理论热"之后，又出现了大规模的"文化转向"。脱离了比较文学的基本立场。首先是不比较，即不讲比较文学的可比性问题。西方比较文学研究充斥大量的 Culture Studies（文化研究），已经不考虑比较的合理性，不考虑比较文学的可比性问题。第二是不文学，即不关心文学问题。西方学者热衷于文化研究，关注的已经不是文学性，而是精神分析、政治、性别、阶级、结构等等。最根本的原因，是比较文学学科长期囿于西方中心论，有意无意地回避东西方不同文明文学的比较问题，基本上忽略了学科理论的新生长点，比较文学学科理论缺乏创新，严重忽略了比较文学的差异性和变异性。

要克服比较文学的又一次危机，就必须打破西方中心论，克服比较文学学科理论一味求同的比较文学学科理论模式，提出适应当今全球化比较文学研究的新话语。中国学派，正是在此次危机中，提出了比较文学变异学研究，总结出了新的学科理论话语和一套新的方法论。

中国大陆第一部比较文学概论性著作是卢康华、孙景尧所著《比较文学导论》，该书指出："什么是比较文学？现在我们可以借用我国学者季羡林先生的解释来回答了:'顾名思义,比较文学就是把不同国家的文学拿出来比较,这可以说是狭义的比较文学。广义的比较文学是把文学同其他学科来比较,包括人文科学和社会科学'。"[1]这个定义可以说是美国雷马克定义的翻版。不过,该书又接着指出:"我们认为最精炼易记的还是我国学者钱钟书先生的说法:'比较文学作为一门专门学科,则专指跨越国界和语言界限的文学比较'。更具体地说,就是把不同国家不同语言的文学现象放在一起进行比较,研究他们在文艺理论、文学思潮,具体作家、作品之间的互相影响。"[2]这个定义似乎更接近法国学派的定义,没有强调平行比较与跨学科比较。紧接该书之后的教材是陈挺的《比较文学简编》,该书仍旧以"广义"与"狭义"来解释比较文学的定义,指出:"我们认为,通常说的比较文学是狭义的,即指超越国家、民族和语言界限的文学研究……广义的比较文学还可以包括文学与其他艺术(音乐、绘画等)与其他意识形态(历史、哲学、政治、宗教等)之间的相互关系的研究。"[3]中国比较文学早期对于比较文学的定义中凸显了很强的不确定性。

由乐黛云主编,高等教育出版社 1988 年的《中西比较文学教程》,则对比较文学定义有了较为深入的认识,该书在详细考查了中外不同的定义之后,该书指出:"比较文学不应受到语言、民族、国家、学科等限制,而要走向一种开放性,力图寻求世界文学发展的共同规律。"[4]"世界文学"概念的纳入极大拓宽了比较文学的内涵,为"跨文化"定义特征的提出做好了铺垫。

随着时间的推移,学界的认识逐步深化。1997 年,陈惇、孙景尧、谢天振主编的《比较文学》提出了自己的定义:"把比较文学看作跨民族、跨语言、跨文化、跨学科的文学研究,更符合比较文学的实质,更能反映现阶段人们对于比较文学的认识。"[5]2000 年北京师范大学出版社出版了《比较文学概论》修订本,提出:"什么是比较文学呢?比较文学是一种开放式的文学研究,它具有宏观的视野和国际的角度,以跨民族、跨语言、跨文化、跨学科界限的各种文学关系为研究对象,在理论和方法上,具有比较的自觉意识和兼容并包的特色。"[6]这是我们目前所看到的国内较有特色的一个定义。

---

1 卢康华、孙景尧著《比较文学导论》,黑龙江人民出版社 1984,第 15 页。
2 卢康华、孙景尧著《比较文学导论》,黑龙江人民出版社 1984 年版。
3 陈挺《比较文学简编》,华东师范大学出版社 1986 年版。
4 乐黛云主编《中西比较文学教程》,高等教育出版社 1988 年版。
5 陈惇、孙景尧、谢天振主编《比较文学》,高等教育出版社 1997 年版。
6 陈惇、刘象愚《比较文学概论》,北京师范大学出版社 2000 年版。

具有代表性的比较文学定义是 2002 年出版的杨乃乔主编的《比较文学概论》一书，该书的定义如下："比较文学是以跨民族、跨语言、跨文化与跨学科为比较视域而展开的研究，在学科的成立上以研究主体的比较视域为安身立命的本体，因此强调研究主体的定位，同时比较文学把学科的研究客体定位于民族文学之间与文学及其他学科之间的三种关系：材料事实关系、美学价值关系与学科交叉关系，并在开放与多元的文学研究中追寻体系化的汇通。"[7]方汉文则认为："比较文学作为文学研究的一个分支学科，它以理解不同文化体系和不同学科间的同一性和差异性的辩证思维为主导，对那些跨越了民族、语言、文化体系和学科界限的文学现象进行比较研究，以寻求人类文学发生和发展的相似性和规律性。"[8]由此而引申出的"跨文化"成为中国比较文学学者对于比较文学定义所做出的历史性贡献。

我在《比较文学教程》中对比较文学定义表述如下："比较文学是以世界性眼光和胸怀来从事不同国家、不同文明和不同学科之间的跨越式文学比较研究。它主要研究各种跨越中文学的同源性、变异性、类同性、异质性和互补性，以影响研究、变异研究、平行研究、跨学科研究、总体文学研究为基本方法论，其目的在于以世界性眼光来总结文学规律和文学特性，加强世界文学的相互了解与整合，推动世界文学的发展。"[9]在这一定义中，我再次重申"跨国""跨学科""跨文明"三大特征，以"变异性""异质性"突破东西文明之间的"第三堵墙"。

"首在审己，亦必知人"。中国比较文学学者在前人定义的不断论争中反观自身，立足中国经验、学术传统，以中国学者之言为比较文学的危机处境贡献学科转机之道。

三、两岸共建比较文学话语——比较文学中国学派

中国学者对于比较文学定义的不断明确也促成了"比较文学中国学派"的生发。得益于两岸几代学者的垦拓耕耘，这一议题成为近五十年来中国比较文学发展中竖起的最鲜明、最具争议性的一杆大旗，同时也是中国比较文学学科理论研究最有创新性，最亮丽的一道风景线。

---

7 杨乃乔主编《比较文学概论》，北京大学出版社 2002 年版。
8 方汉文《比较文学基本原理》，苏州大学出版社 2002 年版。
9 曹顺庆《比较文学教程》，高等教育出版社 2006 年版。

比较文学"中国学派"这一概念所蕴含的理论的自觉意识最早出现的时间大约是 20 世纪 70 年代。当时的台湾由于派出学生留洋学习，接触到大量的比较文学学术动态，率先掀起了中外文学比较的热潮。1971 年 7 月在台湾淡江大学召开的第一届"国际比较文学会议"上，朱立元、颜元叔、叶维廉、胡辉恒等学者在会议期间提出了比较文学的"中国学派"这一学术构想。同时，李达三、陈鹏翔（陈慧桦）、古添洪等致力于比较文学中国学派早期的理论催生。如 1976 年，古添洪、陈慧桦出版了台湾比较文学论文集《比较文学的垦拓在台湾》。编者在该书的序言中明确提出："我们不妨大胆宣言说，这援用西方文学理论与方法并加以考验、调整以用之于中国文学的研究，是比较文学中的中国派"10。这是关于比较文学中国学派较早的说明性文字，尽管其中提到的研究方法过于强调西方理论的普世性，而遭到美国和中国大陆比较文学学者的批评和否定；但这毕竟是第一次从定义和研究方法上对中国学派的本质进行了系统论述，具有开拓和启明的作用。后来，陈鹏翔又在台湾《中外文学》杂志上连续发表相关文章，对自己提出的观点作了进一步的阐释和补充。

在"中国学派"刚刚起步之际，美国学者李达三起到了启蒙、催生的作用。李达三于 60 年代来华在台湾任教，为中国比较文学培养了一批朝气蓬勃的生力军。1977 年 10 月，李达三在《中外文学》6 卷 5 期上发表了一篇宣言式的文章《比较文学中国学派》，宣告了比较文学的中国学派的建立，并认为比较文学中国学派旨在"与比较文学中早已定于一尊的西方思想模式分庭抗礼。由于这些观念是源自对中国文学及比较文学有兴趣的学者，我们就将含有这些观念的学者统称为比较文学的'中国'学派。"并指出中国学派的三个目标：1、在自己本国的文学中，无论是理论方面或实践方面，找出特具"民族性"的东西，加以发扬光大，以充实世界文学；2、推展非西方国家"地区性"的文学运动，同时认为西方文学仅是众多文学表达方式之一而已；3、做一个非西方国家的发言人，同时并不自诩能代表所有其他非西方的国家。李达三后来又撰文对比较文学研究状况进行了分析研究，积极推动中国学派的理论建设。11

继中国台湾学者垦拓之功，在 20 世纪 70 年代末复苏的大陆比较文学研

10 古添洪、陈慧桦《比较文学的垦拓在台湾》，台湾东大图书公司 1976 年版。
11 李达三《比较文学研究之新方向》，台湾联经事业出版公司 1978 年版。

究亦积极参与了"比较文学中国学派"的理论建设和学科建设。

季羡林先生 1982 年在《比较文学译文集》的序言中指出:"以我们东方文学基础之雄厚,历史之悠久,我们中国文学在其中更占有独特的地位,只要我们肯努力学习,认真钻研,比较文学中国学派必然能建立起来,而且日益发扬光大"[12]。1983 年 6 月,在天津召开的新中国第一次比较文学学术会议上,朱维之先生作了题为《比较文学中国学派的回顾与展望》的报告,在报告中他旗帜鲜明地说:"比较文学中国学派的形成(不是建立)已经有了长远的源流,前人已经做出了很多成绩,颇具特色,而且兼有法、美、苏学派的特点。因此,中国学派绝不是欧美学派的尾巴或补充"[13]。1984 年,卢康华、孙景尧在《比较文学导论》中对如何建立比较文学中国学派提出了自己的看法,认为应当以马克思主义作为自己的理论基础,以我国的优秀传统与民族特色为立足点与出发点,汲取古今中外一切有用的营养,去努力发展中国的比较文学研究。同年在《中国比较文学》创刊号上,朱维之、方重、唐弢、杨周翰等人认为中国的比较文学研究应该保持不同于西方的民族特点和独立风貌。1985 年,黄宝生发表《建立比较文学的中国学派:读〈中国比较文学〉创刊号》,认为《中国比较文学》创刊号上多篇讨论比较文学中国学派的论文标志着大陆对比较文学中国学派的探讨进入了实际操作阶段。[14]1988 年,远浩一提出"比较文学是跨文化的文学研究"(载《中国比较文学》1988 年第 3 期)。这是对比较文学中国学派在理论特征和方法论体系上的一次前瞻。同年,杨周翰先生发表题为"比较文学:界定'中国学派',危机与前提"(载《中国比较文学通讯》1988 年第 2 期),认为东方文学之间的比较研究应当成为"中国学派"的特色。这不仅打破比较文学中的欧洲中心论,而且也是东方比较学者责无旁贷的任务。此外,国内少数民族文学的比较研究,也应该成为"中国学派"的一个组成部分。所以,杨先生认为比较文学中的大量问题和学派问题并不矛盾,相反有助于理论的讨论。1990 年,远浩一发表"关于'中国学派'"(载《中国比较文学》1990 年第 1 期),进一步推进了"中国学派"的研究。此后直到 20 世纪 90 年代末,中国学者就比较文学中国学派的建立、理论与方法以及相应的学科理论等诸多问题进行了积极而富有成效的探讨。

---

12 张隆溪《比较文学译文集》,北京大学出版社 1984 年版。
13 朱维之《比较文学论文集》,南开大学出版社 1984 年版。
14 参见《世界文学》1985 年第 5 期。

刘介民、远浩一、孙景尧、谢天振、陈淳、刘象愚、杜卫等人都对这些问题付出过不少努力。《暨南学报》1991 年第 3 期发表了一组笔谈，大家就这个问题提出了意见，认为必须打破比较文学研究中长期存在的法美研究模式，建立比较文学中国学派的任务已经迫在眉睫。王富仁在《学术月刊》1991 年第 4 期上发表"论比较文学的中国学派问题"，论述中国学派兴起的必然性。而后，以谢天振等学者为代表的比较文学研究界展开了对"X+Y"模式的批判。比较文学在大陆复兴之后，一些研究者采取了"X+Y"式的比附研究的模式，在发现了"惊人的相似"之后便万事大吉，而不注意中西巨大的文化差异性，成为了浅度的比附性研究。这种情况的出现，不仅是中国学者对比较文学的理解上出了问题，也是由于法美学派研究理论中长期存在的研究模式的影响，一些学者并没有深思中国与西方文学背后巨大的文明差异性，因而形成"X+Y"的研究模式，这更促使一些学者思考比较文学中国学派的问题。

经过学者们的共同努力，比较文学中国学派一些初步的特征和方法论体系逐渐凸显出来。1995 年，我在《中国比较文学》第 1 期上发表《比较文学中国学派基本理论特征及其方法论体系初探》一文，对比较文学在中国复兴十余年来的发展成果作了总结，并在此基础上总结出中国学派的理论特征和方法论体系，对比较文学中国学派作了全方位的阐述。继该文之后，我又发表了《跨越第三堵'墙'创建比较文学中国学派理论体系》等系列论文，论述了以跨文化研究为核心的"中国学派"的基本理论特征及其方法论体系。这些学术论文发表之后在国内外比较文学界引起了较大的反响。台湾著名比较文学学者古添洪认为该文"体大思精，可谓已综合了台湾与大陆两地比较文学中国学派的策略与指归，实可作为'中国学派'在大陆再出发与实践的蓝图"[15]。

在我撰文提出比较文学中国学派的基本特征及方法论体系之后，关于中国学派的论争热潮日益高涨。反对者如前国际比较文学学会会长佛克马（Douwe Fokkema）1987 年在中国比较文学学会第二届学术讨论会上就从所谓的国际观点出发对比较文学中国学派的合法性提出了质疑，并坚定地反对建立比较文学中国学派。来自国际的观点并没有让中国学者失去建立比较文学中国学派的热忱。很快中国学者智量先生就在《文艺理论研究》1988 年第

---

15 古添洪《中国学派与台湾比较文学界的当前走向》，参见黄维梁编《中国比较文学理论的垦拓》167 页，北京大学出版社 1998 年版。

1 期上发表题为《比较文学在中国》一文，文中援引中国比较文学研究取得的成就，为中国学派辩护，认为中国比较文学研究成绩和特色显著，尤其在研究方法上足以与比较文学研究历史上的其他学派相提并论，建立中国学派只会是一个有益的举动。1991 年，孙景尧先生在《文学评论》第 2 期上发表《为"中国学派"一辩》，孙先生认为佛克马所谓的国际主义观点实质上是"欧洲中心主义"的观点，而"中国学派"的提出，正是为了清除东西方文学与比较文学学科史中形成的"欧洲中心主义"。在 1993 年美国印第安纳大学举行的全美比较文学会议上，李达三仍然坚定地认为建立中国学派是有益的。二十年之后，佛克马教授修正了自己的看法，在 2007 年 4 月的"跨文明对话——国际学术研讨会（成都）"上，佛克马教授公开表示欣赏建立比较文学中国学派的想法[16]。即使学派争议一派繁荣景象，但最终仍旧需要落点于学术创见与成果之上。

比较文学变异学便是中国学派的一个重要理论创获。2005 年，我正式在《比较文学学》[17]中提出比较文学变异学，提出比较文学研究应该从"求同"思维中走出来，从"变异"的角度出发，拓宽比较文学的研究。通过前述的法、美学派学科理论的梳理，我们也可以发现前期比较文学学科是缺乏"变异性"研究的。我便从建构中国比较文学学科理论话语体系入手，立足《周易》的"变异"思想，建构起"比较文学变异学"新话语，力图以中国学者的视角为全世界比较文学学科理论提供一个新视角、新方法和新理论。

比较文学变异学的提出根植于中国哲学的深层内涵，如《周易》之"易之三名"所构建的"变易、简易、不易"三位一体的思辨意蕴与意义生成系统。具体而言，"变易"乃四时更替、五行运转、气象畅通、生生不息；"不易"乃天上地下、君南臣北、纲举目张、尊卑有位；"简易"则是乾以易知、坤以简能、易则易知、简则易从。显然，在这个意义结构系统中，变易强调"变"，不易强调"不变"，简易强调变与不变之间的基本关联。万物有所变，有所不变，且变与不变之间存在简单易从之规律，这是一种思辨式的变异模式，这种变异思维的理论特征就是：天人合一、物我不分、对立转化、整体关联。这是中国古代哲学最重要的认识论，也是与西方哲学所不同的"变异"思想。

---

16 见《比较文学报》2007 年 5 月 30 日，总第 43 期。

17 曹顺庆《比较文学学》，四川大学出版社 2005 年版。

由哲学思想衍生于学科理论，比较文学变异学是"指对不同国家、不同文明的文学现象在影响交流中呈现出的变异状态的研究，以及对不同国家、不同文明的文学相互阐发中出现的变异状态的研究。通过研究文学现象在影响交流以及相互阐发中呈现的变异，探究比较文学变异的规律。"[18]变异学理论的重点在求"异"的可比性，研究范围包含跨国变异研究、跨语际变异研究、跨文化变异研究、跨文明变异研究、文学的他国化研究等方面。比较文学变异学所发现的文化创新规律、文学创新路径是基于中国所特有的术语、概念和言说体系之上探索出的"中国话语"，作为比较文学第三阶段中国学派的代表性理论已经受到了国际学界的广泛关注与高度评价，中国学术话语产生了世界性影响。

四、国际视野中的中国比较文学

文明之墙让中国比较文学学者所提出的标识性概念获得国际视野的接纳、理解、认同以及运用，经历了跨语言、跨文化、跨文明的多重关卡，国际视野下的中国比较文学书写亦经历了一个从"遍寻无迹""只言片语"而"专篇专论"，从最初的"话语乌托邦"至"阶段性贡献"的过程。

二十世纪六十年代以来港台学者致力于从课程教学、学术平台、人才培养，国内外学术合作等方面巩固比较文学这一新兴学科的建立基石，如淡江文理学院英文系开设的"比较文学"（1966），香港大学开设的"中西文学关系"（1966）等课程；台湾大学外文系主编出版之《中外文学》月刊、淡江大学出版之《淡江评论》季刊等比较文学研究专刊；后又有台湾比较文学学会（1973 年）、香港比较文学学会（1978）的成立。在这一系列的学术环境构建下，学者前贤以"中国学派"为中国比较文学话语核心在国际比较文学学科理论、方法论中持续探讨，率先启声。例如李达三在 1980 年香港举办的东西方比较文学学术研讨会成果中选取了七篇代表性文章，以 *Chinese-Western Comparative Literature: Theory and Strategy* 为题集结出版，[19]并在其结语中附上那篇"中国学派"宣言文章以申明中国比较文学建立之必要。

学科开山之际，艰难险阻之巨难以想象，但从国际学者相关言论中可见西方对于中国比较文学学科的发展抱有的希望渺小。厄尔·迈纳（Earl Miner）

---

18 曹顺庆主编《比较文学概论》，高等教育出版社 2015 年版。

19 *Chinese-Western Comparative Literature：Theory & Strategy*，Chinese Univ Pr.1980-6

在 1987 年发表的 *Some Theoretical and Methodological Topics for Comparative Literature* 一文中谈到当时西方的比较文学鲜有学者试图将非西方材料纳入西方的比较文学研究中。(until recently there has been little effort to incorporate non-Western evidence into Western com- parative study.) 1992 年，斯坦福大学教授 David Palumbo-Liu 直接以《话语的乌托邦：论中国比较文学的不可能性》为题（*The Utopias of Discourse: On the Impossibility of Chinese Comparative Literature*）直言中国比较文学本质上是一项"乌托邦"工程。(My main goal will be to show how and why the task of Chinese comparative literature, particularly of pre-modern literature, is essentially a *utopian* project.) 这些对于中国比较文学的诘难与质疑，今美国加州大学圣地亚哥分校文学系主任张英进教授在其 1998 编著的 *China in a polycentric world: essays in Chinese comparative literature* 前言中也不得不承认中国比较文学研究在国际学术界中仍然处于边缘地位（The fact is, however, that Chinese comparative literature remained marginal in academia, even though it has developed closely with the rest of literary studies in the United Stated and even though China has gained increasing importance in the geopolitical world order over the past decades.).[20]但张英进教授也展望了下一个千年中国比较文学研究的蓝景。

新的千年新的气象，"世界文学""全球化"等概念的冲击下，让西方学者开始注意到东方，注意到中国。如普渡大学教授斯蒂文·托托西（Tötösy de Zepetnek, Steven）1999 年发长文 *From Comparative Literature Today Toward Comparative Cultural Studies* 阐明比较文学研究更应该注重文化的全球性、多元性、平等性而杜绝等级划分的参与。托托西教授注意到了在法德美所谓传统的比较文学研究重镇之外，例如中国、日本、巴西、阿根廷、墨西哥、西班牙、葡萄牙、意大利、希腊等地区，比较文学学科得到了出乎意料的发展（emerging and developing strongly）。在这篇文章中，托托西教授列举了世界各地比较文学研究成果的著作，其中中国地区便是北京大学乐黛云先生出版的代表作品。托托西教授精通多国语言，研究视野也常具跨越性，新世纪以来也致力于以跨越性的视野关注世界各地比较文学研究的动向。[21]

---

20 Moran T . Yingjin Zhang, Ed. China in a Polycentric World: Essays in Chinese Comparative Literature[J].现代中文文学学报,2000,4(1):161-165.

21 Tötösy de Zepetnek, Steven. "From Comparative Literature Today Toward Comparative Cultural Studies." CLCWeb: Comparative Literature and Culture 1.3 (1999):

以上这些国际上不同学者的声音一则质疑中国比较文学建设的可能性，一则观望着这一学科在非西方国家的复兴样态。争议的声音不仅在国际学界，国内学界对于这一新兴学科的全局框架中涉及的理论、方法以及学科本身的立足点，例如前文所说的比较文学的定义，中国学派等等都处于持久论辩的漩涡。我们也通晓如果一直处于争议的漩涡中，便会被漩涡所吞噬，只有将论辩化为成果，才能转漩涡为涟漪，一圈一圈向外辐射，国际学人也在等待中国学者自己的声音。

上海交通大学王宁教授作为中国比较文学学者的国际发声者自 20 世纪末至今已撰文百余篇，他直言，全球化给西方学者带来了学科死亡论，但是中国比较文学必将在这全球化语境中更为兴盛，中国的比较文学学者一定会对国际文学研究做出更大的贡献。新世纪以来中国学者也不断地将自身的学科思考成果呈现在世界之前。2000 年，北京大学周小仪教授发文（*Comparative Literature in China*）[22]率先从学科史角度构建了中国比较文学在两个时期（20 世纪 20 年代至 50 年代，70 年代至 90 年代）的发展概貌，此文关于中国比较文学的复兴崛起是源自中国文学现代性的产生这一观点对美国芝加哥大学教授苏源熙（Haun Saussy）影响较深。苏源熙在 2006 年的专著 *Comparative Literature in an Age of Globalization* 中对于中国比较文学的讨论篇幅极少，其中心便是重申比较文学与中国文学现代性的联系。这篇文章也被哈佛大学教授大卫·达姆罗什（David Damrosch）收录于《普林斯顿比较文学资料手册》（*The Princeton Sourcebook in Comparative Literature*，2009[23]）。类似的学科史介绍在英语世界与法语世界都接续出现，以上大致反映了中国学者对于中国比较文学研究的大概描述在西学界的接受情况。学科史的构架对于国际学术对中国比较文学发展脉络的把握很有必要，但是在此基础上的学科理论实践才是关系于中国比较文学学科国际性发展的根本方向。

我在 20 世纪 80 年代以来 40 余年间便一直思考比较文学研究的理论构建问题，从以西方理论阐释中国文学而造成的中国文艺理论"失语症"思考

---

22 Zhou, Xiaoyi and Q.S. Tong, "Comparative Literature in China", Comparative Literature and Comparative Cultural Studies, ed., Totosy de Zepetnek, West Lafayette, Indiana: Purdue University Press, 2003, 268-283.

23 Damrosch, David (EDT)*The Princeton Sourcebook in Comparative Literature*: Princeton University Press

属于中国比较文学自身的学科方法论,从跨异质文化中产生的"文学误读""文化过滤""文学他国化"提出"比较文学变异学"理论。历经 10 年的不断思考,2013 年,我的英文著作:*The Variation Theory of Comparative Literature*(《比较文学变异学》),由全球著名的出版社之一斯普林格(Springer)出版社出版,并在美国纽约、英国伦敦、德国海德堡出版同时发行。*The Variation Theory of Comparative Literature*(《比较文学变异学》)系统地梳理了比较文学法国学派与美国学派研究范式的特点及局限,首次以全球通用的英语语言提出了中国比较文学学科理论新话语:"比较文学变异学"。这一新概念、新范畴和新表述,引导国际学术界展开了对变异学的专刊研究(如普渡大学创办刊物《比较文学与文化》2017 年 19 期)和讨论。

欧洲科学院院士、西班牙圣地亚哥联合大学让·莫内讲席教授、比较文学系教授塞萨尔·多明戈斯教授(Cesar Dominguez),及美国科学院院士、芝加哥大学比较文学教授苏源熙(Haun Saussy)等学者合著的比较文学专著(Introducing Comparative literature: New Trends and Applications[24])高度评价了比较文学变异学。苏源熙引用了《比较文学变异学》(英文版)中的部分内容,阐明比较文学变异学是十分重要的成果。与比较文学法国学派和美国学派形成对比,曹顺庆教授倡导第三阶段理论,即,新奇的、科学的中国学派的模式,以及具有中国学派本身的研究方法的理论创新与中国学派"(《比较文学变异学》(英文版)第 43 页)。通过对"中西文化异质性的"跨文明研究",曹顺庆教授的看法会更进一步的发展与进步(《比较文学变异学》(英文版)第 43 页),这对于中国文学理论的转化和西方文学理论的意义具有十分重要的价值。("Another important contribution in the direction of an imparative comparative literature-at least as procedure-is Cao Shunqing's 2013 *The Variation Theory of Comparative Literature*. In contrast to the "French School"and"American School"of comparative Literature, Cao advocates a "third-phrase theory", namely, "a novel and scientific mode of the Chinese school," a "theoretical innovation and systematization of the Chinese school by relying on our *own* methods" (*Variation Theory* 43; emphasis added). From this etic beginning, his proposal moves forward emically by developing a "cross-civilizaional study on the heterogeneity between

---

24 Cesar Dominguez,Haun Saussy,Dario Villanueva Introducing Comparative literature: New Trends and Applications,Routledge,2015

Chinese and Western culture" (43), which results in both the foreignization of Chinese literary theories and the Signification of Western literary theories.)

　　法国索邦大学（Sorbonne University）比较文学系主任伯纳德·弗朗科（Bernard Franco）教授在他出版的专著（《比较文学：历史、范畴与方法》）*La littératurecomparée: Histoire, domaines, méthodes* 中以专节引述变异学理论，他认为曹顺庆教授提出了区别于影响研究与平行研究的"第三条路"，即"变异理论"，这对应于观点的转变，从"跨文化研究"到"跨文明研究"。变异理论基于不同文明的文学体系相互碰撞为形式的交流过程中以产生新的文学元素，曹顺庆将其定义为"研究不同国家的文学现象所经历的变化"。因此曹顺庆教授提出的变异学理论概述了一个新的方向，并展示了比较文学在不同语言和文化领域之间建立多种可能的桥梁。(Il évoque l'hypothèse d'une troisième voie, la « théorie de la variation », qui correspond à un déplacement du point de vue, de celui des « études interculturelles » vers celui des « études transcivilisationnelles . » Cao Shunqing la définit comme « l'étude des variations subies par des phénomènes littéraires issus de différents pays, avec ou sans contact factuel, en même temps que l'étude comparative de l'hétérogénéité et de la variabilité de différentes expressions littéraires dans le même domaine ».Cette hypothèse esquisse une nouvelle orientation et montre la multiplicité des passerelles possibles que la littérature comparée établit entre domaines linguistiques et culturels différents.) [25]。

　　美国哈佛大学（Harvard University）厄内斯特·伯恩鲍姆讲席教授、比较文学教授大卫·达姆罗什（David Damrosch）对该专著尤为关注。他认为《比较文学变异学》（英文版）以中国视角呈现了比较文学学科话语的全球传播的有益尝试。曹顺庆教授对变异的关注提供了较为适用的视角，一方面超越了亨廷顿式简单的文化冲突模式，另一方面也跨越了同质性的普遍化。[26]国际学界对于变异学理论的关注已经逐渐从其创新性价值探讨延伸至文学研究，例如斯蒂文·托托西近日在 *Cultura* 发表的（Peripheralities: "Minor" Literatures, Women's Literature, and Adrienne Orosz de Csicser's Novels）一文中便成功地将变异学理论运用于阿德里安·奥罗兹的小说研究中。

25　Bernard Franco La littératurecomparée: Histoire, domaines, méthodes，Armand Colin 2016.

26　David Damrosch Comparing the Literatures,Literary Studies in a Global Age,Princeton University Press,2020.

国际学界对于比较文学变异学的认可也证实了变异学作为一种普遍性理论提出的初衷，其合法性与适用性将在不同文化的学者实践中巩固、拓展与深化。它不仅仅是跨文明研究的方法，而是一种具有超越影响研究和平行研究，超越西方视角或东方视角的宏大视野、一种建立在文化异质性和变异性基础之上的融汇创生、一种追求世界文学和总体问题最终理想的哲学关怀。

以如此篇幅展现中国比较文学之况，是因为中国比较文学研究本就是在各种危机论、唱衰论的压力下，各种质疑论、概念论中艰难前行，不探源溯流难以体察今日中国比较文学研究成果之不易。文明的多样性发展离不开文明之间的交流互鉴。最具"跨文明"特征的比较文学学科更需要文明之间成果的共享、共识、共析与共赏，这是我们致力于比较文学研究领域的学术理想。

千里之行，不积跬步无以至，江海之阔，不积细流无以成！如此宏大的一套比较文学研究丛书得承花木兰总编辑杜洁祥先生之宏志，以及该公司同仁之辛劳，中国比较文学学者之鼎力相助，才可顺利集结出版，在此我要衷心向诸君表达感谢！中国比较文学研究仍有一条长远之途需跋涉，期以系列丛书一展全貌，愿读者诸君敬赐高见！

曹顺庆
二零二一年十月二十三日于成都锦丽园

目

次

第一章 绪 论

第一节 本课题之题解

在正式进入本课题的研究之前，笔者认为，首先应该清晰地界定一些重要的概念，这样有助于我们更加严谨科学地进行相关研究。

一、"当代新加坡英语文学"的概念

由于新加坡是一个具有多种族、多元文化特性的国家，其文学创作也存在着多语言创作并存的情况，新加坡英语文学作为新加坡文学创作的一种文艺形式，其内涵和外延存在着很多容易混淆的内容，这就需要我们将其界定清楚。

（一）"新加坡"的概念

新加坡的英语文学研究学者伊斯梅尔·塔利布（Ismail Talib）认为在谈到新加坡英语文学的时候，存在着两个概念，即内容有关新加坡的英语文学创作和具有新加坡国籍的人创作的英语文学作品。[1]这两个定义看起来区别不大，实际上却有着很大的不同。我们假设一个新加坡人创作的文学作品理所当然的属于新加坡文学，可是，在全球化不断强化的今天，国家之间的人员往来日益频繁，如果一个新加坡人移居国外的时候，其创作的作品属于新加

---

[1] Ismail Talib, "Singapore Literature in English." in Joseph Foley, ed. New Cultural Context: *Reflections from Singapore.* Singapore: Singapore Institue of Management, Oxford University Press, 1998. pp 270-286.

坡文学吗？此外，有一些人虽然没有新加坡身份，但是他们长期居住在新加坡，他们创作的作品是否也属于新加坡文学的范畴呢？这些问题都需要我们厘清。从本质上来说，这是两种截然不同的界定方法，一种是以作品的内容来界定，另一种则是以作家的身份来界定。新加坡的学者也持有这两种不同的看法，一种是强调以作品的内容来界定新加坡的英语文学创作，如新加坡国立大学学者安吉利亚·普恩（Angelia Poon）采取的是以作品的内容进行界定的做法。[2]而另外有些学者以作家的身份作为界定的标准，如梁柳乔（Leong Liew Geok）在研究新加坡英语女作家的时候就采用了作家身份的界定。[3]本课题研究采用的是以作品内容进行界定的方式，即新加坡英语文学（Singapore literature in English），之所以以作品的内容进行界定，主要是出于以下原因：

1. 从历时性的角度来看，由于新加坡有着作为西方殖民地的长期经历，在新加坡的早期英语文学创作中，有很多是游记类的文学创作，这些作品的作者都无一例外的是旅居新加坡的西方人或者是早期的西方殖民者。由于他们在新加坡生活的时间长，他们能够比较深入地了解当地的风土人情，因此他们的文学作品对于记录新加坡早期生活具有重要历史和文学意义，虽然他们并不具有新加坡人的身份，但是他们的作品对于新加坡的国家意识和国家认同有着重要意义，因而他们的文学创作理应纳入新加坡英语文学的研究范畴。

2. 从共时性的角度来看，由于新加坡所处的独特的地理位置，使新加坡成为东西方文化的交汇处，东西方文化在新加坡交流频繁，在新加坡生活过的作家来自很多个国家，作家的流动十分频繁。例如有些作家生于马来西亚，在新加坡生活多年，如今已经获得新加坡国籍；而有些作家生于新加坡但是现在却生活在其他国家，或者已经获得其他国家的国籍。正因为如此，如果单纯地以公民身份来进行界定新加坡英语文学，会有一定的现实困难，并且会造成本课题研究的片面性。所以笔者将从文学作品本身出发进行界定，也就是说，只要作家的作品与新加坡有关，同时对于构建新加坡的国家认同和国家身份有比较重要的影响，那么其作品就将纳入新加坡英语文学的研究范畴。

2 Angelia Poon, eds, *Writing Singapore: An historical Anthology of Singapore Literature*. Singapore: NUS Press and National Arts Council, 2009. p13.
3 Leong Liew Geok, *More Than Half the Sky: Creative Writings By Thirty Singaporean Women*. Singapore: Times Books International, 1998. p12.

3. 自二十世纪九十年代以来，越来越多的新加坡英语作家开始关注新加坡以外的世界，他们的创作主题已经远远地超出了新加坡的范畴，这反映了新一代的新加坡英语作家正在逐步地走向世界，他们的作品同样也在新加坡英语文学的研究范畴之中。

（二）"当代英语文学"的界定

在厘清"新加坡"的概念之后，我们还必须对"当代新加坡英语文学"中"当代英语文学"的概念进行清晰地界定，这样有助于本课题的深入开展。

文学是一种借助语言文字工具，借助各种修辞和表现手法形象化地反映客观生活的艺术，其主要内容包括诗歌、小说、戏剧、散文等。但是纵观新加坡英语文学的发展过程，长期以来比较繁荣的是诗歌、小说和戏剧，以英语作为媒介语言进行创作的散文在新加坡并非主流，其影响也较小。笔者查阅了新加坡英语文学绝大部分作家的作品，发现英语散文的创作量极少，而且影响也是微乎其微。至今尚找不到一本专门研究新加坡英语散文的著作，而绝大部分学者在论述新加坡英语文学的时候也极少提及英语散文的创作。在安吉利亚·普恩等学者主编的著作《书写新加坡：新加坡英语文学作品选读》（*Writing Singapore: An Historical Anthology of Singapore Literature*）中只选取了新加坡英语小说、诗歌和戏剧作品，没有提及英语散文的创作。[4]新加坡著名英语文学研究学者佩尔·辛格（Kirpal Singh）等学者主编的系列学术著作《新加坡文学研究》（*Interlogue: Studies in Singapore Literature*）共计八辑，其中有三辑对新加坡英语文学的小说、诗歌和戏剧的研究，对新加坡英语散文创作没有进行分门别类的专门研究。塔利布在他的两篇重要的学术论文《新加坡英语文学的发展》（*The Development of Singaporean Literature in English*）[5]和《新加坡英语文学》（*Singaporean Literature in English*）[6]中，简要地总结和论述了新加坡英语小说、诗歌和戏剧的创作和发展，对于新加坡英语散文，未做任何评论。新加坡著名诗人兼学者埃德温·坦布（Edwin Thumboo）在接受学者访谈的时候，论及新加坡英语文学，只提到了新加坡

---

4 Angelia Poon, eds, *Writing Singapore:An historical Anthology of Singapore Literature.* Singapore: NUS Press and National Arts Council, 2009. p.13.

5 Ismail Talib, "The development of Singapore Literature in English." in *Journal of Multilingual and Multicultural Development*, (15:5), 1994, pp419-29.

6 Ismail Talib, "Singapore Literature in English." in Joseph Foley, ed. *New Cultural Context: Reflections from Singapore.* Singapore: Singapore Institue of Management, Oxford University Press, 1998. pp 270-286.

的英语小说、诗歌和戏剧创作，依然没有提及新加坡的英语散文创作。[7]综上所述，我们可以看到在新加坡英语文学创作中主要以小说、诗歌和戏剧创作为主，至于在文学创作中占有重要地位的散文创作在新加坡英语文学中影响较小，因此本课题在涉及新加坡英语文学创作时将采用当前新加坡学术界较为通行的做法，即主要研究新加坡的英语小说（包括长篇小说和短篇小说）、英语诗歌和英语戏剧。

综上所述，本课题论及的"当代新加坡英语文学"，涵盖范围是新加坡建国前后，即 1965 年前后，新加坡作家创作的英语诗歌、小说和戏剧作品以及非新加坡作家创作的与新加坡有关的英语诗歌、小说和戏剧文学作品。[8]

另外，有些马来裔和印度裔作家首次出版的作品是以马来文或者泰米尔文出版的，但是由于英文在新加坡的接受程度更加广泛，随后这些作家又出版了英文版本的作品，这些作品也同样是本课题所关注的对象。

本课题基于新加坡英语文学的发展历程和中国形象建构的流变，将当代新加坡英语文学大致分为早期、中期和晚期三个阶段进行梳理和研究。新加坡英语文学的早期大致在新加坡建国前后的 20 年；中期从二十世纪八十年代至二十世纪末；晚期从二十世纪末至今。由于文学创作有其延续性，因此本课题对于新加坡英语文学的阶段划分只是一个较为笼统的划分，方便从历时性的角度进行考察，因此对于有些作品的研究会超出上文的时间节点，这是需要额外说明的一点。

二、"中国形象"的概念

（一）形象学的定义、范畴及方法

形象学是比较文学的一个非常重要的研究领域，是"对一部作品、一种文学中异国形象的研究"[9]。法国比较文学学者巴柔认为所谓形象，是"在文学化，同时也是社会化的过程中所得到的关于异国看法的总和"[10]。

---

7 Ronald D. Klein, eds., *Interlogue:Studies in Singapore Literature, Volume 4: Interviews.* Singapore: Ethos Books, 2001. pp75-76.

8 此处"新加坡英语文学"的概念，借用了笔者著作《新加坡英语文学研究》中的界定，具体内容请参见拙作《新加坡英语文学研究》的绪论部分。

9 达尼埃尔-亨利·巴柔，《从文化形象到集体想象物》，《比较较文学形象学》，孟华主编，北京大学出版社，2001 年，第 118 页。

10 达尼埃尔-亨利·巴柔，《从文化形象到集体想象物》，《比较较文学形象学》，孟华主编，北京大学出版社，2001 年，第 120 页。

总的来说，"文学形象学所研究的一切形象，都是三重意义上的某个形象：它是异国的形象，是出自一个民族（社会、文化）的形象，最后，是由一个作家特殊感受所创作出的形象。"[11]巴柔指出形象学研究不是要研究一个异国形象是否与"被注视"国的现实相符，而是应该研究它们在多大程度上相符，并深究造成形象差异的社会意识形态的影响，"研究一个异国的不同形象是怎样被写出来的，也就是研究意识形态的基本内容和运作机制。"[12]这样，比较文学形象学就可以把文学作品的研究放大到整个社会、历史的研究，从社会学的角度对文本进行解读，从而扩大了比较文学形象研究的外延。因此巴柔提出文学形象的研究不能仅限于文本的研究，还应该从其他社会领域进行考察，从这个意义上来说，文学形象学就与文化研究产生了交集，但是，即使两者殊途同归，两者的出发点和目的是有区别的。文化研究是从社会构造、文化形式、日常生活等入手，主要目的是考察大众文化等方面的情况和现象，研究的目的是批判现实。而文学形象学则是从文学作品入手，最终仍要回归文学文本，是一种跨文化、跨语言的文学研究。文学形象学的研究不能够脱离开文学、文学性的研究。总之，文学形象学目标指向异国研究的总和。

如前文所述，文学形象学的形象都是异国的形象，是一种社会集体想象物，就难免形成对于异国形象的误读。异国形象的塑造受到作家所处社会的集体想象物的影响，因此研究这个异国形象是如何被塑造出来的，就必须研究形象塑造者所属社会的集体想象。文学形象学提倡跳出文学文本，对创造一个异国形象的文化体系进行全面的研究，孟华教授就指出，"研究文学形象，必须要研究一个民族对异国看法的总和（即由感知、阅读、加上想象而得到的有关异国和异国人体貌特征及一切人种学的、物质生活和精神生活等各个层面的看法总和，是情感的和思想的混合物），研究这种看法是如何文学化，同时又是如何社会化的。"[13]

由于形象是加入了文化和情感的、客观和主观因素的个人或者集体的表

11 让-马克·莫哈，《试论文学形象学的研究室及方法论》，《比较较文学形象学》，孟华主编，北京大学出版社，2001年，第17页。

12 达尼埃尔-亨利·巴柔，《从文化形象到集体想象物》，《比较较文学形象学》，孟华主编，北京大学出版社，2001年，第120页。

13 达尼埃尔-亨利·巴柔，《从文化形象到集体想象物》，《比较较文学形象学》，孟华主编，北京大学出版社，2001年，第141页-142页。

现，因此一个作家对异国现实的感知与其隶属的群体或者社会集体想象密不可分。具体到新加坡英语文学中的中国形象，就是把当代新加坡英语文学放到历史语境之中，来说明中国形象如何从一个个具体的文本转换为集体想象的，从而揭示当代新加坡英语文学中的中国形象的意义结构原则、不同时期新加坡英语文学中中国形象的流变以及导致中国形象变化的深层社会原因和民族心理。在当代新加坡英语文学中的中国形象既反映了新加坡在不同时期的文化动力结构，又在一定程度上反映了中国的某些真实信息，实际上包涵了过去几十年来中国国力的变化发展以及国际形象变迁，体现出中国在全球化世界中的自我呈现和发声。

由于一切文化都是在与其他文化相对立、相比较中而确立的。巴柔把异国文化与本"民族"文化之间的关系，以及本"民族"文化对待异国文化的态度归纳为以下三种：

第一种态度：异国文化现实被一个作家或集团视作是绝对优于本"民族"文化的；

第二种态度：异国文化现实被视为低下和负面的；

第三种态度：异国文化现实被视为正面的，它来到注视者文化中，在其中占有一席之地；而注视者文化是接受者文化，它自身也同样被视为正面的。

从历时性的角度观察当代新加坡文化对于中国文化的态度，符合巴柔的判断。当代新加坡英语作家对于中国文化的态度，也经历了从仰慕、质疑、负面、客观、正面的发展变化，其具体表现就是当代新加坡英语文学作品中的中国形象从仰慕、质疑、负面，到客观乃至美化的变化过程。

在当代新加坡英语文学发展早期，由于历史原因，当时新加坡的英语作家将中国看作想象的家园，所以这一时期新加坡英语文学中的中国形象大多作为想象中的家园形象而出现的。而随着新加坡经济的发展，一跃而成为发达国家中的一员，而当时的中国刚刚开始改革开放，国力并不强大。这个时期（中期）的新加坡对于中国文化的态度是质疑和蔑视的，这一时期出现在新加坡英语文学中的中国形象很多都是负面的、异化的。而二十世纪末、特别是二十一世纪以来（晚期），随着中国经济的高速发展，中国的国力不断强大，一跃而成为世界第二大经济体，中国的发展举世瞩目。新加坡英语作家对于中国文化的态度也开始分化，有很多作家能够更加客观公正地看待中国文化，在新加坡英语文学中出现了很多相对正面和客观的中国形象；有部分作家甚至开始美化中国文化，在他们的作品中出现了很多美化的中国形象。

（二）文学范畴"中国形象"的概念

在国际政治、传播学领域，国家形象是指"国家的政治、经济、军事文化的实际力量、真实水平及通过媒体的塑造和传播，反应在人们心目中的综合印象。它包括国际公众和国内公众对国家行为、国家各项活动及其成果的总的评价和认定。"[14]国家形象以文化为主要内容，涵盖国外表现和国内认同，具有一定的历史性。从上述的国家形象的定义可以看出，中国形象可以被认为是国外和国内公众对中国现实政治、经济水平、军事实力、国家地位、历史文化等方面的主观印象和总体评价。

近年来国家形象这一概念被引入到文学研究领域。在文学领域，中国形象侧重的是国家形象的审美文化层面。就笔者看来，文学中的中国形象指的是读者通过阅读文学作品而形成的对中国国家、文化的总体印象和评价。由于中国形象是一个综合体，最直观的形象就是人的形象，一个国家的形象也包括一个个人物形象，因此本课题的中国形象的主要内涵是指在新加坡英语文学作品中出现的中国和中国人的形象。

第二节　本课题的意义及价值

文学研究回应时代重大问题。无论从历史、未来还是现实而言，研究新加坡英语文学中的中国形象都是必要的。

新加坡成立的50多年来，与中国的关系可谓是十分微妙。作为一个除中国外唯一的华人占绝对多数的国家，新加坡本应该和中国的关系十分密切。然而，纵观50年来的中新关系，新加坡却屡屡在关键的节点走向中国的对立面。例如在所谓的"南海仲裁案"中，作为当事人的菲律宾尚未表态，新加坡政府却首先发声支持所谓的"仲裁"；再有缺席一带一路的全球大会等等。因此，我们不禁要探究新加坡对中国的看法到底是怎样的？在新加坡人的眼中，中国的形象到底是如何构建的？50年来新加坡人眼中的中国形象是如何变化的？

---

14 陈犀禾，《民族、国家和国家形象》，《北京电影学院学报》2009（2）：15。

文学是社会发展的一面镜子，反映的是一个国家文化心态。当代新加坡英语文学作为新加坡主流的文学创作，全面地反映了新加坡人的文化心态。而在当代新加坡英语文学中中国形象的流变，则可以帮助我们认识和把握新加坡人对于中国的真实看法。对于新加坡而言，中国形象关系到其国家认同和建国理想，所以新加坡的中国形象一直处于某种紧张与焦虑状态。新加坡的中国形象是一个复杂的问题，中国既是一个遥远的国家，又是占大多数的华人的故乡，如何才能把中国与当地华人区分开来，这是个微妙而又危险的话题。对于中国而言，若想实现民族的伟大复兴，东南亚是我们的战略支撑点，新加坡作为东南亚最发达的经济体，在东南亚有着重要的影响力，因此新加坡对中国的态度，新加坡对中国的文化心理，都是我们必须了解的。通过对当代新加坡英语文学中的中国形象的分析，可以使我们知晓新加坡人如何看待中国，这对于我们明确自身定位、调整交往策略、寻求合作重点都具有十分重要的现实意义。

第三节　本课题国内外研究现状

为了更加清晰地了解本课题国内外的研究动态，以下从两个方面进行论述。

首先，文学形象学是比较文学的重要研究领域，在法国、美国等国有关文学形象学的研究进行得较早。我国文学形象学的研究大约始于二十世纪八、九十年代，二十一世纪初北京大学孟华教授编著的《比较文学形象学》[15]一书是较早介绍相关理论的书籍，对于我国文学形象学的发展起到了很大的推动作用。至今，已经有很多学者就文学形象学，主要是在外国文学中的中国形象展开了研究，如在日本文学中的中国形象、美国文学中的中国形象、韩国现代文学中的中国形象等。由于相关的期刊论文较多，限于篇幅，无法进行一一述评，下面只从专著和博士论文两个方面进行考察。

首先在专著方面，1999 年美国学者哈罗德·伊萨克斯出版的《美国的中国形象》[16]，是较早的论述海外中国形象的著作，该书从文学、传媒等角度论述了美国人眼中当时的中国形象；2005 年何英出版《美国媒体与中国

---

15 孟华主编，《比较文学形象学》，北京大学出版社，2001 年。

16 哈罗德·伊萨克斯，《美国的中国形象》，于殿利、陆日宁译，时事出版社，1999年。

形象》[17]，该书论述了美国主要媒体中的中国形象；2006 年张宁出版著作
《日本媒体上的中国》[18]，该书从日本的主要传媒出发，梳理了在日本媒体
中的中国形象；2007 年刘利林出版《日本大众媒体中的中国形象》[19]，该书
从日本的大众传媒出发刻画了日本大众传媒中的中国形象；2010 年美国学者
克里斯托弗·杰斯普森出版了著作《美国的中国形象》[20]，该书主要是从报
纸等传媒资料的角度刻画出当时在美国报纸中的中国形象；2010 年徐东日出
版的《朝鲜使臣眼中的中国形象》[21]，该书从历时性的角度梳理了历代朝鲜
使臣眼中的中国形象；2010 年尹锡南出版《印度的中国形象》[22]，该书论述
了中国形象在印度的历时性变化和构建；2010 年李勇出版《西欧的中国形
象》[23]，该书论述了中国形象在西欧的发展和变化过程；2011 年朱小雪出版
《外国人眼中的中国形象及华人形象研究》[24]，该书从外国人的角度论述了作
为异国形象的中国形象；2012 年刘鹏出版《中国形象传播：历史与变革》[25]，
该书主要论述了中国形象的传播历史；2012 年张玉出版《日本报纸中的中国
形象》[26]，该书论述了日本报纸中的中国形象。以上的学者都从不同的方面
研究了中国形象的海外传播和建构，为中国形象的研究做出了积极的贡献，
而其中厦门大学周宁教授主编的《世界的中国形象丛书》，系统性地研究了
中国的域外形象，包括《美国的中国形象》[27]《西欧的中国形象》《俄罗斯的
中国形象》[28]《日本的中国形象》[29]《印度的中国形象》《东南亚的中国形
象》[30]《非洲的中国形象》[31]《阿拉伯的中国形象》[32]《拉丁美洲的中国形

17 何英，《美国媒体与中国形象》，南方日报出版社，2005 年。
18 张宁，《日本媒体上的中国》，吉林人民出版社，2006 年。
19 刘利林，《日本大众媒体中的中国形象》，中国传媒大学出版社，2007 年。
20 克里斯托弗·杰斯普森，《美国的中国形象》，姜智芹译，江苏人民出版社，2010 年。
21 徐东日，《朝鲜使臣眼中的中国形象》，中华书局，2010 年。
22 尹锡南，《印度的中国形象》，人民出版社，2010 年。
23 李勇，《西欧的中国形象》，人民出版社，2010 年。
24 朱小雪，《外国人眼中的中国形象及华人形象研究》，旅游教育出版社，2011 年。
25 刘鹏，《中国形象传播:历史与变革》，人民出版社，2012 年。
26 张玉，《日本报纸中的中国形象》，中国传媒大学出版社，2012 年。
27 姜智琴，《美国的中国形象》，人民出版社，2010 年。
28 孙芳，《俄罗斯的中国形象》，人民出版社，2010 年。
29 吴光辉，《日本的中国形象》，人民出版社，2010 年。
30 张旭东，《东南亚的中国形象》，人民出版社，2010 年。
31 胡锦山，《非洲的中国形象》，人民出版社，2010 年。
32 李荣建，《拉丁美洲的中国形象》，人民出版社，2010 年。

象》等九本著作，是目前为止研究域外中国形象的比较全面的丛书。但是该丛书侧重于文化研究，主要是从大众传媒等方面进行研究，从文学的角度进行研究的内容并不多。除了以上提到的著作，还有一些著作也涉及了海外的中国形象问题，限于篇幅，就不再一一赘述了。

其次，在博士论文方面，2002 年延边大学崔一的博士论文《韩国现代文学中的中国形象研究》论述了韩国文学中的中国形象；2005 年暨南大学的李雁南的博士论文《近代日本文学中的"中国形象"》论述了近代日本文学中的中国形象；2005 年复旦大学的姚京明的博士论文《中国镜像的明与暗——葡萄牙十六至十九世纪文学中的中国形象》论述了葡萄牙文学中的中国形象；2006 年复旦大学的王珏的博士论文《权力与声誉——对中国在美国国家形象及其构建研究》，该论文论述了中国的国家形象在美国的构建路径；2007 年暨南大学詹乔的博士论文《论华裔美国英语叙事文本中的中国形象》论述了华裔美国文学中的中国形象；2010 年复旦大学的唐海东的博士论文《异域情调·故国想象·原乡记忆——美国英语文学中的中国形象》论述了美国英语文学中的中国形象；2011 年西南财经大学县祥的博士论文《当代中国国家形象研究》，对于如何构建中国的国家形象提出了自己的观点；2012 年山东大学杨刚的博士论文《二十世纪美国华人文学中的中国形象》论述了二十世纪美国华人文学中的中国形象；2013 年湘潭大学的郝胜兰的博士论文《好莱坞电影里的中国功夫形象》探讨了中国功夫形象在好莱坞电影中的构建；2013 年南京大学的钱立勇的博士论文《西方视野下中国军队形象的变迁与构建》论述了中国军队国际形象的变迁与构建；2013 年华中科技大学周宏刚的博士论文《印度英文主流报纸的中国形象研究》论述了印度主流报纸中的中国形象；2013 年中央民族大学冯月然的博士论文《他者形象——〈纽约时报〉视角下的清末中国形象（1900-1905）》从他者视角论述了清末的中国形象；2014 年复旦大学的吴德识的博士论文《论越南〈人民报网〉新闻报道呈现的中国国家形象（2003-2012）》论述了越南报纸对于中国形象的构建；2016 年武汉大学卢伟的博士论文《赫尔曼·黑塞小说的中国形象》论述了小说中的中国形象；2018 年华东师范大学的秦静的博士论文《国外纸媒涉华气候变化报道中的中国形象研究（2007-2017）》从气候变化问题的角度，分析了国外纸质媒体关于气候报道时构建的中国形象；2018 年中央民族大学朴铃一的博士论文《韩国当代小说中的中国形象研究》论述了当代韩国小说中的中国形象；

2020 年上海交通大学王绪军的博士论文《基于语料库的中国外交形象演变研究（1949-2018）》论述了中国外交形象的演变；2020 年上海外国语大学何心怡的博士论文《新世纪德国儿童文学中的当代中国形象研究》论述了德国儿童文学中的中国形象；2020 年黑龙江大学魏梦莹的博士论文《新时期俄罗斯文学中的中国形象》[33]论述了新时期俄罗斯文学中的中国形象，还有一些博士论文也涉及了中国的海外形象问题，限于篇幅，就不再一一赘述。

以上专著和博士论文就研究的角度来说，有从报纸传媒角度研究的，有从影视角度研究的，有从文学角度研究的；从研究的地域性来看，有亚洲的、有美洲的、有非洲的、有拉丁美洲的，可以说研究成果全面而丰富，凸显了学者，尤其是中国学者在中国的异域形象领域做出的有益的探索和重要贡献。

其中的一本著作《东南亚的中国形象》从神话传说、政治领袖等方面论述了域外的中国形象。书中从文学角度进行论述的部分则取材于东南亚华文文学，由于新加坡的华文文学影响较小，所以该书并未论及有关新加坡的内容。另外，还有些零星的学术文章研究新加坡的中国形象，但是大多是从报刊传媒等角度出发，目前尚未有从新加坡英语文学的角度研究中国形象的成果。

再者，新加坡英语文学在新加坡本国的研究较为全面。但是在我国，学界长期以来关注的都是新加坡的华文文学，对于新加坡主流文学创作的英语文学缺乏关注。上海社科院任一鸣教授是目前论及新加坡英语文学的较早的学者。从 2010 年开始笔者对新加坡英语文学进行了相关研究，于 2013 年完成教育部规划课题《新加坡英语文学研究》，并出版同名专著。该著作是目前为止国内有关新加坡英语文学的比较全面的著作。至今为止，笔者尚未见到其他有关新加坡英语文学的相关研究。

以上是目前新加坡英语文学中的中国形象的研究现状。从以上的综述可以看出，目前有关新加坡英语文学中的中国形象研究尚不多见。

---

33 以上博士论文可在中国知网查询。

第二章 形象的起源：国家形象的基本含义

　　"国家形象"是近现代意义上的概念，缘起于本土和异域的分野，因国家间交往而具有意义，作为一整套的符号表述系统而存在，涉及两个或多个国家之间相互的评价和认同。"形象"已经超脱了原始意义中的"摹写"概念，区别于"形"、"名"、"相"、"言"等具体的表述，不再以"似"、"真"、"幻"等文学性的标准来评价，亦不再单独作为认知主体的人与作为认知对象的客观实在之间的互动关系而存在。

　　学术界对"国家形象"的研究肇始于比较文学形象学，聚焦于从"自我"与"他者"的互动中完成一个国家对另一个国家的认知与评价。晚近在此方面的学术研究有较大的拓展，无论是比较文学形象学还是文化学、人类学均有突出贡献，从媒介表达的话语分析到国际传播中的形象政治，甚至是在比较文学研究或跨文化研究领域将"国家形象"看作是由异域建构的"他者镜像"，都提供了别开生面的研究范式。整体而言，形象的建构与传播问题不仅仅涉及形象是如何生成的，更涉及两个或多个国家如何借用各自的知识体系、话语表述系统、资本权力资源对自身的建构、对他者的认知、对他者认知的修正等多个维度。

第一节　形象的定义

　　"形象"的建构与传播古已有之。古代人们将"形象"用于作为主体的人对作为客体的自然万物进行认知的一种途径或方式。最初意义上的"形象"也就成为处理人和自然关系的抽象化中介，倾向于对自然之物的"摹写"，而后，作为"摹写"的形象进入交往的视角，超脱了文艺性、艺术性创作范畴，变成了一种抽象化的对人和物的思考。

形象先于文字而生，"早在文字诞生之前，人类已经依靠记录、演运和传播信息的实物化具象和抽象媒介形式。……使人类逐渐摆脱了原始混沌懵懂状态，走上了理解、解释、控制客观世界这一由必然王国向自由王国迈进的道路……"[1] 以此来看，"形象"一词最初作为人的文学或艺术创作对自然之物的描述、再造、摹写，并未涉及人与人、组织与组织、国家与国家之间的沟通、交往，而更多偏向于物理层面上的意义——即直观感受到的"形象"是一种"摹相"，因而，"形象"一词在古汉语中更多的表示"形状相貌"，如范晔《后汉书·独行列传》中记载说，"蜀平，光武下诏表其闾，《益部纪》载其高节，图画形象"。无独有偶，在西方国家，沿袭神学及神话学的传统，"形象"往往指的是"依上帝的形象和样式"造人的方式和方法，虽然与中国古典文献中最初的意义有所差异，但在"摹相"的层面上却无本质的差别。在古代社会，新生产工具的发明和运用。并没有使"形象"这一概念延伸为今天多个主体间交往的符号表述系统，而是伴随着人类对自然界的原始认知的探索，对"形象"这一概念的认知不断由具体走向抽象，由直观体验走向逻辑思维。因而，《老子》开篇即言，"有名天地之始，无名万物之母"，《庄子·天道》又言，"故书曰：'有形有名。'形名者，古人有之，而非所以先也"。"形象"成为古代的哲学家了解人与自然之间关系、洞彻考察万物规律的工具。之后，"形象"在古代广泛应用于行军作战（如《孙子兵法》中用来表述信息符号系统），巫术占卜（如《周易》中用卦辞这一非语言抽象符号系统表述"天地万象"），文学艺术创作中（如"言"、"象"、"意"，"赋"、"比"、"兴"）等。在古人对"形象"的若干阐释维度中，"摹写"是与今天的"形象"意义最为切近的应用维度[3]。对"形象"的评价就有与之相应的三类层次，即"真"、"似"、"幻"。"真"与"假"相对，指"形象"要摹写自然面貌，以求"逼真"；"幻"与"真"相对，指虚构的"超自然型"的文学创作；"似"介乎"真"与"幻"之间，指艺术创作仿写客观自然，但又不必全然忠实于自然，如山水画。如果将形象的定义局限于它的原始意义，那么，"国家形

---

1 杨钢元，《形象传播学》，中国人民大学出版社，2012年，第11-12页。

象"的建构与传播就成为一个国家对另外一个国家的描述和再造，这些描述或再造的方式包括绘画、雕塑、小说、散文、笔记等若干形态，作为文学或艺术作品形态虽然具有建构和传播国家形象的意蕴，但从本质上却不属于现代意义上的形象传播。

依据中国和西方古代对"形象"问题的传统认知，现代意义上的传播不仅仅与作为主体的人和国家有关，更涉及人与人之间（而非人与物之间）、国家与国家之间（而非作品与国家之间）的关系。中国传统文化中的"形"、"象"、"意"、"言"等表述虽然包含着原始的自然物或人"是什么"以及"应当是什么"的内在要求，但它并不具有人与人之间或组织与组织之间进行交往的含义。但在今天的领导人形象、国家形象等具体的表述中，形象已经不仅仅是依照自然物的存在状态进行的艺术性再造，而是依据"事实"做出的"应当"的理性推论和合理化的建构。因此，"形象不仅仅是一种特殊符号，而颇像是历史舞台上的一个演员，被赋予传奇地位的一个在场或人物，参与我们所讲的进化故事并与之相并行的一种历史，即我们自己的'依造物主的形象'被创造、又依自己的形象创造自己和世界的进化故事"[2]。

形象在跨文化传播中，因不同的传播主体的介入而变得更为复杂：它脱胎并不局限于古典文献中的"摹写"，以"自我"和"他者"之间互动关系为研究对象，以异质文化语境中的交往现象为载体。所以在以"摹写"为意义的形象层面，"建构路径"这一问题并没有被提出；现代语境中的"形象"一词来源于比较文学形象学，超脱了"摹写"的概念，具体指"文学艺术区别于科学的一种反映现实的特殊方式。即作家从审美理想的立场出发，根据现实生活各种现象加以艺术概括所创造出来的具有一定思想内容和艺术感染力的生活画面"[3]。但比较文学形象学中的"形象"一词依然带有中国古代"摹象"的痕迹。如果说一开始的"肖像学"是重点研究人的视觉与存在物之间的关系的话，那么形象学则开始注重图文与现实之间的张力问题。比较文学形象学的引入则开启了一个新的发展阶段，以文本为研究对象来探讨自我和他者之间的互动关系，并将"形象"、"幻象"等此用以表述"文学、

2　W. J. T. 米歇尔，《图像学：象形、文本、意识形态》，陈永国译，北京大学出版社，2012年，第5页。
3　罗竹风等编，《汉语大词典》，上海辞书出版社，2008年，第195页。

文化中的异国层面"[4]。以"评价"一词来界定"形象"的外延未免显得过于简单，但正是这一"评价"本身所延伸出来的主体间问题却是形象学成为今天的一大显学。从某种意义上说，作为一种直观意义上的"评价"的形象，其深层次的问题是交往中的身份互动问题，身份借助言说和行为完成建构，借助传播在与他者的交往中产生知情意层面的认知和评价。因此，这里就不可避免地提及形象传播中的主体性问题。主体性是跨文化传播需要面对的首要问题，因自我意识到"自我"的存在，意识到"自我"在与他者进行互动过程中的角色和地位，使跨文化的问题变成文化自觉的问题和文化主体性的问题。

比较文学形象学是国家形象跨文化传播研究领域的最初尝试，作为开端，早期的研究者进行了一系列较为系统化的探索，其中最有典型代表意义的是孟华教授在 2001 年出版的《比较文学形象学》一书，通过对让-马克·莫哈、保尔·利科、基亚以及米歇尔·卡罗等人的 14 篇论文对国家形象的研究从比较文学形象学的角度进行了基础性的建构。需要指出的是，比较文学形象学中虽然涉及到不同国家对异域国家以文本为方式对国家或民族进行建构，但这里的"建构"主要偏重于异域，而非本土，并且将关注的重点放在"形象是如何生成"的这一角度，并不关注对于被描述和再现的"他者"而言应该如何改变自身被塑造的问题，相反这正是国家形象跨文化传播战略研究所关注的焦点。

有学者指出，"在比较文化视野内，异国形象作为一种关于文化他者的集体想象，不同类型的文本是相互参照印证、共同生成的，不能仅限于文学，其研究的理论前提、研究对象、研究方法都不能仅限于文学"[5]。自比较文学形象学中对异国形象的研究纳入新闻传播学的视角，尤其是建构主义理论引入对传播现象的考察后，"形象"一词已经发生了意义的转换，更多被赋予文化、伦理、道德和观念上的信息，形象自图像的相似性到非图像领域的延伸，凸显了意义、符号、元素和阐释的价值。[6]"形象"由物理层面转化

---

4 孟华，《比较文学形象学论文翻译、研究札记》，《比较文学形象学》，孟华主编，北京大学出版社，2001 年，第 1 页。

5 杨松芳，《美国媒体中的中国文化形象建构》，北京师范大学出版社，2011 年，第 18 页。

6 W. J. T. 米歇尔，《图像学：象形、文本、意识形态》，陈永国译，北京大学出版社，2012 年，第 35 页。

为文化层面之后，就使"形象"的研究摆脱了对相似性的研究，而演化成为一种基于交互的主体所产生的认知、情感、意志的学问。因知情意的生成需要凭借外在的信息作为依托，传播的介入就变得必然而且正当。顺此"国家形象"的建构与跨文化传播，就演变为自我和他者、本土和异域基于特定的中介进行的认知、评价、表述和情感。它已经不再是单一的知识体系，也非纯粹的不涉及"他者"或"异域"进行的以他者的不在场为前提的自我想象与自我言说。

第二节　国家形象的定义

根据知网中的检索，关于国家形象的研究在二十世纪末逐渐地在大陆学术界引起关注，1997年"知网"收录与国家形象相关的文章33篇，此后呈现递增趋势。以2003年至2023年的数据检索，在NSSD数据库中，21年累计共有与"国家形象"相关的文献800多篇，以"中国形象"为关键词的相关文献有1421篇；此外，以人民网的数据检索为例，21年累计共有与"国家形象"相关的报道10000多篇。

不同知识背景对国家形象有着不同的定义和表述，从比较文学形象学的角度来说，国家形象专门指文本中的他国的形象，其经典的定义来源于巴柔，他给出的定义是，"异国形象应被作为一个广泛且复杂的整体，更确切地说，它是社会集体想象物的一种特殊表现形态：对他者的描述"[7]。有学者认为，这一定义包含了心理因素、集体因素和整体这三个关键特征[8]。从比较文学形象学的角度来考察国家形象，就是认定了这样的一个操作流程，第一，国家形象是通过文本来建构的；第二，文本中展示了对他者的表述；第三，这些表述以异域中的社会心理为依托；第四，这一基于社会心理的想象是一个整体而非局部的想象。约翰·费斯克等人指出，"形象（image）最初是指对现实的某种视觉性表述——或是实际的（就是图画或照片中），或是想象的（就像在文化、音乐中）。现在一般是指为了吸引公众而非复制现实，认为创造的某种人工制品或公共印象；它意味着其中具

7　达尼埃尔-亨利·巴柔，《从文化形象到集体想象》，《比较文学形象学》，孟华主编，北京大学出版社，2001年，第121页。
8　李勇，《西欧的中国形象》，人民出版社，2010年，第3页。

有一定程度的虚妄，以至现实难同其形象相符"[9]。但比较文学形象学虽然以文本作为"中介物"（即路径）将自我和他者、本土和异域进行了连接，但"自我"和"本土"在异域的想象中往往是不在场的，也即是说国家形象作为一种"描述"，被描述的国家往往不参与自身形象的生产。因而，虽然比较文学形象学将国家形象看作是以文本形式表现出的国家间的关系，但这个"关系"往往是研究者赋予的，而非实实在在的。以此作为研究的出发点，周宁在其一系列著作，如《龙的幻象》、《天朝遥远》等作品中，姜智芹在《镜像后的文化冲突与文化认同——英美文学中的中国形象》一书中都展开了广泛的研究。罗伯特·史库勒将国家形象定义为，"根源于历史及环境的因素，所产生对于某国人民或社会上某些组织、机构的态度"[10]。这一概念将"国家形象"看作是"态度"。相较而言，这也是学术界普遍拥有的一种倾向，即国家形象表现为基于知情意的评价问题，如程曼丽等人也认为，"国家形象一般是指国际社会对于一个国家的认知和评价"[11]。也正是因为这个原因，国内较多的学者倾向于以"认知和评价"作为国家形象的具体指涉而进行研究。其逻辑思路是，国家形象既然是他国或国际社会对某一国家的认知和评价，那么这一"认知和评价"是可以通过直接的测量来考核的；而大众媒体无疑是承载这些认知和评价最直接和显而易见的渠道。于是，学术界将国家形象的研究转变为对海外媒体对中国进行报道的研究，如何英的《美国媒体与中国形象（1995-2005）》等。如此一来，中国形象的跨文化传播路径就变成了如何设置海外媒体的议程的问题。随着近年来以网络为代表的新媒体的崛起，对国家形象的研究拓展至新媒体这一领域，如 Twitter、Facebook 等社交平台上公众对中国的表述等。这里存在的一个明显的问题是将"国家形象"等同于"媒体形象"了，虽然方便了国家形象作为一种"认知和评价"的测量，但却在后续的形象建构及传播研究中将这一课题导向了相对窄化的研究道路。

李智在评价关于国家形象若干概念的基础上认为，目前大部分关于国家

---

9 约翰·费斯克等，《关键概念——传播与文化研究辞典》，李彬译，新华出版社，2004 年，第 132-133 页。

10 Schooler R D. Product Bias in the central America Common Market. Journal of Research in Marketing, VOL.2, 1965, 394-397.

11 程曼丽、王维佳，《对外传播及其效果研究》，北京大学出版社，2011 年，第 35 页。

形象的定义都遵循了一种"本质主义"的路线，无一例外地遵循着"传统唯物主义本体论的客观主义认识论路线"，因而存在着致命的弱点，"对国家形象现实的再现力和解释力严重不足"[12]。以"真实—反映/应"这一对矛盾为线索的"国家形象"思考脉络。将"形象"的意义退回到词源意义上的"摹写"层面，即以此为线索，国家形象就成为对国家真实状况的"摹写"，这个"摹写"往往以"似"、"真"、"幻"为评价标准，使国家形象的定义流于简单。或者，这一类"国家形象"的概念，实际上就是一种典型的"给定实在论"。所谓"给定实在论"（given realism）在谢立中看来是这样的一种观点，"'实在'是先于我们的主观意识和所使用的符号系统而独立存在的，而我们的主观意识却是先于我们所使用的符号系统而独立存在的"[13]。因而，某种程度上讲，这种对"国家形象"的界定往往关注了国家形象的表面含义或直接含义，而忽视了"国家形象"本身的复杂性和多义性。有相较而言，李娅菲在《镜头定格的"真实幻象"——跨文化语境下的"中国形象"构造》一书给出的定义，"西方对中华文化特征的一种想象性建构，一整套内含话语机制的隐喻符号系统"[14]则具有很大的超脱性。一方面，"国家形象"是一种想象性的建构，另一方面，这一建构通过隐喻符号系统来完成，与此同时，内含的话语机制则构成了国家形象生成背后所隐藏的动因。

国家形象表现为一整套的符号表述系统，包含着以下三个维度：第一，这里的表述既包括自我的表述也包括异域的表述，两者相互交叉，相互影响；第二，中国形象往往作为西方想象中的"乌托邦"或"地狱"两种形式存在，这都是中国的"镜像"；第三，异域公众不同的立场和出发点都会引发对中国形象的不同评价。因此，基于以上分析，中国形象的跨文化传播就是以他者表述系统为镜像，对自我和他者、本土和异域这两对关系进行调整的过程。而中国形象跨文化传播路径，就是中国形象通过何种方式建立和传播自我的表述系统。

---

12 李智，《中国国家形象：全球传播时代建构主义的解读》，新华出版社，2011年，第16页。

13 谢立中，《走向多元话语分析：后现代思潮的社会学意涵》，中国人民大学出版社，2009年，第4页。

14 李娅菲，《镜头定格的"真实幻象"——跨文化语境下的"中国形象"构造》，人民出版社，2011年，第3页。

第三节 国家形象的认知

正因为国家形象是一整套的符号表述系统，并且因为空间的区隔，其生成呈现出了"内外有别"的特征，国家形象通过何种元素进行表征，学术界争论至今依然没有定论。"国家形象"或"中国形象"仅仅作为国家之间进行交往的评价而具有意义？还是他们本身也存在着一个话语建构的问题？又或者，"国家形象"的评价对象是一个作为主体的"国家"，其"国家"的公民是否又赋予国家形象某种特定的价值或已经基于特定的文化、历史、民俗、传统观念形成了固有的观念及认知？"国家形象"本身是否承载了所言说国家的公民的某种期待或想象而使之成为一种文化认同的基础？"国家形象"这一话语本身所谓一个表述性的符号系统，在国内的公众视阈中是否具有阐释力？

研究统计发现，公众在谈及"国家形象"或"中国形象"时往往存在以下几个层面的认知或解读取向：第一，公众倾向于跟美国、日本、俄罗斯等海外国家进行对比，以此来比较中国和其他国家的形象建构策略与问题；第二，公众认为媒体报道、城市形象、食品药品、形象代言人以及中国游客的海外旅游往往是形象建构的重要途径；第三，当"中国形象"或"国家形象"处在较受争议的语境下，公众更倾向于将此作为话题进行延伸性或拓展性的表达或讨论。"国家形象"本身是一个意指性的实践，据此可以看出，公众认知中的国家形象具有构成因素的复杂性和多元性特点，并与当前社会最为突出的社会现实状态进行勾连，呈现出各类观点交互穿插的现象。"国家形象"成为公众表述自身身份，表达对国家期待或进行批评的抽象代名词，它植根于中国转型期的社会现实中，以生活化的情境再现，个体化的观点表达，多样性的价值取向来表述对现存社会状态的期许，整体上具有非延续性、发散性的特点，并没有形成具有统摄性的观点。

国家形象既然作为一整套的符号表述系统而存在，其"整套"表明一种相对的完整性和叙事逻辑的内在自洽性，公众对"国家形象"或"中国形象"的认知虽然是情绪化、多元化及碎片化的，但通过对大量碎片化信息的梳理，依然可以发现相对集中的多类观点。整体上可以说，国内公众对"中国形象"或"国家形象"的认知及评价呈现出"相对集中的分裂"的局面：即公众对国家形象有不同的表述，但这些不同的表述都可以归结为相对集中的几个维度。虽然对公众所认知的"国家形象"进行调研并不直接属于中国形象跨文化传播路径的范畴，但公众作为社会层面上的认识和行动主体，同时又是国家形象跨文化实践中不可或缺的主体。

虽然"国家是国际社会实践活动的主体，国家的社会实践创造了国际社会和国际体系"[15]，并且"国家形象跨文化传播"这一命题在表述中以"国家"作为主体，但国家形象的建构与传播却并非局限于"国家"这一层面，它涉及国家内部成员对本国形象的一种想象，并在日常的生活中赋予自身的国家形象某些具体的期待。进一步讲，建构和传播国家形象的直接意图是改善和增强国家在世界话语体系中获得认可的可能性，但在终极意义上，国家形象并不是单纯地在异域公众的头脑中描绘出一个"乌托邦"式的标签，而是能够让所有的生活在国内的人，都会产生油然而生的自豪感和满足感。因此，国家形象的建构应该至少包括两个维度：一是本土公众理想的中国形象，二是政府所期待的中国形象；前者聚焦于国内生活化的层面，后者聚焦于中国在国际舞台上的角色和影响力。诚如台湾著名学者王思齐博士所说，"国家形象的赋予也并非是一种正式的'仪式'或'程序'，而是在每个人的心中自行生成的，因此同一个国家，甚至同一个家庭中的成员，都可能因为自己的知识层次、信息范围、个人偏好、特殊经历、主观意识和社交范围，而对同一个国家赋予不同的国家形象"[16]。学术与政治，官方与民间，本土和异域对于中国的形象皆有不同的想象和期待。这些不同的期待与不同的认识主体勾连，就使得形象的定位显得错综复杂，时而清晰时而飘忽，时而协同时而分离，这在很大程度上增加国家形象跨文化传播的难度。

第四节　国家形象构建中的"自我"与"他者"

国家形象作为一个想象的综合体，一个国家整体实力的形象体现，要有引人注目的特定的具象符号。它是一个复杂体，也是一个国家的文化软实力的标志，同时也是一个国家基于这种文化软实力所呈现出的思想精神力量。一个国家形象总是在"自我"与"他者"的相互借鉴和相互关照中完成构建

15　亚历山大·温特，《国际政治的社会理论》，秦亚青译，上海人民出版社，2000年，第31页。

16　王思齐，《国家软实力的模式建构——从传播视角进行的战略思考》，浙江大学出版社，2013年，第56页。

的。正如王一川教授所指出的："完整的国家形象应既包括自我形象，也包括他者形象，确切点说，应是由自我和他者的关系构成的。"[17]因此对于特定的国家形象存在着两个乃至多个观看主体，需要自我认知和他者感知的互鉴互识。

索绪尔认为，任何符号都包括"能指"与"所指"。能指是作为一个有形物体的存在，包括文字、声音或者形象。所指是指通过语言所反映出的事物的概念。而能指和所指结合的过程就是意指，符号就是这种意指系统。丹纳认为："人在艺术上表现基本原因与基本规律的时候，不用大众无法了解的而只有专家懂得的枯燥定义，而是用易于感受的方式，不但诉诸理智，而且诉诸最普通人的感官和情感。"[18]自我创作主体通过文化符号来构建心中的国家形象，他者作为接受主体则通过想象来认知国家形象。作家需要塑造的是一个自我和他者都能够确认的国家形象，既不能拘泥于自我文化视角，钟情于国家形象的负面叙事，引来他者的误读；也不能过于硬核他者的趣味和理念，构建出"他者化"的国家形象。

国家形象作为一种表意符号，表现出一种民族精神和文化品格。它可以是一种抽象的国家存在，也可以是一些具体的、带有标志性的符号表达，使得自我文化价值被他者认知。

一、"自我"认知与"他者"解读

不可否认，在今天的国际话语体系中，西方占有主导地位。西方在很多领域以强势姿态存在，包括文化层面的对话与交流。国家形象的塑造是一个重要的战略问题，塑造过程中所带来的"自我"与"他者"的关系实际上也存在着一种文化战略问题。一般来说在国家形象构建的过程中实际上有两种形象出现：一种是自我努力塑造同时又期待他人认可的内在"自我"形象；一种是纯粹的来自外部认知的"他者"形象，这两个形象总是互相矛盾又互相映照。

"自我"与"他者"的影响实际上是本土文化对异质文化的影响。"自我"是带有主体性的自我，"他者"是相对于"自我"而言的。黑格尔在《精神现象学》中所界定的自我和他者的主奴关系成为概括西方之自我和东

---

17 王一川，《中国形象诗学》，上海三联出版社，1998年，第12页。
18 丹纳，《艺术哲学》，傅雷译，人民文学出版社，1963年，第31页。

方之他者的关系的一个理论基点。这样的一种关系明显渗透着西方作为主体性自我的优越感，展示出西方对东方的可以描写并力求使之对象化，也显示出西方的自我确证是以被贬斥的他者作为对立面或者参照体系的，这种不对等的对他者的轻视，不承认他者作为一个交流主体而存在。不承认就预示着不与之对话，他者就没有言说的可能，他者的实体性只能由那个所谓的自我在想象中单方面言说，这种缺少平等对话的界定暴露出的是一种权力暴力和以自我为中心的霸权意识。

西方视自己为"自我"，自我以外均为他者，存在着将两者认为对立起来的误区。正如张隆溪教授所言："东方代表着非我，相对于非我，西方才得以确定自己为之自己，所以东方乃是西方理解自己的过程中在概念上必有给定因素。事实上，东方和西方一样，都是在那过程中产生出来的形象。"[19]实际上，自我与他者是一组相对应的概念，它们应该是互为渗透、互为参照的关系。黑格尔也认为"他者"的显现对构成自我意识是必不可少的，他者之存在使主体意识得以确立。萨特在《存在与虚无》中也承认他者对主体自我意识的形成的重要的本体论意义。[20]所以在他者与自我的关系中，矛盾是其基本关系，但是在二者的关系构建中，对话还是发挥了积极作用，正是对话的介入，使得自我与他者才能有沟通的可能，从而消除双方的误读。他者眼中的"中国情调"和"中国风"是异国他者对中国国家形象的一种固有想象模式，实际上带有一种猎奇甚至是歧视的色彩。当然近年来随着中国的和平崛起，西方看到中国的歧视色彩减弱了一些，甚至出现了一些正面的中国形象，就像新加坡英语文学中的中国形象，既有负面的，也有正面的中国形象，其深层的原因在于中国的日渐强大，在国际上的地位日益提升。在外国作品中的中国形象实际上并不仅仅是那些粗鄙的表面习俗，它还充满着浓厚且独有的"中国情味"，代表着中国的民族性格和民族精神，耐人寻味。因此在构建国家形象时要尽量使得"他者"为自我所用，在互鉴互识中让者给予自塑构建的依据，利用"他者"的言说构建一个尽量真实的国家形象，当然，这一切都要立足于文化自信的基础之上。而对于新加坡的华裔作家来说，中国既是作为"他者"的存在，同时由于自己的华裔身份，中国又代表着某种程度上的自我，这是新加坡的作家与西方作家在构建中国形象是截然

---

19 张隆溪，《非我的神话》，北京大学出版社，1980年，第197页。
20 萨特，《存在与虚无》，陈宣良等译，三联书店，2007年，第447页。

不同的地方。对于西方作家而言，中国是一个纯粹的"他者"，而对于新加坡作家而言中国是自我与他者的混杂，这也正是新加坡作家在构建中国形象时的特殊之处。

二、他者的异样表达与善意解读

西方作家作为有别于中华文化的"他者"，在面对中国形象这个"想象的共同体"时，一般有两种表达：一为异样表达，二是善意解读。追溯西方700多年的中国形象构建历史可以发现，西方对中国形象的认知和构建始终是与西方自身的发展状况密切相关，它"不仅与中国自身的变化有关，也与欧洲历史的发展密不可分。因为这些发展既向欧洲人提供了一个不断变化的比较基点，又造成了特定时期中国观念有助于满足其不断变更的需求和愿望。"[21]西方文化中本来就存在着"想象的中国形象"一说。中国一直作为西方自身发展的一个重要参照物，并因此具有了某种特殊的魅力。对此史景迁有过精彩的论述："对于西方来说，中国具有深刻的魅力。西方被中国迷住了。我故意用迷住了这个词，它意味着不仅仅是感兴趣，而是被陶醉了，不仅仅是在感情上，在想象和知识方面也是如此。问题是，为什么会出现这样的状况呢？我相信日本、印度、中东都从未如此强烈地吸引过西方，你可以说它们对西方也产生了影响，但中国四百年来对于西方所具有的却是一种复杂的魅力。"[22]这里所说的"深刻的魅力"就是一种异样表达和善意解读。中国形象在西方被想象成了神秘而且具有某种威胁性的"他者"，因此就形成了西方对于中国的言说所特有的复杂情况。

西方对中国的关注、认知和想象经历了一个不断变化的过程。早期西方文学中的中国形象多半是传奇和历史的结合，人们心目中的中国是一个神秘、奇幻、瑰丽的乐土。其中马可波罗的游记更加起到了推波助澜的作用。这种乌托邦式的想象曾经在十六世纪达到顶峰，这时候展现在西方人面前的是一个令人向往的文明之邦，是启蒙思想家心目中理想的天堂。然而，到了十八世纪开始趋向于一种否定的评价，在西方人看来，当时的中国无异于一个野蛮、愚昧的民族。这种评价或者是对中国缺乏真正的了解，或者是处于

---

21 哈罗德·伊萨克斯，《美国的中国形象》，于殿利等译，时事出版社，1999年，第157页。

22 史景迁，《文化类同与文化利用》，廖世奇等译，北京大学出版社，1990年，第15页。

确认自身文明的需要而有意丑化中国形象。这种认识就是来自"他者"自身需要的异国想象，其中包含有明显的异样表达。

历史上的西方因为并不了解中国而在文艺作品中塑造出一个"想象"的中国形象。现代的西方社会，无论是在现实还是在文艺作品中，普遍存在着否定中国的倾向，而在主流意识形态上更是存在着明显的反华倾向。可以说在"他者"视野中否定中国的情结实际上包含有一种立场上的敌意。这种情绪来源主要是那些基于意识形态的偏见和西方中心主义观念的"他者"的丑化和书写。他们在想象中书写，也在书写中想象在有意识的贬低和概念化否定中认为异国形象是社会集体想象物的一种特殊表现形式：对他者的描述。

新加坡作为处于中西方交界处的国家，在现代化的过程中大量地吸收西方文化，其意识形态深受西方的意识形态影响，因此，在新加坡的文学作品中有很多都是对于中国的异样表达，出现了很多负面的中国形象；与此同时作为一个华人占有绝大多数的国家，中国文化的影响也无处不在，因此在新加坡的文学作品中也出现了善意的解读，即文学作品中出现了很多正面的中国形象。之所以如此，与新加坡的立国之本有着密切的关系，新加坡在建国之初就确立了在中国和西方国家之间搞平衡的国策，这也直接影响了新加坡人对于中国形象的构建。一方面，他们站在西方的立场上否定和贬低中国，中国作为一个"他者"而被构建出来，其形象大多是负面的；另一方面，新加坡的华人又普遍有着中国情结，因此此时的中国就以一种正面的形象出现的。这种描述实质上是在通过对他者的想象来表达自身潜在的需求和渴望。表达了新加坡人面对中国时的矛盾心里。从根本上讲，新加坡文学作品中的中国形象，无论是异样表达，还是善意解读，都是一种不真实的、虚幻的想象，是出于新加坡作家本身自我身份确定的需要而创造出来的"想象的共同体。"因此新加坡华裔作家构建的中国形象带有明显的双重主体性，自我与他者相结合的主体间性。

第三章 中国形象的演变过程

自我和他者、本土和异域的关系是国家形象跨文化传播的起点。以"中国形象的跨文化传播"为命题，包含了以"中国"为主体的逻辑内涵。因此，国家形象的建构与传播应不可避免涉及国家对自我的"主体性"的认识。"主体性"不能脱离对他者的认识，尤其是自我和他者这对关系经常处于一种相互置换的语境。本研究认为，历史上的中国曾经以神秘、遥远、富庶的形象出现在西方世界中的想象中，但伴随着贸易、战争等，中国自我的主体意识在怀疑、焦虑中不断转型，经历了"异域的他者化"、"本土的他者化"和"自我形象的构建"这三种阶段性的过程。

第一节 异域的他者化

人类的任何认知都是以自我为中心的，这即是人的主体性问题。"主体性"对应的英文表述为 subjectivity，由日文转译而来。台湾学者吴丰维在《何谓主体性？一个实践哲学的考察》一文中认为，"'主体性'一词……用法相当浮动，它不仅是翻译自'subjectivity'而来，它通常也可对应于'autonomy'（自律性）、'independence'（独立性），甚至是'identity'（同一性/身份）"[1]。中国形象的建构在本土和异域、自我和他者之间穿梭，中国对外部世界的认识，外部世界对中国的认识往往交互在一起形成了复杂的关

---

[1] 吴丰维，《何谓主体性？一个实践哲学的考察》，《思想》，台北联经出版公司，2007年，第15页。

系网络。部落、族群、民族、国家最初都是地理、血缘意义上的概念，在民族间频繁的互动中，伴随着不同文明、文化间的冲撞与融合，自我与他者的身份、本土和异域的身份都被一遍遍地重新界定。

一、中心—边缘的地理认知：以边陲为他者

"自我"对"他者"的认知皆始于自我"家园意识"的形成，地理的区隔使内外分野、中心与边陲分野、中央与地方分野，建构了以华夏为中心，以四方为边陲的主体意识。"夏"在《古代汉语大词典》中被解释为"中国人自称"[2]。中国以"华夏"民族自居。"夏"字（甲骨文做"参"），按照《文字源流浅析》中的解释"象"字表示"威武活泼四肢发达的人形"，后用"华夏"作为"'中国人也'的自称。在《说文解字》中，"夏"被解释为"中国之人也。以别于北方狄，东北貉，南方蛮闽，西方羌，西南焦侥，东方夷也。夏，引申之义为大也。"[3]古代的中国人在文字的表述上就已经确立了以认识主体为中心的自我观念，并且"蛮""夷"、"戎"、"狄"等字也从文字上表征了自我认识他者的观念。许卓云先生曾经分析说，"夏"作为中国人的自称，表述的是"人"的概念，而"蛮夷戎狄"这些表述虽然不带有"人"的含义，但却不是贬义词[4]。至于"蛮"、"羌"、"狄"等表述少数民族或"外族"的词汇用虫、犬、羊等做部首，并非因其"非人"而是因其图腾崇拜[5]，"蛮夷戎狄"等表述也仅仅是对"四方民族"或少数民族的泛称。这一泛称是古代中国以自我为中心所表述的"天下"格局。

孔子及其弟子所创立的儒家文化虽然与道家等其他文化在中国的历史中都经历了若干的沉浮跌宕，但从汉代董仲舒提出"罢黜百家，独尊儒术"开始，儒学思想无可争议的成为中国文化的象征性符号，并在文化、伦理、道德层面也反映出中国文化对边陲和他者的认知态度。周文化、华夏文化的中心观念在《论语》等儒学经典文本中也有较多的体现，如其所言，"夷狄之有君，不如诸夏之无也"，又说，"微管仲，吾其被发左衽矣"。从这些表述中，华夏文化或中原文化与边缘文化或少数民族文化之间有着严格的差异，

---

2 王剑引等，《古代汉语大词典》，上海辞书出版社，2007年，第321页。
3 [汉]许慎撰，《说文解字》"夏"字词条，清同治十二年（1873）陈昌治刻本。
4 许倬云，《我者与他者：中国历史上的内外分际》，生活·读书·新知三联书店，2011年，第6-7页。
5 代艳芝、杨筱奕：《蛮夷戎狄称谓探析》，《思想战线》2009（1）：110-112。

这种"不如"或"被发左衽"的表述暗含了中原文化的优越性、边陲文化的"他者"性。这种"他者性"的确立是认识自我的方式，也是划分自我与他者界限的方式。伴随着中国文化的发展，这种对中心与边缘、自我与他者、华夏与夷狄进行严格区分的观念不断得到强化。而且，这种强调华夷之防的观念在"自我"强大的时候是这样，在中原政权受到少数民族政权威胁的时候更加突出。中国历史上有过多次的"华夷之辨"，均涉及华夏文化和边陲文化之间的关系。限于篇幅此不赘述[6]。

中国对边陲的认知，所折射出的以边陲为"他者"的意识，是以华夏文明为中心的同心圆模式，而所谓的"天下"观念"并不是中国自以为'世界只有如此大'，而是以为，光天化日之下，只有同一人文的伦理秩序。中国自以为是这一文明的首善之区，文明之所寄托，于是'天下'是一个无远弗届的同心圆，一层一层地开化，推向未开化"[7]。因而，中国早期的"天下"观念，既是地理观念，又是中国人的文化和伦理观念。实际上，任何论述的展开都始终围绕着一个相对稳定的中心，这个中心往往或以文化发展为中心，或以民族身份为中心，或以地理空间为中心，或以政治权力为中心，又或以他者作为论述的中心；而所有处在中心之外的则是边陲。这一"天下"认知格局始于夏朝，在郑和下西洋时代达到顶峰，这一认知遵循了"中国属内以制夷狄、夷狄属外以奉中国"[8]的逻辑。

这里需要强调的三条线索是，第一，华夏民族将其他民族视为"他者"，这个他者既包含了文化上的边缘概念，也包含了地理方位上的边缘概念，更包含了政治上的边缘概念，但最为重要的是文化层面的概念；第二，华夏文化对"自我"与"他者"进行区分的尺度是文化和礼仪，即凡是在文化上跟我们相同、相似或相近的都属于"我们"的人，凡是在文化上有差异的虽然不是"非人"，但却不是"我们这样的人"；第三，以中心为视角思考"他者"在这时期并没有从主观上"污名化"他者的故意，只有在民族之间存在冲突、矛盾或者威胁的时候，地理意义上的边陲。

6 柳岳武，《"一统"与"统一"——试论中国传统"华夷"观念之演变》，《江淮论坛》2008（3）：9。

7 许倬云，《我者与他者：中国历史上的内外分际》，生活·读书·新知三联书店，2011年，第20页。

8 《皇明通纪》卷二。

二、中国—外邦认知：以西方为他者

近代以前，中国对自我的认知和对"他者"的认知都是由"中心—边陲"作为认知框架推近及远的，中国对海外诸邦的认识以及自我主体意识的强化或衰减，既与本土的发展状况有关，又与其他文明的发展有关；通过对"他者"的批判并划清自我和他者的界限，使主体性的确立成为可能。但主体和他者之间所存在的关系，并非一直固定不变，而是处在一个变动的过程中。尤其是"他者"的崛起将会在很大程度上动摇"自我"的确认感。当"他者"崛起后，"自我"的优越感就会面临波动，"只有面临危机，身份才成为问题"[9]，因此，当一个民族发生变动或经历某种改革的时候，对自我主体性的思考就成为显性的问题。也正是因为如此，蛮、夷、戎、狄诸种称谓沦为贬义色彩，则肇始于历史上少数民族在中国历史版图上较为活跃的几个时期，如春秋战国、西汉及宋等；少数民族的崛起和对中原地区的统治构成了某种程度上的"威胁"并伴随着中国历史上少数民族的发展和错综复杂民族关系，"蛮夷戎狄"这些泛指的称谓不断赋予贬义色彩并固化。

中国与海外各个国家交往频繁之后，这些被贬义化了的描述性和指代性的用词，被移植到中国之外的其他国家，原本表述四方图腾信仰本来并没有贬义色彩的"狄"、"蛮"等词也被曲解为是"虫"、"犬"类，而非人类。清朝王闿运写于光绪六年二月初二日的《湘绮楼日记》中就说，"人者万物之灵，其巧弊百出，中国以之一治一乱。彼夷狄人皆物也，通人气则诈伪兴矣。使臣以目见而面谀之，殊非事实。"[10]直到满清时期，中国和西方进行交往的过程中，中国的自我观念骤然膨胀，这些曾经用来形容少数民族且不带贬义色彩的称谓都带上了浓郁的贬义、丑化和侮辱性的意义。这里可以用钟叔河的一段文字来形象地概括，他说，"封建社会在本质上是封闭的。在千百年来封闭社会的传统观念中生长起来的士大夫阶级，思想上一直把中国当做唯一的文明世界，而把边境外一切民族都称之为'蛮貊'和'夷狄'。一律加上虫豸和犬部的偏旁，意思就是说他们都不是人，至少不是和我们一样的人"[11]。

---

9 邵培仁，《媒介理论前瞻》，浙江大学出版社，2000 年，第 161 页。

10 王闿运，《湘绮楼日记》，商务印书馆，1927 年，第 214 页。

11 钟叔河，《走向世界：中国人考察西方的历史》，中华书局，2010 年，第 209 页。

中国"作为古代东亚文明中心的漫长历史使其人民对于所有外国人具有一种天生的优越感，传统模式的惰性和固执以及物质和精神的自给自足，相对来说使中国对西方的挑战产生了抵抗力并使它无视这种挑战"[12]。中国历史延续性，不仅表现在中国有着相对稳固的版图和文化的一脉相承性，还有着相对稳固的认识世界的方式。中国对外邦的认识，在晚清以前是以中国的自我中心为基点的。钟叔河在《走向世界：中国人考察西方的历史》一书中记载过斌椿在 1866 年（同治五年）旅游欧洲到达瑞典时赠送给瑞典太坤（太后）的一首诗，"西池王母住瀛洲，十二珠宫诏许游。怪底红尘飞不到，碧波青嶂护琼楼"[13]。"王母"是中国文化中的传说人物，"瀛洲"也是中国传说中的仙山海景。斌椿的这首应景之诗彰显出国人在彼时以自我为中心看待天下诸邦的心态——字字句句皆以中国化的话语方式来表达某种观念或评价。在晚清西洋教士入华传播西方文明文化、宗教思想时，中国的文化心理依然是以自我为中心的，教士为了迎合中国皇帝的趣味，甚至用儒学的经典来比附基督教义。

这种心态源于长久以来中国对自身文化优越感的固化，中国人以自己的经历、历史、文化塑造了一整套的认识外部世界的观念，这些观念在固步自封的语境中更加根深蒂固。但这里需要值得注意的一点，中国在晚清之时频繁地将西方看作"他者"，这里的"他者"虽然有贬义的色彩但却不带有任何"殖民"的色彩，并且与西方看待晚清时期的中国所采用的"他者"的表述有着较大的差异性。虽然，西方在看待"他者"时，从文化心理上具有意识形态和乌托邦的两种属性，但除此之外的服务于国家政治和对外扩张的需求，这里的"他者"就带有了殖民的取向。相反，中国将西方看作"他者"，虽然有从身份和文化上贬低异域的嫌疑，但却不带有殖民化的属性。

第二节　自我的他者化

世界上任何的一个国家在经济、社会面临重大转型、遭遇波澜挫折的时候都会考虑自身的形象问题，因为往往在此时，主体国家的身份都会产生激烈的变动。国人对"中国形象"的认识始于近代中国的民族危机。这一危机

---

12 费正清，《中国：传统与变革》，陈仲丹等译，江苏人民出版社，2012 年，第 228 页。

13 钟叔河，《走向世界：中国人考察西方的历史》，中华书局，2010 年，第 63 页。

的直接原因是当时中国的发展开始停滞不前，而西方世界正处于高速发展的过程中。中国这个东方的大国无论是在中国人自身看来还是在西方世界看来，都逐步走向封闭和衰落，最终沦为世界的他者。

一、自身的衰落与西方的崛起

中国封建王朝的发展逐渐走向衰落之时，正是"欧洲从落后中迅速兴起的世纪"[14]。中国以华夏为世界中心的认知在十六世纪末期开始发生转变。1584 年利玛窦通过《万国舆图》向中国人展示了地球的国家版图，"从此中国人才知道地球上有五大洲三大洋；汉文中才有了亚细亚、欧罗巴、亚墨（美）利加、地中海、大西洋等词语"[15]。中国对异邦的想象才脱离了《穆天子传》中所描绘和想象的"西王母世界"的景象，然而中国这些观念的改变却非一朝一夕间完成的，西方学说进入中国后，官方和知识界掀起了若干的辩论。这些辩论反映出当时整个社会对中国自身的身份、中国认识西方的观念的焦虑。

中国以西方为他者，确立了自我身份；西方的崛起，"他者"的存在直接颠覆了中国以自我为中心的思维观念，使中国的自我认知观念和对他者的认识观念发生了扭转。鸦片战争中、甲午中日战争，曾经被鄙夷的"他者"用坚船利炮叩开中国的大门后，这些固步自封的自我中心观念开始飘飘欲坠，将西方作为"他者"的心态开始向以自我作为西方的"他者"的定位转变。"西方渐行渐远，再也不是上古神话意义上的西方；我们似乎只要把握了近代西方，便能把握自己。也正是在西方渐行渐近中，中国思想渐行渐远了"[16]。中国将异域作为他者，原本这个"他者"是处于文明的边缘的"化外"之邦，而今这个"他者"却用先进的科技滚滚而来，直接撼动了中国人蔓延数千年的观念空间。频繁的中外交往，折射出西方以强大的经济、科技和军事力量为后盾对中国传统观念产生的影响和变革，也在某种意义上动摇着中国的主体性认知，鸦片战争和甲午中日战争的失利，让中国人开始反思中国数千年的文化在世界文化体系中的作用，从"师夷长技以制夷"的治国方略开始，西方的技术、文化、制度、观念等逐步引入中国，浑厚、苍老的中国大地上面临着前所未有的

---

14 钟叔河，《走向世界：中国人考察西方的历史》，中华书局，2010 年，第 20 页。

15 钟叔河，《走向世界：中国人考察西方的历史》，中华书局，2010 年，第 21 页。

16 王铭铭，《西方作为他者：论中国"西方学"的谱系与意义》，世界图书出版公司，2009 年，第 6 页。

身份认同危机。"欧洲进入了一个全球扩张的时代，西学的话语逐步成了具有霸权地位的中心话语，西方人成了'人类'的代言人，西方的哲学成了'人类'思想的代言人，西方的科学和技术成了'人类'力量"[17]。在停滞和封闭的中国面前，发展和开放的西方凭借其制度、经济、军事、科技优势，使中国和西方这对中国的主体性逐渐丧失，而西方这一中国身份的"他者"已然华丽转身，甚至中国的身份开始堕入自我他者化的怪圈。慈禧太后所宣称的"量中华之物力，结与国之欢心"（庚子芽蜂录）、"我家之产业，宁可以赠之于朋友，而必不畀诸家奴。"[18]成为中国看待中外关系、看待自我文化的一种异化心理。而这能够成为当时执政者的一种外交政策，也在某种意义上说明了中国主体性已经在与西方的交往中荡然无存了。

"中国形象在国际社会的衍变，映射出西方扩张史乃至全球化进程中世界权力和话语格局的变动态势，中国形象的浮浮沉沉及其在幻象与真实之间的置换，也凸显出东西文化和国家之间现实关系的整体变动趋势"[19]。因此，说"国家形象"是异域的一种观念的建构，不如说是民主国家之间的一种交往与互动关系。当一个主体国家认识到自我在整个世界体系中存在某些诉求时，国家形象本身才会成为重要的议题被主体国家所考虑。只有一个国家在面临着某种转型、认同困境或竞争威胁的时候才会将国家形象问题视为一个重要的问题进行考虑。诚如汤林森所言，民族国家的身份认同"等到社会情绪不稳定、出现异端意见，或是各方积极展开对于民族国家或地域认同的抗争，或是本国遭到外邦威胁时，民族国家或地域认同等'遥远的想象'可以又会重新浮现于意识"[20]。

二、在中西方之间的飘忽身份

随着中国和西方交往的频繁，中国的迅速转型和西方的日渐强大，中国的自我主体性开始飘忽不定。在西方的思想和文化源源不断地输入中国后，自我所残存的文化自信力、自信心被击垮。于是同步而来的便是中国在敞开国门向西方学习的过程中，不断地压缩自己残留的民族文化，亦步亦趋的跟

---

17 吴国盛，《与中心之争》，《科学与社会影响》2000（4）：22。

18 梁启超，《戊戌政变记》卷4。

19 孙英春，《中国国家形象的文化建构》，《教学与研究》2010（11）：34。

20 约翰·汤林森，《文化帝国主义》，冯建三译，上海人民出版社，1999年，第170页。

随着西方现代性的步伐，不断的探索、尝试、抗争、改变。虽然在晚清之时，"国家形象"并没有作为一个成熟的专用语放置于特定的语境进行思考，但"国家形象"已经因身份的焦虑在自我与他者互动之间成为一个困扰国民的问题。

笛卡尔的"我思故我在"传统开启了世人探索和思考自身存在感的序幕。西方的文化启蒙运动逐步确立了西方文化和认识观念的主体性和现代性。伴随着西方这一思潮的兴起，世界各个国家都步入了思想、科技、经济与文化发展的快车道，在中西的比较和古今的较量中，西方胜过了东方，今天胜过了古代。而在大洋彼岸的各个国家都在探讨西方的现代性的问题时，中国正经历着由积贫积弱的状态到启蒙的状态转变。与西方的现代性确立所不同的是，中国的这一转型却是在探索革新的路程中放弃了自己的主体性，在破除封建文化残留的同时，中国文化的自信心、凝聚力轰然崩溃。从宗教到思想，从文化到科技，从教育到政治……中国浩浩荡荡的革命运动如火如荼地展开，中国在逐步走向强国富民的路上远离了旧有的传统文化，开始拥抱西方文明的滚滚潮水。

在中国面临身份危机时，中国也在尝试着如何迎接现代化的潮流，并探索自我身份的转型。鸦片战争、甲午中日战争使中国开始反思制度、科技层面的问题，并思考在中西的互动中重新界定自己的身份。这一思考在五四运动时到达巅峰。如果说洋务运动的"中体西用"正在探索从技术上革新中国的弊政以图自身富强的话，"五四运动"则开启了一个从革新器具到革新观念的彻底转型。就是这一转型，中国在世界上的身份问题就变成了一个实实在在的问题。五四运动，为中国带来了先进的文化理念，民主和科学的思潮滚滚涌入，在中西文化的交汇中，长期以来形成的以"我"为中心的文化观念开始在中西文化交锋、冲突、共鸣、融合和调适的过程中变得飘忽不定。中国在与西方接触的过程中，中国的传统身份丧失，新的身份尚在确立中。西方这个想象的他者变成了现实中的威胁。在这个巨大的威胁中，中国开始将自己的身份当作反思和考察的对象。黑格尔说，"它（自我意识）丧失了它自身，因为它发现它自身是另外一个东西；第二，它因而扬起了那另外的东西，因为它也看见对方没有真实的存在，反而在对方中看见它自己本身"[21]。

---

21 黑格尔，《精神现象学（上）》，贺麟、王玖辛译，商务印书馆，1981年，第123页。

　　形象是"在文学化，同时也是社会化的过程中得到的对异国认识的总和"[22]。"认识"在互动中产生，在交往中实现，在反思中沉淀。国家与国家间的交往取决于四个维度异国的思考：我是如何看待我自己的，我是如何看待他人的，他人是如何看待我的，我是如何看待他人看待我的。这四个维度就是自我与他者之间基于双方的判断进行的互动关系，包括了知情意三个层面的内涵。五四运动之后，西方的思想涌入积贫积弱的中国，国人开始反思中国传统文化与西方现代文化之间的优劣，也正是源于这种反思，东方在与西方的较量中，西方因其先进的思想、文化和科技胜出，现代与古代的较量中，古代的文化、技术遗产因其无法与西方的坚船利炮抗衡而落败。

　　五四运动爆发，传统的中国身份彻底丧失了，面临着一个飘忽不定的未来。许倬云说，"'五四运动'，中国的文化精英选择了完全转向。西方个人主义的自由、民主，与理性主义的现代科学，取代了中国文化传统的伦理，亦即爱有差等的人际关系。科学思考也不再将道德性的'道'与认知性的真理，混为一谈。这一个抉择，从那时到今天，切断了中国现代与传统间的延续。于是中国文化经营的'我者'，毋宁是普世性的现代世界；中国原有的'我者'，则异化为历史遗留，相对于'现代'，传统乃是'他者'"[23]。不能否认五四新文化运动在批评中国历史文化的糟粕，敞开中国窥探世界的大门层面具有无可否认的历史意义，但这种厚西薄中，厚今薄古的做法无疑将中国绵延五千多年的民族身份认同意识消解殆尽，"新文化运动虽然颠覆了腐朽的传统文化，但是并没有建构出真正适合中国民族发展的社会结构和文化制度，中国人现在面临的更大的问题就是失去了自身的民族文化身份"[24]。丧失传统的民族文化身份的中国，需要借助西方的发展观念来拯救自我，这一拯救的过程，即是中国从文化上重新思考自身，从制度上重新寻找路径的过程，伴随着西方列强对中国的征服与侵略，也伴随着中国自身以"西化"为路径来探索自我形象的重建。

　　而在五四运动之后，中国的文化观念以及认知外部世界的变化彻底改

22 达尼埃尔-亨利·巴柔，《从文化形象到集体想象》，《比较文学形象学》，孟华主编，北京大学出版社，2001年，第120页。

23 许倬云，《我者与他者：中国历史上的内外分际》，生活·读书·新知三联书店，2011年，第147页。

24 季进、曾一果、陈铨，《异邦的借镜》，文津出版社，2005年，第152-153页。

变，在这一点上，胡适先生说过一段文字，"我们如果还要把这个国家整顿起来，如果还希望这个民族在世界上占一个地位——只有一条生路，就是我们自己要认错。我们必须承认我们自己百事不如人，不但物质机械上不如人，不但政治制度不如人，并且道德不如人，知识不如人，文学不如人，音乐不如人，艺术不如人，身体不如人"[25]。可以说，在那个时候，全盘西化的风潮已经将中国残存的民族自信力彻底瓦解，陈序经说，"救治目前中国的危亡，我们不得不要全盘西洋化。但是彻底的全盘西洋化，是要彻底的打破中国的传统思想的垄断，而给个性以尽量发展其所能的机会。但是要尽量去发展个性的所能，以为改变文化的张本，则我们不得不提倡我们所反对的西方近代文化主力的个人主义"[26]。

三、自我他者化

在甲午中日战争之后，西方现代性所确立的自身的身份优越感达到了顶峰，西方对中国的正面评价彻底倾塌，中国的形象急转直下，中国的孔教乌托邦的幻象被瓦解。与此相对应，中国对自己的认同感的确立及怀疑也是经过了一个从器物到制度和思想的转变过程。诚如姜智芹所言，中国用"他者"的话语来对自己进行审视和反思，经历了一个从器物、技术反思，到国民性、制度和思想文化传统的反思路径[27]。

中国将异域视为"他者"与西方将中国视为"他者"存在着很大的差别。虽然中国和西方都通过将对方视为他者这种方式借此确立自己的身份，但两者在看待对方这个他者的观念上存在着很大的不同，具体而言，中国将西方视为他者是因为他们与我们有着不同的文化和礼仪规范，并以建立"朝贡文化"为目的中央与地方的关系，而西方将中国视为他者则是一种带有"殖民化"色彩的论述，其动机是进行殖民掠夺与扩张。尽管两种认识"他者"的出发点和动机不同，但前者却规避了对外发动侵略和进行殖民的可能。西方现代国家建立后，采取外向的扩张策略，并以"东方学"为论述支撑，从理论上建立和强化对外殖民的合法化。在十九世纪，"由于欧洲在技术方面有了进一步的发展，这些文明地区相继沦为欧洲的殖民地，或至少是

25 阳哲生编，《胡适文集（第5册）》，北京大学出版社，1999年，第315页。

26 陈序经，《中国文化的出路》，上海商务印书馆，1934年，第123页。

27 姜智芹，《镜像后的文化冲突与文化认同——英美文学的中国形象》，中华书局，2008年导言，第18页。

半殖民地"[28]，发端于教会的东方研究，演变成为一门称作"东方学"的学问，对非欧美地区的文明进行"他性"的论述提供了丰厚的理论支持。

如果说，早期西方世界对中国的发现是通过航海、贸易和传教的话，那么此时的中国只是作为一种"异样"或者"遥远而陌生"的文明国度而存在的，这个国度是基督教文明没有普及到的地方，是异教徒生存的地方，因为这些国家或地区创造了不同的文明，但却可以经过改造而拥有跟他们一样的宗教，甚至在更早的历史发展时期一度满足他们遥远的乌托邦想象。但基督教文明与华夏儒学相遇之后，基督教非但没有取代儒学思想成为中国的宗教，反而在两种文明的冲撞和论证中借助迎合中国儒学思想的方式进行传播。很明显的是，现代资本主义国家所固有的现代性的矛盾不可能允许一个强大且又不属于"我们"这样一个他者的存在，故通过传教等方式试图按照西方的模式对中国进行改造，但传教士的失败，使他们放弃了对中国进行宗教"改革"的初衷，取而代之的则是用武力攻破这个巨大的"他者"。明清之际中国进入了历史上的停滞时期，与此同时，西方资本主义步入迅速发展的轨道之后，采用外张型的对外交往策略，以军事输出作为直接的渠道打通贸易渠道，甚至进行殖民掠夺。中国在与西方遭遇的过程中，中国这个以自我为中心的世界大国从文化和宗教上被视为边缘，从历史发展的角度上被视为停滞、落后和封闭的帝国；而西方则相应的被视为世界文明的中心，历史发展中的顶端。

自鸦片战争及甲午中日战争开始，中国人从天朝上国的梦幻中惊醒，将自我的认知、自我对异域的认知带入崭新的历史视角。漫长而充满苦难的近现代史由此成为中国激烈的危机和动荡期，中国古老的帝国形象开始彻底崩溃，而欧洲等西方国家对中国展开的遥远而陌生的乌托邦式的想象也荡然无存了。在政治和地理层面，中国成为西方的殖民地；在文化和观念层面，中国成为等待西方拯救的地方；在西方现代性面前，中国成为现代性的对立面，映射的是西方历史上某个阶段的发展状况。西方将中国进行"殖民化"论述的同时，中国也在探讨自己的身份定位和发展方向，从中体西用到全盘西化的各种论述，都与西方的殖民化论述相呼应，在西方资本主义国家崛起后丢失了自己的身份的主体性，也让"中华帝国"的形象堕入了历史的低

---

28 伊曼纽·华勒斯坦，《开放社会科学》，刘锋译，生活·读书·新知三联书店，1997年，第24页。

谷。这一演变的轨迹并非仅仅是中国社会等诸方面面临的一切问题的简单折射，更源于中西在多角度的交流与互动中形成的自我想象以及对他者幻象的认知和评判。

中国从半封建半殖民的社会转型为独立自主的社会主义社会后，中国的形象虽然从某种程度上改变了封闭、落后、衰败的中华帝国的刻板印象，但中国崩溃、威胁的想象却没有停止。西方影视作品中的傅满洲形象所承载的对中国人的刻板偏见一直延续下来，直到今天还挥之不去[29]。同样在近现代以来，以美国为代表的西方国家对中国政策上出现的间断性的好感、赞扬甚至是援助，也并非意味着西方对中国形象认识的转化，而是依然作为其意识形态的谋略的结果存在。诚如姜智芹在《美国的中国形象（1931-1949）》的"译者的话"中所言，"美国要作为一个仁慈的霸权、以强烈的责任感，将自己的政治、文化遗产的精华，与其他国家分享"[30]。因此，对异域或他者抱有某种改善自我形象的幻想，并不是有效的形象传播路径，真正有效的必须借助于自身在形象建构层面的觉醒。

第三节　自我形象的构建

对于中国而言，国家形象问题的启蒙就意味着中国开始意识到形象已经成为一个问题，并开始探索如何改变、塑造或者优化中国形象的问题。在这里，"启蒙"就变成了一种基于自己的立场和价值判断，对世界所认知的中国印象进行扭转和改变的一种主动性的探索或尝试。中国对自身形象成为一个重要问题的认识始于晚清，同样，中国对自身形象的救赎之路的探索也是始于晚清。自鸦片战争到五四运动，包括晚清的学者和政治家对中国身份和发展道路的探索聚焦于以西方化改造本土中国，而五四运动后，伴随着民族意识的觉醒，中国一直以一种抗争性的路径来探索自我的形象救赎。

一、自我主体的回归

晚清之时，部分早期的革命者和学者开始探索中国的启蒙之路。在这些问题上，早期的一批有着丰富的海外教育经历的思想家和运动家们并没有找

---

29 参见：美万圣节推"傅满洲"服饰引华人强烈不满[EB/OL]，观察者。

30 T. 克里斯托弗·杰斯普森，《美国的中国形象》，姜智芹译，江苏人民出版社，2010年，译者的话，第5页。

到一条理想的通路，他们聚焦于中国未来的走向，但却无法正确审视历史文化遗产的传承，他们热衷于引进西方的政治制度，但却忽略了中国复杂的历史和文化传统，他们热衷于探讨中国的现代化发展道路，但却并未充分认识到这种选择在半殖民地半封建的旧中国举步维艰。

于是，近代先进的文人、思想家们在对中国现代化进程的探索过程中，堕入了非此即彼、非东即西、非今即古这些二元对立的漩涡。在向西方学习的过程中，翻译著作、引进思想、批判传统……都成为主导当时中国的主流思潮，伴随着这些思潮而来的，则是彻底西方化了的价值伦理和思维观念。与此相适应，各种实业救国、教育救国、科技救国的行动铺天盖地的在中国轰轰烈烈的上演。总体来说，这个阶段强调中国的存在感、危机感，也强调了革旧图新、励精图治、救亡图存的历史使命，但在中西的错综复杂中，没有找到一条适合自己的真正路径，因而这个时期的中国形象，在西方的视阈中变得更为错综复杂——它既作为欧美国家印证自己的富强而存在，又作为西方国家所自诩的仁慈的关照对象而存在，又或者作为想象中的威胁而存在。

美国学者费约翰在《唤醒中国：国民革命中的政治、文化与阶级》一书中力陈中国康有为、孙中山、毛泽东等早期的进步人物对中国"觉醒"进行的思考，认为中华民族觉醒的历史遵循了先进知识分子的觉醒、民族观念的觉醒、民族国家意识的觉醒等依次渐进的路径[31]。本书无意探讨中国在晚清之后到新中国建立之前的国家形象处在何种复杂的变迁中，以及这些复杂的变迁与中国早期进步人士对中国发展道路及主体性的探讨存在着一种怎样的互动关系。仅以中国改革开放以来的历史为分析点，中国的国家形象却是存在着一个由启蒙到崛起的过程。

新中国建立尤其是改革开放迄今的历史是中国加速转型的时期，这个历程是中国"为承认而抗争"的整个过程，伴随着中国形象的启蒙，也凝聚着中国为建构和传播客观的国际形象进行的主体性建设。康德说，"启蒙运动就是人类脱离自己所加之于自己的不成熟状态，不成熟状态就是不经别人的引导，就对运用自己的理智无能为力。当其原因不在于缺乏理智，而在于不经别人的引导就缺乏勇气与决心去加以运用时，那么这种不成熟状态就是自

---

31 费约翰，《唤醒中国：国民革命中的政治、文化与阶级》，李霞等译，生活·读书·新知三联书店，2004 年，第 35 页。

己所加之于自己的了"[32]。中国形象建构的启蒙，包含着多个维度：既有对中西文化思想主次之分的探索，又有中国如何在与西方的互动中对自己的发展前途进行的思考。从形象建构与传播的角度而言，这些探索注重了身份的塑造，即我们应该是一个什么样的国家，我们应该如何看待西方的文明科技，我们应该如何看待自己祖宗上的遗留等。

"我思故我在"是法国哲学家笛卡尔的哲学命题，他认为，"当我在怀疑一切时，我不能怀疑那个正在怀疑着的'我'的存在，这是清楚明白因而也是确实可靠的事实，而怀疑是一种思想活动，因而这个思想着、怀疑着的'我'是存在的"，"这个'我'并非指身心结合具有形体的'我'，而是指离开形体独立存在的精神实体"[33]。人类对世界的认知囿于环境、科技、教育等层面的制约而具有一定的有限性，但技术、科技、教育等层面一直处于不断的前进中，世界的认知也就随之水涨船高。当人类以一种"人定胜天"的观念将思维中的诉求诉诸实践理性时，人的主体性就诞生了。主体性的确立即是开始关注自身的存在，主体性的回归就是在频繁地与他者的交往与互动中，意识到自己的个性化特征，意识到自己并非是作为他者的附庸而存在。诚如跨文化传播学者刘康所言，"中国人是有智慧的。如果有人认为，中国人一比一，比美国人智慧差。但是，如果三比一（三个臭皮匠顶个诸葛亮），就可以设计一个在舆论上取胜美国的传播模式和政策，以替换那种陈旧的、僵化的、过时的和无用的传播思维模式和写作定式"[34]。中国自从鸦片战争开始发现自身的形象是一个问题到本世纪初经历了170多年的时间，而中国也已经从积贫积弱的衰落的东方帝国演变成为世界上的第二大经济体。这一过程中，以中国的自我探索为主要的路径，既穿插着中国对西方模式的借鉴和探索，又交织着中国本土化的实践与尝试。

中国探索救亡图存的道路可以看作是以主动的态度建构国家形象的方式，只是这种建构并没有放置到以中西交往状态为镜像的参照系中，即中国对自己发展道路的探索过程是主体性确立的一个过程，但却不是一个积极言说的过程，尽管这些探索在客观上导致了西方对中国评价和认知的变化。义和团运动让生活在中国的外国人感受到巨大的震撼，以至于"黄祸"成为

32 康德，《历史理性批判文集》，何兆武译，商务印书馆，1990年，第23页。

33 冯契，《外国哲学大辞典》，上海辞书出版社，2008年，第126页。

34 刘康，《文化·传媒·全球化》，南京大学出版社，2006年，第269页。

主流的刻板印象，傅满洲系列电影和小说的出现又强化了这一观念；满清结束之后，中华民国建立，日本大举侵华，"黄祸"的概念由中国转向了日本，对中国的恐惧转变为一种怜悯，这又与赛珍珠的土地系列小说相互印证，从而在西方公众中建立了一个较为积极的中国形象；以共产党为领导的新中国建立后，西方为中国"美国式"发展模式的幻灭而绝望，并开始将对共产主义的恐惧转移到中国，在这个语境下中国的形象又恢复到义和团运动时期的"灾难"、"恐惧"形象，并将"黄祸"转变为"红祸"。

二、在崛起的路上

近代思想家对中国身份的焦虑、惶恐、探索并没有寻找到一条光明的前途，直到陈独秀等人的出现才将这一局面逐步扭转。中国探求救亡图存的道路，需要向西方学习，但学习的过程必然是带有一定的目的性和批判性的，而且必须以自身的生存为前提。对历史的批判需要持之以特定的伦理标准：中国的传统文化必然有其弊端之所在，但在吸收西方文化的同时，却也不能全盘否定既有的文化遗产。无论是中体西用、西学中源、全盘西化，还是中西汇通，这些探索的背后都交织着复杂的身份定位和认知矛盾。源于这些复杂的社会背景，中国的国家形象便处于动荡之中。这一时期，中国在世界的国家形象正在发生着剧烈的转变——甲午中日战争的落败为中国刻上了"衰败的帝国"的符号，而二十世纪初，中国的各类探索和西方面临的自身困境，又开始将中国定义为"觉醒的巨龙"[35]。

要塑造中国形象，先要认识自己在中西交往中所扮演的角色，以及所站立的位置。一个拥有着五千年文明文化的东方大国，在摈弃了封闭锁国的陈旧观念之后，向西方敞开大门，以一种怎样的态度对待西方的文明和文化，就是中国以何种姿态实现自己的现代性进程。中国文明在近代衰落的过程就是西方文明在世界崛起并迅速扩张的过程。而中国改革开放后，得益于"中国模式"的独创性，中国在西方经济普遍衰退的情况下一直将改革、发展、稳定作为总体路线，并且保持了相对稳定且高速的经济增长；与此同时，西方相对滞缓的经济发展速度却与十九世纪的世界格局截然相反。如此一来，中国就彻底摆脱了"封闭"、"落后"的东方帝国的形象，一跃成为世界上具有较大影响力的社会主义国家。一方面，中国作为世界上最大的发展中国家

---

35 李勇，《西欧的中国形象》，人民出版社，2010年，第252页。

和世界上最具有影响力的社会主义国家，走出了不同于西方的道路和发展模式，在国家制度上的选择，颠覆了资本主义制度一统天下的局面；另一方面，中国借助于人口等天然的优势不断拓展国际市场空间，在西方普遍衰退的大背景下将"中国制造"塑造成为响亮的世界名片。由此，中国的影响力骤然提升。

中国经济在 2011 年强势崛起，一跃成为世界第二大经济体。然而，经济的发展并没有与之相应地带来国际话语权的提升，而中国的国家形象依然处在变幻莫测的坎坷征途。根据学者的既有研究，国际社会中，"中国美丽论"、"中国威胁论"、"中国崩溃论"和"中国责任论"这五种论调甚嚣尘上，大有众声喧哗之势。

2002 年郑必坚提出了"和平崛起"的理论构想，并得到了包括中国政府最高领导人在内的普遍社会认同。根据数据检索，在 2003 年至 2023 年期间，人民网刊发或转载的新闻中标题提及"和平崛起"的新闻报道共有 412 篇，而在正文中提及"和平崛起"的新闻报道则有 26800 篇。郑必坚在《北京日报》上曾经发表文章称，"作为一个观察者、研究者，我从二〇〇二年起，在提出'中国和平崛起'理念的同时，就强调提出：'和平'，是针对某些国际舆论鼓吹的'中国威胁论'；而'崛起'，则是针对国际上另一些人鼓吹的'中国崩溃论'"[36]。"和平崛起"这一概念从中国官方学者的角度和中国民族整体的角度而言，并不代表"威胁"的意味，但从海外不同学者的视角看来，却解读出不同的维度。例如，美国学者乔舒亚·库珀·雷默就曾写道，"即使你看不懂中文，只要看看'崛'这个表意文字……右边上端像 P 的那个部分可以被看做高原或者平板，在它下面是'出'，有向上或向外运动的意思……它描绘的是一场地震"[37]。进而，库珀·雷默在注释中又解释说，"崛"字中像 P 的、那个部分，实际上是汉语里面用来指称死人身体的一个字——尸。因而，"中国的崛起将会将世界旧秩序之'尸'弃之不理。太平洋两岸的个别新保守主义者不得不想办法判断中国有可能认为哪个国家会被埋葬、哪个国家将会成为掘墓人"[38]。

---

36 郑必坚，《关注：中国和平发展道路的新内涵》，《北京日报》，2013 年 04 月 02 日。
37 乔舒亚·库珀·雷默等，《中国形象：外国学者眼里的中国》，沈晓雷等译，社科文献出版社，2006 年，第 5 页。
38 乔舒亚·库珀·雷默等，《中国形象：外国学者眼里的中国》，沈晓雷等译，社科文献出版社，2006 年，第 5 页。

马杰伟等人曾经指出，"现代性的另一个重要问题就是西方化问题'（westernization），即西方文明在全世界的扩散，有关世界其他国家是否收到了西方文明的广泛影响，是否存在被'西方化'甚至是被'美国化'（Americanization）这样的一个过程与现实"[39]。中国摆脱封闭、落后、保守的中国形象的探索从迎接西方的文明文化开始。正是这一拥抱，为中国带来了新的发展曙光，也是这一拥抱，中国在中西的交往与互动中渐渐的处于西方化的对象。现代化和西方化是两个截然不同的命题，前者强调的是采用现代的科技、思想、观念改造社会，实现在经济、文化、政治、教育、社会等各个层面上的进步与自强，而后者则是在摈弃中国文化遗产的基础上，将一切西方的元素彻底拿来为我所用，用西方的文化来改造中国的文化，实现中国身份的变化。中国的崛起借鉴了西方化的一些有益元素，也在致力于现代化建设。但这些尝试的最终结果，中国依然坚持了不同于西方世界的发展道路和发展模式，也没有在政治制度等层面进行西方化的改造，却最终实现了经济上的强势崛起。这对于西方而言，不能不说是一个巨大的挑战。因而，中国"崛起"就成为一种典型的抗争话语。

三、自我形象的反思

回顾以上，我们不能否认中国的形象是由西方主导的话语所塑造的，但也不能否认，中国的"崛起"也在很大程度上对整个世界的话语体系起到了某些触动或震撼。中国的某一个阶段，某一种转变或者革新都会激起西方人文化系统中那根敏感的神经，从而改写他们对中国的整体认知和判断，可以说，西方认知中国的态度，以及西方话语阐释中国的方式，都与西方自身在某个阶段的特定需求有关；但承认这一现实的背后，我们也得承认另一个问题：中国的形象并不单纯是为他者所塑造的，其中也包括了中国主动建构的过程，只是这个建构并没有刻意的注重传播，是一种半封闭式的建构。中国经济的崛起、文化的繁盛、科技的进步、教育的普及，尤其是在席卷世界的金融、经济危机过后，中国经济依然逆势上扬，体现出了强劲的势头，这让处于低迷状态中的西方不得不审视这一系列现象背后的动因，因而从这个角度上讲，中国的形象就变成自塑的了。此外，我们仍然需要重视的另外一个

---

39 马杰伟、张潇潇，《媒体现代：传播学与社会学的对话》，复旦大学出版社，2011年，第45页。

问题是，西方文化体系中的意识形态话语依然存在，并且在其作用下，将中国的崛起看作是对世界经济的一种威胁。

纵观世界上的几大核心经济体，只有中国是社会主义国家，中国在实现现代化的过程中，虽然不断地从西方汲取养分，但在中国的文化系统中，根深蒂固的依然是中国的传统文化，尤其是中国的传统儒学思想在日本、韩国以及中国的港澳台地区的影响力逐步显现，成为独立于西方文明圈的另一种发展模式。"东亚现代化在几个华夏文化的国家和地区相继获得成功，使世界开始关注这种成功的文化基础及其个性。只有华夏文化的儒家传统，才可以为这些崛起的东亚与东南亚国家和地区提供共同的文化基础与解释性理由"[40]。

异域国家对中国形象的评价和认知并不是意识形态或乌托邦，相反他也有真实的成分，这个真实既有早期西方来华的官员、商人、传教士，也有近现代中西交往日益频繁的记者、商人和留学生，他们作为一个直接深入中国的群体，通过言传口授文载等方式展现了一个相对真实的中国形象，这些记载有的是为迎合他们的乌托邦想象，有的是为了满足他们的意识形态需求，当然也有一些客观、冷静的记载和陈述，这些文本传入西方，或多或少的对其内心中一直存在的非此即彼的中国形象起到了一定的改观的作用。当然，这期间仍有两个不可或缺的重要因素，那就是中国承接改革开放的步伐，从文化软实力层面进行积极的探索，并于二十一世纪初开展了文化走出去战略，遍布世界各地的孔子学院、通讯社，以及各类大型的如世博会之类的国际事件的举办，又对世界了解真实的而非幻想中的中国起到了积极的推动作用。于是，在中国和平崛起的今天，中国的形象虽然在摇摆，但已经不是一个积贫、积弱、贫穷、落后、封闭和保守的衰败帝国的形象，而是一个被刻上了"责任"、"威胁"等标签的另一种形象。这种形象无疑与西方人所接收到的文本信息有关，但更多的则是源于中国的积极建构——中国在主动的言说和行动中，逐渐刺激这西方世界那根自以为是的敏感神经。

第一，脱胎于西方启蒙运动、地理大发现之始的西方现代性，以意识形态和乌托邦两种方式塑造了中国的国家形象，并且，这种塑造使中国在天堂和地狱之间徘徊游荡，脱离中国的实际存在，而"中国"仅仅成为书斋或政

---

40 周宁，《世界是一座桥：中西文化的交流与建构》，广西师范大学出版社，2007
年，第 21 页。

客中的中国，遥远、神秘，不断地满足着西方自我反思或自我强化的特定需求。中西之争、古今之争的二元对立时而界限模糊，时而泾渭分明。使中国形象超乎中国的本来面貌，既不与中国本土发生任何勾连，也不在乎中国国人坚持不懈的主张和呼吁。

第二，虽然"中国形象"一词不是舶来品，但"中国形象"作为一个产品却是西方世界体系的产物。中国和世界上大多数的国家一样，将西方少数几个发达国家看作世界知识的中心，中国的形象成为以西方为主导的世界体系的产物。如果说，试图通过"发现东方"以力求探索中国身份的存在感，那么强调"大国崛起"或构建"中国梦"就是以"自塑"的方式来重新强调中国身份的主体性。中国身份主体性的表达既是一种自我认知态度的强化和改观，也是对占垄断地位的西方话语的一种抵抗或突围。"一个不能向世界传达普世价值和自己核心价值的中国，一个只是发展技术和经济的中国不是真正的大国形象"[41]。中国的知识界和政治界不断强调中国的崛起，强调以"我"为主导的文化、价值输出，名义上是强调中西的平等对话，实际上依然是遵循非此即彼的两分法的逻辑，用一个新的中心取代旧有的知识霸权。

第三，限于"形象"一词的丰富内涵和意蕴，国家形象的跨文化传播不仅要关注传播路径的理论建构，更为注重的是国家形象如何通过各种方式进行整合传播，进而建构起一种基于跨文化的，多角度、立体化的传播体系或者方案。因此，从国家形象跨文化传播的实践角度而言，考察当前我国国家形象在跨文化传播过程中的现状、设计科学有效的传播路径体系、扭转当前国家形象传播过程中的"他塑"局面、优化国家形象跨文化传播路径中存在的若干问题，都成为国家形象跨文化研究重点关注的内容。

第四节 比较文学视域下的国家形象构建

文学艺术作品以丰富的图文影像形式再现了某种特定的社会现实，并于再现社会现实的过程中，建构起了特定的意义。这一再现社会现实，建构意义的过程便是形象的传播。形象和文本具有互构关系，文本可以作为国家形象跨文化传播的载体或路径而存在。这一观念广泛的渗透于比较文学形象学的诸多研究中。从《马可波罗游记》、《曼德维尔游记》到今天莫言获得诺贝

41 王岳川，《发现东方》，北京大学出版社，2011年，第13页。

尔文学奖的小说作品，乃至更多的笔记、小说、游记、散文、辞典、故事、神话、寓言、影视作品、版画、雕塑……无一不是国家形象传播的文本书写路径。在文化研究以及影像传播研究中，这些路径也通常被作为一种典型的形象传播方式予以强调。

一、比较文学形象学与国家形象

文本是一面直观的镜子，从中折射出关于自我和本土的某些认知和评价。以文本路径作为形象建构及传播的渠道，其最大的功用在于文本书写具有强大的阐释力量。书写的过程是作者的主体性被放置到至高境界对历史、现实进行再造与记录的过程。《马可波罗游记》曾经引发西方世界对中国遥远而神秘的世界的憧憬和幻想，从而建立了西方世界上中"乌托邦"的中国形象，就好比好莱坞电影借助对美国生活方式、价值理念的宣扬，激起世界不同语种、地区的居住者对"美国梦"的憧憬与想象。

从某种意义上说，文本之所以能够助于建构形象，一是因为文本直接反映为对异域空间的某种表述，这种表述填补了因地理区隔所产生的信息需求；二是文本建立起的对异域空间的"想象"与所书写的地域之间的"相似度"或"接近度"的关系迎合了读者的心理诉求。P. 方塔尼尔（Fontanier）用"相似关系"的概念来表述这种"相似度"或"接近度"，是"使一观念置于另一更为熟悉的观念的记号之下"[42]。异域形象以文本的方式呈现，即以对象国家或地区的原始素材作为基础，通过书写的方式建立读者头脑中的想象与原始素材之间的"相似关系"。书写的目的是为了通过这种相似关系进而唤起读者的某种想象，激发某种情感，而不是完全复制原始素材。苏格拉底也说，"形象如果是形象的话，也绝不意味着它复制所模仿事务的全部属性"[43]。因此，读者的情感、想象、幻想的建立虽然以文本与素材之间的关系为基础，但它们却频繁受到读者头脑中的观念空间和使用动机的限制或影响。

因此，可以说，文本作为一种能够激发读者对异域空间的想象和性感的方式不失为国家形象跨文化传播的一种路径，并且这个路径不仅强调了国家形象的"建构"，而且还易于传播。但这是否意味着通过对文本建构国家形

---

42 李幼蒸，《理论符号学导论》，中国人民大学出版社，2008 年，第 369 页。

43 W. J. T. 米歇尔，《图像学：象形、文本、意识形态》，陈永国译，北京大学出版社，2012 年，第 114 页。

象并致力于文本自身的传播就是我们所寻找的国家形象跨文化传播路径呢？卡西尔说，"神话和艺术，语言和科学，都是通向存在的构造物：它们不是现存实在的简单摹本；它们表现着精神运动和思想过程的主要方向。"[44]

更为重要的是，不仅任何文本的构造物是运动和变化的，人类的认知心理、认知习惯也是运动的。传播学中的个体差异论，也从经验研究的角度论证了因个人经历、教育背景、社会地位、经济收入等因素差异而导致对媒介所呈现的内容的不同理解。莎士比亚所说的，"一千个读者眼中有一千个哈姆雷特"，以及笛卡尔所说的"我思故我在"也宣告了文本自诞生之时就脱离了作者赋予它的意义。因此，以文本的书写作为形象建构和传播的途径，在作为读者的认识主体觉醒后，作者试图建构和传播的带有明确指向性的观念已经消失了——形象的建构和传播绝对不可能完全由文本的书写者来建构，它所建构的只是社会现实中的原材料和读者想象之间一种不确定的关系，自从现代性成为世界哲学史上的一个重要命题开始，"永恒的美只能反映在时代的伪装之中"[45]，异域形象就变成了认识主体在"意志自由原则"下信马由缰的解说，诚如黑格尔所言"一切奇迹都被否认了：因为自然乃是若干已经知道和认识了的法则组成的一个体系；人类在自然中感到自得，而且只有他感觉自得的东西，他才承认是有价值的东西，他因为认识了自然，所以他自由了"[46]。

二、以文本为国家形象传播的路径

作品中的国家形象，即是一种在一定程度上被刻板化了的异国认知，它具有相对的稳定性，却也无时无刻不在变化之中。之所以具有相对的稳定性，是因为文本的解读者有着自己约定俗成且根深蒂固的认知习惯，这与历史文化、群体心理有关，群体心理和历史文化的养成是一个长期的过程，在缓慢的积累中，建构了一整套认识外部世界的秩序，这个秩序我们可以称之为"刻板偏见"；而文本的解读者去解读文本的时候，正是以一种猎奇的、满

44 卡西尔，《语言与神话》，于晓等译，生活·读书·新知三联书店，1988 年，第244 页。

45 于尔根·哈贝马斯，《现代性的哲学话语》，曹卫东译，译林出版社，2011 年，第11 页。

46 于尔根·哈贝马斯，《现代性的哲学话语》，曹卫东译，译林出版社，2011 年，第21 页。

足的心理去印证自己所拥有的刻板偏见。当然，这个刻板偏见也有两个维度：一是与自己所生存的环境相异但能够满足自己对周身环境的批判和否定时，异国的形象往往就变成了"乌托邦化"的他者，通过一种对他者的迷恋来表达一种理想化的诉求；另外一个维度就是与自己的环境相异，但却要刻意强调自己周身环境的优越性时，异国形象就变成了"意识形态化"的。法国比较文学形象学的里程碑人物让-马克·莫哈说，"一个异国形象，当它偏向于相异性，并将相异性再现为一个替换的社会、富含被群体抑制的潜能时，就是乌托邦式的。从形象为建立一个彻底相异性而背离自身文化观念的意义上说，这是一个颠覆性形象"[47]。

中国形象还是作为意识形态谋略的中国形象，两者都是西方现代性的产物，它服从于西方国家对外部世界的认知需求，服务于西方国家自身的发展谋略。"西方的中国形象往往与现实的中国或中国的现实相去甚远。西方文化中中国形象的真正意义不是地理上一个确定的、现实的国家，而是文化想象中某一个具有特定意义的虚构空间，一个漂浮在梦幻与现实之间的'异度空间'或'乌托邦'"[48]。文本本身往往建构了事务本身最初的多种属性，也正是这些属性的作用，使读者头脑中的想象与异域中的原始素材产生某种联系，进而构成了"印象中的他者"，也即是国家形象。事务属性的复杂性和所可能带来的阐释维度的多面性，导致了异域中的认识主体对某一国家形象的解读和认知往往有若干种"产品"，这些产品并非由文本本身直接生产，而是文本所提供的某种素材与读者的观念空间交互作用产生的结果，一旦素材迎合了其观念空间的需要，国家形象的刻板偏见就会愈加强烈，而一旦素材颠覆了其观念空间的某些假设，则会产生读者的情感与所获得的素材之间的"认知不和谐"现象。

2011 年《中国国家形象片——人物篇》自 2011 年 1 月 17 日"开始在美国纽约时报广场大型电子显示屏上以每小时 15 次、每天共 300 次的频率播出"，此举"旨在向全世界展示立体的中国"[49]。但根据 BBC-GlobeScan 的调查，本次广告片的效果并不理想，数据统计表明"对中国持好感的美国人从

47 让-马克·莫哈，《试论文学形象学的研究史及方法论》，《比较文学形象学》，孟华主编，北京大学出版社，2001 年，第 34 页。

48 周宁，《跨文化研究：以中国形象为方法》，商务印书馆，2011 年，第 75 页。

49 申宏，《推动中美关系进一步向前发展》，《人民日报》，2011 年 01 月 18 日。

29%上升至 36%，上升 7 个百分点；而对中国持负面看法者，则上升了 10 个
百分点，达到 51%"[50]。美国学者吴旭经过调研后认为，"人物篇"虽然像海
外传播出了一个崭新的正在迅速发展的中国形象以及"友谊"的概念，但所
传递的威胁意义远远大于"友谊"与"和平"的味道。诚如在访谈中吴旭教
授所指出的，"最重要问题的是创作者对美国人对中国的认识差异缺乏理
解。创作者看起来似乎强化了中国政府宣传的认为西方误认为中国是个落后
国家的问题。其实正好相反，许多西方人认为中国不是太弱，而是太强了。
把这些所有的西方人对中国的恐惧考虑进去，为什么这个商业广告所传达的
信息像是在激发与其初衷相反的反映这个问题，就非常清楚了。"[51]

　　诚如有学者所指出的那样，"西方的中国形象，是西方文化心理中他者
的幻影。它可能出现在文艺作品中，也可能出现在新闻报道甚至严肃的论著
中。同一时代不同类型的文本，以不同的方式，协调构筑同一个中国形象，
事实上谁都没有真正地解释中国事实，而是在解释西方文化他者想象中的欲
望或恐怖"[52]。不管是由中国的知识分子完成的作品还是海外媒体对中国进
行的报道，在所有的信息最终的使用者来看，它们都是一种材料，用以满足
乌托邦式的幻想或者某种特定的意识形态需求。中国在异域文本中所建构的
形象，虽然带有一些真实的成分，但并不代表中国的形象本身，因而更不可
能是完全真实的中国形象，充其量，它是创作者基于自身经历、自身诉求以
及社会语境进行的想象，这一想象往往带有很强烈的动机——论述自我观点
的准确性和恰当性。"异域形象是本土社会文化无意识的表达，它将特定时
代本民族的精神以及现实生活中一些隐秘的期望或忧虑的、尚未确定的因
素，转喻到关于异域的想象中去，将异域经验转换成一种自我经验"[53]。

　　总之，"中国形象"目前仍是以"他塑"为主。"在西方主导的国际话语
格局中，中国形象很多时候只能被'他塑'为'社会主义体制下'的'沉默
他者'。中国威胁论、中国责任论、中国崩溃论不绝于耳。中国形象的'含

50　《中国国家形象片产生负面影响》，《新快报》，2011 年 11 月 17 日。
51　访谈时间：2012 年 5 月 17 日，访谈地点为复旦大学新闻学院办公楼 204，转引自
　　孙祥飞的博士论文《中国形象的跨文化传播路经研究》，第 53 页。
52　周宁，《世界是一座桥：中西文化的交流与建构》，广西师范大学出版社，2007
　　年，第 167 页。
53　姜智芹，《镜像后的文化冲突与文化认同——英美文学中的中国形象》，中华书
　　局，2008 年，第 72 页。

混'和'失语'，在一定程度上也导致了西方的舆论机制将中国形象'定型'，使中国形象处于'被塑造'的不利境地。"[54]实际上，中国和西方，本土和异域，在"自我"和"他者"这对关系上往往是经常置换的。早期的中国是以自我为中心看待天下，并将中央和地方的关系不断延伸到中国和西方的关系上。鸦片战争之后，自我膨胀的国家形象衰退，主体性逐渐沦丧。以洋务运动、辛亥革命、五四运动等为代表的实践不断从政治上寻求主体性，并在新中国建立后完成这一历史性任务，但西方对中国的妖魔化并没有彻底改观，其原因在西方现代性自我确认和自我批判的内在逻辑。改革开放以来，中国经济飞速发展，中国的文化自信、民族自信极大的提高，进而为中国形象的建构和跨文化对话提供了更为广阔的契机。

---

54 孟建，《中国形象不能被"他塑"为"沉默对话者"》，《中国社会科学报》，2011年11月9日。

第四章 当代新加坡的中国观

　　由于形象是一种社会集体想象物，为了更加清晰地了解这种集体想象物形成的社会背景，就有"必要研究一个民族对异国看法的总和"[1]。因此在进入相关的文学研究之前，我们有必要了解一下当代新加坡对于中国的总体看法。

第一节　现代西方的中国观

　　"观点"一词在现代汉语词典中的解释是："观察事物时所处的位置和态度，有时特指政治态度。"[2]新加坡的中国观就是指新加坡观察中国时所处的位置和态度。

　　由于新加坡有较长时间的英国殖民地历史，加之在新加坡现代化的过程中大量引进西方的技术、管理经验和文化，因此新加坡的中国观在很大程度上受到西方对于中国总体看法的影响。因此，在论述当代新加坡的中国观之前，我们有必要简要地论述一下西方的中国观。

　　"西方"最初出现是作为一个地理概念，当前它的文化属性越来越明确。法国哲学家菲利普·尼摩指出，五个关键的要素或者"五大奇迹"[3]构成

1　孟华，《比较文学形象学论文翻译、研究札记》，《比较较文学形象学》，孟华主编，北京大学出版社，2001年，第15页。

2　中国社会科学院语言研究所辞典编辑室编，《现代汉语词典》，第五版，2005年。501页。

3　菲利普·尼摩，《什么是西方》，阎雪梅译，广西师范大学出版社，2011年，第67页。

当今的"西方",它们是:"希腊民主制、科学和学校;古罗马法律、私有财产观念、人的个性和个人主义;圣经的伦理学和末世革命;中世纪教皇革命的人性、理性将雅典、罗马和耶路撒冷三要素融合;启蒙运动的自由民主改革"[4]。简而言之,所谓的西方,指经济上的资本市场经济,政治上的民主共和制,文化上的基督教地区。或者更确切地说,西方国家指欧洲、北美、澳大利亚和新西兰等国。因此此处的西方的中国观概指以上国家对于中国的看法。

历史是连绵不断的。西方与中国的联系可以追溯到中世纪。从历时性的角度来考察,西方对于中国的看法经历了一系列的发展变化。总的来说,西方对中国的看法经历了肯定、否定到客观的变化过程。

在启蒙运动之前,由于中国在经济、文化上处于领先的地位,中国在西方的眼中是一个大中华帝国的形象,大多以正面的形象出现,有美化中国的倾向,西方把中国当成了学习的榜样,当成一个理想化的国度。当时的中国是以正面的形象出现,西方世界对当时的中国充满了溢美之词,门多萨在《大中华帝国》中就曾把中国描绘成"世界上治理得最好的国家"[5]在当时西方人的眼中,除了中国是世界上最富强的国家之外,还在思想文化层面把中国想象成信仰自由、道德高尚、政治开明、经济发达、秩序井然的乌托邦社会。启蒙思想家伏尔泰曾激动地指出"我们对于中国人的优点即使不崇拜得五体投地,至少也得承认他们的帝国的治理是世界上前所未有的最优秀的"[6]。以上这些溢美之词所表现出来的意义不尽相同,但是对于中国的积极肯定的态度是相同的,这与当时中国的社会发展有着密切的关系,当然,也存在着对于当时的中国不是十分了解有关。

从启蒙运动开始,由于经过工业革命和地理大发现等,西方在经济、军事等方面全面超越中国,西方对中国的态度逐渐发生了变化,由之前的肯定、美化变成了批评、敌视,西方的中国观进入了负面时期。在西方世界可以作为负面形象起点的是英国作家笛福的小说《鲁滨孙漂流记》,在这本小说中,笛福总体上是全面否定中国的,传达了相当多的负面信息,如"在知

---

4 菲利普·尼摩,《什么是西方》,阎雪梅译,广西师范大学出版社,2011年,第67页。

5 门多萨,《大中华帝国志》,见周宁编著《大中华帝国志》,学苑出版社,2004年,第268页。

6 伏尔泰,《风俗论》(下),梁守锵译,商务印书馆,1995年,第461页。

识上、学术上、科学技术上他们也相当落后，尽管他们有天体仪或者地球仪什么的，知道一点数学的皮毛，自以为懂得比世界上其他人要多，但他们对天体的运行所知甚少，而他们的普通百姓的极端无知更到了荒唐的地步，以致发生了日食，他们便以为是一条大龙在进攻太阳，要把它夺走，于是全国的人都去击鼓敲锅，响成一片，想以此吓跑那恶龙，这情况就像我们把一群蜜蜂轰进蜂箱"。[7]可以说作者全面的否定了当时的中国和中国文化。法国思想家孟德斯鸠代表了当时西方知识界对中国态度的转变。孟德斯鸠把人类社会的政体分为三种类型：共和政体、君主政体和专制政体。共和政体建立的基础是伦理美德，君主政体建立的基础是荣誉，而专制政体建立的基础是恐怖。在专制政体中，君主可以为所欲为，而臣民则生活在恐怖之中，除了绝对服从之外，只剩下愚昧、怯懦和麻木。没有任何思想，也没有任何勇气和野心。而中国就是这样的一个专制国家，是一个用棍棒统治的国家，中国也有法律，但是这种法律并不是来约束王权的，而是用来维护专制统治的。他指出"中国的专制主义，在祸患无穷的压力之下，虽然曾经愿意给自己戴上枷锁，但都徒劳无益；它用自己的锁链武装了自己，而变得更加凶暴"[8]。总之，在孟德斯鸠的笔下，中国俨然已经成为一个所有国家中最野蛮的国家了。在孟德斯鸠的眼中的中国文化可以说一无是处。在当时的西方人眼中中国是原始的、落后的、野蛮的。众所周知，德国哲学家黑格尔也曾详细地论述过中国，在他的论述中，中国都是以一种负面的形象出现的，这也代表了当时西方对于中国的较为主流的看法。

西方对于中国的负面看法持续了很长一段时期。当历史进入到二十世纪，西方对于中国的看法趋于客观，既有正面的，也有负面的。二十世纪在某种程度上来说是美国的世纪。美国对于中国的看法几乎辐射到整个西方世界，在西方世界产生巨大的影响。这种情形的出现并不难理解，因为美国在全世界的强势中心地位是在二十世纪建立起来的，它在二十世纪的西方世界成为一个新的中心，而且美国与中国的关系相比其他国家也更加密切——既有密切的合作，也有极端的对立。这使得美国对于中国的看法在二十世纪的不同时期差异巨大，同时美国对于中国看法的变化影响了整个西方世界，也左右着西方世界对于中国看法的变化。总的来说，在二十世纪，以美国为首

7　笛福，《鲁滨逊漂流记》，黄果炘译，团结出版社，1999年，第266页。
8　孟德斯鸠，《论法的精神》（上），张雁深译，商务印书馆，2002年，第129页。

的西方对于中国的看法趋于客观，既有正面的评价，也有负面的批评之声。

二十世纪西方对于中国的看法可以分为几个阶段，首先在二十世纪初期到 1949 年中华人民共和国成立，西方对于中国的看法从过去的负面转为客观、正面。其中影响较大的是赛珍珠的小说《大地》的出版在西方引起了轰动，英国作家希尔顿小说《消失的地平线》，虚构出来的香格里拉与《大地》中的写实性的田园中国形象相映成趣。同时中国作家林语堂的《吾国与吾民》等著作的出版，在西方世界掀起一阵中国风。在这个时期，总的来说中国的美好一面占了上风，也较为客观，例如赛珍珠描绘的中国农民王龙和阿兰的形象，改变了以往西方人想象中的漫画式的中国人形象，具有了和西方人一样的现实感，是有血有肉的人。这种现实感在很多报道和评论中也可以看到。1935 年，希腊作家尼可斯·卡赞扎基斯到中国旅行，他看到一个混乱的中国，却又被这里的美景所震撼："我在这春夜也无法入眠，不是因为窗外的月亮照花影，而是我眼前留着另一处的美景：绝对的美从地上升起，开花，在太阳下光彩夺目，仿佛永世不凋。然而，最后还是返回到土地里面去了。……我不入睡，不是不能，而是不想，因为我不想失掉这个景色：刺槐花盛开，北平沉浸在黄色蜜蜂箱的嗡嗡声中，紫禁城城门大开，两个金狮子在驱赶恶魔。现在，在封建王朝刚刚结束一些年后，锁被砸开，恶魔，'白色的恶魔'自由出入荒废的王宫和王朝的庭院。"[9]可以看出作者对于中国的看法既有正面的，如绝美的景色让他着迷；也有负面的，'白色的恶魔'指的就是当时中国国民党的白色恐怖反动统治。英国哲学家罗素也指出："如果中国人有一个稳定的政府，并且有足够的资金，那么他们在今后三十年内将会做出优异的成绩。"[10]从这可以看出罗素既肯定中国人的潜力，又对当时的政府持有负面的看法。

从以上的论述中可以看出，西方对于中国的看法趋于客观，既客观指出中国存在的问题，同时也保留对于中国的肯定与赞誉。

1949 年中华人民共和国成立，中国历史翻开崭新的一页。西方对中国的看法也随之产生了变化。在新中国成立至今的半个多世纪里，中国的国家地位和中国人的精神面貌发生了沧海桑田的变化。这期间，中国与西方的关

---

9 尼可斯·卡赞扎基斯，《中国纪行》，李成贵译，译林出版社，2007 年，第 13 页。

10 罗素，《中国问题》，见何兆武、柳御林主编《中国印象——世界名人论中国文化》，广西师范大学出版社，2001 年，第 95 页。

系发生了或波澜壮阔，或微妙难测的变化。西方对于中国的看法也随之跌宕起伏。

从新中国建立初期到二十世纪七十年代，由于中国介入朝鲜战争以及后来全球进入冷战时期，西方对中国总体上的看法是负面的，中国的形象是被妖魔化的。从 1950 年到 1971 年尼克松访华，美国为首的西方世界对于中国知之甚少，很多都是基于想象、怨恨的猜测。如美国《时代》周刊刊发了一篇题为"洗脑"的报道，说"红色中国"通过"洗脑"完成精神管制。"六亿人长着同一个脑袋，迈着同一种步伐，穿着同一种衣服。说同一种话，做同一件事，一旦某一天。那同一个脑袋中着魔似的出现某一个疯狂的念头……将变成一个难以想象的庞大的怪兽。"[11]甚至用"蓝蚂蚁"来蔑称中国人。

总的来说，1949 年以后，西方世界对于中国的态度是质疑、蔑视，甚至是充满敌意的，他们一般都是以负面的背景来看待新中国。直到 1971 年尼克松访华，西方世界对于中国的看法开始转变。

1971 年尼克松访华，是一件举世瞩目的大事，对于中国和西方的关系产生了深远的影响。周宁教授认为尼克松访华"彻底扭转了邪恶中国的形象，将西方小范围内已经出现的美好的中国形象，迅速在美国推向高峰，中国从一个邪恶的红色帝国变成了代表人类发展方向的社会主义乌托邦，红色恐慌变成了红色希望。"[12]可以说尼克松访华改变整个西方世界对于中国的负面看法。这个变化从美国的两次民意测验中可以看出来。接受测验的人开列出他们想得到的最适合中国人的形容词，在 1966 年民意测验中，他们最常想到的四个词是——"无知""好战""危险""勤劳"中，只有一个是褒义词。而尼克松结束访华后的民意测验显示，受试者列出的最常用到的五个词却变成了"勤劳""智慧""灵巧""善于进取""讲求实际"。[13]绝大部分都是正面的褒义词。中国的改革开放对于西方世界也产生了巨大的影响。很多西方人对于中国的改革开放是持赞成态度的。以美国为例，1978 美国舆论对于中国的总看法中，持赞成比例为 20%，持不赞成的比例为 67%。到 1979 年，这个数字发生了历史性的转变，分别为 65% 和 25%。到 1989 年 2 月又变为 72% 和 13%。这也说明了西方主流世界对于中国看法的转变。历史进入到二十一世

---

11 周宁，《龙的幻象》（上），学苑出版社，2004 年，第 161 页。

12 周宁，《龙的幻象》（上），学苑出版社，2004 年，第 223-224 页。

13 Steven W. Mosher, *China misperceived American illusion and Chinese reality*, new republic book, 1990, p150.

纪，西方的主流媒体既有正面报道中国改革开放 40 年伟大成就的，也有持"中国威胁论"的负面报道。

总的来说，西方对于中国的看法是多元的、变化的。启蒙运动之前，西方对于中国的看法是正面的、理想化的、肯定的。而启蒙运动之后一直到十九世纪末，西方对于中国的看法趋向负面的、蔑视和质疑的。进入二十世纪，西方对于中国的看法趋向客观，既有正面的看法，也有负面看法。

第二节 从质疑到肯定与认同——当代新加坡的中国观

如前文所述，西方对于中国的看法和观点，尤其是二十世纪西方的中国观，极大地影响了新加坡的中国观。历史的发展是线性的，从历时性的角度考察，新加坡的中国观在新加坡独立后的几十年里一直在变化着。

一、质疑——落后视野中的中国观

在新加坡独立之前的中国作为新加坡华裔的祖居国，很多的新加坡华人把中国看成是自己的终将回归的家园，因此在新加坡独立前后的一段时间里，中国是作为新加坡华裔的想象家园而存在的，新加坡华裔对于中国文化是仰慕的、认同的，这时期的中国形象在新加坡华人的想象中是温馨而美好的正面形象。

可是，好景不长，1965 年新加坡脱离马来西亚独立以来，由于特殊的国内和国际环境，中国一直未和新加坡建立外交关系。冷战时期的意识形态深刻地影响着中国和新加坡的关系。1959 年新加坡自治前，是英国的殖民地，在英国势力退出新加坡后，新加坡又投入了美国的怀抱，中国一直视新加坡为亲美分子，1970 年以前一直拒绝承认新加坡的存在，而把新加坡视为马来西亚的一部分。在中国的官方的新闻里甚至把李光耀称为"英国和美国帝国主义的走狗"，指责新加坡政府"武装镇压新加坡人民的罪行"[14]。新加坡独立后实行的西方民主议会制，与中国的社会主义制度完全不同。新加坡政府对于国内左派活动坚决打击。而中国当时实行的是极左的政治路线，因此在新加坡建国之初的 20 年里，新加坡对于中国的看法是负面的、甚至是敌意

---

14 《人民日报》，1966 年 3 月 21 日，第 3 版。

的。在新加坡人的眼中，当时的中国是封闭的、落后、狂热的、非理性的。这从新加坡的主流媒体和政治领袖的言论中可以清晰地呈现先出来。

新加坡主流媒体《海峡时报》和《联合早报》这段时间都曾经多次从负面的角度报道过中国的新闻。《海峡时报》是一份亲西方的英文报纸，在中国的问题上，在这段时间出现过很多次负面的新闻，如在 1969 年的一次报道中，《海峡时报》的评论员认为当时的中国人"是狂热的，他们沉浸在红色的狂热之中，整个国家都丧失了理智，真不知道接下来他们会干出什么疯狂的事情来，这种丧失理智的狂热对于中国的邻国和整个世界都是一种威胁，不知道中国人丧失理智的狂热会持续到什么时候，对于这种情况，我们新加坡人是无法理解的"[15]。在 1972 年《海峡时报》的一次报道中说，"全体中国人都生活在他们的自己的想象的世界中，他们根本不知道现在的世界上到底发生了什么，现在的很多国家都在不遗余力地发展经济，整个世界和二战时期相比发生了翻天覆地的变化，很多国家的经济都在急速发展，而中国人却还沉浸在所谓的革命的想象中，这是多么封闭、落后呀"。[16]《联合早报》1973年的一次报道中也指出，"中国丧失了很好的发展机会，世界各国都在发展经济，而中国目前的状态将远远落后于包括新加坡在内的很多国家"[17]，在 1975 年的一次报道中，《联合早报》更是自豪地，不无优越感地指出"新加坡的发展已经远远超越于中国了，虽然他们的人口很多，国家很大，和新加坡相比却是落后的。"[18]总的来说，在新加坡的报道中的中国是一个落后、封闭、狂热的国家，相比新加坡则是一个民主、自由、进步的国家。

在当时的新加坡总理李光耀的眼中，当时的中国也是一个落后、封闭的国家。1976 年 5 月，李光耀第一次访问中国。总体来说，李光耀感觉中国是落后、封闭、狂热和神秘的。李光耀第一次访问中国期间与毛泽东进行了短暂的会面。李光耀对于毛泽东是这样评价的："多年后，一直还有记者和撰稿人问起他当时的样子到底是怎样的。把游击队发展成强大的战斗部队，以游击战同日本人作战，直至日本人在 1945 年 8 月投降，并击退国民党的军队。最终使共产党人 1949 年起领导中国。他的确把中国从贫穷、潦倒、病痛和饥饿中解放出来。尽管 1958 年"大跃进"引发的饥荒夺走了数以百计的

---

15 Straits times，1969 年 7 月 21 日第七版。
16 Straits times，1972 年 7 月 21 日第七版。
17 联合早报，1973 年 9 月 11 日第三版。
18 联合早报，1975 年 8 月 15 日第六版。

生命。但是他未曾把中国人从无知落后中解放出来。是的，诚如 1949 年 10 月 1 日毛在天安门城楼上向世界宣告的，中国人民站起来了，但是他们还站得不够高。"[19]这是对于毛泽东的委婉的批评。

对于中国的落后和封闭李光耀是这样描述的："5 月 13 日上午我们先登长城，再参观明十三陵，气候炎热干燥，尘埃满天。我们渴极了，最后在靠近十三陵的附近的餐馆吃了一顿中餐，我猛灌啤酒解渴，回程乘坐没有冷气设备的红旗牌轿车，我觉得昏昏欲睡。""我们都曾经那么的殷切想看看这个神秘的新中国，对南洋的华人来说，因为那是祖先的故乡，所以有着神奇的吸引力。中国人让孩子们穿上最体面的衣服，在机场、火车站、幼稚园和我们的所到之处欢迎我们。他们的那些色彩鲜艳的外衣、连衣裙和套衫都是在特别的节日才穿的衣裳，过后都会小心翼翼地收藏起来，中国群众则一律穿着同样单调、深蓝色或者深灰色不合身又不分男女的毛装。""中国有着悠久的历史和神奇壮美的自然风光，令人神往。然而冠上浪漫悦耳名称的山林庙宇，映照的却是中国人的贫困落后。""令人惊讶的是，中国甚至有别于很多东欧国家，比起我访问过的很多东欧国家，中国同外界更加隔绝。中国人受过极其深刻的思想灌输，以至于他们的官员，不管年资多浅，来自什么省份，在回答问题时都能够提供政治观点正确的标准答案，玮玲（李光耀女儿）没有什么机会跟一般百姓接触，因为无论她走到哪儿，到哪儿跑步，保镖都会陪同在身旁，把她同他们隔离开来。最叫她厌倦的是那些大字标语，几个在当时很流行的批孔批邓、粉碎资产阶级经济主义，战无不胜的毛泽东思想万岁。人民对权威毫不怀疑地绝对服从，也让她深感不解。"对于中国的狂热和神秘，李光耀这样的描述："我们所遇到的人，对我们的任何问题都给予相同的回答。在北京大学，我问学生们毕业后要做什么，答案是滚瓜烂熟的：党叫干啥就干啥，全心全意为人民服务。听这些天资聪颖的年轻人做出鹦鹉学舌般的答复，真是叫人困扰。政治上说，这些答案再正确不过了，却少了份真诚。……那是个神奇的世界。我看过关于中国的资料，尤其是尼克松访华之后，然而墙壁上贴着的大字标语，郊外麦田中央插着巨型宣传牌子，写着的是最炽热的革命字眼，那一连串疲劳轰炸的猛烈攻势，真是梦一般的经验。再加上火车站的扬声器、公园内和广播里，口号此起彼伏，什么感官都不再有知觉。""大喇叭里广播着有关走资派的内容，整个国家都

---

19 李光耀，《李光耀回忆录（1965-2000）》，新加坡联合早报版，2000 年，第 690 页。

是狂热的，非理性的。"[20]之所以当时的新加坡人包括李光耀对中国有以上的看法，与当时的这个现实密切相关。在当时的中国，尤其是"文化大革命"期间，中国政府进行了相当多的政治运动，并没有把主要精力放到发展经济上来，人民的生活水平提高不大。而当时的新加坡则是经济高速发展，人民的生活水平不断提高，自然地，在他们的眼中的中国是落后。

1980 年 8 月，李光耀再次访问中国，他认为中国依然是落后的，"(到武汉当地大学参观) 玮玲[21]当时是一个医学生，她主动跟一个正在阅读英文生物课本的男生交谈，还要求看看课本，却发现它竟是五十年代出版的。这已经是 1980 年了呀。她觉得不可思议。他们读的怎么是一本过时 30 年的生物课本呢？但是他们跟外界隔绝了 30 多年，刚刚对西方开放，没有外汇购买最新的课本和期刊，也没有复印机。中国同发达国家之间，知识距离越拉越远，不知要花多少年才能缩短。读的是过时的课本，接受的是落伍的教学方法，没有任何视听教材，这又将是半迷失的一代。没错，他们当中最优秀的人才就算条件再艰苦也还是能取得成功，但是，工业社会不只需要少数的顶尖人才，它更需要全人口都接受教育"[22]在李光耀的眼中，改革开放初期的中国形象依然是落后，至少是远远落后于当时的新加坡。

从以上新加坡媒体和李光耀的陈述中，我们可以清晰地看出，在新加坡建国初期的十几、二十年中，新加坡对于中国的看法是负面，在新加坡的眼中，中国是贫困落后封闭狂热的。这主要是由于一方面，中国在新中国后在很长一段时间里经济发展相对落后于很多国家，人民的生活水平提高不大，另一方面新加坡自身却经历着经济的高速发展，相对于当时的中国，新加坡人有一种优越感，这影响了当时新加坡的中国观。

二、肯定与认同——发展进步视野中的中国观

1978 年中国正式施行改革开放的政策，对于包括新加坡在内的很多国家都产生了很大的影响。随着中国改革开放的深入和中国经济的不断发展，新加坡人对于中国的看法也在变化着，对于中国的认知渐渐地趋于正面。下面我们还是从新加坡的媒体和政治领袖的论述中来考察新加坡的中国观的变化。

---

20 李光耀，《李光耀回忆录（1965-2000）》，新加坡联合早报版，2000 年，第 645，649、654、和 567 页。
21 李光耀女儿，当时随李光耀访华。
22 李光耀，《李光耀回忆录（1965-2000）》，新加坡联合早报版，2000 年，第 670 页。

1985 年，李光耀在论述到中国时说，"我首先要说的是一些正面的印象，比起 1976 年来，上海有一批更年轻的领导人，充满活力和干劲。人们看起来快乐多了，衣着色彩鲜艳，生活比过去富裕多了。"[23]1988 年李光耀第四次访华时对邓小平说"中国的变化有目共睹，我为此向他表示祝贺。改变的不只是新楼房新道路，更重要的是人们思想上的变化，如今人们更敢于提出批评和问题，人们积极乐观。"[24]"1976 年首次访华至今过去四分之一世纪了，我亲眼见证了中国的改革历程，最叫我惊讶的还不在于外观上的沧海桑田、高楼大厦、高速公路、机场怎么如雨后春笋般的纷纷兴建落成，最根本的差别在于人民的态度与习惯不一样了，他们更能畅所欲言，如今大量撰写出版、自由市场和先进的通讯，使社会更加开放透明，中国的面貌在往后二十年又将焕然一新。"[25]"中国的潜能在 2050 年实现目标，晋升为现代化经济体，它可以在贸易和金融方面充当一个平等而负责任的伙伴国，作为另一个主导世界走向的大国。只要中国不偏离重教育、重经济的现有轨道，中国大可成为世界数一数二的贸易强国，在国际事务上发挥举足轻重的作用。这是中国未来 50 年内的一个发展前景：现代化、负责任、信心十足。"[26]这是李光耀对于中国改革开放成就的肯定与赞扬，也反映出了当时的中国真实的面貌。

李光耀在谈到中国的领导人邓小平时说，"邓小平是一个伟大的领袖，他扭转了中国的命运，也改变了世界的命运。邓小平是一个现实主义者，讲求实效，不强调思想意识。在邓小平的领导下，中国突破了过去千百年来的封闭心态，更愿意对世界开放，向世界学习"[27]李光耀认为，"中国领导人的素质还真是叫人佩服，有了适当的训练，多接触自由市场经济，他们大可以同美国、西欧和日本的顶尖高级执行人员平起平坐。他们脑筋好、思维快、分析能力强。就算是闲聊，他们也委婉含蓄，引经据典，处处显露出思路的清晰敏捷，只有听得懂华语才能完全领略个中旨趣。……我早料到北京的领导人素质过人，只是没想到省级官员、党委书记、省长、市长等高级官员也毫不逊色。中国大陆人才之众令人瞩目。"[28]这是李光耀对于当时中国人素质

23 李光耀，《李光耀回忆录（1965-2000）》，新加坡联合早报版，2000 年，第 691 页。
24 李光耀，《李光耀回忆录（1965-2000）》，新加坡联合早报版，2000 年，第 691 页。
25 李光耀，《李光耀回忆录（1965-2000）》，新加坡联合早报版，2000 年，第 693 页。
26 李光耀，《李光耀回忆录（1965-2000）》，新加坡联合早报版，2000 年，第 693 页。
27 李光耀，《李光耀回忆录（1965-2000）》，新加坡联合早报版，2000 年，第 693 页。
28 李光耀，《李光耀回忆录（1965-2000）》，新加坡联合早报版，2000 年，第 694 页。

提高的肯定与赞扬。

　　这期间新加坡的媒体对于中国的报道也渐渐地以正面的报告居多，1985年，《海峡时报》的一份评论中指出，"中国正在进行的改革开放将使中国变得强大，未来中国将有可能成为世界上数一数二的强国。"[29]1990年的《联合早报》的社评认为"中国成功地举办了亚运会，对于提高中国的国际形象大有好处。中国的改革开放的效果开始显现，中国的影响力不断增强，一个开放、富强的、民主的中国是可以期待的。"[30]这两份社评都肯定了中国的发展，甚至预测了中国更为美好的明天。

　　时间进入到二十一世纪，中国的经济实力不断增强，一跃而成为世界上第二大经济体，成功地举办了2008年奥运会和2010世博会，中国的影响力与日俱增。新加坡人对于中国的看法日益走向正面。

　　《海峡时报》2012年的一份社论中说，"目前中国已经是世界上数一数二的大国、强国，在短短的几十年间中国的经济发展几乎超出了人们的想象，不敢想象40年前中国还是一个贫穷落后的国家，现在已经是富裕的国家了。在这个过程中，中国人的勤劳起到了非常大的作用。"[31]这里赞扬了中国人民的勤劳，肯定了中国改革开放的伟大成就。在2018年的一份新闻中《海峡时报》指出"中国现在是一个大国、强国，它的影响力不是新加坡这种小国家可以比拟的。"[32]相对于之前的优越感已然消失。2016年《联合早报》在报道中国的一份新闻中也指出"习近平是一个伟大的领导人，在他的坚强领导下，中国人民的精神面貌积极、乐观进取，他们对未来充满信心。我们有理由相信中国能够在未来的几十年里成为世界上最发达的经济体。现在的中国政治清明、人民安居乐业、国家民主富强，中国正走在伟大复兴的道路上。"[33]这也是对于中国的正面的报道和肯定。

　　现任新加坡总理李显龙也多次表示中国在世界上的影响力越来越大，特别是在亚洲。在一次采访中，李显龙表示"在现在的世界上，尤其是在亚洲，中国的影响力与日俱增，因为中国的是一个大国、强国。将来中国在世界上的影响力将会大幅增加。中国将成为世界上少有的超级大国，这是我们

29 Straits times，1985年7月15日第七版。
30 联合早报，1990年10月22日第三版。
31 Straits times，2012年9月22日第七版。
32 Straits times，2018年10月15日第七版。
33 联合早报，2016年9月24日第三版。

新加坡这种小国所无法比拟的。所以新加坡要做好和一个未来的超级大国交往的准备。"[34]在另一次接受采访时，李显龙表示，"中国目前已经是世界上数一数二的强国，中国在世界上的影响力与日俱增，不仅在经济领域，包括在政治领域等。"[35]从李显龙的谈话中我们可以看到对于中国的肯定。

在新加坡的一次民意测验中也显示，新加坡人对于中国的看法越来越正面。根据民意测验，70%以上的新加坡人对中国抱有好感，认为中国是一个强国，中国人民是勤劳、热爱和平的人民。[36]

新加坡的中国观的变化有着复杂原因。在新加坡建国之初，由于新加坡受到以美国为首的西方国家的影响，对于新生的新中国抱有负面的、甚至是敌意的看法，因而当时中国的形象是负面，加之在随后的几十年中，新加坡经济腾飞，一跃而成为发达国家的一员，当时的新加坡人眼中的中国是落后、封闭的、甚至是狂热的、丧失理智的。随着中国的改革开放，中国的经济开始高速发展，人民的生活水平日益提高，中国在国际上的影响力不断增强，新加坡人开始客观的看待中国，对中国的看法也从负面转为客观、正面。新加坡的中国观的发展变化与中国的现实情况密切相关，只要中国的国力日益增强，新加坡的中国观就会越来越趋于肯定和正面。而新加坡的中国观的变化，也影响着新加坡英语作家对于中国形象的塑造。这里需要指出的是，虽然新加坡的中国观会影响到新加坡英语作家对于中国形象的塑造，但是文学创作毕竟不是新闻报道，相比于新闻报道，文学创作有一定的滞后性，因此新加坡的中国观对于新加坡作家塑造中国形象就有一定的滞后性。

---

34 联合早报，2016 年 10 月 25 日第三版。

35 联合早报，2018 年 11 月 25 日第二版。

36 罗译，《他者眼中的中国形象》，《传媒广角》2019（02）：15。

第五章 当代新加坡英语文学：
"新加坡民族文学"的兴起和繁荣

第一节 新加坡文学创作的现状

一、新加坡的语言现状

文学是一种语言艺术，为了清楚地了解新加坡文学创作的现状，必须了解新加坡的语言现状，而影响新加坡语言政策和语言现状的是新加坡的族群状况。

（一）新加坡的族群状况

新加坡是一个多元族群的国家，这一点是由它的地理位置和历史发展决定的。

在地理上，新加坡位于马来半岛的南端，基本上处于东南亚的中心位置，南邻印度尼西亚，北邻马来西亚，地处马六甲海峡的出入口，地理位置极其重要，历来是东西方交往的桥梁和纽带，东西方文化在此融汇，也给新加坡带来了多元的族群构成。

从历史上看，新加坡开埠时间不足 200 年。通常人们以公元 1819 新加坡为纪元的开始。在新加坡开埠之初，人烟稀少。随着新加坡成为东西方贸易的桥梁，开始吸引大量的外地劳工前来，其中主要来自中国、印尼、马来西亚、印度等地。

由于印尼人与马来人原本乃同一人种，因而形成了现今新加坡的三大族群——华人、马来人、印度人。根据新加坡国家统计局（Singapore Department of Statistics）2000 年的人口统计，华人约占到新加坡总人口的 76%以上，其次是马来人，占新加坡人口的 14%左右，在三大族群中人口最少的是印度人，约占总人口的 8%。除上述三大民族外，新加坡人口另有约 1.4%的其他少数民族，包括欧亚通婚的后代，例如来自马来西亚马六甲的葡萄牙裔后代和来自印度的戈亚族。[1]另外还有少数其他族群的居民。

（二）新加坡的语言现状

如前所述，由于新加坡民族构成的复杂性，几乎每个族群都有自己的语言，伴随着的就是非常复杂的语言现状。由于新加坡独特地理和历史因素，作为一个多种族国家，新加坡的语言问题不但复杂而且相当敏感。在语言的问题上，任何处理不当都会引发社会动荡甚至危害国家安全，因而新加坡政府在处理语言问题上历来非常谨慎。

新加坡政府的语言政策深刻地影响着新加坡的语言现状，当下新加坡的语言政策主要有以下几点：

（1）四种语言英语、华语、泰米尔语、马来语共同构成新加坡的官方语言。

（2）马来语有国语之名，具有象征作用。

（3）教育政策上双语并行，各民族学生均须将英语作为共同语学习，也就是说在学校实行英语+X 语的政策。从而确立了英语作为工作语言和共同语的作用，可以说是事实上的国语。

（4）各民族学生都必须学习本民族的语言，以保持本民族的传统文化。[2]

从新加坡的语言政策可以总结出以下几点：

首先，之所以确定华语、马来语、泰米尔语和英语为官方语言，和新加坡的民族构成和历史有关。现在新加坡三大族群所操的具有代表性的语言是华语、马来语、泰米尔语，因而确定它们作为官方语言是为了体现各个族群之间的公平与平等。而英语在新加坡政治、经济方面作用巨大，同时在新加

---

1 Leow Bee Geok, *Census of Population 2000: Advanced Data Release*. Singapore: Singapore Department of Statistics, 2001, p5.

2 以上有关新加坡语言政策的内容请参阅 Eddie C.Y. Kuo, *Language Management in a Multilingual State: the Case of Planning in Singapore*. Singapore: National University of Singapore, 1988, p15.

坡使用的历史也比较长，因而英语也被确定为官方语言。

按照新加坡政府的表述，新加坡的四种官方语言具有平等的政治地位。但是，由于这四种语言的作用各有不同，其社会地位也不尽相同。我们先来论述一下新加坡四种官方语言中的国语问题。

由于华人在新加坡人口中占有绝对多数，华语本应该成为新加坡的国语，但是事实却并非如此。华语之所以没有成为新加坡的国语，原因有二：

其一，在新加坡国内，以华语为国语，不利于消除种族矛盾，容易使人数较少的族群产生紧张感，不利于国家稳定；

其二，在国外，以华语为国语，容易使邻国感到不安，不利于与邻国相处。所以，华语无法成为新加坡的国语。

而泰米尔语由于使用的人数和影响力都比较小，也不太可能成为新加坡的国语。

新加坡在独立之初确定的国歌是用马来文写成的，虽然马来人在新加坡人口中不占多数，但是由于新加坡与马来西亚历史关系十分错综复杂，马来西亚以马来人居多，再加上印度尼西亚的主要人口与马来人同种，而且操相近的语言。新加坡是华人占多数的国家，领土却被两个马来人国家包围，种族上的差异非常容易引起冲突。因而新加坡在独立之初尊马来语为国语，是为了向邻国表示友善。在新加坡独立之初新加坡总理公署曾发表文告称：

> 在新加坡，四种官方语文，即马来文、华文、泰米尔文和英文都是同等地位的官方语文。马来文是我们的共通语文，它是我们的国语。……四种语文，在新加坡都成为官方语文，是因为这是对的，而于我们国家和人民都有裨益。……新加坡的宪法将重新规定各语文向来所享有的地位，即新加坡有四种官方语文……，而以马来文作为共通语文和国语。[3]

因此新加坡的独立之初将马来语确定为各民族间的共同语和国语。前文讲过，新加坡之所以尊马来语为国语是出于政治方面的考量。在现实生活中，马来人在新加坡总人口中的比例较小，而且在新加坡讲马来语的人口比例也较小，[4]马来语的作用有限，不可能成为事实上的国语，只不过享有国语之名而已。随着时间的推移，英语逐渐取代马来语成为各个民族间的共同语

3　《星洲日报》，1965 年 10 月 2 日报道。

4　Leow Bee Geok, *Census of Population 2000: Advanced Data Release*. Singapore: Singapore Department of Statistics, 2001, p25.

和事实上成为具有国语作用的语言。

英语作为新加坡官方语言，在政治、经济、法律等方面作用巨大，不可取代。同时英语也是沟通新加坡不同族群的工具，照常理来讲，在新加坡独立之初就可以作为新加坡的国语。可是由于英语是殖民地的语言，以它作为国语在新加坡人的心理上暂时无法认同。因而在新加坡独立之初英语只是作为四种官方语言的一种而存在。随着新加坡经济的发展和时间的推移，英语在新加坡的地位日益重要，成为在实际运用中最广泛的语言和新加坡各族群的共同语，成为没有国语之称而有国语之实的语言，根据新加坡 2000 年的人口统计显示，在新加坡讲英语的人占到总人口的 70%以上，"英语已经成为新加坡的共通语。"[5]

简而言之，学者泰伊（M. W. J Tay）认为英语在当代新加坡的作用可以归纳为以下几点：

（1）作为四种官方语言的一种。在新加坡独立后，新加坡政府决定将英语、华语、马来语和泰米尔语作为新加坡的官方语言。

（2）作为教育的语言。自 1987 年以后，在新加坡所有的学校都开始使用英语作为教学用语，因而英语成为事实上的第一语言（但是并非母语），也就是使用最为广泛的语言。

（3）政府工作语言。英语作为主要的行政语言，在法律和行政领域，尤其是在商业领域成为主要的工作语言。

（4）各族群的共同语（a lingua franca）。英语作为联系新加坡不同族群的共同语，起到了团结和强化各个族群间的联系作用。

（5）国家认同的语言。如上所言，英语，尤其是新加坡英语作为各个族群的共同语。由于英语不属于新加坡三大族群中的任何族群，新加坡英语就成了新加坡国家认同的语言和工具。

（6）国际语言。在新加坡，英语也是新加坡人与外部世界联系和交往的纽带和工具，为了完成这个目标，新加坡人在讲英语的时候，既要在语言上强化新加坡的地域特色，同时又要保持新加坡英语具有的国际交流的功能。[6]

---

5 Leow Bee Geok, *Census of Population 2000: Advanced Data Release*. Singapore: Singapore Department of Statistics, 2001, p25.

6 M. W. J Tay, "The Uses,users and features of English in Singapore" in J. C. Richard, eds. *New Varieties of English: issues and Approaches*. Singapore: RELC Occassional Papers, 1995, p91-111.

　　英语在新加坡地位的不断提高是具有一定的社会历史原因的。

　　首先，这是新加坡独特的族群构成决定的。新加坡族群众多，几乎每个族群都有自己的语言，因而语言极其复杂，在新加坡的三大族群中能够听懂其他族群语言的人人数很少，[7]并且也没有任何一种语言有近半数以上的其他族群的人懂得，因而急需一种各个族群的人都能够听懂和能够交流的语言。如果以三大族群的任何一种语言作为普遍的交流语言都容易引起其他族群的紧张，不利于民族团结和国家安定。而英语虽然是殖民地的语言，但却是相对中立的语言，比较容易被所有族群的人接受。同时在每个族群都有超过半数的人使用英语，因而英语就自然而然地成为各个族群的通用语言了。

　　其次，与新加坡的历史渊源相关。由于新加坡有长时间的英国殖民历史，英语在很长的时间内都是政治和法律用语，自然也是政府部门的工作语言。后来虽然新加坡取得国家独立，然而新加坡的法律以及很多的管理规范都是用英语写成，为了维护社会的安定，自然要依靠法律和一些规章制度。因此在新加坡独立之后，英语依然成为新加坡的法律和政府官方用语。

　　再次，与新加坡的经济发展有关。在新加坡经济现代化的过程中，大量地吸收西方的科技，在这个过程中，西方文化大量地进入新加坡，成为在新加坡影响巨大的文化思潮。英语作为西方文化的一个载体，在新加坡的地位也就日益提高。在新加坡，英语还具有极高的经济价值。具体而言，由于英语是政治、法律、商业用语，不学习英语就无法找到收入较高的工作。因而英语变成了地位最高、通行范围最广的语言。

　　最后，与新加坡的语言政策有关。由于新加坡在学校实行英语+X语的双语语言教育，也就是说，新加坡的任何学校在进行语言教育的时候，在学习本民族语言的同时，还要将英语作为必须学习的语言，在制度上确保了英语具有共通语的地位。

　　从以上对于新加坡当代语言政策的分析中可以看出，新加坡的语言现状是四语（英语、华语、马来语和泰米尔语）并行、英语独尊。

　　一个值得注意的现象是，由于过去新加坡过分崇尚英语和西方文化，使得新加坡的年轻一代越来越趋近于西方文化而疏离自己本民族的文化，因而也就渐渐地失去了传统东方文化的美德和价值观。新加坡施行双语教育的目的之一

7　Leow Bee Geok, *Census of Population 2000: Advanced Data Release*. Singapore: Singapore Department of Statistics, 2001, p25.

是为了回归东方文化和传统的价值观。新加坡政府当局也认识到保留新加坡各民族文化的重要性，新加坡前总理李光耀谈到新加坡的华语运动时说：

> （对于）新加坡人来说，华文是一个特殊的难题。新加坡华人，由于情感上和文化上的需要，将会而且必须继续使用自己的语言进行交谈、阅读和书写。这是认清自己民族性和自尊的基本需要。……但是我们必须实事求是。我们所希望达到的程度，必须是大部分、而不是小部分所能达到的。……如果只有一部分聪明的学生达到这一点，我们的双语政策将会失败。……如果我们放弃双语政策，我们必须准备付出巨大代价，使自己沦落成为一个丧失自身文化特性的民族。我们一旦失去了这个情感上和文化上的稳定因素，我们就不再是一个充满自豪的独特社会。相反的，我们将成为一个伪西方社会，脱离了亚洲人的背景。[8]

从上面的讲话中可以看出，新加坡人对于自己的定位依然是以亚洲文化为本，以西方文化为用的基本思路，因而为了保持自己的东方特色，实行双语教育，学习本民族的文化就成为一种必然。只不过由于英语地位的不断提高，西方文化在新加坡影响越来越大，在新加坡东方族群文化的生存空间受到极大的挤压，前景不容乐观。

二、新加坡文学创作的现状

从以上新加坡语言状可以看出，新加坡有四种官方语言，以这四种官方语言进行的文学创作在新加坡都很活跃。在新加坡绝大部分作家都是用一种语言进行文学创作，只有极少的作家是用两种或两种以上的新加坡官方语言进行创作。这就造成了新加坡独特的文学创作现象，那就是在新加坡，四种官方语言都有自己的文学创作。当代新加坡的各种文学奖也分别设有四种语言形式——英语、华文、马来文和泰米尔语。之所以如此，与新加坡的国情有关。新加坡是一个多元文化的国家，如果只关注其中一种语言文学创作，会被认为是过于狭隘。

正如新加坡的四种官方语言在新加坡享有同等的政治地位一样，以这四种语言进行的文学创作在名义上也享有同等的政治地位。新加坡前总理李光

---

8 李光耀，《世界华文教学研讨会开幕词》，《世界华文教学研讨会论文集》，新加坡华文研究会编，1990年，第98页。

耀在谈到新加坡的文学创作时说：

在新加坡，我们有四种官方的语文。这四种官方的语文所创作的文学在新加坡的地位是平等的。它们都是新加坡国家文学的一部分。[9]

新加坡官方的这种做法更多的是一种政治上的考量。事实上，正如新加坡的四种官方语言在享有同等政治地位的同时，却享有不同的社会地位一样，以四种语言进行的文学创作也具有不同的社会地位和作用。由于马来语和泰米尔语在新加坡的使用范围比较小，因此这两种语言的文学创作在新加坡的影响较小，难以成为新加坡主流的文学创作。相比于马来语和泰米尔语的文学创作，新加坡的华文和英语文学创作相对繁荣。为了更好地了解新加坡文学创作的现状，同时也是为了更好地认识新加坡英语文学创作在新加坡社会中的地位和作用，接下来本文将就新加坡英语文学与华文文学进行简单的比较。

三、新加坡英语文学与华文文学之比较

由于新加坡的族群构成中，华人占了 70%以上，因而新加坡的华文文学创作有着悠久的历史和巨大的族群基础，而英语作为沟通新加坡不同族群的共通语，在新加坡人的生活中占有越来越重要的地位。因此新加坡的华文文学和英语文学构成了新加坡文学发展史上影响力最大、创作最为繁荣的文学形式。这两种文学创作对于新加坡文学的发展和繁荣都有着至关重要的影响。这两者之间的比较可以帮助我们更加全面地认识新加坡英语文学。

作为新加坡国家文学的重要组成部分，新加坡英语文学与华文文学之间有着千丝万缕的联系，它们之间既有相同点，又有不同点。

（一）相同点

1. 作为新加坡国家文学的重要组成部分，新加坡华文文学与英语文学虽然文学创作使用的语言不同，但是它们都是新加坡国家文学的组成部分，在新加坡享有同等的政治地位。在政治层面上新加坡华文文学与英语文学都是新加坡国家文学的一部分。前文讲过，华文、英语以及马来语、泰米尔语是新加坡政府规定的官方语言，这就在政治层面上确保了以上四种语言进行的文学创作所享有的同等的政治地位，从而也有利于使用各个不同语言进行的文学创作的共同发展。在新加坡，语言是一种政治，而这种政治的原则就是

9　李光耀，《李光耀四十年政论选》，新加坡报业控股，1993 年版，第 256 页。

平等，这也决定了在新加坡，包括华文和英语在内的四种语言文学创作享有平等的政治地位。

2. 作为新加坡国家文学的组成部分，新加坡华文文学与英语文学所反映的现实生活相同，在创作内容上具有很大的相同之处。在新加坡的发展历史上，特别是在第二次世界大战之后的几十年里，新加坡发生了巨大的变化，从一个落后的殖民地一跃而成为一个独立自主的现代化国家，其间新加坡经历了民族独立、经济发展等重大社会事件。文学作品作为反映社会生活的重要工具，在记录和反映现实生活方面具有重要的作用。新加坡华文文学与英语文学作为反映新加坡社会生活的重要工具，使用不同的语言真实地记录了新加坡生活的变迁。可以说新加坡华文文学和英语文学使用不同的语言反映了相同的社会生活，就文学创作的内容来说具有很大的相同之处。

3. 在文学的创作的风格上，新加坡华文文学与英语文学都是以现实主义为主、浪漫主义和现代主义为辅的文学创作。在新加坡近几十年的历史上，发生了很多重大的变化，这为现实主义的文学创作提供了丰富的创作题材，因而就总体来说，新加坡的文学创作是以现实主义文学创作为主。作为新加坡文学重要组成部分的新加坡华文文学与英语文学，同样是以现实主义的文学创作为主流的文学创作。新加坡的华文作家们关注新加坡的社会生活现实，创作出了大量现实主义的文学作品。与此同时，新加坡的英语文学同样是以反映现实生活为主的现实主义文学创作。新加坡英语文学的著名学者许黛安教授认为"新加坡英语文学的主要风格就是反映新加坡社会现实的现实主义。"[10]新加坡著名英语作家林宝音说过："是的，我的确是写的是我所熟悉的生活……我通常不太涉足自己不熟悉的东西。我所有的创作灵感和材料都来源于我的生活经历，以及我所熟悉的人。"[11]从新加坡很多英语作家的文学创作实践来说，新加坡的英语文学也是以现实主义的文学创作为主。

在现实主义文学为创作主流的同时，新加坡的华文文学与英语文学同时呈现出多种不同的创作风格，浪漫主义、现代主义等不同文学创作风格也出现在各自的文学中。在新加坡华文文学中，浪漫主义文学创作在新加坡的建

---

10 Koh Tai Ann, *"Singapore Writing in English: The Literary Tradition and Cultural Identity"* in Seong Chee Tham, eds. *Essays on Literature and Society in Southeast Asia: Political and Socialogical Perspectives.* Singapore: Singapore University Press, 1981, p160-186.

11 Catherine Lim, "Comments"in *The Asian Magzine,* 10th July, 1988.

国初期一度形成了创作高潮，涌现出了大批优秀的带有浪漫主义色彩的文学作品，同时二十世纪的七十年代，关注人内心世界的现代主义文学兴盛一时。与之相对应的是，以现实主义为主流的新加坡英语文学创作同样也呈现出创作风格的多元化。随着新加坡英语文学的发展，浪漫主义的文学创作开始在二十世纪七十年代开始繁荣，其主要的标志就是英语诗歌的繁荣，随着新加坡英语文学的发展和繁荣，现代主义文学创作在新加坡英语文学创作的后期开始出现，并且呈现出愈加兴盛的态势，这种以现实主义为主的多元创作风格构成了新加坡华文文学和英语文学总的风格特征。

（二）不同点

1. 创作主体不同。新加坡是一个多民族的国家，国内民族构成繁多，这也决定了新加坡华文文学与英语文学创作主体的差异。在新加坡进行华文文学创作的人大都是华裔，或者具有华人血统的人，因此在研究新加坡华文文学的时候，甚至有学者使用新加坡华人文学的概念，这是因为使用华语进行文学创作的人绝大多数都是华人的缘故。虽然近年来新加坡政府开展了"讲华语运动"，华语一度在新加坡的使用率开始扩大，但是在新加坡，非华族以外族群使用华语的比例依然非常之低。根据新加坡国家统计局的统计数字显示，在新加坡的非华人族群中使用华语的比例分别为在马来人中占 0.5%，在印度人中占 1.1%，在其他族群中占 6.5%，[12]由于非华人在新加坡人口中的比例很小，由此可以看出使用华语进行交际的非华裔人口所占的比例之低。这就直接导致了在新加坡使用华文进行文学创作的人主要以华裔为主。与之相比，由于英语是新加坡各个不同族群共同使用的共通语，在新加坡讲英语的人在各个不同的族群中的比例都很高，从而决定了使用英语进行文学创作的作家来自不同的族群，而不同于新加坡华文文学的创作主体来自一个单一的族群。因而从文学创作的主体来说，新加坡华文文学与英语文学有着不同的创作主体。

2. 文学创作主体的不同决定了文学作品反映的内容有所不同。如上文所述，新加坡华文文学与英语文学都是以反映客观现实的现实主义文学创作为主。因此新加坡华文文学与英语文学的主要内容都是反映新加坡社会生活的现实，但是由于新加坡华文文学创作主体绝大部分都是华人，所以在新加坡

---

12 Leow Bee Geok, *Census of Population 2000: Advanced Data Release*. Singapore: Singapore Department of Statistics, 2001, p25.

华文文学中所反映的大都是新加坡华裔社会的生活。相比之下新加坡的英语文学创作主体的多元化也就使得新加坡英语文学所反映的社会现实要更加全面，同时也就更加客观一些。在新加坡华文文学中，我们很少看到反映其他族群的文学作品，即使有也是作为陪衬而出现。在新加坡的英语文学中，华裔作家的作品同样以反映新加坡华裔生活为多，而那些印度裔、马来裔以及其他族群的作家则以自己族群的生活作为文学创作的主要内容，例如新加坡著名英语作家戈培尔·巴拉山（Gopal Baratham），作为一位印度裔的英语作家，他的作品很多都是反映新加坡印度裔人的生活，而新加坡著名英语作家阿尔梵·萨特（Alfian Bin Sa'at）的作品很多都是反映新加坡马来裔人的生活。从这个角度来说，新加坡英语文学在反映生活的层面上要比新加坡华文作家更加广泛和全面。虽然在新加坡华人占大多数，但是很显然，单单华人社会并不能代表新加坡社会生活的全貌，甚至可以说多元化才是新加坡社会生活的根本特色，失去了多元种族和多元文化，新加坡也就无以成为新加坡，新加坡的华文文学在这方面有着先天的缺陷。相比之下，新加坡英语文学则有着先天的优势，可以更加全面的表现和反应新加坡社会生活的全貌。

3. 两者的发展过程不同。新加坡的华文文学开始于二十世纪的一零年代末，经过几十年的发展，在二十世纪的五六十年代达到了它的繁荣时期，随后由于新加坡政府当局的语言政策等原因，开始走向衰落，在最近的二三十年由于新加坡政府华语运动的开展，新加坡华文创作渐渐地有开始复苏的迹象，但是还没有能够恢复到它的鼎盛时期，学者朱崇科认为现在新加坡的华文文学创作已经远远地落后于马来西亚的华文文学创作，虽然表面上新加坡政府在大力推广华语。[13]从上面的概述可以看出，新加坡华文文学的发展并不是一个直线上升的态势，而是一个曲线发展的过程。而新加坡的英语文学则是一个直线发展的过程，从最初的新加坡英语文学的发轫，到它的逐步发展壮大，乃至今天的繁荣，新加坡英语文学走出的是一个直线上升的过程。在二十世纪五六十年代以前，新加坡的华文文学和英语文学都处于发展和形成时期，在二十世纪五六十年代，新加坡华文文学率先达到了繁荣期，接下由于新加坡的语言政策的原因，华语在新加坡的地位开始下降，英语在新加坡的社会地位显著提高，华文教育日益衰落，而英语教育逐渐普及。在这个

---

13 朱崇科，《考古文学"南洋"》，上海三联书店，2007年，第396页。

过程中，新加坡的华文文学创作随着新加坡的华文教育以及华语的地位的衰落而走向衰落，与之形成鲜明对比的是，新加坡的英语文学由于英语地位的提高和英语教育的普及，开始步入了它的发展和繁荣时期。因此两者的发展过程不同。

四、英语文学和华文文学：孰为主流？

那么作为当代新加坡影响最大的两种文学创作，新加坡的英语文学与华文文学谁是新加坡文学创作的主流呢？我们来看一下学者们对于这个问题的观点。不管是在新加坡还是在国外，还没有人从正面对于两者进行比较，不过对于两种文学的发展现状和前景，学者都有比较深入的论述。

首先我们来看一下新加坡华文文学的发展现状和前景。在上文的论述中笔者提到，在二十世纪的七八十年代以来，新加坡的华文文学创作逐渐衰落，事实上，这种状况一直以来都没有太大的改观。1995 年，新加坡文艺协会会长骆明在谈到新加坡华文的现状时，就曾经表示"有许多学生在阅读上已经有不少困难，在写作和表达上更是困难重重了，"而对于华文文学的创作主体来说，"写作人消极、转向、退却、隐退。"[14]骆明的总结应该说真实地反映了自二十世纪七八十年代以来新加坡华文文学创作的现状。进入到二十一世纪，虽然随着新加坡政府的华语运动，华语的普及程度有所提高，但是华文文学创作依然在低谷徘徊，2002 年，新加坡作家协会会长、新加坡著名华文文学作家黄孟文在谈及华文文学的现状和前景时，痛心而又无奈地表示：

> 当前，新华文学发展的最大困难，是华语的式微与低迷。文学属于语言艺术，语言是文学的工具和载体，失去了语言，文学就无所依附，无所依托。华语的式微与低迷，对于新华文学的发展，无异于釜底抽薪，以至于薪火难传。这是尽人皆知，而又无可奈何，也是令人喟叹的严酷现实。[15]

而厦门大学周宁教授对于新加坡华文文学的现状是这样总结的：

> 作家各自为政，文学社团互不沟通，新老作家互不交流；创作

14 骆明，《新华文学的现状及走向》，《东南亚华文文学研究集刊》，庄钟庆主编，第一辑，厦门大学出版，1995 年，第38-39 页。

15 黄孟文，《新加坡华文文学史初稿》，新加坡国立大学中文系、八方文化企业公司出版，2002 年，第450 页。

不关心现实，读者不关心创作；有文艺杂志，但水准不能令人满
意。有新杂志创刊，但多刊期较短；有作家，无大作家；有作品，
无名作；有新人新作，但无人愿意流连文坛；有人写，无人读，华
文普遍识字率和阅读水平在降低。[16]

正是由于新加坡华文文学的这种衰微现状，周宁教授断言"新华文坛是
一种非主流的文坛，华文文学在少数人中流传。"[17]

从以上学者对于新加坡华文文学的现状和前景的观点，我们可以得出结
论，即新加坡的华文文学在当今新加坡文学的地位是在不断下降，至今新加
坡的华文文学已经是一种非主流的文学创作。

通常来说，非主流是相对于主流而出现的。在新加坡的总体文学中，既
然华文文学处于非主流的状态，那么处于主流状态的文学创作又是什么呢？
毫无疑问就是新加坡的英语文学创作。文学属于语言的艺术，语言的命运通
常就是文学的命运。随着英语逐渐地成为沟通新加坡各个不同族群的共通语
和事实上的国语，新加坡的英语文学也逐渐地繁荣壮大，成为新加坡的主流
的文学创作。新加坡的著名学者许黛安教授也认为在新加坡能够起到主流文
学创作作用的只有新加坡的英语文学创作。[18]新加坡著名的英语诗人西
蒙·泰伊（Simon Tay）认为：

在新加坡对于使用英语应该采取欢迎的态度。因为英语可以成
为将新加坡的各个不同种族联结在一起的纽带。它也可以成为表达
现代新加坡人思想和生活的工具。虽然说它并不是一个天然的工
具，而且是殖民时代的产物，但是我们可以改变这种状况：我们可
以将它变成我们自己的工具。而且假以时日，我相信我们肯定能够
做到。[19]

从以上学者们的观点可以看出，新加坡的英语文学已经事实上成为新加
坡主流的文学创作。

---

16 周宁，《新华文学论稿》，新加坡文艺协会出版，2003年，第46页。
17 周宁，《新华文学论稿》，新加坡文艺协会出版，2003年，第63-64页。
18 Koh Tai Ann, "Singapore Writing in English: The Literary Tradition and Cultural
Identity "in Seong Chee Tham, eds. *Essays on Literature and Society in Southeast Asia:
Political and Sociological Perspectives*. Singapore: Singapore University Press, 1981,
p160-186.
19 Simon Tay, *"The Writer as Person"* in *Solidarity: Current Affairs, Ideas and the Arts*,
1984, 99:56-59.

至于新加坡英语文学是否成为新加坡的民族文学，目前还有些争议。由于新加坡的是一个多元种族、多元文化的国家，出于民族团结和国家稳定的考虑，新加坡官方对于以上提到的四种文学创作都定义为国家文学，在政治地位上确保了四种文学创作的平等性。但是文学创作是一种有关精神生活的活动，虽然受政治等外界的因素影响很大，但是同时它又具有自己一些规律性的特征，可以超越外界的影响。纵观新加坡英语文学的发展历程，我们可以发现，由于新加坡的语言政策以及现实需要等原因，新加坡英语文学已经成为反映新加坡各个不同种族、不同文化族群的最为全面和客观的载体。正因为如此，早在 1978 年，新加坡著名的英语诗人和学者坦布就宣称"在新加坡使用英语进行的文学创作最有可能成为代表新加坡的民族文学"[20]。

因此，从文学作品反映生活的深度和广度方面来看，笔者认为，新加坡英语文学已经初步具备了"民族文学"的特征，可以称之为新加坡的民族文学。[21]

第二节 当代新加坡英语文学的兴起和繁荣

从 1819 年开埠至今，新加坡的发展历史已近两个世纪。在近 200 年的发展过程中新加坡的英语文学创作经历了发生、发展和繁荣等不同的创作阶段。下面笔者将对当代新加坡的英语文学创作的发展历史进行简单的、历时性的概述。

由于新加坡在 1965 年才成为一个完全独立的国家，因此在谈到 1965 年

---

20 Edwin Thumboo, *"Singapore Writing in English: A Need for Commitment"* in Bennett Bruce, eds. *Westerly Looks to Asia: A Selection from Westerly 1956-1992*. Nedlands, Aus.: Indian Ocean Centre for Peace Studies, 1993, p84-92.

21 诚如上文所提到的，定义和界定新加坡的民族文学，是一个比较敏感地话题。从新加坡官方的角度来说，出于国家稳定等原因，不会界定任何一种文学创作作为新加坡的民族文学。因此，这种提法有时会引起一定的争议。同时，由于新加坡立国尚短，尚未形成真正意义上的新加坡民族，此时提出新加坡民族文学的概念，在一部分学者看来，会有本末倒置之感。而笔者认为，就前一种观点来说，文学创作有其独特性，其规律性并不会以政治的影响而转移；就第二种观点来说，文学创作又有一定的超前性，虽然目前新加坡尚未形成真正的新加坡民族，但是自新加坡建国以来，新加坡政府和人民一直在不予余力的构建着带有新加坡民族特征的文化，新加坡民族也在逐渐的发展和形成之中，而新加坡的英语文学创作在其中起到了相当大的作用。基于以上原因，提出新加坡民族文学的概念，笔者认为是合适的。

新加坡独立之前的文学创作的时候，有必要说明的是，如果说单从字面意义上来讲，并不存在所谓的"新加坡文学"，更不要说新加坡英语文学了。在1965年新加坡独立之前，事实上也并不存在所谓的"新加坡国家和新加坡人"的概念。当时新加坡殖民地时期民权运动斗争的目标是成立一个完全独立的国家，而新加坡是作为马来亚的一部分而存在。因此可以说在1965年之前是根本不存在任何的所谓"新加坡国家"的概念。

从另一个角度来说，文学的发展有着自己的客观规律，其发展过程从来都是一个小到大、从荒芜到繁荣的过程。每一个国家的文学发展都有其特定的源头。虽然在1965年之前，并不存在新加坡人的概念，但是就像前文所提到的那样，在新加坡这片土地上的确产生了很多文学创作、其中也包括英语文学创作。这些文学创作为以后新加坡文学创作的发展打下了坚实的基础，构成了新加坡文学发展的源头，而新加坡英语文学作为新加坡文学创作的一种表现形式，其发展源头也同样要追溯到1965年以前，唯有如此我们才能够客观、科学的总结新加坡英语文学发生、发展和繁荣的历史规律。

由于本课题主要研究的是1965年新加坡建国以来的英语文学创作，因此，此处省去1965年以前英语文学创作的概述。[22]

1965年是新加坡作为一个独立国家的元年。新加坡的国家意识和国家认同也正是从这一时期开始。

随着新加坡英语文学的不断发展，出现了各种各样的英语文学创作形式。为了方便梳理，下面从诗歌、小说和戏剧等三个方面来回顾一下当代新加坡的英语文学创作。

一、诗歌

诗歌作为一种重要的文学创作行形式，在新加坡得到很好的发展，涌现了大批优秀的诗人。这与当时新加坡的时代背景密切相关。由于新加坡刚刚获得国家的独立，作家们饱含着对于新生国家的热爱用作品来抒发自己的情感，而诗歌在表达情感方面无疑有着巨大的优势，因此出现了英语诗歌创作的空前发展，涌现出了一批重要的、有影响的诗人。

随着新加坡的独立，所有的新加坡人都面临着一个自我身份上的重新定位——从此他们将不再属于马来联邦，从那一刻开始他们成为新加坡人。因

---

22 有关新加坡英语文学建国之前的论述，详见笔者的著作《新加坡英语文学研究》。

而身份认同和国家认同就成为这个时期新加坡英语文学创作所要表达的重要
内容。如新加坡前总理李光耀在新加坡建国初期所说：

> 新加坡要建立一个多元种族的国家。我们将建立个榜样。这不
> 是个马来国，这不是个华人国，也不是个印度国。让我们真正的新
> 加坡人，……不论种族、语言、文化、宗教，团结一致。[23]

在致力于国家认同的文学创作方面影响力最大的新加坡英语作家是埃德
温·坦布，1977 年和 1979 年坦布先后出版了二本诗集《神也会死去》（Gods
Can Die）和《鱼尾狮旁的尤利西斯》（Ulysses by the Merlion），在这两本诗集
中，诗人致力于新加坡的国家认同，同时也奠定了他作为新加坡英语文学开
拓者的地位。

罗伯特·杨（Robert Yeo）也是该时期出现的重要的诗人，曾经出版了
多部诗集，是新加坡非常有影响的剧作家和诗人。

在这个时期出现的有影响力的华裔诗人还有阿瑟·叶（Arthur Yap）。阿
瑟·叶 1943 年生于新加坡，2006 年在新加坡去世，早年在新加坡接受教育，
后留学英国，回国以后一直在新加坡国立大学任教。他出版了多部诗歌集，
在新加坡英语诗歌史上占有重要地位，是新加坡文学史上重要的、有影响的
作家之一，也是新加坡文学的先驱者之一，其诗歌作品曾经多次荣获各项的
文学大奖。他的诗歌内容关注的是独立之后新加坡的历史与新加坡人的自我
追寻。人们从他的诗歌之中不但读到的是个性的张扬，还有强烈的本土色彩
以及细腻的情感和幽深的意境之美。如今他的诗歌已经成为新加坡文学史上
的经典之作。华裔作家吴宝生（Goh Poh Seng）也是这个时期著名的诗人，
他 1936 年生于马来西亚，后来到欧洲留学，出版有多部诗集和小说，他的文
学创作在新加坡英语文学史上占有重要地位。在二十世纪的六十年代吴宝生
出版了多部诗集，在新加坡影响很大。

在该时期新加坡的英语文坛出现了很多优秀女诗人。李祖凤（Lee Tzu
Pheng）[24]是这个时期新加坡著名的华裔英语女诗人，1980 年她出版了自己的
第一本诗集《沉没的景象》（Prospect of a Drowning）引起了文坛的注意，后
来她又出版了多部诗集，她的很多诗歌如今已成为新加坡英语诗歌史上的经

---

23 李光耀，《建国讲演》，《星洲日报》，1965 年 8 月 10 日。

24 李祖凤，1946 年生于新加坡，早年在新加坡接受教育，后来长期在新加坡国立大
　学任教，至今已经出版多部诗集，她是新加坡有影响的女诗人之一，多次获得各
　种文学奖项。

典之作。西赛尔·帕里什（Cecile Parrish）[25]1966 年发表了自己的诗集《诗歌》（*Poems*）。在这本诗歌集中作者运用象征和比喻的手法，以诗歌的形式抒发了作者对于新加坡的热爱。王梅（Wong May）[26]也是这个时期比较活跃的女作家。在她的诗歌之中，作者以一个女性的视角对于抒发了个人对于生活的一些看法，她的诗歌读起来朗朗上口，而又富于一定的哲理，比如她的诗歌《仅仅是月亮而已》（*Only moon*）中，诗人在经历了人生起伏之后的淡薄平淡，有一种阅尽繁华、返璞归真的意境，令人回味。

1992 年波金峰（Boey Kim Cheng）[27]发表个人诗集《另外的地方》（*Another Place*），这个虽然不是诗人的第一本诗集（其第一本诗集发表于1989 年），却是作者第一本有影响力的诗集，二十世纪九十年代以后诗人迎来自己诗歌创作的黄金时代，先后有重要的诗歌作品问世，并且多次荣获新加坡各类文学大奖，成为新加坡新一代有影响的诗人。2013 年，波金峰再次出版诗集《生命》（*Life*），成为诗人又一本重要的代表作。

1998 年，阿尔梵·萨特（Alfian Sa'at）发表了个人的第一本诗集《狂暴的一小时》（*One Fierce Hour*）。阿尔梵·萨特 1977 年生于新加坡，在新加坡接受教育，是新加坡年轻一代著名马来裔作家，其作品多次获得各种文学奖的奖励。他是新加坡当代著名作家，成果卓著。

西里尔·王（Cyril Wong）[28]也是这个时期新加坡新一代的优秀诗人，他的作品曾经获得很多文学奖荣誉。

许巴松（Koh Buck Song）[29]是该时期的重要诗人，在新加坡文坛有一定的影响。杨书宏（Yong Shu Hoong）[30]是新加坡新一代诗人中杰出代表，自1997 年出版了个人第一本诗集后，至今他已经出版了三本诗集，在新加坡影

---

25 西赛尔·帕里什，马来裔作家，1940 年生于马来西亚，在新加坡长大，后移民纸澳大利亚，1965 年在一次交通意外中去世，年仅二十多岁。1966 年她唯一的一本诗集在新加坡出版。

26 王梅，华裔作家，1943 年生于中国，在新加坡长大，后来移民至欧洲。在二十世纪六十年代，她的诗歌创作非常活跃，出版有三本诗集。

27 波金峰，华裔作家，1965 年生于新加坡，后在新加坡国立大学获得英语硕士学位。

28 西里尔·王，华裔作家，1977 年生于新加坡，新加坡当代著名英语诗人。

29 许巴松，华裔作家，1963 年生于新加坡，后到英国和美国留学，至今出版有多部诗集，现在是新加坡专职作家。

30 杨书宏，华裔作家，生于 1966 年，后在新加坡和美国接受教育，新加坡当代著名英语诗人。

响很大，他的诗集也曾经获得新加坡文学奖的奖励。

2006 年，尼宜生（Ng Yi-sheng）[31]出版了个人的第一本诗集《最后的男孩》（*Last Boy*），作为新加坡当代年轻作家之一，虽然他的作品尚少，但是却已经显示出了惊人的创作天赋，并于 2008 年获得新加坡文学奖的奖励，昭显了其光明的创作前途。

在这个时期新加坡还涌现了很多优秀的英语诗人，如埃尔文·庞（Alvin Pang），麦德林·李（Madeleine Lee）、保罗·陈（Paul Tan）等都是新加坡新一代的优秀诗人，限于篇幅的原因，在这里不再一一赘述。

二、小说

随着新加坡英语文学的发展繁荣，新加坡的英语小说得到了长足的发展，出现了很多优秀的作家和作品。

1972 年，吴宝生出版了他的第一本长篇小说《假如我们梦的太久》（*If We Dream Too Long*）。小说《假如我们梦的太久》是他的代表作之一，被认为是新加坡英语文学史上第一本现代意义上的长篇小说，在新加坡文学上占有重要地位。

1976 年，印度裔作家劳埃德·费尔南多（Lloyd Fernando）出版了他的小说《蝎子兰》（*Scorpion Orchid*）。费尔南多 1926 年生于斯里兰卡，后在新加坡和马来西亚学习和生活。小说《蝎子兰》以四位学生在新加坡读书的经历为线索，展现了当时人们的思想状况。这几位学生来自马来西亚，但是求学于新加坡，他们希望新加坡和马来西亚能够统一在一起，共同建立一个国家，这也反映了在新加坡独立之初人们的心态。

两年以后的 1978 年，新加坡当代著名女华裔作家林宝音（Catherine Lim）开始在新加坡文坛崭露头角。林宝音，1942 年生于马来西亚的一个华裔家庭，后移居新加坡。她是当代新加坡著名的英语女作家，出版有多部小说和诗歌集，是当今新加坡非常有影响力的作家。1978 年林宝音出版了小说集《小小的讽刺：新加坡故事集》（*Little Ironies: Short Stories of Singapore*）。这是她出版的第一本小说集，在这本小说集中，作者虚构了一些发生在新加坡的小故事，对于当时的一些社会现象进行了讽刺。如今这本小说集中的部

---

31 尼宜生，华裔作家，1980年生于新加坡，后到美国学习写作，他是新一代诗人的杰出代表之一。

分故事，已经成为新加坡英语文学的典范之作，入选了新加坡学校英文课本的范文，享有与经典英国作家如莎士比亚的戏剧等同样的待遇。

1984 年，另一位新加坡著名华裔英语女作家林素琴（Suchen Christine Lim）[32]出版了自己的第一本小说《饭碗》（*Rice bowl*）。小说《饭碗》是作家创作生涯的开端，小说的背景是二十世纪七十年代发生在新加坡大学校园里的学生运动。小说描绘的是一个近似疯狂的年代，小说主人公玛丽初入大学校园，和其他三个同学一样，她们不甘于待在与外面世界隔绝的象牙塔，积极投身到了当时的社会生活之中。这部小说充分显示了作者的创作才华。

1987 年，菲利普·杰亚南（Philips Jeyaretnam）出版了自己的第一本短篇小说集《初恋》（*First Loves*）。菲利普·杰亚南 1964 出生新加坡，在英国和新加坡接受教育，之后长期在新加坡生活。他是当代新加坡著名马来裔英语作家之一，其作品在新加坡曾经多次获得各种奖励。短篇小说集《初恋》里面包含有 19 个小故事，故事的发生围绕着主人公阿龙（Ah Leong）而展开，小说讲述了主人公的成长经历，从他的少年时代开始，经历了工作、交友、恋爱、参军等经历。从主人公个人的人生经历上折射出的是新加坡这个刚刚诞生国家的发展历程。

1988 年，印度裔作家戈培尔·巴拉山（Gopal Baratham）发表了第一部短篇小说集《虚构的经历》（*Figments of Experience*）。戈培尔·巴拉山 1935年生于新加坡，死于 2002 年。他在英国的大学学习医学，后长期在新加坡从事医生职业。他先后出版了多部小说集和小说，他的作品曾经多次获奖。作为一个印度裔作家，戈培尔·巴拉山的小说聚焦于生活在新加坡的泰米尔人生活，以及在新加坡所发生的各种各样文化、种族方面的认同与困惑，具有鲜明的特色。

1990 年克莱尔·谭（Claire Tham）[33]发表了自己的第一部小说集《法西斯岩石：反抗者的故事》（*Fascist Rock: Stories of Rebellion*）。《法西斯岩石：反抗者的故事》是作者小说中的名篇。作者在小说中讲述了几个发生学校的、有关反抗的故事。通过这些发生在校园里的故事，作者提出了一些发人

---

32 林素琴，1948年生于马来西亚，后移居到新加坡。在成为职业作家之前，她曾经在新加坡从事教师工作，至今她已经出版了多部长篇小说。她是新加坡著名的英语女作家，其作品多次获得各种文学奖项。

33 克莱尔·谭，华裔作家，967 年生于新加坡，后来到英国留学。至今出版有多部短篇小说集，她是新加坡著名的小说家之一，其作品多次获得各种文学奖励。

深省的问题，那就是即使是在这个和平的年代，我们每一个人的内心还都有着反抗的声音，作者通过塑造出来的渔夫、家庭主妇、难民等等我们非常熟悉的人物形象，表达出了极其深刻的含义。

1991 年，新加坡的文学史上出现了一部重要的小说，那就是有莱克斯·雪莉（Rex Shelley）[34]出版的长篇小说《虾人》（*The Shrimp People*）。莱克斯·雪莉，欧亚混血作家，1930 年生于新加坡，后在新加坡接受教育和从事教师职业，他开始自己的文学创作生涯比较晚，在年逾六十之后才开始出版作品，可谓是厚积薄发。《虾人》是作者的第一本长篇小说，故事讲的是主人公巴萨（Bertha）在社会中的个人遭遇，深刻地反映了时代精神。该书曾经于 1992 年获得新加坡国家图书发展委员会奖，在新加坡影响较大。

1992 年约翰·李（Johann S. Lee）[35]发表了自己第一部长篇小说《奇怪的克里斯》（*Peculiar Chris*）。《奇怪的克里斯》以主人公在新加坡服兵役的经历为背景，描述了作为同性恋的男孩克里斯在军队中的遭遇。作为一个同性恋，克里斯要面对很多人的讽刺和白眼，以及受到很多不公正的待遇。该书把同性恋在军队中的遭遇做了详尽的描写。同时也展示了同性恋恋人之间美丽哀伤的爱情故事。该书曾经因为独特的主题而引起强烈的反响，后作者又发表了两本小说，均有不错的反响。

1993 年林素琴出版了自己的重要作品《一把颜色》（*Fistful of Colours*）。作为第一本获得新加坡文学奖的作品，《一把颜色》是作者的代表作之一，讲述了几个新加坡年轻女性为了追求女性的独立而进行各种斗争的故事，该小说深刻地反映了在新加坡的独立早期一些外来移民的生活，对于新加坡多元文化和多种族的现状有着深刻的反映。

1995 年谭梅清（Tan Mei Ching）[36]出版了自己的获奖作品《穿越距离》（*Crossing* Distance）。谭梅清生于 1970 年，是新加坡年轻一代的代表作家之一。《穿越距离》由一系列的短篇小说组成，是她的代表作，曾获得 1994 年的新加坡文学奖。

---

34 莱克斯·雪莉，1930 年生于新加坡，后在新加坡接受教育和从事教师职业。

35 约翰·李，华裔作家，1971 年生于新加坡，后在英国留学，至今出版有多部长篇小说，现常驻英国。

36 谭梅清，华裔作家，1970 年生于新加坡，后在美国留学。她是新加坡年轻一代的代表作家之一，其作品多次获得各种文学奖项，是新加坡有影响力的英语作家之一。

1997 年有两位重要的新生代作家发表了重要作品，他们分别是科林·常（Colin Cheong）和陈慧慧（Hwee Hwee Tan）。科林·常 1965 年生于新加坡，现为新加坡专职华裔作家，他的创作生涯开始于二十世纪八十年代，九十年代他的小说创作进入了高峰期。他的长篇小说《丹吉尔人》（*Tangerine*）出版于 1997 年，是他的代表作之一。《丹吉尔人》讲述的是一个新加坡人在东南亚旅行的故事。作为一个多产的作家，科林·常一直活跃在新加坡的文学创作舞台，出版了很多有影响的长篇小说，他现在是新加坡的专职作家之一，以文学创作作为自己的职业。陈慧慧，1974 年生于一个华裔新加坡中产阶级家庭，她在西方接受教育，是新加坡新一代英语作家的杰出代表。她的长篇小说《异物》（*Foreign Bodies*）出版于 1997 年，该小说的出版引起了强烈的反响，也奠定了她作为新一代作家领军人物的地位。

1999 年达伦·肖（Daren Shiau）[37]出版了自己的长篇小说《心脏地带》（*Heartland*）。长篇小说《心脏地带》曾经获得新加坡文学奖，小说讲述的是在二战之后日本人撤出新加坡之后，新加坡人对于自我身份的迷失和价值观的困惑。作为战后的一代，主人公经历了很多让他困惑的事情，而这些都是新加坡人的心理写照，带有一定的普遍意义。

三、戏剧

随着新加坡英语文学的发展，新加坡英语文学中的戏剧创作逐渐开始引人注意，涌现出了一批有影响力剧作家。比较著名的剧作家有郭宝崑（Kuo Pao Kun）和斯黛拉·孔（Stella Kon）

郭宝崑是新加坡当代著名的华裔剧作家，1939 年生于中国的河北省，后移居新加坡，他一生创作了二十多部戏剧，其作品也多次获得各种奖励。除此之外，他还和妻子创办了戏剧表演学校，并且作为导演执导戏剧。他对新加坡戏剧的发展产生过重要影响和产生过巨大作用，其巨大影响一直延续到今天。斯黛拉·孔戏剧的代表作是《埃莫罗德山的艾米丽》（*Emily of Emerald Hill*）。该戏剧首演于 1984 年，后于 1989 年出版。主人公艾米丽是一个聪明而又有能力的女性，作为一个妻子和母亲，她象征着新加坡的母亲形象。虽然她充满爱心，但是作为一个女性，她的生活充满艰辛，最终在她历尽艰难

---

37 达伦·肖，华裔作家，1971 年生于新加坡，后在新加坡国立大学学习法律，现为一名律师。

之后取得了成功,该故事反映了新加坡在建国初期艰难的历史,深刻地反映了当时的生活状况以及新加坡人不屈不挠的奋斗精神,因而该剧自首演以来,一直备受观众的欢迎,至今已经在新加坡和其他很多国家上演了多次,成为新加坡戏剧史上的经典剧目。

自 1991 年以来,新加坡的英语戏剧创作进入快速发展的时期。这个时期有影响的作家是奥维蒂娅·于(Ovidia Yu)和伊琳娜·王(Eleanor Wong)。奥维蒂娅·于的代表作是《三个形象各异的胖女孩》(*Three Fat Virgins Unassembled*);伊琳娜·王(Eleanor Wong)[38] 代表作是《合并与控告》(*Mergers and Accusations*)

奥维蒂娅·于 1961 年生于新加坡,是新加坡新生代有影响的华裔剧作家之一,其作品,包括诗歌和戏剧等多次获得新加坡国内外的文学大奖。《三个形象各异的胖女孩》是奥维蒂娅·于影响力比较大的代表作品,反映了在一个多元种族的国家里女性的生存状况。《合并与控告》是伊琳娜·王具有代表性的作品之一,曾经获得新加坡国家图书发展委员会奖。

1995 年,新加坡著名剧作家郭宝崑的新剧《郑和的后代》(*Descendants of the Eunuch Admiral*)在新加坡首次上演。这是剧作家在新时期创作的优秀作品,在新加坡影响非常很大。

在随后的十几年中,新加坡的剧作创作相对平静,直到 2007 年哈利士·沙马(Haresh Sharma)[39] 的剧作《好心人》(*Good People*)在新加坡首次上演。作为新加坡新一代剧作家的代表,哈利士·沙马的戏剧在西方也具有一定的影响力,其剧作曾经在柏林和伦敦等地上演。

在长期的发展过程中,新加坡英语文学涌现出了大批的优秀作家和作品,由于篇幅原因,不可能逐一论述,因此只能作简要地回顾和总结。

---

38 伊琳娜·王,华裔作家,1962 年生于新加坡,在新加坡国立大学毕业后,留学美国。她文学创作的主流是戏剧,是当代新加坡著名英语剧作家。

39 哈利士·沙马,印度裔作家,1965 年生于新加坡,后到英国留学,他是新生代最优秀的英语剧作家之一,创作了多部有影响的作品。

第六章 想象的家园形象

　　法国学者巴柔认为，异国形象应当被作为"社会集体想象物的一种特殊表现形态：对他者的描述。"[1]而由于"所有形象都源于一种自我意识（不管这种意识是多么的微不足道），它是对一个与他者相比的自我。"[2]因此巴柔认为，异国形象的塑造实际上具有了隐形自我呈现、自我表述的主观特征。对于早期的新加坡英语作家来说，中国既是作为他者存在的，同时中国又是新加坡华裔作家的祖居国和故国。因而新加坡英语作家在建构中国形象的时候，就具有了自我和他者混杂的双重特征，即他们所创造的中国形象难免会带有自我和他者的混杂形象。而比较文学的意义上的异国形象，是一个作家或者一个群体对于异国的社会集体想象物。作为他者存在的中国形象，它源于自我，同时又超越自我，是早期新加坡英语创作中想象的家园。由于新加坡早期作家作为新加坡人的自我观念尚未形成，因此早期新加坡英语文学创作中的中国形象既包括了中国的形象，也包含着新加坡华裔本身的形象。

　　"家园"这样一个概念有着多重的含义，它可以指具体的、客观的、现实的居住场所，从小的方面来看指个人的家庭、家族、家乡，从大的方面来看可以指城邦、国家以及整个人类的家园；"家园"从抽象的意义来讲还可以指人类赖以生存的精神的归属地，即所谓的精神家园。中国著名的作家鲁

1　达尼埃尔-亨利·巴柔，《从文化形象到集体想象物》，《比较较文学形象学》，孟华主编，北京大学出版社，2001 年，第 141 页-142 页。

2　达尼埃尔-亨利·巴柔，《从文化形象到集体想象物》，《比较较文学形象学》，孟华主编，北京大学出版社，2001 年，第 141 页-142 页。

迅曾经在自己的作品中谈论过"家园"这一概念。在他看来，每个他所住过的地方都是他的家。但是对于大部分人来说，家是指人们所出生和长大的地方，生活最初的体验，也就是一个人的根源所在。文化诞生以后，"文化"便慢慢地取代真正的"家园"，成为人们话题的中心。以"文化"为内涵的"家园"从此跳脱了个体的范畴，积淀为集体无意识，这种集体无意识的表现是"文化认同"。对于和著名的诺贝尔奖获得者奈保尔有着一样背景的作家和人们而言，家又有着复杂的含义。

纵观世界文学史，家园一直是作家们所津津乐道的话题。家园情结在给作家们带来孤单、寂寞、心灵失落的同时，也为其带来自由、清醒和局外的空间，赋予他们新鲜的灵感和旁观者的独特视角。家园情结以回家、乡愁、寻根等为具体意象，逐渐积淀成为一种人类共有的心理记忆，并发展成全人类共有的集体无意识。它很早就存在于中外文学作品的创作中。在中国，大量的作家描写家园的记忆，其中中国著名的传统文学《诗经》中大量的描写游子思乡还乡的诗歌是中国人最早对于家园追寻的体现。在西方，《荷马史诗》双璧之一的《奥德塞》，记述了英雄奥德修斯在茫茫大海上漂泊十年，历经艰辛，突破千难万苦终于回到家乡的故事。古罗马神话中也有相似的传说，其中具有代表性的是关于莱莫斯的：被母狼养育成人的莱莫斯，长大后成为了罗马的英雄，但他并没有忘记自己的母亲，最终又回到了狼的怀抱中。"神话作为古老人类的集体记忆，往往成为人类早期精神本质的形象表现。这些神话传说都充分体现了人们对家的渴望，并积淀在后世的文学创作中，为历代所传承。"[3]到了现代，对于家的眷恋不仅没有减退，反而愈发地强烈。美国印第安本土文学虽然仍然居住在自己的"家园"上，但"回家"总是作家们念念不忘的主题。表面上是在讲述主人公在离家后遭遇了一切不幸而回到家中，其实质是在与异质文化的碰撞中，发现了自己的根文化的优势所在，并且想要确立自我的身份和价值。在后殖民文学当中，家园更多的指后一种含义。在这里，家园不再是一个简单的自然客体，而是通过"权利"和一系列"表征"性符号为媒介通道所构建的"主体想象物"。[4]在这里，"家园"指的已不是情感意义上的家园，而是指在流散背景下的理性思

---

3 张扬，《台湾女性文学场域中的"家园情结"的书写》，郑州大学硕士论文，2006年，引言第1页。

4 费小平，《家园政治：后殖民小说与文化研究》，北京大学出版社，2010年，第1页。

考。在离散文学的文本中，背井离乡、流落海外、思念故乡都是常见的题材，而他们所诉求的并不是指一个具体的家，而是一种归属感和心灵的寄托，或者是一个"想象的共同体"。[5]"家园"作为人心灵的归属地，有着极强的向心力和凝聚力。特别是在人们遭受到挫折、漂泊异乡，处于孤独无依的境地的时候，更会对家园产生强烈的向往。这种力量一旦受到压抑，就必然要表现出来，形成一种"情结"，即"家园情结"。"家园情结是人类经历了漫长的进化过程后形成的一种古老的、普遍的、永恒的情结。浅层上来看，它是对于家的眷恋，家人的情感，从本质上来看它又是一种民族文化认同的衍生物，这种情结是人类社会早期停止迁徙、有了相对稳定的家园结构后的产物。它世代相传，逐渐成为一种人类情感的原型。"[6]

对于新加坡华裔英语作家来说，与中国的关系处于剪不断、理还乱的纠结之中。"中国"这一概念，既有祖国、故土功能，同时又是个陌生的国家。新加坡华裔英语作家的创作实践充分反映了作为"想象的共同体"的家园形象。与任何移民群体一样，早期的新加坡华裔英语作家对于中国这个家园的观念始终处于不断变更之中，"不但受到自我主观意识的影响，也深受移民地外在政治文化脉络的影响。"[7]新加坡华裔英语作家在"中国—华裔—新加坡"这个三角关系中经历独特而又复杂。由于中国传统的"落叶归根"的思想，对于早期的新加坡华裔来说，新加坡乃至整个南洋只不过是一个短暂的逗留地。最终他们都要回到自己的家园——中国。由于新加坡华裔的强烈的落叶归根心态，很多新加坡的华裔并没有永久生活在新加坡的打算，他们来到新加坡的目的简而言之就是打工赚钱，等赚够了钱之后回中国盖房子，然后娶妻生子。由于很多新加坡华裔并没有永久停留的打算，他们并没有在语言、文化心理上做好准备，以适应新加坡的生活。这也加剧了新加坡华裔对于家园情结的向心力。

巴柔认为，一个团体、个人、民族看待异国文化有三种的态度，第一种基本态度是狂热。"一个作家或者团体把异国现实看成绝对优于注视者文

---

5 费小平，《家园政治：后殖民小说与文化研究》，北京大学出版社，2010 年，第 1 页。

6 张扬，《台湾女性文学场域中的"家园情结"的书写》，郑州大学硕士论文，2006 年，引言第 1 页。

7 Rosemary Marargoly George. *the politics of home: postcolonial relocatons and twentieth century fiction*. new York: Cambridge university press. 1996.2.

化，优于本土文化。"[8]在新加坡英语文学创作的早期，由于新加坡作为一个国家刚刚成立，还没有形成自己的认同与民族文化。相比于新加坡建国初期的文化荒芜，博大精深的中国传统文化无疑具有优势地位，在新加坡英语文学的早期，指导新加坡华裔生活的也是中国的传统文化，在当时的文学作品中出现的中国形象很多都是正面的。在新加坡英语文学早期的文学创作很多都是对于家园的思念与想象，其文学作品中的中国形象很多都是围绕着想象的家园展开的。

第一节　作为新加坡华裔家园形象的再现——牛车水

牛车水（Chinatown）是新加坡的唐人街，大致上为北到新加坡河，西至新桥路（New Bridge Rd.），南至麦斯威尔路（Maxwell Rd.）和克塔艾尔路（Kreta Ayer Rd.），东到塞西尔街（Cecil St.）的地区。中国城被称为"牛车水"，因为原本的居民都以牛车拉水来清扫。久而久之，新加坡的唐人街就被叫成了牛车水。牛车水是新加坡华人聚集最多的地方，自新加坡开埠以来，新加坡的华裔就开始聚集在牛车水。在世界各地的很多地方都有所谓的唐人街，也就是华人聚集的地方。之所以新加坡华人聚集在牛车水，有历史的原因，也有华人自身的原因。在南洋的华人由于受到歧视和排外，很多华人只有到牛车水才能找到安身之所和谋生之道。在新加坡的牛车水，早在十九世纪就建立了各种各样的会所、组织，这些组织为初到新加坡的华人提供了很大的帮助。牛车水除了为华人提供庇护之外，还是华人得以维系传统生活方式的地方。早期来到新加坡的华人，并未打算把新加坡作为永久的栖息之地，而是希望在挣到足够多的钱后回到故乡安度晚年，衣锦还乡、落叶归根的思想在中国人的观念中始终根深蒂固，学者把他们的这种心态，称为"客居心态"[9]。

初到新加坡的华人依然遵循着祖辈流传下来的传统，依照中国的传统文化和道德规范指导自己的生活，并不希望融入当时的主流社会，如此一来，牛车水就变成了新加坡华人能够在异国保留自己传统的地方。对于初

8　达尼埃尔-亨利·巴柔，《从文化形象到集体想象物》，《比较较文学形象学》，孟华主编，北京大学出版社，2001年，第141页。

9　Bernard P. Wong, *chinatown: economic adaptation and ethnic identity of the chinese*, new york: PLUME, 1996, p17.

到新加坡的华人而言，牛车水不但是他们安身立命的地方，也是他们告慰思乡之情的地方。久而久之，牛车水与中国的关系就这样逐渐的定格了下来，对于华人而言，牛车水代表了中国，是那些由于经济或者政治等各种原因被迫困守在新加坡的华人的故乡。因此，牛车水既代表了中国形象，又凝固了中国形象。

由于牛车水在新加坡华人生活中的重要地位，因此牛车水也就成为经常现在新加坡华裔作家文学作品里的场景、题材和母题。在早期新加坡华裔作家的笔下，牛车水成为他们想的故国与家园，牛车水成为新加坡华裔思乡的慰藉。

丽贝卡·查（Rebecca Chua）短篇小说集《报纸编辑》（*The Newspaper Editor and Other Stories*）中，有一篇小说《婚姻》[10]中呈现给读者的是温馨而和谐的牛车水景象。小说故事发生的地点就在新加坡的牛车水，故事的主人公是一个生活在牛车水的新加坡华裔家庭。故事讲述的是主人公阿力一家人在牛车水的生活。整个小说的基调是欢快的，字里行间透露出的是一种安详、欢乐的氛围，故事情节围绕着一个长幼有序的和睦家庭展开。在故事中，大多数人都遵从着中国儒家的道德规范，勤奋刻苦、与世无争、乐天知命。阿力是一个几十年前来南洋淘金的华人，后来为了谋生，阿力就在牛车水开了一家洗衣店，他的大儿子汤姆娶的是一个华裔女孩，与阿力一起在洗衣店工作。故事的焦点是阿力的二儿子弗雷德的婚事，作为一个华裔，弗雷德接受的是美国的教育，他的工作是在一个美国的大公司里就业，收入状况很不错。在弗雷德的婚姻上，阿力希望弗雷德能够像他的哥哥那样娶一个华裔女子为妻，然而，弗雷德结婚时候的对象却是一个美国白人，这让阿力很不高兴。他希望儿子能够听从他的意见，不要和一个白人结婚。故事的最终，弗雷德还是与他的白人女友结婚了，但是出于对中国传统的尊重，弗雷德的婚礼被安排在了牛车水按照中国的传统举行。

在作者的笔下阿力是一个带有中国传统的中国人的形象。他沉默寡言、勤劳善良、安于现状。在生活方式上，阿力秉承着中国儒家和道家的生活准则，在他看来，与人和平相处，适时地忍让都是人生的窍门，在牛车水的很多华人都是秉承着独善其身、和平而知足的生活法则来维持着家庭和社会的

---

10 Rebecca Chua, *The Newspaper Editor and Other Stories,* Singapore: Ethos Books, p1981.

稳定与美好，而这些都是中国传统文化的一部分。在阿力看来，生活在牛车水这样一个地方，他感到十分满足，因为生活在牛车水，使他有一种生活在中国的感觉，让他十分的自在。

在作者的笔下，牛车水是一个热闹而安详的地方，邻居们互相帮助，非常的亲近，就好像一家人一样，中国的传统文化在这里起着非常重要的指导作用。主人公阿力一家人很习惯这里的生活，因为在这里人们可以用自己的家乡话与别人交流，而相同的语言、文化习俗和社会阶层强化了邻居们的认同感，在他们中间形成了一个情感依赖的场所，从而使他们产生了某种回到故乡的感觉："这些邻居们都讲着中国的方言，所以跟他们聊天时，阿力的太太感觉好像是回到了广东省。"[11]这种感觉不单是阿力的太太所独有的，它是覆盖到整个牛车水的居民。这就是所有的华人对于牛车水都有一种莫名的依赖，他们在牛车水上畅快的汲取着故乡的养料以及他们对于故国的相思之情：

> 这些离乡背井的人，在节假日都不愿意回家，他们站在人行道上，忘情地看着这一切，闻着这一切以抚慰他们工作一个星期后的疲惫心灵，同时也回想着古老的中国，他们热情而无所事事地把时间用于回想，仿佛在他们回忆时，时间会为他们停留下来一样。[12]

对于许多由于某种原因无法回家或者不愿回家的人来说，牛车水是就是早期华人的家。牛车水为华人提供了一个遵循中国古老传统生活方式的地方，让他们可以从异国生活的孤独中解脱出来，仿佛又身处在中国文化的沐浴之下。在这里，牛车水是温馨的家园，代表着早期新加坡华人对于家园的想象。

牛车水作为新加坡华人聚居的地方，代表着早期中国的形象。在早期的作品中还有很多涉及中国宴席的情况，如上文提到的《婚姻》终局出现了几次宴席的情况。"吃是最受生理支配，而同时又具有社会适应性的人类行为之一：一顿饭可能只是一个简单地前语言现象，也可能是一个由语言、礼规和仪式编码而成的具有多重象征意义的符号。"[13]在与牛车水有关的作品中，

---

11 Rebecca Chua, *The Newspaper Editor and Other Stories,* Singapore: Ethos Books, 1981, p15.

12 Rebecca Chua, *The Newspaper Editor and Other Stories,* Singapore: Ethos Books, 1981, p19.

13 Sau-ling cynthia wong, *reading american literature——from neceddity to extravaganc* princeton university press, 1999, p20.

中国宴席出现的次数很频繁，因为它正是这样一种具有多重象征意义的符号，它在文学作品中的文化意指功能不可取代。

在斯黛拉·孔的剧本《移民》（*The Immigrant and Other Plays*）中就出现了在牛车水摆宴席的情况。故事发生在二十世纪六十年代的新加坡，故事发生的地点在新加坡的牛车水。故事的主人公是一个来自中国的移民家庭。家庭的男主人冯新是一个勤俭节约、勤劳善良的华裔，为了家庭他做了三份工作，任劳任怨。平时他经常教育自己的孩子们要勤俭节约，因为"我们是贫苦的家庭，不是有钱人，只有勤俭节约用好每一分钱，我们的生活才能越来越好。"[14]

有一次冯新的小儿子因为浪费被冯新批评。然而，就是这样一个节约的人，在冯新孙子的满月那一天，冯新却在当时牛车水最为豪华的大酒店为自己的孙子摆了满月酒，他邀请了很多的亲朋好友来参加这个宴席，虽然这场宴席花费不菲，但是冯新却从中找寻到了非比寻常的喜悦和满足感："因为孙子的降生是他生命中一种至高无上的成功象征，因为传宗接代对于中国人来说是至关重要的大事。"[15]这顿耗费不少的宴席还很好地维护了他们家在族人和外人面前的面子，由此可见华人对于面子的重视。

像这样的宴席在有关牛车水的作品中一再出现，成为一种带有多重文化意指的符号。冯新之所以肯花很多钱办一个宴席，就在于宴席是一个有着多重象征意义的符号，而这些象征意义对于冯新来说又是十分重要、十分有意义的事情。从哲学的角度来考量人生是一个向死而生的过程，我们人类生活的价值和意义完全在于自我对于生活的认知和价值判断。按照传统的中国文化操办宴席具有重要的象征意义，它可以代表成功、富裕、家庭和睦等很多内容，所以小说中的冯新的行为也就不足为奇了。

在吴宝生的诗歌《牛车水的月光》（*The Moonlight of Chinatown*）诗人这样写道：

> 明亮的月光呀，
> 照在牛车水的街道。
> 仿佛地上洒上了一层白霜，
> 在耳边听到的，

14　Stella Kon, *The Immigrant and Other Plays,* Singapore: Ethos Books, 1975, p17.
15　Stella Kon, *The Immigrant and Other Plays,* Singapore: Ethos Books, 1975, p19.

> 是来自故乡的乡音。
>
> 让人不禁想起，
>
> 此时的故乡，
>
> 是否也是一样的月光？[16]

在诗歌中，诗人把牛车水作为自己故乡的替代。在这里听着熟悉的乡音，仿佛让他感觉到回到了故乡的土地。赫拉克利特说，人不能两次踏入同一条河流，时光如水，逝去的永远不可能再找回。人同事物一样，当作者带着蚀骨相思离开故乡的那一刻，注定那里就不再属于他，他再也回不去了，故乡就成了一个独立的存在，它完全抽象化为一个概念，在诗人的头脑中模糊起来。想象的故乡是美好的，没有人把自己的故乡丑化，丑化了的也不可能在回忆中永存。作者有意无意地用自己的感情把故乡描绘的五彩缤纷。故乡已不是原来的故乡，只停留在作者的幻想当中。故乡总是隐藏在童话里，那里是最美的存在，在那里记忆才不会伤痛。故乡悬挂在枝头上，流淌在小溪里，在孩子们的笑脸上，在老人的皱纹里，在古井深处，在青瓦檐下，在窗子上，如梦似幻。但是回忆究竟是回忆，回忆就如同历史一样，过去的不可能在现实中出现。就像历史之所以是历史，它是根本不存在的。历史只活在意识之中，只活在书本之中，而不在现实之中。

华裔作家保罗·李（Paul Lee）小说《温柔地敲钟》（*Tenderly Tolls the Bell*）也是一个发生在新加坡牛车水的故事。故事发生的时间是二十世纪六七十年代的新加坡。故事的主人公是一个居住地新加坡牛车水的华裔家庭。这是一个三代同堂的大家庭，家庭成员有爷爷奶奶、父亲母亲和三个孩子。故事中的爷爷奶奶是早年来自中国的移民。他们的故乡在中国的福建省，在他们的家乡至今还有他们的亲人，他们经常会和自己的孙子、孙女讲述故乡福建的事情。由于历史的原因，爷爷奶奶没有能够回到中国叶落归根，最终在新加坡的牛车水安家定居下来。之所以在牛车水定居下来，除了在这里工作之外，还因为"在这里的生活让他们感到很自在、很舒适，就好像是生活在自己的家乡一样，因为在这里大家都讲中国的方言，没有异乡的感觉。"[17]在这里爷爷奶奶生活了一辈子，是一个可以抚慰思乡之情的地方。很自然的，这个家庭中的父亲母亲也和爷爷奶奶一起生活在牛车水，虽然故事中的

---

16 Goh Poh Seng, *When Smiles are Done,* Singapore: Ethos Books, 1975, p19.

17 Paul Lee, *Tenderly Tolls the Bell,* Singapore: Ethos Books, 1973, p29.

父亲工作的地方已经不仅仅限定在牛车水了，但是他还是尊重父母的意见在牛车水定居下来。故事的波澜发生在这个家庭的第三代长大之后。这个家庭里的第三代中共有三个年轻人，分别是大哥李宏、二妹李梅和小弟李勇。作为新加坡的新成长起来的年轻人，他们的思想与父辈、特别是爷爷奶奶那一代人具有很大的不同。他们接受着西方的教育，认同的是西方的价值观念，这与受传统中国文化熏陶的老一代人具有很大的不同。西方的文化更加注重个人主义，而中国的传统文化更加注重集体和家庭的重要性。由于三个孩子接受的都是西方的教育，因此他们对于中国的传统文化并没有十分深刻的认识，因此，在三个孩子分别结婚之后，在居住地的问题上，年轻一代的观念与老一代的观念产生了冲突。由于三个孩子接受的都是西方的教育，在他们求职的时候选择的都是跨国公司，因为，在大公司上班不但收入高，而且也很有面子。而很多新加坡的跨国公司所在地都不在牛车水，所以，不约而同地，三个孩子在选择定居地的时候，选择的都是牛车水以外的商业发达地区和高尚的住宅区。孩子们的选择让爷爷奶奶很失望，在他们看来，"牛车水是一个多么好的地方呀，在这里你可以找到和中国有关的任何东西，身边都是讲着华语的同乡。"[18]一到中国的春节，每天牛车水都会聚集着大量的华人，张灯结彩，充满着喜庆的气氛，带给华人吉祥的感觉。虽然故事中的孩子们最终都搬离了牛车水，但是他们心里明白"牛车水已经深深地印在了他们的脑海中，不管他们生活在什么地方，在牛车水的经历都将成为他们生命中不可分割的一部分。"[19]

然而对于年青一代来说，他们从小接受的是西方教育，在工作中和学习中，他们讲的是英语，生活习惯也是西方的习惯，按照小儿子李勇的说法是，"我们的爷爷奶奶和父母亲是从小喝茶长大的，而我们年轻一代人更习惯于喝咖啡，我们的生活习惯与父辈、特别是爷爷辈已经有了很大的不同。我们有我们的生活。"[20]在小说的结尾，这个华裔家庭中的第三代还是按照他们自己的生活方式选择离开了牛车水，而作为抚慰爷爷奶奶，这个家庭中的爸爸妈妈则选择和老一辈人留守在牛车水生活。从故事中我们可以看出，在新加坡的老一代华裔心中，牛车水不仅仅是一个生活方便的地方，还具有了抚慰乡愁的独特作用，虽然，年轻一代人已经无法感受到老一辈华裔的情感。

18　Paul Lee, *Tenderly Tolls the Bell,* Singapore: Ethos Books, 1973, p60.
19　Paul Lee, *Tenderly Tolls the Bell,* Singapore: Ethos Books, 1973, p81.
20　Paul Lee, *Tenderly Tolls the Bell,* Singapore: Ethos Books, 1973, p87.

乡愁是一个离开自己家乡后对于家乡的思念。乡愁文化的诱发因素，包括故乡的原风景感念，现代性多元理性反思，人性对质朴纯净情感的需求，时空的流逝与错位等;而小说中爷爷奶奶的乡愁诱发因素就是故乡的原风景感念，这种乡愁代表了远离中国的海外华人对于祖国的思念之情，也是对于自己故国文化的一种认同。乡愁文化一直是中国文化中的一个重要的组成部分。在古代，由于交通不便，人们一旦离开故乡往往很多年都无法回到故乡，因此"举头望明月，低头思故乡"就成了古代中国人的一种普遍的情感，它根植于我们的内心深处，也深刻地影响着海外的华人。小说的爷爷奶奶就是一个很好的例证，而小说结尾，家庭中的第三代人选择了离开牛车水，也代表着新一代的新加坡土生华人对于中国传统文化的放弃与疏离，对于新加坡的年轻一代人来说，他们深受西方的文化影响，从文化的本质上来讲，他们已经是属于认同西方文化的一代人了，对于他们来说，中国文化变成了被观察的他者形象。

在源远流长的华人移民历史中形成的牛车水，是华人移民社会在异域强势文化中实现"本土性"转换的一个标志和象征。它所营造的温馨而又亲和的人际关系以及积蓄的宏大而厚重的民族文化资源，足以抵御任何强势文化的入侵与压迫，从而成为华族生存与文化原乡的异域栖息地。

华裔诗人阿瑟·叶（Arthur Yap）在诗歌《老生常谈》（*Commonplace*）中写道：

> 人潮涌动的牛车水，
> 车水马龙之中，
> 目光所及，
> 都是中国的文字，
> 耳力所及，
> 亦是乡音围绕。
> 在这里，
> 我找到了故乡！[21]

在诗歌中，作者感受到了久违的乡音和来自故国的文字，那一笔一划里蕴含着古老的中国文化和中国智慧，带给作者的是精神上的极大满足。这种将他乡当作故乡的情感是海外的游子在思念家乡时的一种无奈的选择与替代。替代

[21] Arthur Yap, *Commonplace,* Singapore: Ethos Books, 1977, p18.

是指通过观察他人的行为和注意其行为的后果而学会新行为的过程，原本是心理学上的一个术语。而在潜在的心理是内心的欲望无法满足而做出的无奈的选择，牛车水就适时地成为很多新加坡华人思乡情绪的心理替代。

林新素（Lim Thean Soo）的小说《目的地新加坡》（*Destination Singapore: from Shanghai to Singapore*）讲述的是一个新加坡的华裔家庭的故事。故事发生在二十世纪六十年代。这是一个来自中国上海的移民家庭。小说中的父亲李是一个从事国际贸易的商人，他的妻子敏则是一个家庭主妇。他们有一个刚满三岁的孩子。这是一个小家庭，故事讲述的是这个家庭初到新加坡时所发生的事。在他们初到新加坡的时候遇到了一系列的困难，出于谋生方便的考虑，他们初到新加坡把家按在了牛车水。因为"在牛车水，华人找工作更方便一些，同时在这里生活有助于克服想家的情绪。"[22]

就这样，这个小家庭开始了在新加坡的生活。一开始，李在新加坡的牛车水找到的工作虽然可以养家糊口，但是收入并不高，因此家庭并没有什么结余。他们的日子总是紧巴巴的。好在"街坊邻居都是中国人，大家互相帮助，给人一种还在中国的感觉。"[23]后来，随着他们在新加坡的生活的时间长了，李终于在一个新加坡的贸易公司找到了一份待遇优厚的工作，他们也有能力在新加坡的高档社区购买了房屋，因此在故事的结尾，李一家搬出了牛车水，但是在他们的心中，"牛车水就好像他们在中国的故乡一样。"[24]牛车水的奇妙之处就在于"它在异域土地上保持着与原乡文化千丝万缕的血缘联系，提供者具有无限生命活力和发展潜质的社区环境，为无数华族普通民众的栖身、发展构筑起一种异乡家园。"[25]

牛车水也就成为李一家人心里永远的异乡家园，在异国他乡为他们构建了一种身在故乡的感觉，这种心理体验对于身在南洋的华人来说异常重要，因为它是一种人性对质朴纯净情感的需求，是海外华人对于故国的一种质朴纯净的情感需求，按照马斯洛的需求理论，人类潜藏着五种需求，这五种需求由低到高，当满足了低层次的需求后，人就会追求高层次的追求。人类的

22 Lim Thean Soo, *Destination Singapore: from Shanghai to Singapore,* Singapore: Ethos Books, 1976, p11.

23 Lim Thean Soo, *Destination Singapore: from Shanghai to Singapore,* Singapore: Ethos Books, 1976, p110.

24 Lim Thean Soo, *Destination Singapore: from Shanghai to Singapore,* Singapore: Ethos Books, 1976, p120.

25 黄万华，《华文文学通论》，译林出版社，2000年，第101页。

思乡之情就是一种高层次的心理需求，在人们满足了生理和安全的需求之后，情感需求就变得非常重要。对于新加坡的华裔来说也是如此。他们背井离乡来到南洋，在最开始为生存而奋斗的时候，思乡之情并不是如此的迫切。然而在他们安定下来，丰衣足食之后，情感需求就变得格外重要，而思乡之情就是其中最重要的内容之一，因为自古以来，中国人就有落叶归根、甚至是衣锦还乡的情结。

吴宝生的短篇小说《日落》（sunset）也描述了早期的新加坡华人思念故土的故事。故事的背景发生在二十世纪六十年代的新加坡，讲述的是一个新加坡华裔家庭的故事，故事的主人公王根是 20 年前来自中国广东的移民，尽管他已经在新加坡生活了 20 年，组建了自己的家庭，可是他依然念念不忘自己的家乡，甚至想举家搬迁回自己的家乡广东。他对自己的孩子们说："我的家乡物产丰富、气候宜人，更加重要的是那里有我的亲人、我的父母兄弟，与他们在一起我感到十分的快乐！"[26]很自然的，他的想法遭到了他的孩子们的集体反对，他们认为现在的新加坡各种生活条件都是当时的中国所无法比拟的，完全没有必要从一个发达的地方搬到一个落后的地方去，就算它是你的故乡又怎么样呢！孩子们提出了很多现实的问题，如回到中国去哪里找工作，收入怎么样等等之类的，最终王根打消了搬回中国的念头，可是在生活已是丰足之后，他的思乡之情却久久无法消退。他经常在落日时分走到海边，面对着家乡的方向站立思索，同时"无数次家乡的小河和母亲临行前的叮咛出现在他的梦中，在梦中他仿佛回到了魂牵梦绕的故乡，他是多么的开心呀。可是梦醒之后，一切又回到了现实之中，他所思念的故乡依然在万里之外。"[27]按照奥地利学者弗洛伊德的精神分析心理学的观点，他认为人类的心理活动有着严格的因果关系，没有一件事是偶然的，梦也不例外，绝不是偶然形成的联想，而是欲望的满足，在睡眠时，超我的检查松懈，潜意识中的欲望绕过抵抗，并以伪装的方式，乘机闯入意识而形成梦，可见梦是对清醒时被压抑到潜意识中的欲望的一种委婉表达。而王根梦中经常出现的故乡和母亲等事物就是其被压抑的思乡之情的另一种委婉的表达，表达了以王根为代表的早期新加坡华人对于家乡、祖国的思念之情。

吴宝生的另一篇短篇小说《搬家》（Move house）则讲述了一个较为极端

---

26 Goh Poh Seng, *sunset*, Singapore: Ethos Books, 1972, p16.
27 Goh Poh Seng, *sunset*, Singapore: Ethos Books, 1972, p132.

的故事。故事的背景发生在二十世纪六十年代的新加坡，故事的主人公是来自中国广东一对华裔夫妇，他们20年前来南洋谋生，现在已经定居在新加坡的高尚社区，"两个人都有着不错的工作和生活条件，唯一的缺憾是他们没有自己的孩子，不过这也并没有影响两人的感情"[28]。他们来到新加坡，通过自己的努力改善了自己的生活条件，过上了富足的生活，然而，萦绕在他们心里的思乡之情却随着年龄的增大而愈发强烈，为了缓解自己的思乡之情，他们决定从当时新加坡的高档社区搬到牛车水去居住。毫无疑问他们的决定遭到了几乎所有人的反对，在别人看来放弃优越的居住条件，回到当时还相对落后的牛车水有什么好呢！然而，这对夫妇还是坚持自己的想法，放弃了优越的居住条件，回到了牛车水居住，因为"虽然牛车水的居住条件要差很多，但是这里有家乡的感觉，在这里生活内心是无比愉悦的。"[29]我们每一个人都有自己的价值判断，也就是说什么是重要的，什么是次要的对于每个人来说都是不同，在小说中的夫妇无疑更加注重内心的感受，而不是外在的物质享受，而驱动他们搬到牛车水居住的内在动力就是思乡之情，而牛车水恰好就成了当时新加坡华裔的中国象征。

　　总之，早期的牛车水，对于新加坡的华人来说，不仅仅是一个地理意义上的存在，它象征着早期新加坡华华人的家园想象，寄托着早期的新加坡华人对于故国——中国的思念。具有很大的象征意义，象征是人类文化的一种信息传递方式，它通过采取类比联想的思维方式，以某些客观存在或想象中的外在事物以及其他可感知到的东西，来反映特定社会人们的观念意识、心理状态、抽象概念和各种社会文化现象。借助于某一具体事物的外在特征，寄寓艺术家某种深邃的思想，或表达某种富有特殊意义的事理的艺术手法。象征的本体意义和象征意义之间本没有必然的联系，根据传统习惯和一定的社会习俗，选择人们的象征物作为本体，也可表达一种特定的意蕴。"象征"一词最早出现在古希腊文中，意为"一剖为二，各执一半的木制信物"，但随着词意的不断衍生，如今的"象征"的意义渐渐的演变为以一种形式代表一种抽象事物。在某种程度上说，早期的牛车水形象在新加坡华人的心中就是中国的象征，尽管这个象征并不是真实和客观的，而是一种社会集体想象物。

28　Goh Poh Seng, *Move House,* Singapore: Ethos Books, 1976, p18.
29　Goh Poh Seng, *Move House,* Singapore: Ethos Books, 1976, p45.

第二节　想象的乌托邦形象

想象在异国形象的塑造上具有独特的作用。对异国形象的塑造主要不是追求关于异国全面而真实的知识，一些作家用想象来构建一个异域形象，用来表达自我、建构自我的空间。异国形象塑造中的想象与一般艺术创作中的想象有不同之处。一般艺术想象是"指在感觉表象的基础上，对客观现实对象的某种特征或相互关系进行创造性思维的一种心理活动方式。……想象可以补充事实链条中的不足和还没有发现的环节。"[30]一般文艺创作的想象具有鲜明的个体特征，是作家个性的表现。而异国形象塑造的想象是社会集体想象物的反映。异国形象，虽然经由作家之手创造，但并不是一种单纯的个人行为，是作家本人所属社会和群体想象描绘出来的，也就是巴柔所说的"社会集体想象物"。因此想象在异国形象的塑造中具有重要的作用。

按照普通心理学中的解释：想象是人在头脑里对已储存的表象进行加工改造形成新形象的心理过程。它是一种特殊的思维形式。想象与思维有着密切的联系，都属于高级的认知过程，它们都产生于问题的情景，由个体的需要所推动，并能预见未来，并满足生活中不能实现的需要。当人们在现实生活中的需要无法满足时，想象就起到了作用，特别是在作家的笔下，想象成为一种非常重要的创作手段，用来表达无法满足的需要。

郭宝崑是新加坡当代著名的华裔剧作家，1939 年生于中国的河北省，后移居新加坡，他一生创作了二十多部戏剧，其作品也多次获得各种奖励。除此之外，他还和妻子创办了戏剧表演学校，并且作为导演执导戏剧。他对新加坡戏剧的发展产生过重要影响和产生过巨大作用，其巨大影响一直延续到今天。1968 年，郭宝崑的剧作《嗨，醒来吧》（*Hey, Wake up*）在新加坡上映，该剧作的主人公是一对华裔新加坡中年夫妇。作为华裔，他们本来并不想长期生活在新加坡，对于他们来说，中国才是他们眷恋的家乡。但是由于时局的变化，他们选择留在新加坡成为新加坡人。但是中国作为他们梦想的家园一直在他们的心中萦绕不去。在剧作的其中一个场景中，他们之间的对话，正是反映了这种现象：

莉玛：你说我们以后都没有办法在中国老去吗？我们可以选择在中国度过我们生命中最后的岁月吗？

---

30 鲁枢元等编，《文艺心理学大辞典》，湖北人民出版社，2001 年版，第 44 页。

安德森：我们现在是新加坡人，我们以后的岁月注定是要在这里度过。

莉玛：可是我思念故乡的亲人，也思念故乡的山水。那是一个多么美丽的地方呀。

安德森：可是不管它多么美丽，现在也是另外的国家。我们有自己的国家，有自己的事业。我们热爱着这里的一切。

莉玛：你说的也很有道理，这些日子以来，故乡出现在我的梦境中的次数是越来越少了。你知道，在几年以前我可是经常梦见故乡的一切的。[31]

从他们的对话中我们可以看出，对于新加坡的华裔来说，他们的母国中国始终作为他们梦想的家园而存在。梦想中的家园成为他们的精神寄托。在他们的心中，中国才是他们落叶归根的地方，才是他们的家园，是他们的乌托邦，新加坡只不过是他们暂时停留的地方。

乌托邦的本意是人类思想意识中最美好的社会，如同西方早期"空想社会主义"。法国的哲学家路易博朗提出的空想社会主义社会：美好、人人平等、没有压迫、就像世外桃源，乌托邦式的爱情也是美好至极的。乌托邦主义是社会理论的一种，它试图将若干想象的价值和实践呈现于一个理想的国家或社会，从而促成这些价值和实践。但是现在的乌托邦往往有一个更加广泛的意义。它一般用来描写任何想象的、理想的社会。有时它也被用来描写社会试图将某些理论变成实现的尝试。往往乌托邦也被用来表示某些好的，但是无法实现的（或几乎无法实现的）建议、愿望、计划等。对于早期的新加坡华裔来说，遥远的中国就像是一个乌托邦，它美好的像世外桃源，但是却永远也无法实现。

在斯黛拉·孔的剧作《斗争》（the struggle）中，同样展示了早期新加坡华裔的家园情节。《斗争》的主要内容展示的是在新加坡建国初期新加坡华裔艰苦奋斗建设家园的故事。故事的主人公是一个人到中年的新加坡华裔保罗，为了更好地生活、为了养活一家人，保罗同时做了很多工作，是一个标准的勤奋的新加坡华裔形象。保罗本人是在 20 年前从中国到南洋谋生的，保罗的父母和其他的家人都在中国，因此对于保罗来说，中国的是他的家园，是他的归属。而与之形成鲜明对比的是，他的孩子们，出生在新加坡，他们

31　Kuo Pao Kun, *Hey, Wake up*, Singapore: Ethos Books, 1968, p16.

已经适应了新加坡的生活，已经开始具有了新加坡人的身份认同，他们的家园情节相比于他们的父亲保罗来说就没有那么深入。在剧作的其中一幕中，保罗和孩子们有一段对话可以看出：

> 保罗：你们知道吗，孩子们。我的家在中国，那里有我的父母，是我生长的地方。我将来是要回到我的家的。
>
> 安妮：不对，爸爸，你的家在新加坡，在这里。这里才是你的家！
>
> 保罗：也许是吧。你们在这里出生和长大，这里是你们的家。但是在我心中，永远都无法抹去的是我在中国的记忆。
>
> 安妮：也许你还在怀念你的家乡，但是这里不好吗？毕竟你已经在这里生活了二十多年了。
>
> 保罗：但是童年的记忆对于我来说却是永远无法忘怀的！总有一天，我会带你们回家的！[32]

从以上的对话中表面上是两代人对于家乡的看法，其实却深刻地反映了两代新加坡华裔完全不同价值判断和心理结构，对于父辈来说精神的寄托，梦想的家园是无比重要的；而在下一代看来物质生活才是要首先考虑的问题，至于父辈们关心的家园情结等根本就是一种虚幻的假象，眼前的物质生活才是他们需要关心的，这也反映了新加坡年轻一代深受西方物质至上主义的影响，远离了更加注重伦理道德等精神生活的中国传统文化。

在新加坡现代化的进程中，采用了全盘西化的意识形态，其指导思想是实用主义。实用主义使新加坡充斥拜金主义和物质主义的思想，在当代全球化的背景下物质至上主义甚至更为严重。1995 年 11 月，新加坡《联合早报》的市场服务与研究部进行了一次关于新加坡人生活方式的随机抽样调查，据调查显示，81%的受访者认为新加坡人是物质主义者。当被问及新加坡人对金钱的看法时，62%的人认为非常重要，35%的人认为相当重要。新加坡人对于物质的过分追求，引发了诸多病态的社会现象。新加坡的西化还带来了个人主义，东方传统的家庭观念被抛弃，导致了许多社会问题的出现。李光耀曾经在 1982 年指出：

> 西方世界盛行的个人主义、唯我独尊思想，已使部分新加坡人变得贪图安逸。凡事只顾自己，把家庭、父母、子女都看得很淡

---

32 Stella Kon, *the struggle*, Singapore: Ethos Books, 1969, p21.

薄。真是突然变，专讲洋，只顾自己不认娘。[33]

二十世纪七十年代，新加坡迅速走向现代化。西方的电影、电视等大众传媒深入民间，在欧风美雨的侵袭下，青少年日益西化。"新加坡年轻一代的态度和人生观，在不到一代人的时间内都有了改变。传统亚洲价值观里的道德、义务和社会观念，在过去曾支撑并引导人民，现在已逐步消失，取而代之的是西方化、个人主义和以自我为中心的人生观。西化倾向最严重的是受过高等教育和从小接受英文教育的知识分子。西化倾向具体表现为：传统三代同堂家庭逐步解体；犯罪和吸毒现象增加，犯罪率居高不下；自私自利主义严重。"[34]李光耀在 1982 年指出，"和经济的发展比较起来，我们在精神方面花的力气太少了。……发现西方的思想和生活方式、生活作风，对我们的侵蚀越来越严重，尤其是受英文教育的上层分子，更是洋化得厉害。西方世界生性的个人主义、唯我独尊思想，已使部分新加坡人变得贪图安逸。凡事只顾自己，把家庭、父母、子女都看得很淡薄。真是突然变，专讲洋，只顾自己不顾娘。这是八十年代的危机啊！"[35]国会议员吴俊刚先生指出："西方的科技虽然帮助我国向现代化迈进，但一些不健康的意识也尾随而流入我国社会。如果国人不加以警惕，这些不良意识最终可能使我国的社会基础动摇。随着西风进入我国，对社会逐渐产生不良影响。许多青少年认为外来的东西一切都是好的，而我们原有的标准则是过时的和落伍的。这种错误的想法，会使我们国家受到西方文化的冲击。"[36]

从以上的作品研究中，我们可以看到新加坡英语文学早期，新加坡的华裔作家心中的家园情结。在他们看来，新加坡只是一个暂时居住的地方，而中国才是他们家，也是他们精神寄托的地方。在作家笔下的中国形象，是美丽而温馨的，是他们梦想的家园。同样是在《斗争》的剧作中，当保罗的孩子们问他有关自己的家乡——中国时，他是这样回答他的孩子们的：

> 我的家乡是在长江边上的一个美丽的村庄。在那里，一年四季都盛开着美丽的花朵。滚滚的长江从村子旁边流过。到现在我还记得小的时候和小伙伴们一起玩耍的日子，当时的日子是多么美好而

33 李光耀，《李光耀四十年政论选》，新加坡报业控股，1993 年版，第 196 页。

34 陈祖洲，《从多元文化到综合文化——兼论儒家文化与新加坡现代化的关系》，《南京大学学报（哲学、历史与社会科学版）》2004（06）：56。

35 张永和，《李光耀传》，花城出版社，1993 年，第 447 页。

36 《联合早报》，1990 年 5 月 21 日，第 8 版。

> 无忧无虑呀。我的美丽的故乡！你们无法想象我小时在乡村生活的
> 美好时光的。[37]

在作者的心中，中国是作为想象的家园而存在的，具有乌托邦的性质。这种想象，带有美化的性质，是作者心灵的归宿，此时的中国形象是美好而温馨的。乌托邦是人类社会中最美好的社会，它的词义含糊不清，既表示努力追求"福地乐土"的崇高，又表示寻找"乌有之乡"的徒劳——反映了乌托邦思维方式固有的含混性以及它同历史的含糊不清的关系。因为乌托邦是超历史和道德理想的产物，道德要求与历史现实之间的关系是一种最微妙而不确定的关系。乌托邦是人类所希望的完美的前景，然而却是无法实现的。

在郭宝崑的笔下的中国形象就具有乌托邦的意味，在作者的心中，中国是一种近乎完美的形象，在他的剧本《棺材太大，墓穴太小》中，他这样回忆自己的故乡河北：

> 那是一个多么美丽的地方呀，
>
> 当春天来临的时候，
>
> 田野上开满了各种各样的野花。
>
> 许多的蜻蜓在围绕着野花，
>
> 我的温暖的家乡呀。
>
> 我和伙伴们在田间嬉戏，
>
> 那美丽的蝴蝶呀，
>
> 在空中飞舞，
>
> 这是多么美好的童年呀[38]

在作者的乌托邦式的想象中，其童年生活过的中国是如此的美好，具有乌托邦的性质。满地的野花、飞舞的美丽蝴蝶构成了一幅几乎完美的田园牧歌图画，这是作者心中的家园形象，也会作者心中的中国形象，然而这一切却是想象出来的，永远无法实现的乌托邦式的中国形象。

吴新图（Goh Sin Tub）的小说《家乡的故事》（*The Story of Hometown*）中，出现的中国人形象值得我们分析一下。小说主要内容是关于新加坡华裔在建设新加坡过程中，对于家乡的态度。在小说中的主人公凯文是一个年轻的新加坡华裔，他对于新生的新加坡抱有巨大的热情与希望，虽然短时间内

---

37 Stella Kon, *the struggle,* Singapore: Ethos Books, 1969, p30.

38 Kuo Pao Kun, *The Coffin is Too Big for the Hole*, Singapore: Ethos Books, 1984. p16.

新加坡还是一个资源缺乏、经济落后的国家，但是他相信新加坡一定会拥有美好的明天。作为凯文的父亲，洪是几十年前移民来南洋的华裔，他的家乡观念与儿子凯文有很大的不同，在洪的心中，想象的家园在中国，那里有美丽的山川，善良的人们，总之一切都是那么美好。他告诉自己的儿子凯文：

> 在我的家乡中国，邻居们都是互相帮助的。邻里之间相处得就像是一家人一样，在我小的时候，如果我的父母没有时间照顾我，我们的邻居就会帮助我的父母来照顾我，大家总是互相帮助的。你再看看这里，我们连隔壁的邻居叫什么名字都不知道，更不要说互相帮助了。我现在还记得，在我小的时候，邻居的一位大婶，在我的父母很忙的时候，她总是会帮忙照顾我，我在小的时候甚至在邻居家吃过很多顿饭呢！邻居们友善而又乐于助人，勤劳而又善良的中国人呀。[39]

作家的笔下，家乡的邻里关系相处的异常融洽，甚至邻居们之间会互相照顾孩子，这简直是人类笔下最为完美的人际关系，完全没有法国哲学家所讲的"他人即地狱"的情形。然而在小说中的家乡作为洪心目中想象的乌托邦而存在，它的确美好而又温馨，堪称完美的人际关系，但却是无法实现的。

罗伯特·杨（Robert Yeo）在他的剧作《你在那里吗？新加坡》（Are you there, Singapore?）中也描述了作为想象的乌托邦的中国形象。剧作《你在哪里吗？新加坡》的故事背景发生在二十世纪的六十年代，当时新加坡刚刚脱离马来西亚建立自己独立的国家。故事讲述的是三个华裔家庭的故事。作为一个新建立的国家，新加坡面临着很多的困难，不仅仅是经济上的，在文化上，新加坡也缺乏自己的独特的民族文化，这就造成了新加坡人身份认同的危机。因为，作为一个新加坡人，他们并不知道自己作为一个新加坡人的标志是什么，就像剧作中萨里所疑惑地那样："作为一个中国人，他们有自己的语言和文化传统，作为一个印度人也是一样的，那么，作为一个新加坡人，我们的标志是什么？"[40]整个剧作故事情节的发展始终围绕着如何作为一个新加坡人展开。在故事中的老一辈人心中，他们并不认可新加坡这个新生的国家，"因为，作为一个国家。新加坡是拼凑起来的，它由几个大的族群组合而成。然而作为一个国家，新加坡缺乏自己的文化传统，这个国家迟

39　Goh Sin Tub, *The Story of Hometown,* Singapore: Ethos Books, 1970, p12.
40　Robert Yeo, *The Singapore Trilogy,* Singapore: Landmark books, 1974, P10.

早要四分五裂。"[41]

对于剧作中的老一辈新加坡华裔的彭，始终认为自己是一个中国人，他无时无刻不在思念着自己的家乡，美好的家乡是他心中的乌托邦。而然作为彭的儿子杰拉德却与自己的父亲有着不同的看法，他告诉自己的父亲：

"您所谓的家乡，只是您想象中的家乡。事实是，即使您现在回到自己的家乡，它也不再是您想象中的样子。只有这里，在新加坡，才是您的真正的家乡。"[42]虽然彭心里也知道儿子说的话很有道理，但是他"却总是不由自主地想起自己小时候在家乡的情景，越是年纪大，这种思念就越来越强烈。"[43]

从上述的对话中我们也可以看出两代新加坡华裔在价值观上的分歧。

作为想象的乌托邦，在新加坡早期作家笔下的中国形象，是作者根据自己的记忆和想象创作出来的形象，寄托着早期新加坡华裔的美好期望与想象，反映了在新加坡英语文学创作早期的作品对于早期新加坡华裔作家的祖居国——中国的美好想象。

之所以出现这种情况，其根本原因就在于早期新加坡华裔的思乡需求得不到满足，而在文学作品中的反映。弗洛伊德的精神分析学说就曾经解释过这种现象，弗洛伊德认为人格结构由本我、自我、超我三部分组成。

本我即原我，是指原始的自己，包含生存所需的基本欲望、冲动和生命力。本我是一切心理能量之源，本我按快乐原则行事，它不理会社会道德、外在的行为规范，它唯一的要求是获得快乐，避免痛苦，本我的目标乃是求得个体的舒适，生存及繁殖，它是无意识的，不被个体所觉察。

自我，其德文原意即是指"自己"，是自己可意识到的执行思考、感觉、判断或记忆的部分，自我的机能是寻求"本我"冲动得以满足，而同时保护整个机体不受伤害，它遵循的是"现实原则"，为本我服务。

超我，是人格结构中代表理想的部分，它是个体在成长过程中通过内化道德规范，内化社会及文化环境的价值观念而形成，其机能主要在监督、批判及管束自己的行为，超我的特点是追求完美，所以它与本我一样是非现实的，超我大部分也是无意识的，超我要求自我按社会可接受的方式去满足本我，它所遵循的是"道德原则"。

---

41 Robert Yeo, *The Singapore Trilogy,* Singapore: Landmark books, 1974, P21.
42 Robert Yeo, *The Singapore Trilogy,* Singapore: Landmark books, 1974, P26.
43 Robert Yeo, *The Singapore Trilogy,* Singapore: Landmark books, 1974, P27.

弗洛伊德认为人的精神活动的能量来源于本能，本能是推动个体行为的内在动力。人类最基本的本能有两类：一类是生的本能，另一类是死亡本能或攻击本能，生的本能包括性欲本能与个体生存本能，其目的是保持种族的繁衍与个体的生存。弗洛伊德是泛性论者，在他的眼里，性欲有着广义的含意，是指人们一切追求快乐的欲望，性本能冲动是人一切心理活动的内在动力，当这种能量（弗洛伊德称之为力必多）积聚到一定程度就会造成机体的紧张，机体就要寻求途径释放能量。当被压抑的不符合社会规范的原始冲动或欲望用符合社会要求的建设性方式表达出来的一种心理防御机制，如用跳舞、绘画、文学等形式来替代性本能冲动的发泄。他认为文学创作及非源于人类模仿的天性，也不是作家情感的表达，而是源于人类欲望的升华。弗洛伊德认为文学创作的根本动因就在于作家的某些欲望与需求得不到满足而升华为文学创作。早期新加坡的英语作家的某些创作无疑符合这一理论，他们的思乡之情无法得到满足，于是通过文学创作来表达自己的内心的愿望，尽管这个愿望是一个美好而又无法实现的乌托邦。

第三节 怀旧中国形象

"怀旧是人类的一种基本的心理体验，它以怀旧为最主要的客体，即使过去充满了苦难或甜蜜，但是隔着无法消弭的时空距离遥望过去，过去依然散发着无穷的美丽。"[44]简而言之，怀旧就是缅怀过去。旧物、故人、老家和逝去的岁月都是怀旧最通用的题材。怀旧是一种情绪，苏联的斯维特兰娜·博伊姆博士（Svetlana Boym）在其著作《怀旧的未来》中将怀旧行为分成两大类：修复型怀旧和反思型怀旧。[45]修复型怀旧，注重于"旧"，总是试图恢复旧有的物、观念或习惯等。反思型怀旧则关注于"怀"。形象地讲，更像一个人在废墟上徘徊，试图在脑海里重构那逝去的时光，再现旧物、人、观念或习惯的形象。

怀旧，也称为怀乡，英文的对应单词是 nostalgia，从西方的词源考察，来源于希腊语的 nostos 和 algia，nostos 是返回家乡之意，algia 表示一种痛苦的状态，合起来就是希望归乡之痛苦状态。怀旧首先是一种心理现象，表现为

---

44 欧文，《追忆——中国古典文学中的往事再现》，上海古籍出版社，1990年，第1页。

45 斯维特兰娜·博伊姆，《怀旧的未来》，朱欢译，浙江人民出版社，2009年，第10页。

美化"故乡",夸大"过往"的人和事的优点和好处,而故意忽略其不足的一种心理历程,并呈现出想象生于事实的特征。从更深的心理学层面分析,怀旧隐含着人的退行性心理。退行是一种心理防御机制。人之所以怀旧,是因为冲突,这种冲突可以是外界的,也可以是内心的。而怀旧通过退行到故乡和过去替代性地满足了人的本能欲望。它所造成的时空错觉,正好能以一种象征的方式带给人以爱和安全。总的来说,对于怀旧的研究始于现代的工业文明,也可以说是现代性给怀旧带来了科学的解释。

但是,作为一种文化现象,怀旧表现在古今中外的很多方面。就中国而言,怀旧自古就有一种文化现象,也是中国文化的一个组成部分。比如,从最宽泛的角度来看,回忆是一种怀旧,从《诗经》开始,中国的诗人们就创作了大量的有关回忆的诗歌,如《诗经》中的《蒹葭》就是对于过去的回忆。

远古时代先人们的祭祖活动也是一种怀旧,中国人是祖先崇拜的民族,每年一次的祭祖活动就是一种怀旧,每到祭祖的时节远在外地的人都要回到故乡参加隆重的祭祖活动,反映了中国人的怀旧文化。历史的记载和传承是一种怀旧,中国人格外重视历史的记载,中国历史上的每朝每代都有自己的史书,中国对于历史记载在全世界范围内都是领先的,过去发生的很多重要事件,都可以从我们的史籍中找到答案,这也是中国人重视怀旧文化的体现。大量以过去为母题的文学艺术创作更是怀旧文化的体现,怀旧是中国古代诗词一个重要主题。中国人喜欢回忆过去的人和事,如下面这首词:

虞美人·风回小院庭芜绿

李煜〔五代〕

风回小院庭芜绿,柳眼春相续。凭阑半日独无言,依旧竹声新月似当年。

笙歌未散尊罍在,池面冰初解。烛明香暗画堂深,满鬓青霜残雪思难任。

回忆的就是当年作者身为国王的人和事,如今作者已经身为俘虏,日子过得异常凄凉,所以难免美化过去,想退行到过去的岁月。像这样的以怀旧为主题的诗词还有很多。这也说明了中国人对于怀旧文化的重视。

在新加坡英语文学创作的早期有很多怀旧的作品,在新加坡华裔英语作家的笔下,怀旧的对象大多是与中国有关。

吴宝生作为早期著名的新加坡华裔作家,在他的笔下的中国形象具有浓厚的怀旧氛围。在他的诗歌《兄长》（*The Elder Brother*）中写道：

> 我的兄长，
>
> 你来自何方。
>
> 我的兄长，
>
> 将要去到何方。
>
> 去寻找我们的故乡
>
> 我们的故乡呀，
>
> 它在遥远的地方。
>
> 我们的故乡呀，
>
> 我们最终要回到你的怀抱。
>
> 我的兄长，
>
> 你现在何方？
>
> 我要找到你的方向，
>
> 我的兄长，
>
> 我一定要寻找你的足迹，
>
> 等待我们重逢的时刻！[46]

从诗歌中可以看到，诗人怀念自己的家人，梦想着有一天能够回到故乡，梦想着与兄长重逢的那一天。在诗人的心里，故乡一定是异常美好的，因为它在遥远的地方，虽然不免有些美化和夸大故乡的成分。这是怀念过去的人的作品。

在李祖凤（Lee Tzu Pheng）诗歌《沉没的景象》（*Prospect of a Drowning*）表达了作者对于童年时代伙伴的思念：

> 童年的伙伴呀，
>
> 你在何方？
>
> 你们是否还记得曾经的游戏？
>
> 童年的伙伴呀，
>
> 我始终记得，
>
> 村口大槐树下的嬉戏。
>
> 那丢出的手绢呀，
>
> 在空中飘扬。

---

46 Goh Poh Seng, *The Elder Brother,* Singapore: Ethos Books, 1966, p17.

捉迷藏的小屋，

是否还在那个地方？

一声呼唤，

童年的伙伴呀，

你们能否来到我的身旁？[47]

诗人在诗歌中回忆起了童年的伙伴，童年是人生中最美好的阶段之一，在这个阶段，人们是天真烂漫、无忧无虑的，童年的回忆也是最美好的。诗人通过对童年时期与小伙伴们游戏的回忆，表达了自己的怀旧情怀。而作者的童年时代是在中国度过的，因此伴随着诗人童年的就是怀旧的中国形象。

在林雪莉（Shirley Geok-lin Lim）的诗歌《穿越半岛》（*Crossing the Peninsula*）中诗人写道：

月色之下，

想起我在中国的家，

那里有红墙碧瓦。

那里有祖先的房子，

我在里面度过了快乐的时光。

房子里的一砖一瓦都是那么熟悉。

那里有肥沃的土地，

正是这肥沃的土地养育了我。

那村边河水，

村后的树林，

承载了我美好的记忆。[48]

在诗歌中，诗人诗歌中表现了作者对于故乡中国一草一木的怀念。远在中国的家，有着红墙碧瓦，那里有肥沃的土地，那里有诗人熟悉的山川河流，这一切都承载着诗人的美好回忆，这里表现的也是怀旧中国形象。

小说《如果我们梦的太久》（*If We Dream Too Long*）是吴宝生创作的一篇长篇小说。作为新加坡英语文学史上的第一篇长篇小说，《如果我们梦的太久》在新加坡英语文学史上占有重要地位。说的故事背景发生在二十世纪六十年代的新加坡，小说的故事发生在一个华裔家庭。这个华裔家庭的父亲母

---

47 Lee Tzu Pheng, *Prospect of a Drowning,* Singapore: Ethos Books, 1980, p8.

48 Shirley Geok-lin Lim, *Crossing the Peninsula,* Singapore: Ethos Books, 1980, p12.

亲是来自中国的移民，小说的情节围绕着这个华裔家庭展开。描述了这个华裔家庭两代人之间的故事。

小说中的父亲林东早年从中国的福建省到南洋讨生活，经过二三十年的奋斗，林东在新加坡定居下来，娶了一个华裔女性为妻子，有了三个孩子。家庭生活是平静而稳定，但是随着孩子们的长大，林东发现，与下一代之间的代沟越来越大。在林东看来，新加坡始终是一个暂时停留的地方，他怀念自己故乡福建，怀念哪里的一山一水，也怀念那里的亲人。但是在林东的孩子们看来，新加坡才是他们的家。中国只不过是一个遥远的国度，对他们的生活并没有什么影响，不需要去关心。在林东的心中，有时候会觉得"和孩子们交流起来越来越困难，他们根本不懂得家乡在自己心中的意义。"[49]在一次林东的梦境之中，他仿佛又回到了自己魂牵梦绕的故乡：

> 故乡门前的小溪还在潺潺地流淌着，小溪的两岸是一望无际的庄稼，一阵风吹过来，吹动着麦穗，传来阵阵的麦香。在自己的家门口的大树依然茂盛的生长着，枝繁叶茂，仿佛和小伙伴们在大树底下玩着游戏，扔着石块，多么无忧无虑的童年啊。[50]

从主人公的梦境中，可以看出主人公怀念故乡的山水，在他的回忆中，故乡的山水是如此的亲切而又难忘。

在小说中作者怀旧的对象不仅仅是故乡的景物，更多的怀念是故乡的人。由于主人公只身一人来到新加坡，远离自己的父母亲，因此，他十分想念自己的双亲，"双亲，尤其是母亲的形象不时地会出现在他的脑海中。"[51]至今他还记得"离开家乡来南洋之前，母亲的殷切期望和叮嘱。"[52]一晃二三十年过去了，他和母亲只有书信的往来，期间为了节省路费，他已经有二十年没有回到家乡了，他不知道母亲现在已经变成了什么样子。林东的梦境中也经常出现母亲的形象，他至今都记得小的时候母亲在灯下为他缝补衣服的样子。在昏暗的油灯下，"林东迷迷糊糊地睡着，母亲拿着针线一针一线的为他缝补着衣服。在灯光下，母亲的脸庞仿佛有一层红晕，一种温暖而又温馨的感觉在他的心里荡漾着"。[53]在这里刻画的也是怀旧中国形象。

49　Goh Poh Seng, *If We Dream Too Long*, Singapore: Ethos Books, 1980, p10.
50　Goh Poh Seng, *If We Dream Too Long*, Singapore: Ethos Books, 1980, p15.
51　Goh Poh Seng, *If We Dream Too Long*, Singapore: Ethos Books, 1980, p18.
52　Goh Poh Seng, *If We Dream Too Long*, Singapore: Ethos Books, 1980, p63.
53　Goh Poh Seng, *If We Dream Too Long*, Singapore: Ethos Books, 1980, p87.

　　爱德华·李（Edward Lee）的小说《远方的来信》（*Letters from the Far Distance*）描写的也是一个新加坡华裔家庭的悲欢离合的故事，整本小说的背景为当时的马来半岛和新加坡，时间跨度从二十世纪六十年代一直写到二十世纪八十年代。在这个华裔家庭中的爷爷奶奶是早期从中国来南洋谋生的广东移民，通过自己的努力，他们在新加坡定居下来，组建了家庭，生儿育女，繁衍生息。不知不觉间，他们已经在新加坡生活了二三十年了，不但有了自己的儿女，还有了第三代，也就是自己的孙子辈，可谓是三代同堂，其乐融融。然而，在爷爷奶奶的心中总是怀念自己的故土，怀念自己的家乡中国广东，每次来自父母中国的信件他们都要读上很多遍，"好像信件里隐藏着什么秘密似的"。[54]有一次他们 8 岁的孙子大卫问他们："爷爷奶奶，你们为什么老是在读那些过去的信件呢？你们不是已经阅读了很多遍吗？难道里面真的有什么秘密不成？"[55]爷爷笑着说："现在呀，你还不明白，里面的确有很多的秘密呀，从这些信件里面，我可以看到家乡的很多东西，有父母亲的牵挂，有家乡的山水，秘密多着呢！"[56]从小说中爷爷的回答中，我们可以感受到爷爷对于故乡的怀念，对于父母亲的牵挂，让我们感受到的是一种怀旧的情绪，这种怀旧的情绪是中国传统文化的一个重要的组成部分。在小说中，爷爷奶奶经常会和自己的子女们谈起自己在家乡小时候发生的事情，有一次爷爷对自己的孙子大卫说：

> 我现在还记得，我也是在和你现在的年纪差不多的时候，有一个夏天的午后，我的爷爷带着我和我的弟弟一起去村边的小河里去捉鱼。我们拿着篓子和水桶。来到河边后，我们在小河的上游筑起一个堤坝，留出一个出口，用篓子挡住出口，结果那一天我们捉到了很多的鱼儿，回到家里，我的奶奶把鱼儿烧成了美味的菜肴，那是我一生中吃到的最好吃的鱼儿了。你们现在生活在城市里面，没有机会体验捉鱼的快乐了！[57]

从爷爷的话中我们可以感受到他对于过去时光的留恋和一种浓浓的怀旧情绪。在爷爷看来，过去家乡的一切都是那么的美好而让人怀念。小说中的奶奶同样也是一个怀旧的人，她也会经常给儿孙们讲述自己小时候的事情，

---

54 Edward LLee, *Letters from the Far Distance,* Singapore: Ethos Books, 1980, p10.

55 Edward LLee, *Letters from the Far Distance,* Singapore: Ethos Books, 1980, p12.

56 Edward LLee, *Letters from the Far Distance,* Singapore: Ethos Books, 1980, p15.

57 Edward LLee, *Letters from the Far Distance,* Singapore: Ethos Books, 1980, p19.

在她的讲述中，"过去的一切都是那么美好，特别是小时候在父母亲的身边，虽然那时候物质生活还并不是很丰富，但是一点也不会影响自己的快乐。"[58]有一次爷爷奶奶回中国去探亲，在回来的时候，他们带上了一包家乡的泥土，"他们小心翼翼地抱着这包泥土放到一个花盆中，好像手里拿着什么宝贝似的。"[59]小说中刻画的是一个怀旧的中国人的形象。其实这也并不难以理解，作为远在南洋的华人，当时的情况下他们并不能经常回国探亲，多是以侨批[60]的形式向家里寄钱，久而久之，对于家乡的思念与怀旧情绪就会在他们的心里滋生。

保罗·李（Paul Lee）的小说《故乡的钟声》（*Hometown'Bell*），描写的也是一个新加坡华裔的家庭的故事。在这个家庭中的父母都是来自中国广东的华人，这是一个两代人五口之家，父亲王是一个成功的商人，母亲则是一个全职的家庭主妇，照顾家里人。20年以前他们从中国的广东移民到新加坡。在旁人的眼中他们是成功的家庭，收入丰厚，居住在高尚的社区。但是，他们虽然已经在新加坡落地生根，但是他们无时无刻不思念自己的家乡——中国广东。因为"在中国，广东人的乡土观念是最浓厚的，落叶归根始终是他们的追求。不管他们走得多远，最终他们都要回到自己的故乡。"[61]在他们的心中"世界上任何地方都无法和自己的家乡相提并论，在他们的回忆中，故乡是美丽而又温馨的。"[62]

然而对于家庭里的三个孩子来说，中国的吸引力就没有那么大了。而且他们也不太理解父母亲的思乡之情，因为在他们看来，"新加坡就是一个非常好的地方，比中国要好得多。在这里生活难道不比在中国生活好吗？"[63]

在有一次家庭对话中，当父亲王又提起自己的故乡，并说"等我退休了，我还是要回到故乡的土地上去。"[64]但是他的孩子保罗回答说：

58　Edward LLee, *Letters from the Far Distance,* Singapore: Ethos Books, 1980, p39.

59　Edward LLee, *Letters from the Far Distance,* Singapore: Ethos Books, 1980, p56.

60　侨批，专指海外华侨通过海内外民间机构汇寄至国内的汇款暨家书，是一种信、汇合一的特殊邮传载体。广泛分布在广东省潮汕地区、福建、海南等地。方言把书信叫"批"，潮汕、闽南华侨与家乡的书信往来便是"侨批"。侨批俗称"番批"、"银信"，在福建方言、广东潮汕话和梅县客家话"信"为"批"，不仅仅是闽南方言，福州一带的方言也是这样指称的，迄今为止仍旧是这般指称。

61　Paul Lee, *Hometown'Bell,* Singapore: Ethos Books, 1975, p8.

62　Paul Lee, *Hometown'Bell,* Singapore: Ethos Books, 1975, p12.

63　Paul Lee, *Hometown'Bell,* Singapore: Ethos Books, 1975, p15.

64　Paul Lee, *Hometown'Bell,* Singapore: Ethos Books, 1975, p34.

爸爸，你看现在的新加坡多么的充满朝气，充满着各种机遇。
在这里生活工作会有很多的机会。而现在的中国，还是十分落后
的。回到中国有什么好处呢？再说了新加坡的环境也比中国好呀，
在这里退休养老不好吗？[65]

　　小说刻画了早期新加坡华裔的怀旧情怀和怀旧中国形象。但是从上面的
论述中也可以看出，下一代显然无法理解上一代人的怀旧情感。而这两代人
的之所以出现不同的观点，也因为他们的价值观是不同的。作为新一代的新
加坡华裔，接受的是西方的文化和价值观，因此他们之间难免会出现矛盾冲
突，本质来说是东西方两种文化的冲突。

　　林宝音的短篇小说集《小小的讽刺：新加坡故事集》（*Little Ironies:
Stories of Singapore*）中有一篇短篇小说《婚姻》（*Marriage*）表达的也是一
种浓浓的怀旧情绪。小说的故事背景发生在二十世纪六十年代的新加坡。讲
述的是一个新加坡华裔家庭的故事。一个三代同堂的大家庭，家庭里的爷爷
很早就从中国来南洋谋生，爷爷奶奶在新加坡认识并结婚。他们的婚姻持续
了将近50年，夫妻关系相处的十分融洽。但是在归乡的问题上，爷爷和奶奶
产生了分歧，由于"奶奶在很小的时候就来到了南洋，她对中国的记忆几乎
是不存在的，她也认为自己是一个地地道道的新加坡人。中国对于她来说，
并没有太大的含义。"[66]而对于家庭中的爷爷来说则是另外一回事，他在中
国度过了自己的童年和青年时代，对于他来说，"中国是他的故乡，他思念
故乡的一切，他思念故乡的一草一木，也思念故乡的人。"[67]

　　由于爷爷思念故乡，因此，在条件允许的情况下都要回到故乡广东去看
看。而对于故事中的奶奶来说，她的家，她的故乡就在新加坡，因此对于奶
奶来说，对于回中国这件事并没有太大的感觉。一开始，奶奶还跟随爷爷回
中国，后来，故事中的奶奶就不再跟随爷爷回中国了。为了这件事，老夫妻
甚至会拌嘴吵架。故事的结局是，爷爷由于年纪越来越大，无法经常回到故
乡，但是"故乡的一切都深深地印在了他的脑海中。"[68]

　　从上面的梳理可以看出，在新加坡英语文学创作早期的作品中，怀旧的

65 Paul Lee, *Hometown'Bell,* Singapore: Ethos Books, 1975. p56.
66 Catherine Lim, *Little Ironies: Stories of Singapore,* Singapore: Ethos Books, 1978. p8.
67 Catherine Lim, *Little Ironies: Stories of Singapore,* Singapore: Ethos Books, 1978. p9.
68 Catherine Lim, *Little Ironies: Stories of Singapore,* Singapore: Ethos Books, 1978. p15.

中国形象是十分常见的。怀旧作为中国文化的一个重要组成部分，滋养了我们的民族文化，丰富了中国文化的内涵，早期的新加坡华裔大多长在中国，深受中国文化的影响，因此早期新加坡英语文学中的怀旧中国形象的出现就是十分正常的事情了。

第四节　亲情中国形象

谈起亲情文化，首先要了解亲情。亲情并不等同于亲情文化。作为一个专有名词，在中国古代亲情只是亲戚的别称而已。可以说亲情文化源于亲情。亲情文化通过一定的物质媒介、具体行为和精神状态，表达着一定的价值观念与行为规则，传递着不同群体与个人的利益要求和情感倾向。亲情虽非中国所独有，但唯独在中国才可以形成一种历史悠久、传播广泛、影响持续、方式缜密、内容全面、形态复杂、功能完善和体系庞大的文化。

可以体现出亲情的中国文化包括：

1. 守丧三年和丧葬之礼。为去世的父母举办隆重的葬礼以及守丧三年一直都是中国传统的文化。这体现了生者对死者虽死犹生的态度，对死者的敬意和思念，显示出了浓浓的亲情。

2. 清明节祭拜。每当到了清明节，中国人都会去拜自己的亲人，祖先。表现了生者慎终追远，甚至带自己的子女去拜山，延续孝道，这也是体现亲情的一个表现。

3. 新年拜年和吃团年饭。在新年的时候，晚辈会向长辈们拜年，这就是孝敬，并且，一家人一起吃团年饭，这也体现出中国人重视家庭、重视亲情。

4. 子女要供养父母，三代同堂，经常都是几代一起住。在中国，子女如果不供养自己的父母的话，会被人唾弃，被人说不孝，这说明中国重亲情。但是，在外国，外国人都不需要，也没有责任去供养自己的父母，外国人都是自己有自己的小家庭，而不像中国的大家族。

在新加坡英语文学创作的早期，有很多作品描写的是与中国文化中的亲情文化有关。在中国文化中，为去世的父母举办隆重的葬礼一直都是中国传统所重视的。这是生者对死者的敬意和浓厚的亲情。

吴宝生的小说《殉情》（*The Immolation*）中就涉及了为父母办葬礼的情

节。故事发生的时间是二十世纪六十年代，故事的主要情节围绕着两个华裔家庭展开。小说中的两个家庭虽然都是华裔，但是由于历史的原因，两个家庭之间有着很深的矛盾，"老死不相往来"。[69]然而就是两个这样的家庭中的年轻人却相爱了。可以想见的是，他们的爱情遭到了双方家长的坚决反对，甚至说出"如果你和他在一起，就不是我们家的人"[70]这样决绝的话来，故事的结局是悲剧性的，最终两个年轻人殉情自杀，而双方的家长这时候才后悔不迭。

在小说中的一个华裔家庭中，家里的男主人张中的母亲去世了，他决定为去世的母亲办理一个隆重的葬礼，"一场世人瞩目、亲戚朋友都羡慕的葬礼"[71]，花费很多，为了办理这个隆重的葬礼，"将要花费张中一年的收入"[72]。小说中张中的小女儿玛丽对此很不理解。作为新成长起来的一代人，玛丽接受的是西方的文化教育，她认为完全没有必要花费如此之多来办理祖母的丧事，"一个简单的葬礼足以表达对于死者的哀思。"[73]当她把自己的想法告诉自己的父亲时，张中这样回答他：

> 孩子，也许你不了解中国的传统习俗。我们中国人是十分重视亲情的，也许这一点和西方国家不太一样。按照我们这个的传统，当有亲人去世了，为他办理一个隆重的葬礼是表示对于去世的人的尊敬，同时也是代表了亲情。如果我们不这样做，别人会嘲笑我们没有人情味的。[74]

最终，在小说中张中还是为母亲办理了一个隆重而又风光的葬礼。因为在中国的传统文化中，厚葬死者，特别是自己的父母亲，表达的是对于死者的亲情。

林新素的小说《包围新加坡》（*The Siege of Singapore*）同一样讲述了一个关于厚葬逝去的老人的故事。故事发生的时间是二十世纪六十年代的新加坡。讲述的是一个华裔家庭的故事。这也是一个大家庭，在这个家庭里有爷爷奶奶、父亲母亲和儿子女儿。故事的主要内容就是围绕着这个家庭的三代人展开。故事中的爷爷奶奶属于早年下南洋谋生的中国人，他们的故乡在中

69 Goh Poh Seng, *The Immolation,* Singapore: Ethos Books, 1977, p12.
70 Goh Poh Seng, *The Immolation,* Singapore: Ethos Books, 1977, p15.
71 Goh Poh Seng, *The Immolation,* Singapore: Ethos Books, 1977, p19.
72 Goh Poh Seng, *The Immolation,* Singapore: Ethos Books, 1977, p28.
73 Goh Poh Seng, *The Immolation,* Singapore: Ethos Books, 1977, p28.
74 Goh Poh Seng, *The Immolation,* Singapore: Ethos Books, 1977, p30.

国的福建。两老人中的爷爷在不久前因为心脏病离世了。因此整个家族都在商量着为老人办理一个隆重的葬礼，"同时在新加坡最好的墓地为老人选定了一个最好的墓穴。"[75]

故事的矛盾焦点在于，这个家庭中的年轻一代很不理解他们的父母亲，"为什么要花费如此之多办理一个葬礼呢？"[76]作为年轻一代人，他们接受的是西方的教育，他们认为，"简简单单的一个葬礼就已经足够了，因为死者已经离世，他们是不知道这个隆重的葬礼的。"[77]

在故事的结尾，还是按照中国的传统习惯，为去世的爷爷办理了一个隆重的葬礼，"用以表达对于死者的哀思与亲情。"[78]这个故事既刻画了亲情中国的形象，也反映出新旧两代新加坡华裔在价值观上的差异，简而言之，就是东西方两种价值观的差异。

中国人自古就有祖先崇拜的习俗，因此每当到了清明节，中国人都会去祭拜自己的亲人、祖先。这是延续孝道的一种体现，也是亲情的一种诠释。因此清明节在中国的是一个重要的节日。在新加坡英语文学创作的早期，有一些作品涉及了祭拜祖先、传承孝道、重视亲情的情节。

吴新图的短篇小说《祖母的家》（*Home for Grandma*）讲的是一个三代同堂的华裔家庭，家里的祖母已经80多岁了，祖父已经在几年前去世了。在接下来的清明节，全家人计划要去祭拜祖先。但是其中的一个孙子汤姆却因为在英国公司上班，恰巧在清明节的那几天要去英国出差，不能够参加清明节祭拜祖先的活动。因此就此事他和父亲产生了争论：

> 汤姆：我的公司需要我出差参加一个非常重要的会议，我可以请你们代替我祭拜祖先吗？
>
> 父亲：我们的中国人都十分崇拜祖先，每年去祭拜他们是表示尊敬，也是我们和祖先之间亲情的表示。冥冥之中我们的祖先会保佑我们的。清明节每年只有一次，出差什么时候去都可以呀。
>
> 汤姆：可是这个会议对我这真的很重要呀。
>
> 父亲：祭拜祖先才是头等重要的大事呀！[79]

---

75 Lim Thean Soo, *The Siege of Singapore,* Singapore: Ethos Books, 1979, p11.

76 Lim Thean Soo, *The Siege of Singapore,* Singapore: Ethos Books, 1979, p13.

77 Lim Thean Soo, *The Siege of Singapore,* Singapore: Ethos Books, 1979, p22.

78 Lim Thean Soo, *The Siege of Singapore,* Singapore: Ethos Books, 1979, p29.

79 Goh Sin Tub, *Home for Grandma,* Singapore: Ethos Books, 1985, p17.

　　最终汤姆还是按照父亲的意愿放弃了去英国的出差，参加了祭拜祖先的活动。因为在中国人看来祭拜祖先是非常重要的大事，也是中国人重视亲情的体现，因为中国人是祖先崇拜的民族，所以祭拜祖先才显得异常重要。

　　在特殊的节日，如春节，中国人有一家人一起吃团年饭的习俗，合家团圆也体现出中国人重视亲情。同类的节日还有元宵节、中秋节等；总结起来，中国的许许多多传统节日，形式和来源多种多样，但中国人庆祝的目的大多与亲情有关，都为了一家团聚这个美好的愿望。

　　斯黛拉·孔的剧本《审判》（*The Trial*）就有一部分情节涉及阖家团圆的主题。

　　剧作《审判》讲述的是一个法官判案的故事。故事的时间是二十世纪七十年代。故事的大意是有两个公司因为债务的问题诉诸法律，而负责审判该案件的法官是理查德。理查德是一个华裔，20 年前他从中国的广东来到南洋，最后在新加坡安家，他的家庭也是一个传统的华人家庭。在他的家庭里父慈子孝，充满了温馨的亲情。特别是在每年的除夕，这个传统的团员的节日，整个家族都会聚在一起，理查德的几个孩子也会带着自己的家人一起到理查德家团圆。每当这个时候，理查德"内心就会充满着喜悦和满足，浓浓的亲情弥漫在他的内心。"[80]特别是理查德的女儿艾米现在已经移民到了英国，但是，每年的除夕，艾米都会带着自己的家人回到新加坡，与父母亲团聚。有时候，艾米的英国丈夫会很不解，为什么要不远万里地回到新加坡，艾米这样对她的丈夫说：

> 亲爱的，每年的除夕阖家团圆是我们中国人的传统，这个传统已经延续了几千年了。它代表了我们中国人对于亲情的重视。也许你无法理解。但是想想你们的圣诞节，不也是有家庭聚会的传统吗？[81]

　　在特定的节日家庭团圆既是中国人的传统文化，也代表着对于未来的美好期盼，这也是亲情中国形象的体现。例如除夕这一天对华人来说是极为重要的。这一天人们准备除旧迎新。在古代的中国，一些监狱官员甚至放囚犯回家与家人团圆过年，由此可见"团年饭"对古代中国人是何等的重要。家庭是华人社会的基石，一年一度的团年饭充分表现出华族家庭成员的互敬互

80　Stella Kon, *The Trial*, Singapore: Ethos Books, 1982, p12.
81　Stella Kon, *The Trial*, Singapore: Ethos Books, 1982, p16.

爱，这种互敬互爱使一家人之间的关系更为紧密。家人的团聚往往令一家之主在精神上得到安慰与满足，老人家眼看儿孙满堂，一家大小共叙天伦，过去的关怀与抚养子女所付出的心血总算没有白费，这是何等的幸福。而年轻一辈，也正可以借此机会向父母的养育之恩表达感激之情。

在传统的中国文化中有子女供养父母的习俗，三代同堂，或几代一起住都是非常正常的事情。在中国文化中，子女如果不供养自己的父母的话，会被唾弃，视为不孝，这也是中国人重亲情的方式。在新加坡英语文学早期的作品中有些作品就涉及了这方面的内容。

郭宝崑的剧本《家乡》（Hometown）表现的就是中国人重视亲情的故事。剧本《家乡》发生在新加坡的一个华裔家庭的故事。这是一个三代同堂的华裔家庭，爷爷是早年从中国广东来到南洋发展的中国人，奶奶也是早年从中国来新加坡的。爷爷奶奶都是具有中国传统的人，他们思念自己的故乡，一辈子辛辛苦苦把几个孩子带大，现在到了颐养天年的时候了，几个儿女都很孝顺，供养着自己的父母。在剧作中，有一段对话最能够体现中国人重视亲情的内容，剧作中的孙子杰克，有一段与父亲关于养老的对话：

> 杰克：爸爸，爷爷奶奶没有退休金吗？我在公司的同事父母都是有退休金的。
>
> 爸爸：爷爷奶奶还需要什么退休金，他们辛辛苦苦把我们几个孩子养大，我们有责任给他们养老送终，这是中国人的传统。[82]

从对话中可以看出在一个传统的华人家庭，奉养父母，为父母养老送终是中国人分内的事情，虽然新一代新加坡华裔可能不会理解和接受，但这是中国人重视亲情的表现，刻画了一个亲情中国的形象。

早一代的新加坡华裔由于深受中国传统文化的影响，而亲情文化又是中国传统文化中非常重要的一部分，因此早期的新加坡英语文学创作中出现的亲情中国形象是非常常见的主题，以上的仅仅是其中很少的例证而已。但是很多文学作品在刻画亲情中国形象的同时，也表现了新一代新加坡华裔对于传统中国文化的疏离与淡漠，这是因为新一代新加坡华裔接受的是西方文化教育和价值观，而早期的新加坡华裔接受的是中国传统文化和价值观，所以难免会与老一辈新加坡华裔存在一定的价值观的冲突。

---

82 Kuo Pao Kun, *Hometown,* Singapore: Ethos Books, 1982, p19.

第五节　伦理中国形象

伦理一词在古希腊哲学中表示某种现象或者本质。经过后世的演变，伦理用来表示一个民族特有的生活习惯，包括风俗、习俗等概念，同时又有品德、德性的意思。在中国古代的典籍中，伦理指人与人之间关系的意思。伦指人们之间的关系，所以有人伦之说。理指道理、事理。伦理合指人们相处时应当遵守的道理，或者说处理人与人之间关系的道德规范。伦理是"包含了价值判断的道德规范，是关于善恶、是非的观念、情感和行为习惯，换言之，伦理包括道德意识、道德关系和道德实践活动，"[83]在文化系统中，伦理道德是对社会生活秩序和个体生命秩序的深层设计。

中国文化历来重视伦理道德，"中华民族在漫长的历史发展中，建构了十分成熟的价值体系，形成了丰富多彩的个人伦理、家庭伦理、国家伦理。乃至宇宙伦理的道德规范体系，从内在的情感信念到外在的行为方式，都提出了较为完备的德目。"[84]

在中国文化中，格外重视家庭伦理。家庭无论大小、贫富、阶层都是一个人成长历程中，最先进入人的思想体系的存在，在个人或者群体文化身份的形成起着重要作用，甚至是首要的作用。因为"家庭是人类文明和论理的起点，家庭的产生是人类最早创立的一种制度文明，其实质是一种伦理文明。"[85]家庭在中国人的生活中占有极其重要的地位，钱穆认为，"家族乃是中国文化的一个最主要的柱石，""中国文化就是从家族的观念筑起，先有家族观念乃有人道观念乃有其他的一切。"[86]可以说家族文化是中国传统文化的核心。这一点上与西方文化有着明显的差别。

新加坡华人传统文化的核心是儒家伦理文化。"最初南来谋生的华人，绝大多数是没有受过正式教育，只是水平低的劳工。但是由于他们在儒家社会中长大，思想行为、生活习俗，无不受到儒家伦理思想的影响。儒家伦理思想指导他们生活，成为他们心中的道德规范。他们来到了新加坡后，当然也带来了传统习俗和价值观。他们勤劳俭朴、安分守己、知足知耻、敬老尊贤，有强烈

83　魏英敏，《当代中国伦理道德》，昆仑出版社，2001 年，第 32 页。

84　樊浩，《论中华民族的传统美德》，《江西社会科学》1994（08）：15。

85　刘海鸥，《从传统到启蒙：中国传统家庭论理的近代嬗变》，中国社会科学出版社，2005 年，第 5 页。

86　钱穆，《中国文化导论》，商务印书馆，2007 年，第 51 页。

的家庭观念，特别注重孩子的教育。"[87]"儒家伦理强调教育，通过教育造就对更大、更持久目标的信念和承诺。儒家伦理强调政府的领导和干预的重要性，认为只有一个有道德、有活力和创造性的政府才能领导人民。儒家还认为个人只是父子、兄弟、夫妻、朋友、主仆五种基本关系的一部分，一个有教养的人应维持其关系，对其他人的职责总是比自我更重要。"[88]儒家文化的核心可以概括为"忠孝仁爱礼义廉耻"。结合新加坡的实际，新加坡政府和领导人对儒家学说的"八德"进行了新的阐释，赋予了崭新的内容。"'忠'就是具有国家意识，效忠国家。它包括：归属感，即每个新加坡国民将自己归属于新加坡，把新加坡视为扎根于斯的乡土，不能视自己为外国人或侨民；国家利益第一，即每个新加坡人要忠诚和热爱祖国，培养誓死卫国的意志和吃苦耐劳、遵纪守法的品格，以国家利益为先，必要时牺牲个人利益来维护国家利益；群体意识，即公民必须认识到新加坡的成就就是集体协作得来的，个人与群体密不可分。'孝'即尊老爱幼，孝顺长辈。'仁爱'是关心他人，富有同情心和友爱精神。'礼义'即注重友谊，以礼待人。'廉'即廉洁公正，防止腐败。'耻'，即具备基本的是非观，做堂堂正正的国民。"[89]

在新加坡英语文学的早期，很多作家都有涉及伦理道德的作品。父母与子女、同胞兄弟姐妹、配偶与自身，甚至是隔代的关系等，都会出现在作品之中。

大卫·里奥（David Leo）短篇小说《垂死的老人》（*An Old Man Dying*）讲的是一个身患绝症的老人，在生命的最后阶段所发生的事情。在中国的传统文化中，家里的长者，类似于家长一样，在家庭中有着重要的地位。故事中的老人作为这个家庭的家长，是一个很有权威的人。他本人也知道自己将不久于人世，因此在他的生命弥留的时候，他开始交代自己的后事。对于老人的吩咐和安排，儿孙们都诚心诚意的接受着。只是在孙子马克的婚事上，老人与孙子马克有不同的意见，原来马克在外面交了一个印度裔的女朋友。老人反对自己的孙子娶一个印度人为妻，因此他要求马克与自己的女朋友分手，找一个华裔女孩为妻：

87 王永炳，《新加坡华人传统文化的过去、现在和未来》，《云南教育学报》，1993年，第九卷第1期第21页。

88 陈祖洲，《从多元文化到综合文化——兼论儒家文化与新加坡经济现代化的关系》，《南京大学学报（哲学·人文科学·社会科学）》2004（06）：34。

89 毕世鸿等编著，《新加坡概论》，世界图书出版公司，2012年，第115页。

老人：马克，我认为你找一个印度裔的姑娘作为女朋友很不合适，我们是中国人，怎么能够和一个异族的人结婚呢？你还是与她分手吧。华裔女孩在新加坡有很多呀。

马克：可是，我真的很喜欢她呀。她是个印度裔又有什么关系呢？

老人：这是一个传统的问题，作为中国人我们要尊重自己的传统，否则，我们凭什么叫作中国人呢？[90]

故事的结局是，在老人的要求和马克父亲的说服下，马克同意与自己的印度裔女友分手，虽然他很爱自己的印度裔女友。从这个故事中我们可以看出家庭伦理在新加坡华人家庭生活中的重要性，刻画出了伦理中国的形象。这一点与西方文化明显不同，西方文化更加强调个人和个性的发展，家庭伦理对于他们来说是次要的。如果换作是一个西方人，马克的选择就会是截然相反的，这也是中西文化的差异导致的。

林宝音的小说《幸存者》（*The Survivor*）讲述的也是一个有关家庭伦理的故事。故事的背景发生在二十世纪七十年代的新加坡。讲述的是一个华裔家庭在新加坡艰苦奋斗，努力拼搏的故事。故事的主人公王是一个早期来南洋谋生的华人。经过他的努力，他在新加坡建立了自己的家庭，拥有了自己的住房和一份收入较高的工作。他的三个孩子都已经长大成人，都找到了不错的工作。在王的大家庭中，始终恪守着中国传统的伦理道德。在一次家庭聚会上，王对自己的三个孩子说：

以后我过世了，你们兄弟之间要团结有爱。做哥哥的要照顾做弟弟的，做弟弟的要尊重哥哥，这就是我们中国人的伦理道德，你们一定要遵守。不要像西方人那样，哥哥弟弟不分，那不是我们中国人的做事方式。[91]

这里父亲教导孩子们的也是中国传统的家庭伦理道德，在中国的传统文化中兄弟友爱是本分的事情，是大家都要遵守的家庭伦理道德，小说中刻画的是一个重视家庭伦理道德的中国形象。

在人的生活中，除了极为重要的家庭伦理之外，每一个人都要和社会接触，在和社会接触的过程中，就涉及了与他人的关系，这就是所谓的社会伦

90 David Leo, *An Old Man Dying,* Singapore: Ethos Books, 1985, p13.
91 Catherine Lim, *The surviver,* Singapore: Ethos Books, 1980, p29.

理。社会伦理是以社会伦理关系为核心，研究权利与义务关系的理论。在中国传统文化中，对于人与人之间的交往，也有着许多的伦理规范，在新加坡早期的作品中，也有部分作品涉及中国传统社会伦理道德。

梁文福（Liang Wern Fook）的短篇小说《其实我是在和时光恋爱》（*In Fact I am in Love with Time*）讲的就是一个中国人如何与他人交往的问题。故事的主人公李明是一个公司的职员，他来自一个华裔家庭。李明有一个女朋友玲，他们已经交往了三年多了。最近，李明的公司来了一个女孩名叫米娅，在与米娅的交往中，李明渐渐地对米娅产生了特殊的感情。他想和玲分手，和米娅在一起，但是当他和他的父母说起这件事的时候，遭到了父母的强烈反对：

李明：爸爸妈妈，我有件事情想和你们商量一下，

爸爸妈妈：好的，有什么事呢？

李明：我想和玲分手。因为我感觉我好像是喜欢上了另外一个人。

爸爸：你为什么要和玲分手呢？你说的另外一个女孩比玲好吗？

妈妈：孩子，你怎么能这样做呢！玲是一个多么好的女孩子呀，孝顺父母，知书达理，她没有做错什么，你怎么能够把她抛弃呢！我们可不能够做陈世美呀。陈世美你知道吗，那会被人瞧不起的。你要是这样做的话，以后我们在亲戚朋友面前都抬不起头呀，孩子。

爸爸：我觉得玲是一个很好的女孩子，我不同意你抛弃玲。[92]

故事的结局是，最终李明还是选择尊重父母的意见，与玲结婚了。在这里李明的父母亲劝告李明的依据就是中国传统文化中的社会伦理，按照中国的伦理道德，抛妻弃子是非常令人唾弃的事情，因为人与人交往时要遵循一定的道德规范，这也是中国文化非常重视的。

科林·常的小说《诗人、牧师和妓女的故事》（*Poets, Priests and Prostitutes*）也涉及了中国传统的社会伦理道德。故事的发生时间是二十世纪的七十年代，故事发生的地点是新加坡，故事主人公杰拉德是一个华裔青年。杰拉德在一个华人公司里上班，收入很高，工作环境也很好。但是唯一让他不满的是他上司是一个中年妇女，没有什么工作能力，有时候还刁难杰拉德。有一次

---

92 Liang Wern Fook, *In Fact I am in Love with Time,* Singapore: Ethos Books, 1989, p57.

杰拉德和父母谈起这件事：

> 杰拉德：碰到一个这样的上司真是不走运。

> 母亲：你的工作环境不是很好吗？偶尔有一两个同事相处不好也是正常的。

> 父亲：你是不是要反思一下自己在某些方面还做得不好。

> 杰拉德：我想去找公司的老板反映这件事。如果不处理这个女人，我就辞职。

> 母亲：怎么能说这样的话呢？找一份好工作不容易，忍一忍就过去了。这也没什么大不了的。再说了，尊重上司是天经地义的事情呀。按照中国的说法，碰到与别人的矛盾，忍一忍海阔天空。[93]

最终杰拉德还是没有辞职，并且主动改善了与自己上司的关系。在这里杰拉德的父母教导的杰拉德的也是中国与人交往的传统伦理道德，刻画了一个伦理中国的形象。

天地之大德曰生，中国传统文化也十分重视的生命伦理。中国的儒家认为人是万物之灵，宇宙的中心，人是天地之心。尊重生命、敬畏生命是儒家对待生命的基本看法。在儒家看来，人活一天，就要做一天的事情，尽一天的责任，以努力实现自身的价值。在中国的历史上，因果报应观念从佛教义理逐渐渗透到中国人的日常生活和精神世界中，逐渐演化为一种道德伦理。因果报应作为一种精神现象不仅广泛的影响着中国一般民众的思想和行为，还渗透到文学中作品中。久而久之，因果观念成为一种集体无意识，沉潜在中国人心灵深处，成为文学创作的母题。在早期的新加坡英语作品中也会经常出现有关生命伦理的书写。

林宝音的小说《毒牙》（*The Serpent's Tooth*）就是一个有关生命伦理的故事。小说《毒牙》发生在二十世纪七十年代的新加坡。故事的主人公是一个华裔家庭，在这个家庭的中的父亲李奥是一个在政府上班的公务员，母亲是一个全职的家庭主妇。这个家庭有三个孩子，都在读大学或者工作了。李奥的母亲今年已经70岁了，和李奥一家人一起生活。李奥的一个孩子卢卡斯碰到了一点麻烦的事情。在几年以前，卢卡斯借了一点钱给他的朋友，几年过去了，卢卡斯的朋友还没有还钱。每次卢卡斯讨要的时候，他的朋友都说没有钱还给他。有一天，卢卡斯在家里谈起了这件事：

---

93 Colin Cheong, *Poets, Priests and Prostitutes,* Singapore: Ethos Books, 1982, P45.

卢卡斯：几年以前我借钱给他，他早就应该还给我了。

李奥：你没有向他讨要吗？

卢卡斯：有呀。可是每次我问他还钱，他都说没钱。实在不行我只有找个律师去法院起诉他了。

卢卡斯的奶奶：孩子，他欠你的钱多吗？如果不是很多，就不要去法院起诉他了。想他的这样的坏人，会遭到报应的。[94]

从对话中可以看出，因果报应的观念在老一辈的新加坡华裔心中占有一定的地位，刻画出伦理中国的形象。

在新加坡早期的英语作品中，出现的伦理中国形象，包括重情恋家的家庭伦理形象、仁爱友善的社会伦理形象和健康进取的生命伦理形象。中国人的重伦理、重亲情、重传承的特点正是通过以上的三种伦理形象建构的。

从以上论述中可以看出，早期新加坡华裔英语文学作品出现了很多有关"家园情结"的作品。这些作品中"家园情结"的出现，原因是多方面的：一方面是历史原因。经过殖民历史之后，人们被迫散居各地，但是他们对于自己的国家和家庭有着天然的、无法割裂的血脉联系，这使得当作家对自己的处境有游离感和漂泊感时，必然会渴望以家园为心灵的归依。当作家对自己所属的文化进行阐述时，必然会追根溯源，而早期新加坡华裔作家对于根文化的追寻也促使着他们创作出大量的家园为主题的作品，想象中的中国成为他们家园。另一方面，早期新加坡华裔大多成长于传统的中国文化之中，对于中国文化持有强烈的民族自豪感，使得其难以脱离母体文化，始终与母体之根的中国文化血脉相连。这样，"家园情结"在早期新加坡华裔作家中得到突出的表现就不足为奇了。同时，由于情境的差别、风格的变易和个体创作样貌的不同、以及对中国传统文化认同感的不一致，使得"家园"在不同的作家、不同的心境、不同的时空和思路下体现出不同的特点，其塑造的中国形象也就产生差异。总的来说。在新加坡英语文学创作的早期，作家们构建的中国形象是想象中的家园形象，并非真实的中国形象。

但是对于成长于新加坡的第二代新加坡华裔，他们接受的是西方文化，持有的是西方的价值观，在他们的眼中的中国文化成为他者文化，自然地，出现在新加坡英语文学创作中期的文学作品中的中国形象与早期的中国形象相比发生根本性的变化，这些将在本书的下一个章节中重点讨论。

---

94 Catherine Liim, *The Serpent's Tooth,* Singapore: Ethos Books, 1989, p35.

第七章 被质疑与轻蔑的他者形象

　　按照后殖民理论家萨义德的说法，任何一种文化的发展和维持，都有赖于另一种不同的、相竞争的异己的存在。自我的构成最终都是某种构建，即确立自己的对立面和他者，每一个时代和社会都在再创造自身的他者。[1]他者（the other），属于后殖民理论的核心概念之一。他者作为本土的对应物，强调的是客体、异己、特殊性和差异等等特质，以显示其外在于本土的参照，并和本土形成互文关系。他者强调异族和以文化的参照。"我注视他者，而他者的形象也传递出我自身的某些形象，有一点无法否认，即在个人（作家）或者集体（社会、国家、民族）或半集体（思想派别、观点）的层面上，他者的形象既是对他者的否认，又是对自身及自我空间的补充和延伸。我要言说他者（往往是由于各种迫切且复杂的理由），在言说他者的同时我又否定了他者。"[2]

　　从哲学上考察，"他者"概念在后殖民批评理论中的运用，主要是根据黑格尔和萨特的理论。黑格尔在《精神现象学》中对主人与奴隶关系的分析表明，他者的显现对构成"我"的自我意识是必不可少的。主奴双方之间的行为是一场殊死的对抗，任何一方都试图消灭对方，都以对方为中介确证自己的存在。因为它们彼此相互地承认着它们自己。冲突的结果是强者成了主人，弱者成了奴隶。主人把他的对方放在自己权力支配之下，通过奴隶的加工改造间接与物发生联系，享受了物。奴隶成了以维护主人存在为目的的无

1　爱德华·W.萨义德，《东方学》，王宇根译，三联书店，2007年，第21页。
2　达尼埃尔-亨利·巴柔，《从文化形象到集体想象物》，《比较较文学形象学》，孟华主编，北京大学出版社 2001年，第139页。

本质的存在。对于主人而言，奴隶就是"他者"，由于"他者"的存在，主体的意识才得以确立。[3]

萨特从摈弃"我本学"的立场出发指出，只是由于他人意识的出现，自我意识才会显现[4]。也就是说，"他人"是"自我"的先决条件。在《存在与虚无》一书的"注视"这一节，他用现象学描述的方法，形象地说明了自我意识的发生过程。设想我通过锁孔窥视屋里的人，此时我的注视对象是他人，我把他人当作意向对象；但是，如果我突然听到走廊里有脚步声，意识到有一个他人会注视我："我在干什么呢？"羞耻感油然而生，羞耻是对自我的羞耻，它承认我就是别人注意和判断着的那个对象。在他人的目光下，原本是其所不是，不是其所是的流动化、虚无化的自为突然被强调成"是其所是，不是其所是"的自在了[5]。在这个例子中，正是我感到他人有可能注视我，我才会注视自己。在他人的注视下，主体体验到了"我的"存在。同时也意识到自己是"为他"的存在。没有意识中的"他者"，我的主体意识就不能确立。我只有把自己投射出去，意识到那个想象中的"他者"的存在，才能确认"我的"存在。

总之，无论是黑格尔，还是萨特，都强调了"他者"对于主体"自我意识"形成的重要的本体论意义。并且，两者都认为主体与他者之间的基本关系是冲突。在黑格尔那里，主人与奴隶关系不是相互的，他们之间"发生了一种片面的和不平衡的承认"。奴隶是主人与物发生关系的中介，他的地位是工具性的。"他者"是手段而不是目的，"他者"自己显现为无本质。在萨特看来，主体间的相互注视是不可能的："一个注视不能自己注视；我刚一注视一个注视，它就消失了，我只不过看见了眼睛。在这个时刻，他人变成了我所占有的并且承认了我的自由存在。"[6]二者之间任何一方都不能在没有矛盾的情况下被抓住，二者之中任何一方都在另一方之中，并且"致对方于死地"。"冲突是为他存在的原始意义"[7]。这就从本源上决定了对待他者的态度是冲突而不是对话或是其他。

一切形象都源于自我与他者，本土与异域关系的自觉意识之中。从比较

3 黑格尔，《精神现象学》，朱刚译，人民出版社，2013年，第147页。

4 保罗·萨特，《存在与虚无》，陈宣良等译，三联书店，2007年，第281页。

5 保罗·萨特，《存在与虚无》，陈宣良等译，三联书店，1987年，第298页。

6 保罗·萨特，《存在与虚无》，陈宣良等译，三联书店，1987年，第312页。

7 保罗·萨特，《存在与虚无》，陈宣良等译，三联书店，1987年，第334页。

文学的角度来说，文学形象学并非去界定一种文学形象的真假与否，由于形象具有语言的特征，因此"当我注视着他者，而他者形象也传递了我这个注视着、演说者、书写着的某种形象。在个人（一个作家）、集体（一个社会、国家、民族）、半集体（一种思想流派、意见、文学）的层面上，他者形象都无可避免地表现为对于他者的否定"[8]

从新加坡英语文学的发展中期考察，新加坡英语文学作品中出现的中国形象作为一种他者，很多中国形象都是作为否定形象出现的，这与新加坡英语文学创作早期的中国形象形成鲜明对比。从深层次来说这一时期中国的负面形象的塑造，与该阶段中国和新加坡社会发展密切相关。1965年新加坡脱离马来西亚独立以来，由于特殊的国内和国际环境，中国一直未和新加坡建立外交关系。冷战时期的意识形态深刻地影响着中国和新加坡的关系。1959年新加坡自治前，是英国的殖民地，在英国势力退出新加坡后，新加坡又投入了美国的怀抱，中国一直视新加坡为亲美分子，两国的关系处于恶性循环状态。

之所以出现这种现象，有外在的原因，同时，也和新加坡当局不断强化新加坡的国家认同有关。国家认同（national identity）是指"一个国家的公民对自己祖国的历史文化传统、道德价值观、理想信念、国家主权等的认同，即国民认同。国家认同是一种重要的国民意识，是维系一国存在和发展的重要纽带"[9]。"现代社会高度依赖它的公民的各种形式的承认与合作，国家的结构在很大程度上取决于它获得这种承认的能力。"[10]对一个国家来说，国家认同是凝聚力和发展的根本，是国家文化建设的核心内容。

新加坡前总理李光耀也说过：

> 新加坡要建立一个多元种族的国家。我们将建立个榜样。这不是个马来国，这不是个华人国，也不是个印度国。让我们真正的新加坡人……不论种族、语言、文化、宗教，团结一致。[11]

---

8 达尼埃尔-亨利·巴柔，《从文化形象到集体想象物》，《比较较文学形象学》，孟华主编，北京大学出版社2001年，第141页。

9 贺金瑞、燕继荣，《论从民族认同到国家认同》，《中央民族大学学报（哲学社会科学版）》2008（08）：6。

10 布莱克，《现代化的动力——一个比较史研究》，段小光译，四川人民出版社，1998年，第13页。

11 李光耀，《建国讲演》，《星洲日报》1965年8月10日，第一版。

　　为了构建统一的国家认同,新加坡采取一系列政策措施来强化公民的"新加坡人"意识。比如不定期地举行有关新加坡国家意识的大讨论,树立新加坡人的国家观念和爱国心。随着新加坡人身份认同的观念的建立,在新加坡英语文学创作的中期,中国形象已经作为新加坡的他者形象而确立。

　　巴柔把一个作家或者团体对于异国文化的态度分为三种:第一种狂热,第二种憎恶,第三种亲善。[12]就第二种态度来说,与优越的本国文化相比异国现实被认为是落后的。在新加坡建国后经济高速发展,相比于当时的中国,新加坡是相对发达的国家,在新加坡英语文学发展的中期,很多作家在构建中国形象的时候,有意或无意的带有一种优越感,他们对于中国文化的态度也从第一种的仰慕变成憎恶。对于中国的态度是质疑与轻蔑的,而该阶段新加坡英语文学的中国形象大多是负面的。

第一节　封闭的中国形象

　　"封闭"一词,在词典中的释义是切断与外界的联系。当他与一个国家联系在一起的时候就成为一个带有负面的词汇,代表着自我、落后等负面含义,与之相对应的是开放、包容等带有褒义的词汇。在古代的中国曾经实行闭关锁国的政策,这种政策毫无疑问与世界的发展潮流相违背,曾经阻碍了中国的发展。

　　自1949年中华人民共和国成立,新中国经历了很多的重要事件,其中之一就是抗美援朝战争,1950年美国军队出兵参与朝鲜内战,将战火烧到鸭绿江江边,严重威胁我国边民的安全和新中国的安全。同时,美国派遣第七舰队入侵台湾海峡,严重干涉中国内政,为了保家卫国,应朝鲜党和政府的要求,中国政府做出了抗美援朝的重大决定,经过中国人民志愿军的浴血奋战,终于在朝鲜打败了以美国为首的联合国军,保卫了新中国的安全。但是也由于这场战争,中国受到了以美国为首的西方发达国家的集体封锁,与外界的交往受到极大的限制;同时在建国初期的社会主义改造和建设过程中,中国政府又搞了很多的政治运动,为了不让外界了解当时中国发生的事情,在一定的历史时期,我国也实行了一定的封闭政策,目的在于封锁消息。正

---

12 达尼埃尔-亨利·巴柔,《从文化形象到集体想象物》,《比较较文学形象学》,孟华主编,北京大学出版社,2001年,第150页。

是在外因和内因的共同作用下，在这一历史时期，中国与外部世界的接触较少，相对比较封闭。在新加坡英语文学创作的中期有些作品反映了封闭的中国形象。

安东尼奥·陈（Antonio Chan）的小说《潜在的欲望》（*Lusts from the Underworld*）讲述了一个新加坡华裔家庭的生活故事。这是一个三代同堂的华裔家庭，家庭里的爷爷奶奶是早期来新加坡谋生的华人，经过他们的努力，最终在新加坡站稳了脚跟，这个家庭里的爷爷在中国大陆还有一些亲人，也就是爷爷的哥哥还在世，兄弟两个经常还有书信来往，虽然相隔万里，但是兄弟之间的情谊却一点都没有淡薄，由于小说中的爷爷家里的经济条件要比自己的哥哥家里好很多，爷爷经常会在经济上接济一下自己的哥哥一家，"因为自己的哥哥一家是一个大家庭，他有很多个儿女和孙子孙女，而当时的中国经济又不是很好。"[13]小说里有一个章节讲述了爷爷回到中国探亲的见闻，回来后他告诉自己的孩子们，在他的眼中"中国还是相对封闭的，与世界的接触很少。好像现在与中国交往的国家还不是很多，而且政府执行的政策也是不鼓励中国人出国，也不鼓励外国人到这来。他们好像是生活在自己的世界中一样，而现在的世界正在发生着翻天覆地的变化，整个世界正在变得越来越小，国与国之间的联系变得越来越紧密。而中国人却对世界的变化知之甚少，这是一个很令人遗憾的事情，因为中国错过了发展经济的好时期。"[14]在小说中，原本爷爷和自己的哥哥每年都会通信，互相告知对方的近况，但是进入二十世纪六十年代以后，他们之间的通信越来越少，有一次，爷爷的哥哥在信里告诉他，"现在中国正在进行一些政治运动，以后写信交流可能就不太方便了，"[15]哥哥告诉爷爷，"以后没有什么大的事情就不要写信来了，因为不太方便"[16]至于到底是怎样的不方便，爷爷的哥哥并没有在信中写明，爷爷也就不太清楚。但是从那以后，爷爷就很少收到哥哥的来信，他只是从广播中知道中国正在进行轰轰烈烈的政治运动，慢慢地，

13 Antonio Chan, *Lusts from the Underworld,* Singapore: Times Book International, 1991, p98.

14 Antonio Chan, *Lusts from the Underworld,* Singapore: Times Book International, 1991, p110.

15 Antonio Chan, *Lusts from the Underworld,* Singapore: Times Book International, 1991, p117.

16 Antonio Chan, *Lusts from the Underworld,* Singapore: Times Book International, 1991, p120.

爷爷就失去了哥哥的消息，他们之间的联系也就中断了。

从小说中可以看出，当时中国相对封闭的现实状况，小说刻画了一个封闭的中国形象，这与文明、开放的新加坡形成了鲜明的对比，在对比中，中国成为新加坡的他者，代表的是封闭的、落后的形象。

在陈业均（Joon Yee Chan）的小说《分裂的世界》（*Worlds Apart: a Novel*）中同样反映了封闭的中国形象。小说《分裂的世界》讲述了一个新加坡青年学习生活的故事，故事的主人公比尔是一个在新加坡国立大学读书的青年，他的父亲是一名新加坡政府的公务员，家庭条件优越。保罗的父亲因为工作的缘故，会接触到有关中国的事务。有一年的暑假，比尔想出去旅行，目的地包括中国、日本等国。但是在办理签证的时候，其他国家的签证都顺利地办理了下来，只有中国的签证被拒绝了，比尔非常不理解，为什么他的签证会被中国大使馆拒绝，就此事他询问自己的父亲，比尔的父亲告诉他，"由于中国和新加坡的关系并不是十分的友好，当时的中国实行的是比较"左倾"的政策，这与新加坡的政策有很大的区别，因此中国并没有把新加坡当作是友好国家，因此，你的签证被拒绝也就很正常了。"[17]同时比尔的父亲告诉比尔，"由于这个时候中国正在进行较大的政治运动，中国政府并不想让外界了解太多，所以中国实行了相对封闭的政策，外部世界与中国联系十分不便。同时，由于中国的封闭，也让中国失去了与世界同步发展的机会。就算是我们这些政府的官员去中国访问，中国政府也都会避免我们与普通的中国人交流。"[18]比尔有一个同学名叫泰特，泰特在中国有一些亲戚，比尔后来从泰特那里了解到了很多有关当时中国的情况，泰特告诉比尔，"不但现在去中国旅游比较困难，就算是通信联系也会受到限制。据说从一些所谓资本主义国家寄来的信件有可能会受到检查，真是令人难以想象。"[19]当然了，对于生活在当时新加坡的青年人来说，对于当时中国发生的事情难以理解也是十分正常的事情。

在丹尼斯·布拉德沃斯的小说《祝你愉快》（*Have a Nice Day*）中也涉及了当时封闭的中国形象的内容。小说的故事背景发生在二十世纪七十年代的

---

17 Joon Yee Chan, *Worlds Apart: a Novel,* Singapore: Times Book International, 1991, p75.

18 Joon Yee Chan, *Worlds Apart: a Novel,* Singapore: Times Book International, 1991, p86.

19 Joon Yee Chan, *Worlds Apart: a Novel,* Singapore: Times Book International, 1991, p98.

新加坡，故事的主人公是一个华裔家庭，一个有四个家庭成员的家庭，家中的父亲戴维斯是一名新加坡政府的公务员，母亲是一名医生，两个孩子都在上中学，这是一个典型的新加坡中产阶级家庭。戴维斯在中国还有些亲戚，以前他们还经常有书信往来，但是进入二十世纪六十年代以后，他们就越来越难联系到戴维斯在中国的亲戚了，通过报纸和广播，戴维斯了解到当时中国正在进行所谓的"文化大革命"，中国政府有意封锁了消息，这让戴维斯很担心他在中国的亲戚，不过后来戴维斯有了一个机会随同新加坡政府的代表团访问中国，他想正好可以趁这次机会与中国的亲戚联系，对此，他充满了希望。在他从中国返回之后，他的妻子问他情况到底怎么样，戴维斯回答说："情况简直糟透了，去了一趟中国，也没有能联系上自己的亲戚。"[20]他的妻子连忙问："你都已经到了中国了怎么还没有联系上你的亲戚呢？这到底是怎么一回事呀？"戴维斯告诉自己的妻子，"在中国的期间，他们的活动被严格的限制在一定的范围，不管去到那里都有保安人员跟随，不允许办理一些私人的事情，同时也不允许和普通的中国老百姓交谈，也没有办法了解他们的真实想法。只见到在中国满街都贴满了大字报，上面写着毛主席万岁等红色标语，所以我也没有机会与自己的亲戚联系，真不知道中国的这种封闭状况会持续到什么时候！"[21]在这里，小说中刻画的也是一个较为封闭的中国形象。

明·李·卡梅隆的小说《同学的婚礼》（*Marriage of Classmates*）也刻画了一个相对封闭的中国形象。小说的故事背景发生在二十世纪七十年代的新加坡，小说的主人公是一个名叫玛丽的新加坡华裔女孩子，在小说开始的时候她刚刚从新加坡的南洋理工大学毕业，在一个大公司里找到了很好地工作。这是一个从事航运经营的公司，与世界各个国家的航运公司都有着密切的来往，玛丽在公司的工作就是负责联系各个国家的航运公司，同时她也在筹办着自己与未婚夫约翰的婚礼，他们是在大学期间认识的，经过几年的相处，他们决定近期举行婚礼。他们邀请了很多的亲戚朋友准备参加他们的婚礼。约翰的父母亲都已经去世了，约翰在中国有一个叔叔，是在当时中国的大学里任教的，约翰希望他的叔叔能够来新加坡参加他们的婚礼，因为约翰与自己的叔叔平时联系很多，关系也很密切，他希望自己的叔叔能够作为自

---

20 Denis Bloodworth, *Have a Nice Day,* Singapore: Times Book International, 1993, p56.
21 Denis Bloodworth, *Have a Nice Day,* Singapore: Times Book International, 1993, p56.

己唯一的长辈来新加坡参加自己的婚礼，他给自己的叔叔写信表达了自己的愿望，然而，他的叔叔还是没有能够参加他的婚礼。在婚礼后的很长一段时间，他才收到叔叔的回信，在信中，叔叔告诉他："现在的中国，除非你是因为官方的事情，否则很难办理护照，更不要说出国了，我很抱歉没有能参加你的婚礼，只能够在信中祝你们新婚快乐！"[22]从叔叔的回信，以及从报纸上了解到的情况，约翰知道当时的中国并不像新加坡那样开放、自由。在这里描绘的也是一个相对封闭的中国形象。

马克·陈（Mark Chen）的小说《天使》（The Angel）也刻画了一个相对封闭的中国形象。小说的时代背景依然是二十世纪七十年代的新加坡，主人公是一个华裔家庭，由于这个家庭的父亲在中国的台湾曾经工作过，他比较喜欢台湾的气候，"因为新加坡太热了，国家也太小了。"[23]在征得了全家人，包括他的太太和女儿米娅的同意后，在一个夏天，他们整个家庭搬到了中国台湾的台北市，在那里父亲和母亲都找到了比较满意的工作，米娅也在台北的小学开始上学了。一切看起来都是那么的完美，然而有一件事却是他们始料未及的。原来父亲在中国大陆还有一些亲戚，以前，父亲也曾经带着幼小的米娅和妻子一起去中国大陆探亲，之后他们保持着书信的来往，但是，在听说他们一家准备搬到中国的台湾生活，父亲的亲戚们在通信的时候就告诉父亲，以后尽量不要从台湾写信回中国大陆，"因为当时的中国大陆和中国台湾还处于敌对的状态，如果从台湾写信给他们，会带来不好的后果。"[24]就这样父亲和中国大陆的亲属们失去了联系。这也是一种封闭的中国形象，却是由于特殊的历史、政治原因造成的。

按照马克思的观点，文学是对现实生活的反映，在新加坡英语文学创作中出现封闭的中国形象的确与当时中国的现实情况有一些关联。但是文学创作作为一种想象和虚构的艺术，在其内容上难免也会有夸大与虚构的成分。总的来说，新加坡英语文学的发展中期，反映封闭的中国形象的新加坡英语文学作品是比较常见的，这其中有现实的反映，也有作家的虚构成分，这是我们在研究封闭的中国形象时需要注意的。

22　Ming Lee Cameron, *Marriage of Classmates,* Singapore: Times Book International, 1991, p196.
23　Mark Chen, *The Angel,* Singapore: Times Book International, 1991, p196.
24　Mark Chen, *The Angel,* Singapore: Times Book International, 1991, p201.

第二节 落后的中国形象

在新加坡英语文学创作的中期，由于中国新加坡两个国家经济社会发展程度的不同，造成了新加坡人的心理优越感，该阶段对于中国文化的态度是质疑和蔑视的，这也反映到了新加坡英语文学创作中。在该时期的作品中，有很多反映中国的落后形象的作品。此时的中国是作为"他者"而存在的。他者，是法国哲学家拉康首先提出的概念，现在已经成为西方后殖民理论中常见的一个术语，是相对于自我而形成的概念，在后殖民的理论中，西方人往往被称为主体性的"自我"，殖民地的人民则被称为"殖民地的他者"，或直接称为"他者"。"他者"（the other）和"自我"（self）是一对相对的概念，西方人将"自我"以外的非西方的世界视为"他者"，将两者截然对立起来。所以，"他者"的概念实际上潜含着西方中心的意识形态。宽泛地说，他者就是一个与主体既有区别又有联系的参照。通过选择和确立他者在一定程度上可以更好地确定和认识自我，但其中隐含的自我中心主义有着严重的缺陷或弊端，一个主体若没有他者的对比将完全不能认识和确定自我。在后殖民主义研究的一系列概念和范畴中的一个最具特色并作为中心范畴的是"本土"（native）与"他者"（the other）以及这二者之间的关系问题。本土和他者是相对的，它会随着参照物的不同而改变。他者的概念暗含着低级、边缘、下属、落后等含义。对于当时的新加坡人来说，他们就是主体性的自我和本土而存在，当时的中国则作为被观察的他者而存在。当时中国对于新加坡而言就是低级、边缘、落后的。而作为他者形象自然而然地就成为主体形象的对立面而存在，其形象也多是负面、落后的。

林宝音的小说《他们一定会回来，请温柔的领他们回来》（*They Do Return…But Gently Lead Them Back*）主要内容讲的是一个新加坡华裔家庭的故事。故事发生的时间是二十世纪八十年代。故事中的父亲王是来自中国的移民后代，他娶了一个华裔为妻。夫妻两个勤劳善良，每天辛勤地工作着，随着新加坡经济的不断发展，这个家庭的生活也越来越好了。这个家庭有三个孩子，大女儿梅在新加坡的国立大学毕业，目前在一个大公司里上班，收入丰厚。大儿子汤姆从英国留学回来后在新加坡南洋理工大学做老师。小儿子杰克也是从英国留学归来，目前在一个大型的贸易公司工作。由于工作的关系杰克经常有机会到中国出差，在杰克眼中的中国总体上是落后。

在做生意的过程中，杰克到过中国城市和乡村，在他的印象中，中国总体都是落后，在他的眼中：

> 中国的乡村缺乏统一的管理，卫生状况十分糟糕。可以看到在村子里的牛羊等家畜几乎没有人管理，随地大小便，乡村的路上都是家畜的粪便，一脚踩下去，满脚的粪便，十分的恶心。农民们居住的都是破烂的土坯房子，好像随时都会倒塌一样，而且中国人对这种状况似乎是习以为常了，从未有想着去改变，这让人更加难以接受。[25]

而在中国的城市，也同样是落后的景象，"街道上也经常可以看到垃圾，城市里的房子都是低矮破旧的，看上去都是年久失修的样子。和新加坡的这个发达国家相比差距很大。"[26]

所以，在杰克的眼中，到中国出差真的是一件苦差事，"因为中国的条件太差了，到中国出差很不舒服。所以公司里没有哪个同事喜欢到中国出差。他们最喜欢出差的地点是美国和欧洲。因为在美国和欧洲可以感受到新加坡没有的繁华都市和先进科技等，而不是去中国这样一个落后的国家受苦。"[27]

从上面的文学作品的论述可以看出当时落后的中国形象。相比于新加坡的花园城市，当时的中国的确是处于一种落后的、亟待发展的状况。

廖山（Liao San）的小说《荷花盛开》（*The Lotus Blossoms*）讲述的也是一个与中国相关的故事。故事发生的时间是二十世纪九十年代。故事的发展围绕着一个华裔家庭展开。在这个家庭中的父亲母亲都是来自中国广东的中国移民。他们在新加坡工作生活了 30 年，依靠自己的勤奋和聪明才智，他们在新加坡过着富裕的生活。由于中国人固有的乡土观念，虽然他们已经在新加坡生活了 30 年，但是他们还是思念着自己的家乡——广东。因此，每年到了祭祖的时候他们一家人都要回到广东参加祭祖，因为"尊重祖先是中国人的传统，只有这样才能得到祖先的护佑。"[28]这个家庭里有两个孩子，

25　Catherine Lim, *They Do Return...But Gently Lead Them Back,* Singapore: Times Book International, 1983, p12.

26　Catherine Lim, *They Do Return...But Gently Lead Them Back,* Singapore: Times Book International, 1983, p118.

27　Catherine Lim, *They Do Return...But Gently Lead Them Back,* Singapore: Times Book International, 1983, p148.

28　Liao San, *The Lotus Blossoms,* Singapore: Times Book International, 1991, p18.

其中小一点的孩子华，并不愿意和父母亲一起去这个祭祖，"并不是因为他不尊重祖先。而是因为他不想去中国，因为中国的条件太差了，在中国一点都不舒服。"[29]

故事讲述有一次华跟随他的父母亲回到中国广东省亲。一路上华观察了中国的很多现实状况，在他的眼中，中国的城市都是低矮的房子，看上去灰蒙蒙的，没有自己的特色。在中国城市的大街上很少看到类似于新加坡似的汽车，大部分中国人都是骑着自行车，当他询问他的亲戚为什么大家不买汽车的时候，他的亲戚回答，"中国很穷，没有钱买汽车。"[30]让华难以忍受的是，每次回去，"居住的条件都很差，通常都是几个人挤在一个小小的房间里。由于初夏时节，广东的天气已经很热了，房间里闷热无比，简直像蒸笼一样，根本睡不好觉。"[31]华对中国的印象很不好，因为"中国太落后了。"[32]

小说里也呈现出一个落后的中国形象，这与先进的新加坡形成了较为鲜明的对比。

罗伯特·杨的剧本《历史的眼睛》（*The Eye of History*）讲述的是一个新加坡华裔家庭两代人的悲欢离合的故事。故事发生的时间是二十世纪八九十年代。故事的主人公吴强是一个新加坡的华裔，他来自一个新加坡的中产阶级家庭，他的父亲是一名医生，母亲是一名教师，现在父母亲都已经退休。而他本人则是一个优秀的律师，在新加坡十分受人尊敬。有一次，他到中国出差，办理经济纠纷。

在吴强到中国出差的过程中，有些事给他留下了深刻的印象。在他的感觉中，中国的经济发展还十分落后，"通过和中国的同事交流，他才知道，原来他们的收入如此的低，只相当于他的收入的十分之一，这让吴强感到十分的震惊，因为他没有想过中国人的收入还停留在新加坡的几十年前的水平上。"[33]在吴强看来，中国的经济远远落后于新加坡的经济，相当于 30 年前新加坡的经济发展水平。因此"中国的经济发展还有很长的路要走。要想赶上新加坡的发展程度，对于中国来说，几乎是不可能的。"[34]

29　Liao San, *The Lotus Blossoms,* Singapore: Times Book International, 1991, p27.
30　Liao San, *The Lotus Blossoms,* Singapore: Times Book International, 1991, p30.
31　Liao San, *The Lotus Blossoms,* Singapore: Times Book International, 1991, p38.
32　Liao San, *The Lotus Blossoms,* Singapore: Times Book International, 1991, p62.
33　Robert Yeo, *The Eye of History,* Singapore: Times Book International, 1992, p19.
34　Robert Yeo, *The Eye of History,* Singapore: Times Book International, 1992, p26.

对于吴强来说，让他感到惊讶的还有人们观念上的问题。当他觉得中国的经济落后，需要尽快发展的时候，他的中国朋友反而并不着急，因为"他们认为，现在的日子和以前相比已经很好了，已经很满足了。"[35]这种小富即安的心态让吴强这个在新加坡拼命工作的人感到十分的不解，这也说明了当时的中国人观念上的落后。

除了以上提到的中国乡村、城市和人们观念上的落后之外。有些作品还表现了当时中国在管理方式方面的落后。林素琴的小说《神的礼物》（*Gift from the Gods*）故事的主要情节是一个新加坡的华裔家庭两代人的故事，故事发生的时间是二十世纪八十年代的新加坡。在这个家庭的父亲荣是一个成功的商人，在新加坡经营着一个制造衣服的服装企业，在新加坡小有名气。当时中国刚刚改革开放。荣认为到中国去投资建厂会是一个不错的选择。因此荣只身一人到中国准备在中国建立一个外资企业。然而现实却让他很无奈。由于当时的中国刚刚改革开放，一切都处在起步的阶段，很多规章制度都没有完善。因此考察的时候虽然当地政府热情接待了他，但是在他办理营业执照的等事项的时候，他才知道，原来在中国要开办一个企业、特别是外资企业需要办理很多繁琐的手续，还要得到很多中国政府部门的同意，要在申请书上加盖很多的公章。荣尝试着与很多的政府部门交涉，但是"有些部门的工作人员的态度极差，就好像荣欠了他们多少钱一样，几乎是故意的刁难他。有时候为了加盖一个公章，荣要跑很多次才能办成。"[36]这些复杂的手续让荣精疲力竭，最终他放弃了在中国开办企业的想法回到了新加坡，因为"他认为，光是办理这些手续就已经让人精疲力尽了"[37]

小说里反映了当时中国落后的管理方式。

林新素（Lim Thean Soo）的小说《幸存》（*The Survival*）中就描绘了一个极端贫困的中国形象。小说的故事背景发生在二十世纪八十年代的新加坡。小说讲述的是一个新加坡华裔家庭的故事。这是一个典型的新加坡中产阶级的家庭，家庭中的父亲是一位医生，母亲则是一位教师。三个孩子都是学有所成，在新加坡有很称心如意的工作。小说的主要内容围绕着家庭中三

35 Robert Yeo, *The Eye of History,* Singapore: Times Book International, 1992, p27.

36 Su-Chen Christine Lim, *Gift from the Gods,* Singapore: Times Book International, 1992, p38.

37 Su-Chen Christine Lim, *Gift from the Gods,* Singapore: Times Book International, 1992, p43.

个孩子的学习生活和感情生活展开。在家庭中的唯一的女孩玲最受父母的宠爱，但是玲的感情生活很不顺利，在大学的时候，玲认识了自己的初恋男友，但是，由于种种原因，最终两个人分手了。在那之后，玲一直没有找到合适的男朋友作为结婚对象。看着女儿年纪一年比一年大，玲的父母亲很担心女儿的未来，小说的结局是大团圆，最终，玲找到了自己的意中人，了却了父母的心事。在小说中的父亲是 30 年前从中国的上海移民到新加坡的，他在上海还有一个亲戚，是父亲的姐姐。在某一年的夏天，玲跟随着自己的父亲去上海探亲。玲姑妈家的生活状况给玲留下了深刻的印象。

小说中玲的姑妈家三代人居住在上海的一个亭子间，让玲无法想象的是她的姑妈一家五口人居然住在一个面积只有 40 平方米的小房子中。这次他们来探亲，由于没有地方住，只能住在宾馆里面。这几乎超出了她的想象，"对于我来说，这间狭小的房间黑暗而又潮湿，白天肯定是酷热，几乎就是地狱。"[38]而且，"居住在这么狭小的空间，如何保证个人的隐私呢？在新加坡由于政府建立了组屋[39]制度，几乎每一个家庭都有充裕的住房。"[40]但是根据玲的姑妈所说，他们的居住条件还算是好的，因为姑父和姑妈都是在政府部门上班的。还有很多家庭的居住条件更加糟糕。姑妈的话让玲无法想象，"还能有什么居住条件比这个更糟糕，想起自己在新加坡的家，每个人都有自己的房间，她就感到无比的幸福。"[41]

从小说中可以看到，当时的中国生活条件较差，刻画了一个贫穷、落后的中国形象。

谭梅清（Tan Mei Ching）的小说《柴门之外》（*Beyond the Village Gate*）讲述了一个新加坡人在中国的遭遇。故事发生在二十世纪的九十年代，故事的主人公彼得是一个新加坡的华裔青年。彼得来自一个新加坡的中产阶级家庭，家庭条件非常好。彼得本人从小就酷爱旅游，他的梦想是"走遍全世界，把世界上大多数的国家都旅游一遍。"[42]彼得的大学生涯是在英国度过的，在他读大学期间，他已经把欧洲的很多国家，如法国、德国、西班牙等

---

38 Lim Thean Soo, *The Survival,* Singapore: Times Book International, 1992, p63.

39 组屋是由新加坡建屋发展局承担建筑的公共房屋，为大部分新加坡人的住所。

40 Lim Thean Soo, *The Survival,* Singapore: Times Book International, 1992, p77.

41 Lim Thean Soo, *The Survival,* Singapore: Times Book International, 1992, p78.

42 Tan Mei Ching, *Beyond the Village Gate,* Singapore: Times Book International, 1992, p15.

国都走遍了。他认为"自己从旅游的经历中收获很多，加深了自己对于人生的看法。他的旅行经历是他自己的一份宝贵的财富。"[43]

然而在彼得大学毕业后到中国旅行的时，他的旅行经济却并不愉快。原来彼得在中国广州旅行的时候，在公共汽车上被小偷偷走了钱包，里面虽然钱不多，"但是护照等重要的证件都在里面，这让彼得非常焦急，因为这些重要的证件是他接下来旅行的文件。"[44]虽然后来在警察的帮助下，钱包最终找了回来，但是这次旅行却依然给他留下了不好的印象，在他的心中，中国"是一个相对落后、社会治安较差的国家，这一点和新加坡的根本无法相提并论。"[45]

陈业均（Joon Yee Chan）的小说《毕业》（Graduation）讲述的是一个新加坡华裔家庭的故事，故事发生在二十世纪八十年代的新加坡。这是一个中产阶级的新加坡华裔家庭，父亲是一名有名望的医生，母亲是一名公务员。在这个家庭中有三个孩子，分别是大儿子约翰，二儿子鲁迪和小女儿安妮。三个孩子在父母亲的教育下，都很优秀。其中大儿子约翰已经大学毕业，目前就职于一个跨国公司，收入很好。二儿子鲁迪博士毕业后目前在新加坡南洋理工大学担任讲师，前途一片光明。小女儿安妮目前正在新加坡国立大学学习，专业是医学。有一年的暑假，安妮在中国的亲戚，也就是她的表姐来新加坡做客。碰巧的是，安妮的表姐也在中国的大学学习医学，在与表姐的交流中，安妮发现，"表姐所学的很多东西都是过时的，都是二三十年前的知识，很多最新的知识表姐都没有了解。"[46]之所以如此，按照表姐的说法，"因为中国刚刚改革开放，很多上课的老师所讲授的知识都是几十年前的，一直没有更新。"[47]这一点让安妮很难理解，"因为，陈旧的知识如何为将来的医生职业服务呢？"[48]在这里展现的是中国落后的教育状况。

科林·常的小说《十七》（Seventeen）也描绘了一个相对落后的中国形象。小说的时代背景为二十世纪八十年代的新加坡。主人公是一个华裔家

43 Tan Mei Ching, *Beyond the Village Gate,* Singapore:Times Book International, 1992, p67.

44 Tan Mei Ching, *Beyond the Village Gate,* Singapore: Times Book International, 1992, p76.

45 Tan Mei Ching, *Beyond the Village Gate,* Singapore: Times Book International, 1992, p78.

46 Joon Yee Chan, *Graduation,* Singapore: Times Book International, 1991, p107.

47 Joon Yee Chan, *Graduation,* Singapore: Times Book International, 1991, p108.

48 Joon Yee Chan, *Graduation,* Singapore: Times Book International, 1991, p109.

庭，在这个家庭中的父亲路德在一家大公司工作，母亲是一位小学教师，还有两个女儿在上小学，一家人生活得其乐融融。在一年秋天，母亲工作的学校来了一个从中国转学而来的小女孩，她的年级与家庭中的大女儿差不多。碰巧的是，这个中国学生被分配到了母亲任教的班级里。作为一名老师，母亲发现这个中国的小女孩是一个非常聪明的学生，但是在学习上却感到非常吃力，原来在新加坡老师们上课都是用英语讲授的，"而这个中国的女孩的英语水平却很差，很多时候上课的是都听不懂老师们的语言。"[49]经过询问才知，原来在中国英语并不是像在新加坡这样的普及，中国刚刚改革开放，学生们的英语水平普遍很低，这让母亲很惊讶，因为"目前英语是国际通用的语言，如果不把英语学好，以后怎么与外国人交往，发展经济呢？"[50]这里刻画的是中国教育水平落后的形象。

　　前文讲过，一切形象都源于自我与他者，本土与异域关系的自觉意识之中。从比较文学的角度来说，文学形象学并非去界定一种文学形象的真假与否，由于形象具有语言的特征，因此"当我注视着他者，而他者形象也传递了我这个注视着、演说者、书写着的某种形象。在个人（一个作家）、集体（一个社会、国家、民族）、半集体（一种思想流派、意见、文学）的层面上，他者形象都无可避免地表现为对于他者的否定"[51]总的来说，在新加坡英语文学创作的中期，中国作为一个被否定的他者形象，出现在文学作品中很多都是落后的、低级的、边缘的形象。主要是由于当时新加坡的经发展远远高于中国，当时的新加坡人看待中国是带着一种优越感的，当时的中国被物化为作为被否定的他者，这也就造成了在这个时期的新加坡英语文学中出现很多落后的中国形象，其中是有着深刻的经济因素和心理因素的。

第三节　异化的中国人形象

　　二元论是西方文化的核心，其本质是树立两种截然不同的对立结构，把世界一分为二，一方拥有胜过另一方的权威地位，这意味着必须存在一个他者，他者被认为是自我的对立面，正是他者才能体现出自我的存在，自我总

---

49 Colin Cheong, *Seventeen,* Singapore: Times Book International, 1993, p156.

50 Colin Cheong, *Seventeen,* Singapore: Times Book International, 1993, p178.

51 达尼埃尔-亨利·巴柔，《从文化形象到集体想象物》，《比较较文学形象学》，孟华主编，北京大学出版社 2001 年，第 141 页。

是用他者的弱势地位凸显出自我的优势地位，其含义是丧失了主体人格的被异化的人。

人的异化是指自然、社会以及人与人之间的关系对于人本质的改变和扭曲。是人的物质生产与精神生产及其产品变成异己力量，反过来统治人的一种社会现象。它所反映的实质内容，不同历史时期的学者有不同的解释。从马克思主义观点看，异化作为社会现象同阶级一起产生，是人的物质生产与精神生产及其产品变成异己力量，反过来统治人的一种社会现象。私有制是异化的主要根源，社会分工固定化是它的最终根源。异化概念所反映的，是人们的生产活动及其产品反对人们自己的特殊性质和特殊关系。在异化活动中，人的能动性丧失了，遭到异己的物质力量或精神力量的奴役，从而使人的个性不能全面发展，只能片面发展，甚至畸形发展。

在新加坡英语文学创作发展的中期，由于新加坡人的身份认同的不断强化，中国作为新加坡的他者的对立面开始逐渐形成。在这时期出现的中国人形象，很多都是被异化的丧失了主体人格、片面发展、甚至是畸形发展的中国人形象。

一、异化的专制父权形象

父权制指的是男性统治，一个社会中，无论在政治、经济、法律、宗教、教育、军事领域还是家庭领域，所有权威的位置都保留给男性。人类社会最大的不平等是两性之间的不平等，男权制作为一只看不见的手，使男性在社会中处于支配地位，女性处于劣势与服从的地位。由于中国两千年的封建统治，在封建社会，要求女子要遵守三纲五常，女性的地位远远低于男性的地位，她们不能接受教育，更不能抛头露面出来工作，女人的一生都是围绕着父亲和丈夫，所谓在家从父，出嫁从夫。这些都是传统中国文化中的糟粕。传统的中国文化中，专制的父权制对于女性的压迫是很多文学作品的主题，这里的专制父权，并非仅仅指父亲对于女儿的压迫，也包括丈夫对于妻子的压迫。在新加坡英语文学创作的中期，有很多作品涉及女性在家庭中受到的压迫。

道格拉斯·李（Douglas Lee）小说《玫瑰有刺》（*A Rose Has Thorns*）讲述了一个以中国为背景的故事。故事发生在二十世纪的三十年代的中国福建。故事最为显著的特点就是传统的中国文化如何利用父权秩序压迫女性的故事。在小说中，女子的地位十分低下，他们必须严格遵守着三从四德的祖训，只能作为男人的附庸品而活着。对于她们的丈夫而言，他们只是传宗接代的工具；对于夫家而言，她们是廉价的劳动力。小说中的女性的命运大多十分悲惨，故事的主人公也不例外。故事的主人公玲生活在一个并不富裕的农民家庭，她聪明伶俐，乖巧听话，他的父亲很喜欢她。但是即使这样，当玲表示她想上学的时候，他的父亲还是忘不了向她灌输父权制的思想：

"等你结婚后，你要听从你丈夫的话，因为你是你丈夫家的人了。"玲的父亲解释说，他的声音听起来很温柔，他的手抚摸着玲的小脸蛋，"所以，我不能让你去读书，因为花钱让你去读书就好比把钱扔了一样可惜。另外，你要知道，如果你去读书，会嫁不出去的，因为没有婆婆会同意娶一个读过书的女孩子。他们想要的是听话的、能劳动的、能对家庭尽到责任的女孩子。"[52]

虽然如此，玲还是一再争取想和弟弟一样去上学，因为"她想像弟弟一样学习，能够读书写字。"[53]但是父亲对她说，"你怎能和弟弟比呢？将来你是要嫁到别人家的，你以后是别人家的人。"[54]

最终，玲还是听从了父亲的话没有像她的兄弟们那样去学校里上学。在小说中，在玲16岁的时候，被父亲嫁给了邻村的一户人家，她的夫家对她很不好，经常虐待她。在小说中，村民们自觉维护着女子无才便是德的规则，在小说中的专制父权形象可以说无处不在。

林宝音的小说《长有泪痣的女人》（*The Teardrop Story Woman*）讲述的也是一个悲惨的女性的故事。故事发生在二十世纪四十年代的中国广东。故事的主人公颖是一个脸上长有泪痣的女孩。她从小聪明伶俐，在她七岁的时候，她向她的父亲提出先上学。但是她的父亲告诉他，"女孩是不需要上学的。以后只要嫁一个好人家就好了"[55]。所以颖没有能够接受教育。在颖16岁的时候，在媒人的介绍下，颖嫁给了邻村的一户人家，她的丈夫名叫王力。是一个性情粗暴的家伙，在颖嫁过来后，她的丈夫动辄对她打骂、虐待。还把他家的贫穷生活的根源怪罪于颖的泪痣。有一次在王力喝醉酒的时候对颖说：

52 Douglas Lee, *A Rose Has Thorns,* Singapore: Times Book International, 1995, p62.
53 Douglas Lee, *A Rose Has Thorns,* Singapore: Times Book International, 1995, p67.
54 Douglas Lee, *A Rose Has Thorns,* Singapore: Times Book International, 1995, p86.
55 Catherine Lim, *The Teardrop Story Woman,* Singapore:Times Book International, 1998, p29.

我们家的坏运气完全是因为你脸上的泪痣，这个糟糕的东西影
响了我们家的运气。你看周围谁的脸上长有这样的泪痣了？所以，
你脸上的泪痣必须去掉我们家的运气才能够好起来。明天我就找一
个村里的医生看看怎么才能把那个晦气的东西去掉。[56]

故事的结局是十分悲惨的，为了去掉颖脸上的泪痣，她的丈夫找了一个
江湖医生把颖的泪痣强行割了下来，结果由于操作的不卫生，引起了伤口的
感染，颖不幸去世了。

吴宝生的小说《娥之舞》（*Dance of Moths*）讲述的也是一个中国的旧社
会妇女悲惨命运的故事。小说的故事发生在二十世纪三十年代的中国。小说
主要围绕着一个中国的家庭展开。其中在这个家庭中的女孩梅的命运令人叹
息。由于中国传统的重男轻女的封建思想，从梅一出生，就没有得到家庭成
员的关爱，因为"女孩子最终是要嫁到别人家的，所以没有必要在女孩身上
投入太多。"[57]虽然梅很想去上学，但是显而易见的，这是不可能的事情。后
来梅嫁到了隔壁的村子，结婚后不久，她的丈夫就死了。她的婆家认为梅是
一个不吉祥的人，"是她克死了自己的丈夫，她真是一个丧门星。"[58]在这
里，女性在家庭中完全没有任何的地位，她们是从属于男性社会的附庸，作
者在批判中国的父权文化的时候，也凸显了专制的父权中国的形象。

林素琴的小说《舞鞋》（*Dance Shoes*）讲述的也是一个有关中国的专制
父权的故事。这是一个时间跨度非常大的一本小说，从二十世纪三十年代一
直写到二十世纪七十年代。最初的故事背景发生在中国的福建省，小说的主
人公芳芳出生于一个贫苦的农民家庭，因为是一个女孩子，在重男轻女的父
亲心中，芳芳简直是一个累赘，在刚出生的时候就差点被扔掉或者送给别人
家，是在芳芳母亲的哀求下，芳芳的父亲才勉强留她下来。但是芳芳在这个
家庭的地位十分的低下，他的父亲是一个脾气暴躁的、没有受过一点教育的
农民，只要他的心情不好，芳芳就成为父亲的出气筒，非打即骂，丝毫没有
作为父亲的亲情，因为在他的心中，"生了一个女儿就是一件十分晦气的事
情，注定是要赔钱的。"[59]为了捞回他抚养芳芳的成本，在芳芳8岁的时候，

56 Catherine Lim, *The Teardrop Story Woman,* Singapore: Times Book International, 1998, p178.
57 Goh Poh Seng, *Dance of Moths,* Singapore: Times Book International, 1995, p67.
58 Goh Poh Seng, *Dance of Moths,* Singapore: Times Book International, 1995, p198.
59 Su-Chen Christine Lim, *Dance Shoes,* Singapore: Times Book International, 1995, p23.

芳芳的父亲把她卖给了邻村的一户有钱人家做童养媳，本来以为芳芳的命运会迎来转机。可是在那个年代童养媳往往处于别人家的仆人一样的地位，在芳芳的夫家，她每天很早就要起床劳作，直到半夜才能够休息，在她的夫家，她的地位依然十分低下。在芳芳成年以后，她和自己的丈夫结婚了，芳芳的丈夫是一个游手好闲、吃喝嫖赌无恶不作的人。作为他的妻子，芳芳在他的心里没有任何地位，就像是一件物品一样，每次芳芳的丈夫喝酒之后回到家里都会打骂芳芳，特别是在他赌博输钱之后，更是变本加厉的殴打芳芳，可以说芳芳过得是十分悲惨的生活，她回到自己的娘家哭诉，他的父亲反而认为是芳芳没有做好自己的本分，没有侍奉好自己的丈夫，她就应该受到惩罚。终于芳芳在一次被自己的丈夫暴打之后，她离开了丈夫的家，但是她并没有回到自己的娘家，"因为她十分清楚，回到娘家不但得不到任何帮助，反而会被再次送回夫家。"[60]就这样芳芳一个人忍饥挨饿跑到了当时的厦门，依靠做女佣在厦门安定了下来。经过几年的积蓄后，她攒足了路费就和很多人一起来到了南洋，在这里芳芳的命运开始改变，在南洋，芳芳遇到了一个真心对她好的人，他们在新加坡结婚并定居了下了，后来每次她给自己的孙子孙女们讲述自己早年的遭遇时，还忍不住流下眼泪，"因为当时的生活对于我来说简直是人间地狱，幸好一切都过去了。"[61]在小说中芳芳的父亲和丈夫简直就像是恶魔的化身，代表了中国传统的专制父权的黑暗与残暴。

二、异化的中国女性形象

在新加坡英语文学创作的中期的作品中还出现了很多异化的中国女性形象。

林宝音的小说《女仆》（*The Bondmaid*）中的中国女性形象就是一个异化的中国女性形象。小说的发生的时间是二十世纪八十年代，故事发生的地点是新加坡。在一个中产阶级的华裔家庭中，家庭里的丈夫是一个新加坡的律师，收入很高，妻子是一个医生，他们的工作都很繁忙，为了找家里的孩子们，他们聘请了一个来自中国广东的女人宁作为保姆，照顾家里的老人和小孩。虽然宁在家里干了很多家务，可是在家里的女主人看来，这个来自中

60　Su-Chen Christine Lim, *Dance Shoes,* Singapore: Times Book International, 1995, p56.
61　Su-Chen Christine Lim, *Dance Shoes,* Singapore: Times Book International, 1995, p203.

国的保姆身上有着太多的毛病。在女主人看来，作为一个保姆，宁"最大的问题就是好吃懒做，很多工作你不去催她做她根本就不想做，这样的人怎么做保姆呢？比以前请的菲佣差远了。"[62]有一次女主人告诉宁说：

"宁呀，你平时在家里不做家务的嘛？您看看家里有多么乱呀，为什么不利用休息的时间清扫一下家里呢？其他人家里聘请的菲佣都是很勤快的呀。"[63]最终由于宁的好吃懒做等缺点，女主人解雇了宁，因为女主人认为"宁根本就不适合做一个保姆。"[64]在这部小说里出现的中国女性的形象是一个异化的、满身缺点的形象。

林素琴的小说《一把颜色》（*Fistful of Colours*）故事发生的时间是二十世纪八十年代，故事发生的地点是新加坡。在新加坡的一个著名的大公司里，人们相处得非常融洽，有一个来自中国的女孩子星加入了这个公司。这个中国女孩星是中国的名牌大学毕业，工作能力很强，可以说是一个工作狂。星刚来的时候与新加坡的同事们相处得还算融洽，但是渐渐地，随着时间的推移，星的很多缺点都暴露出来了，比如说，参加同事们的聚会，本应该是大家轮流出钱的，可是星却在轮到她出钱的时候拒绝出钱，她的理由是"你们是本地人，我是外来的客人，那里有让外来的客人出钱的道理呢！"[65]作为一个收入很高的公司白领却吝啬到这个地步，星的爱贪小便宜的缺点在这里暴露无遗。

另外和星相处的时间久了，大家发现星是一个喜欢搬弄是非的人，经常在同事们之间讲别人的坏话，久而久之，大家都不愿意和星交往了，"因为和她做朋友真的是一件很不开心的事情，她的眼里只有金钱，其他的全不重要，这样的人怎么能做朋友呢！"[66]在这里，作者塑造的是一个极度热爱金钱的拜金女的形象。

谭梅清的小说《室友》（*Roommates*）讲述了发生在新加坡大学校园里的故事，故事的时代背景是二十世纪八十年代，小说的主人公玛雅出生在一个条件优越的新加坡中产阶级家庭，她的父亲是一名成功的律师，母亲是一所新加

---

62 Catherine Lim, *The Bondmaid,* Singapore: Times Book International, 1995, p98.

63 Catherine Lim, *The Bondmaid,* Singapore: Times Book International, 1995, p103.

64 Catherine Lim, *The Bondmaid,* Singapore: Times Book International, 1995, p125.

65 Suchen Christine Lim, *Fistful of Colours,* Singapore: Times Book International, 1995, p89.

66 Suchen Christine Lim, *Fistful of Colours,* Singapore: Times Book International, 1995, p109.

坡著名的小学的校长,她在优越的物质生活中长大,从来没有为金钱烦恼过,
"就是一个在蜜罐里长大的孩子。"[67]玛雅自己也很努力,通过自己的刻苦学
习她终于考上了新加坡顶级的大学,在她的人生中,一切都是那么的美好。在
大学开学之后,玛雅住进了大学的宿舍,她的室友是一位来自中国的留学生王
红。王红从中国北京的著名高中毕业,毕业以后王红申请了新加坡的大学作为
自己的留学目的地,"因为相比于欧美国家,新加坡距离中国比较近,可以省
下很多的路费钱。"[68]在和王红的相处过程中,玛雅发现她是一个极度自私、
极度吝啬的人。由于玛雅的经济条件比较好,因此她的很多个人用品都是名牌
产品,而王红的很多个人用品都是来自中国的质量较差的产品,为了享用名牌
产品,在没有经过玛雅同意的情况下,王红竟然偷偷地使用玛雅的个人用品,
这让玛雅非常生气,"因为这是一个人品的问题,不仅仅是金钱的问题。"[69]就
此事玛雅正式地告诉王红,如果她想用玛雅的个人用品,可以和她讲,玛雅是
可以与她分享一些东西的,但是王红必须告诉她,不能够再偷偷地使用玛雅的
东西。在两个人的相处的过程中,王红"从来没有主动地为玛雅花过什么钱,
每次出去吃都是玛雅买单,因为王红认为玛雅有钱就应该买单。"[70]而且每次
从中国回来,王红也从不给玛雅带什么礼物,哪怕是一个小小的礼物,在玛雅
看来,"碰到这样的一个室友真是运气很差!"[71]在这里作者塑造的是一个极度
自私的中国女性形象,是一种异化的中国人形象。

通过以上的论述,可以看出在新加坡英语文学创作的中期,出现的中国
的形象很多都是负面的,甚至是异化的人物。

之所以在新加坡英语文学创作的中期,在文学作品中出现了很多负面的
中国形象,是有其深刻社会经济原因的。总的来说,在新加坡英语文学创作
的中期,由于中国刚刚处于改革开放的初期,而当时的新加坡已经发展成为
发达国家的一员。当时的新加坡人自我认同的观念不断加强,中国就成为了当
时新加坡的他者,而且是被否定的他者,由于自我的构成最终都是某种构建,
即确立自己的对立面和他者,每一个时代和社会都在再创造自身的他者[72]。

---

67 Tan Mei Ching, *Roommates,* Singapore: Times Book International, 1996, p35.

68 Tan Mei Ching, *Roommates,* Singapore: Times Book International, 1996, p37.

69 Tan Mei Ching, *Roommates,* Singapore: Times Book International, 1996, p43.

70 Tan Mei Ching, *Roommates,* Singapore: Times Book International, 1996, p52.

71 Tan Mei Ching, *Roommates,* Singapore: Times Book International, 1996, p78.

72 爱德华·W. 萨义德,《东方学》,王宇根译,三联书店,2007 年,第 21 页。

他者作为本土的对应物，强调的是客体、异己、特殊性和差异等特质，以显示其外在于本土的参照，并和本土形成互文关系。他者强调异族和以文化的参照。"我注视他者，而他者的形象也传递出我自身的某些形象，有一点无法否认，即在个人（作家）或者集体（社会、国家、民族）或半集体（思想派别、观点）的层面上，他者的形象既是对他者的否认，又是对自身及自我空间的补充和延伸。我要言说他者（往往是由于各种迫切且复杂的理由），在言说他者的同时我又否定了他者。"[73]所以当时的新加坡人看待中国的态度大多是质疑和轻蔑的。不可避免的，在该时期的英语文学创作中出现的中国形象与早期新加坡英语文学创作中出现的形象发生了较大的变化，在这个时期出现的中国形象大多是负面的、狂热的、非理性的、和异化的形象。这其中深层次的原因在于中国和新加坡两国发展的进程不同造成以上的现象。

但是随着中国改革进程的不断推进，经济发展日新月异，到二十一世纪初，中国已经成为世界瞩目的经济大国，中国的国力在不断地增强。中国与新加坡经济在社会发展的进程中出现了较大的变化，在经济以及国力上，新加坡丧失了之前的优势，这也改变了新加坡人和新加坡作家看待中国的方式，在新加坡英语文学创作的后期，其中出现的中国形象很多都是正面的了。

---

73 达尼埃尔-亨利·巴柔，《从文化形象到集体想象物》，《比较较文学形象学》，孟华主编，北京大学出版社，2001年，第139页。

第八章 正面的中国形象

按照巴柔的理论，对异国文化的态度可以是亲善的。"异国现实被看成、被认为是正面的，它纳入了注视者文化而后者也被认为是正面的，且是对被注视者文化补充。"[1]

1978 年中国正式施行改革开放的政策，对包括新加坡在内的很多国家都产生了很大的影响。随着中国改革开放的深入和中国经济的不断发展，新加坡人对于中国的看法也在变化着，对于中国的认知渐渐地趋于正面。特别是进入二十一世纪，中国的经济快速发展，一跃而成为世界第二大经济体，新加坡人开始肯定和认可中国的发展模式。新加坡人对于中国的文化的心理产生了深刻的变化，开始从憎恶走向亲善。尤其是新加坡的华裔，开始向往中国文化，有越来越多的新加坡华裔开始认同中国文化，在新加坡政府的提倡下，讲华语运动在新加坡蓬勃开展起来。越来越多的新加坡华裔开始文化寻根。在该阶段的中国形象的构建大都是正面的。

第一节 作为根文化的中国形象

在全球化日益严重的今天，面对纷繁复杂的现代社会，很多人都处于一种焦虑之中，身份认同和国家认同等问题日益引起人们的关注。处在世界十字路口的新加坡，由于历史特殊、文化和族群多元以及建国史短暂等各方面的原因，建构族群间的共同认同是一个艰难求索的过程。尤其是在全球化背

1　达尼埃尔-亨利·巴柔，《从文化形象到集体想象物》，《比较较文学形象学》，孟华主编，北京大学出版社 2001 年，第 139 页。

景下，东西文化的激烈冲撞，使新加坡国内的东方族群慢慢疏离了母族文化。新加坡是除中国以外华人比例最高的国家，占到 77%。在新加坡于 1965 年脱离马来西亚联邦，成为独立的主权国以后，新加坡华人由于历史、政府政策以及社会多元文化碰撞等因素，对自己的母族文化和族群认同在不同时期表现出十分不同的态度。在不同的历史时期，新加坡华人对自己族群文化的认同是随着中国经济文化的迅速发展、中新两国之间交流的日益频繁而不断变化的。

后殖民理论家弗兰兹·法农认为，"在殖民统治下，民族文化的衰落是一个系统和渐进的过程。殖民者一方面大肆推行他们自己的文化，另一方面又极力贬损民族文化，将它说成是一种神秘落后、没有价值的东西，久而久之，民族文化被渐渐淡忘，而传统和文化的衰亡必然导致民族精神和民族意志的消沉。"[2]因此，他强调"民族传统和文化殖民地的民族知识分子必须清醒地认识到一个民族的文化包含着自己的传统和过去是这一民族赖以安身立命的根本。因此抵制殖民主义和帝国主义的文化侵略，保存恢复和张扬自己的民族文化，民族知识分子负有义不容辞的责任。"[3]法农认为殖民地人民在反对殖民者的文化斗争中"民族文化艺术的发展大致有三个阶段：第一阶段是一个没有辨析的全面吸收段，即本土文学艺术家无分辨、无选择地吸纳占领者的文化，他从殖民者那里借取灵感，在创作思想和方法上跟在占领者后面亦步亦趋；第二阶段是一个民族意识有所醒悟的阶段，文学家和艺术家们开始对自己以往那种对自己民族的文化毫无自觉的行为感到不安，决定探索自己的文化属性，挖掘自己的传统文化；第三阶段是一个民族意识彻底觉醒的阶段。他们逐渐打碎白人殖民者塑造的殖民地劣等民族的形象，正视自己本民族的文化，探寻本民族的文化之根。新加坡的华人寻根之路正是体现了这三个阶段。"[4]

认同（identity）这个学术概念最早是由奥地利学者弗洛伊德提出的，其最初的含义表示人与人之间情绪上的联系。后来，随着文化研究的兴起，这一概念受到广泛关注，成为当今文化学术研究的热点课题之一。

身份认同（Identity）一直以来都是学界的一个重要的热门研究课题。对

---

2 法农，《全世界受苦的人》，万冰译，译林出版社，2005 年，第 30 页。

3 法农，《全世界受苦的人》，万冰译，译林出版社，2005 年，第 30 页。

4 法农，《全世界受苦的人》，万冰译，译林出版社，2005 年，第 34 页。

于 Identity 这一重要概念的翻译和界定，则如阎嘉教授所言，"由于受到西方哲学、人类学、心理学和文化研究的影响……不同的人们交替使用'认同'、'身份'、'同一'或'同一性'等汉语词汇，却没有做出清晰的界定，在不同文本中造成了这些重要概念的内涵模糊不清。"[5] 其实身份认同的基本含义，是指个人与特定社会文化的认同。按照陶家俊的看法，身份认同主要指"某一文化主体在强势与弱势文化之间进行的集体身份选择，由此产生了强烈的思想震荡和巨大的精神磨难，其显著特征，可以概括为一种焦虑与希冀、痛苦与欣悦并存的主体体验"。[6] 从上文身份认同的定义中可以看出，身份认同的核心是作为一个文化主体，或者更通俗的说是社会中的个人或群体的一种身份选择，是个体或群体对自己归属于哪个群体的主观认识。值得注意的是，由于一个个体可以具有多重身份，群体有时候也是这样，所以存在着很多不同种类的认同，有政治意义上的认同、文化意义上的认同、宗教意义上的认同、地域性的认同等等。

认同概念在文化中占有重要地位和起到重要作用。在同一个社会生活的人们往往都拥有相同的文化，人与人之间的认同，具体表现就是相同的文化背景、价值观念，或者是互相之间文化的接受与认可。

在某种程度上来说，"文化认同是一种'自我认同'，盖因于以下几点：一是文化的精神内涵对应于人的存在的生命意义建构，其伦理内涵对人的存在作出价值论证，这都是政治认同、社会认同等所没有的维度——它们更多对应于人的存在的表层，无法支撑个体对存在和存在价值的确认。其二，文化是一种'根'，它先于具体的个体，通过民族特性的遗传，以'集体无意识'的形式先天就给个体的精神结构型构了某种原型。个体在社会化后，生活于这种原型所对应的文化情境之中，很自然地表现出一种文化上的连续性。即使这种连续性出现断裂，人也可以通过'集体无意识'的支配和已化为行为举止一部分的符号而对之加以认同。其三是文化认同、族群认同、血缘认同等是重叠的。一个具有历史连续性的文化共同体同时也是一个地缘、血缘共同体，它们将人的各种认同融合其中，避免了这些不同的认同之间因相异特性而发生的矛盾甚至冲突。文化的这种特性实际上使它嵌入了人的存

5 阎嘉，《文学研究中的文化身份与文化认同问题》，《江西社会科学》2006（09）：45。

6 陶家俊，《身份认同导论》，《外国文学》2004（02）：23。

在内核，对这种文化的否定，在心理上实际已等同于对个体和共同体存在价值的否定。"[7]

而"文化寻根"是二十世纪提出的重要学术术语，其核心诉求是在传统文化的基础上构建新的民族文化认同。作为社会中的流散群体，他们移民其他国家，但是心理上却想要获得一种根文化的认同。对于"根文化"寻觅和追求，其实质是在与异质文化的碰撞中，感到疏离和陌生，于是寻求母体文化的认同。

身份认同与民族文化认同有着密切联系。文化认同代表了人们在渊源、观念乃至日常生活中的共同点，从而产生意义深远而又十分具体的凝聚力。文化认同的形成并表现在具体的环境中，根据斯图亚特·霍尔的族裔散居认同理论，它随着人们的物质条件、生活环境及心理状态的改变而改变。同样华人的文化认同观念也不是一成不变的。作为存在于移民头脑中的一种观念，它具有一定的稳定性。首先，移民不可能一到新地方就立刻抹去他们头脑中对于往日的丰富记忆以及源远流长的社会关系。其次，对华人移民来说，他们的中华文化认同与其说是个人的选择，倒不如说是一个社会事实。一个年轻的华人即便决定在意识和外形上摒弃一切中国的东西，但在以白人为主的西方社会，他也不符合西方社会种族的标准。

构成新加坡的总人口中，超过 70%的人口是华裔。早期的新加坡华裔大多文化程度不高，指导他们生活的是世代相传的中华传统文化。早期的新加坡华人勤劳、善良，依靠自己的双手为新加坡的发展富强做出了重要贡献。而中国优秀的传统价值观是新加坡华人基本的人生准则，支撑着他们从曾经的贫穷走向现今的富裕。然而在早期新加坡华人心中，新加坡只不过是他们中的一站，他们心中的家依然在中国，一旦赚取足够的积蓄，他们就打算衣锦还乡。"叶落归根"成为每位新加坡华侨的人生指向。可是大部分人都事与愿违，第二次世界大战的爆发，战后的世界格局，加上新中国成立后取消双重国籍的政策，迫使大批新加坡华侨改变国籍，"落地生根"转变为大部分华人的人生指向，与中国大陆的联系越来越疏远。新加坡的华侨社会逐步过渡到了华人社会。新一代新加坡华人在文化认同上与老一辈有很大的差别。建国以后站在传统和时代交叉路口的新加坡开始推行工业化政策，使社会逐渐进入了现代化，为了促进经济发展，在一系列政策上慢慢倾向于西方

---

7 http://baike.so.com/doc/6185295.html

文化。工业现代化的成功，给人民带来了丰厚充裕的物质生活，同时在这个过程中也产生了物质和精神上的污染。"科学主义的现代化，给现代人带来最大的失落便是对'生活世界'的遗忘，即对人自身最基本生存状态的遗忘：个人主义过分伸张，家庭生活逐渐解体，物质主义、功利主义思想普遍流行，金钱挂帅、唯利是图观点四处泛滥，人际关系冷却到最低点。这些都给为现代化做出重大贡献的中华传统文化带来了巨大的冲击：过去一直为人们所称道的中国传统价值观被冲淡，以孝道为核心的家庭伦理随之动摇，社会组织与家庭结构日趋松散，社会凝聚力遭到破坏。"[8]在语言教育政策上，新加坡成立之后不久推行英语+X（各族群自己的母国语言）语的政策，由于西方经济文化的强大吸引力以及现实的需要，实际上确立了英语作为多元民族的共同语言的国语地位。英语的强势地位使得华裔族群的中文的水平越来越弱。二十世纪六十年代到八十年代大批华文学校的没落消失就是最好的佐证。随着中国经济的不断强大，在世界的影响力不断地加强，越来越多的新加坡华裔开始转向自己的族裔国根文化，即中国文化产生认同，越来越多的新加坡华裔开始寻找自己的文化之根。

新加坡著名的华裔剧作家郭宝昆的作品主要探讨被放逐的人物在漂泊中追寻归属感。郭宝昆的剧作《郑和的后代》[9]（*Descendants of the Eunuch Admiral*）的创作。该作品通过讲述明代著名航海家郑和七次下西洋的故事，来暗喻新加坡这个国家的人民的精神状态。郑和这个人物在很多方面成为新加坡存在的一个镜像表现。剧作主要讲述了这位太监航海家的 7 次远洋航行，为此他远离自己的故土长达 30 年的时间。同时剧作也影射了这 7 次航海对他文化归属的暗示。郑和这一历史人物在很多方面表现了"失根"。首先是生理上被阉割；其次是心理上的阉割，为了显示对统治者的忠诚，他被迫压制自己的回民穆斯林宗教信仰；为了解除明成祖对自己的疑虑，放弃了自己原来的名字，将马和改为郑和。

> 我 12 岁就被当成俘虏离别了我的父母，我的家乡以及我在云南的族人，我不得不向那个俘虏了我的人俯首称臣，我必须学习汉人的生活方式，他们的佛祖成为我第二个保护神，他们的妈祖神也

---

8 乔文华，《新加坡国家认同的构建及其现代化关系》，西北大学硕士论文，2009年，第 54 页。

9 Kuo Pao Kun, *two plays by Kuo Pao Kun: Descendants of the eunuch admiral and the spirits play,* Singapore: SNP EDITIONS, 2003.

> 是我的保护神。为了生存我必须淹没我的过去。我所有的生命和财
> 富仅仅是作为一个无根的流浪儿。[10]

这些断根的特征也能在当代新加坡华裔族群中得到体现。首先，华裔的祖先是漂洋过海从中国各地移民到新加坡的，他们不得不跟自己祖先根基、家乡道别。其次，就像郑和被他的统治者所压制一样，新加坡政府通过包括语言在内的各项措施，控制华裔的族群文化。当代新加坡人就和郑和一样是一个文化流亡者，"失根"的被阉割人。

> 最近我经常做梦，做梦已经成为我生活中最重要的东西了。孤
> 独地一个人做梦，在梦里游荡，在梦里漂泊，朝向不知走向哪里的
> 方向漂泊。[11]

在梦里，"我"一层一层钻进"我"的自我，一步一步侵入"我"的孤独，一步一步靠近这位传奇人物，以至于坚定地认为："我根本就是这位太监航海家的后代"！[12]"我"怎么成为了太监的后代？"我"是谁？姓甚？名甚？何方人士？为什么"我"要说"我"是太监的后代？做着梦的"我"真是在梦吃？

"我"是剧作家郭宝昆的代言人，同时也是整个当代新加坡华裔族群寻找文化之根的表现，而他们寻找的根文化毫无疑问是中国的传统文化。

《跟错误的神回家》[13]（*Following the Wrong God Home*）是林宝音的长篇小说，这是一本充满了象征和隐喻的作品，故事发生在二十世纪九十年代的新加坡。故事讲述的是两个华裔家庭的故事。这两个家庭中分别有两个年轻人，分别是男孩子文森特和女孩子尹玲。这两个家庭的关系非常密切，互相之间来往很多，因此文森特和尹玲从小就相识，经常在一起玩耍，可谓是青梅竹马，两小无猜。两个人长大以后，都找到了很好的工作，其中尹玲是一名教师，而文森特在新加坡的一家大公司里就职，待遇丰厚。随着两个年轻人的长大，两个家庭"就开始热心地促成两个年轻人的婚事，因为无论从家世、长相，学历等各个方面，他们两个都是十分般配的。"[14]两个年轻人对

10 Kuo Pao Kun, two plays by Kuo Pao Kun: *Descendants of the eunuch admiral and the spirits play*, Singapore: SNP EDITIONS, 2003, p29.

11 Kuo Pao Kun, two plays by Kuo Pao Kun: *Descendants of the eunuch admiral and the spirits play*, Singapore: SNP EDITIONS, 2003, p29.

12 Kuo Pao Kun, two plays by Kuo Pao Kun: *Descendants of the eunuch admiral and the spirits play*, Singapore: SNP EDITIONS, 2003, p30.

13 Catheine Lim, *Following the Wrong God Home*, London: orion. 2001.

14 Catheine Lim, *Following the Wrong God Home*, London: orion. 2001, p15.

彼此有好感，因此两人就在合适的时候订婚了。正当两个人在准备婚礼的时候，尹玲遇到了一个来自英国的教授卡特，卡特教授是一位单身人士，在尹玲"第一次见到卡特教授的时候，心里就有一种异样的感觉，在尹玲的眼中，卡特教授简直是太有魅力了。在那一瞬间，尹玲动摇了和文森特结婚的念头，因为她感觉卡特教授才是适合自己的人。"[15]当尹玲和自己的父母亲说起这件事的时候，她的父母亲坚决反对她嫁给一个外国人，因为在他们的眼中，西方人没有人情味。"再说了，你和文森特青梅竹马，有什么不好呢？文森特对你很好，你不可以抛弃他，另选他人。"[16]最终，尹玲还是如约和文森特结婚了。小说中写道，在尹玲的家里，有一尊神秘的神像，家里人都不知道它的来历，只知道是家里的老一辈来新加坡的时候从中国带来的。小说的结尾，尹玲护送着神像最终回到了中国，象征着新加坡华裔回到了自己的文化之根——中国传统文化。

新加坡著名华裔英语诗人大卫·李奥（David Leo）通过他的诗歌展现了老一辈移民和新一代新加坡土生华裔对待本族传统之根的差距，以及诗人未能达到父亲期望的忧伤和遗憾。在他的诗《趟过许多河流的旅行》（*One Journey, Many Rivers*）中，父亲被塑造成一个极度恋乡的形象：

> 我父亲的有关中国的故事
> 在他心里已经深深植根，
> 他在时空里，永远觉得与中国是如此接近，
> 他的根在遥远的中国，
> 孝顺的儿子对自己华裔面孔感到骄傲，
> 对他来说是一次归乡。[17]

父亲对中国无比的眷恋已经超越了时空的距离，然而儿子却未能分享这种对中国文化的热爱和归属，中国对他来说没有任何感情，只不过是地图中的一个地理名词。这就造成了父子两代的巨大鸿沟：

> 我父亲很清楚
> 他无法期望我
> 接替他对于保留这些华族传统的热忱
> 噢！他死后该怎么办？[18]

15　Catheine Lim, *Following the Wrong God Home,* London: orion. 2001, p167.
16　Catheine Lim, *Following the Wrong God Home,* London: orion. 2001, p189.
17　David Leo, *One Journey, Many Rivers*. Singapore: Ethos Books, 2001. p35.
18　David Leo, *One Journey, Many Rivers*. Singapore: Ethos Books, 2001. p36.

诗人在最后给出了答复："我们被分隔了，不是因为时空距离，而是我们的心"。这种分隔并不只是一般意义上的辈分代沟，而是文化接受上的鸿沟。父亲晚年沉湎对自己的母国（一个象征文化传统和族群之根的地方）的眷念中。但是儿子成长于现代化飞速推进的新加坡，英语成为生存、成功晋升的必要条件。然而父子关系、族群关系使诗人始终无法切断自己华裔身份。诗人最后对此做了如下注解：

> 每天我起床，我用你给我起的名字
>
> 以及其他所有你留下的东西，
>
> 我每到一处，
>
> 都感觉到传统和现代的激烈对抗。
>
> 如果你感到悲伤，
>
> 让我告诉你，
>
> 我没有迷失：仅仅是游离得太远。
>
> 你留给我的文化之根，
>
> 我依然保存。[19]

这条鸿沟依然存在，但已不是无法搭建理解的桥梁。作为新生代华裔的儿子已经踏上新的旅程，但依然努力保留自己的"根"。在诗的结尾处诗人坚信自己与父亲依然相依，与父亲坚守的传统文化、族群之根依然相连。在父亲安葬以后，一只蝴蝶飞入诗人家中"就好像你回家探望一般，我们之间的纽带以这种绝佳方式展现"[20]。这就表明父子之间依然心心相依，中国传统文化的根依然存在诗人的心中。

在林素琴的另外一本小说《一小块泥土》（*A Bit of Earth*）中，作者也塑造了新一代新加坡华裔文化寻根的故事。小说以生活在马来半岛的一个华裔家庭为主要描写对象，讲述了这个华裔家庭在过去的 50 年间、三代人的悲欢离合的故事。这个家庭的第一代移民陈是一个来自中国福建的华人，当年为了躲避战乱，陈和自己的几个同乡下南洋，离乡背井来到了马来半岛，在陌生的土地上，他依靠着自己勤劳的双手艰苦努力，最终在马来半岛站稳了脚跟，娶了一位华裔姑娘，家庭日渐兴旺。在小说中，主人公虽然是一个文化程度不高的人，但是他恪守着千百年来中国古老的儒家礼仪道德，努力工

---

19 David Leo, *One Journey, Many Rivers*. Singapore: Ethos Books, 2001. p39.
20 David Leo, *One Journey, Many Rivers*. Singapore: Ethos Books, 2001. p39.

作，赢得了当地人的尊重，也在陌生的土地上繁衍生息，成为马来半岛的主人。在陈日渐老去的时候，他愈发思念自己的家乡福建，"因为自己的父母亲都安葬在福建的家乡，那里是自己的根。只有回到父母的身边才是找回了自己的根"[21]就像在小说中陈对自己的孙子所说的那样：

> 孩子，我以前不是和你讲过很多次吗？我来自中国，我的父母
> 和祖父都留在了遥远的中国。当年我是一个人和同乡一起来到现在
> 的新加坡。我们小的时候没有受过多少正规的教育，我记得小的时
> 候，我的父母，也就是你的祖父母就经常给我讲一些发生在中国的
> 过去的事情，比如说孙悟空的故事等等，正是在这些故事中，我开
> 始明白了一些简单的做人的道理。现在我的父母亲都已经过世了，
> 他们埋葬在我的故乡福建，在我心里，父母亲才是我的根，只有在
> 父母亲身旁我才有回家的感觉。[22]

在故事的结尾，按照陈的遗愿，在他过世以后，他的骨灰被运回了中国，被埋葬在他的父母亲的墓地旁边，"真正地实现了回归故土。"[23]这也象征着陈对根文化的回归。

廖山的小说《中国，我的最爱》（*China, My Love*）讲述的也是一个新加坡华裔文化寻根的故事。小说的背景发生在二十世纪末的新加坡。故事围绕着一个华裔家庭展开。这是一个两代人的华裔家庭，家庭里的父亲是一位公务员，母亲是一位医生，是一个标准的新加坡中产阶级家庭，按照新加坡的传统，有钱人家的孩子都会送到欧美国家去留学，以期毕业回来后能够在新加坡找到一份好工作。然而，家里的小儿子东却不愿意去欧美国家留学，"因为他热爱中国文化，他想去中国留学，学习中国文化。"[24]当他的父母告诉他，到中国留学以后回到新加坡并不能保证他找到一份好工作时，东却说，他可以留在中国工作。虽然父母和家人一再劝告东，他却下定决心到中国留学。最终他如愿以偿在中国的广州的一个大学里留学，学习法律。在给父母亲的信中东告诉他们，"来到了中国就好像是回到了家一样，这里的一

---

21 Su-chen Christine Lim, *A Bit of Earth*. Singapore: Times Books International, 2001, p109.

22 Su-chen Christine Lim, *A Bit of Earth*. Singapore: Times Books International, 2001, p127.

23 Su-chen Christine Lim, *A Bit of Earth*. Singapore: Times Books International, 2001, p203.

24 Liao San, *China, My Love,* Singapore: Times Books International, 2010, p198.

切，气候、饮食、风俗、甚至语言都是那么地让他感到舒适。作为一个华人，中国才是我的精神上的家园，也是我的文化之根。"[25]

通过在中国的几年学习，东以优异的成绩毕业了，毕业后他留在了中国工作，并与自己的中国女友结婚，在中国安家，这一切都源于东对中国文化的热爱。在中国他寻找到了自己的文化之根。

道格拉斯·查的小说《海平面》（The Sea Level）也讲述了一个新一代新加坡华裔文化寻根的故事。小说的故事背景发生在二十一世纪的新加坡，主人公是一个新加坡的华裔家庭，这是一个三代同堂的家庭，爷爷奶奶是早年从中国来南洋谋生的华人，家庭中的父亲母亲属于第二代新加坡华裔，在整个家庭的努力下，他们的生活越来越好，虽然他们家经济上没有任何压力，但是爷爷奶奶心里始终挂念着自己的故国中国，他们经常给自己的孙子们讲："我们是来自中国的华人，我的祖先、我的父母亲都埋葬在中国，我们的根在中国。"[26]在爷爷奶奶的耳濡目染下，这个家庭里的第三代也对古老的中国充满了向往。特别是进入二十一世纪后，中国的经济快速发展，国力不断增强，与新加坡的直接、间接的文化、经济联系日益密切，这个家庭中的孙子卢卡对于中国充满了好奇与好感。终于，在卢卡大学期间一个暑假，卢卡到中国旅行了一段时间，这次旅行的经历深深地撼动了卢卡的内心，他告诉自己的父母亲和爷爷奶奶，"中国不但有无以伦比的景色，还有深厚的历史文化。更难能可贵的是，现在中国的经济发展日新月异，正在朝着世界第一经济大国的方向迈进。相比于小小的新加坡，中国的真是太有优势了。"[27]经历过这一次旅行，卢卡在文化上接受了中国，他认同爷爷奶奶的观点，"他们的文化之根在古老的中国，只有在那里才能够找他们的精神家园。"[28]在小说中，卢卡在新加坡的南洋理工大学毕业之后，选择了去中国发展，他在中国的新加坡产业园找了一份待遇丰厚的工作，他告诉自己的父母亲，"以后自己就在中国居住生活了，中国将是他以后工作的主要目的地。在中国有回家的感觉。"[29]在小说的结尾，家里的爷爷奶奶去世后，按照他们的遗嘱，卢卡把他们的骨灰运回了他们中国的祖坟之中。从小说中我们可以看出

25 Liao San, *China, My Love,* Singapore: Times Books International, 2010, p205.
26 Douglas Chua, *The Sea Level,* Singapore: Times Books International, 2017, p65.
27 Douglas Chua, *The Sea Level,* Singapore: Times Books International, 2017, p132.
28 Douglas Chua, *The Sea Level,* Singapore: Times Books International, 2017, p145.
29 Douglas Chua, *The Sea Level,* Singapore: Times Books International, 2017, p201.

随着中国的崛起，新一代的新加坡华裔与他们的父辈在思想上有较大差异，在思想上，他们比较能够接受中国文化，也比较认同新加坡华裔的文化之根在中国。这一点上，与他们的父辈有很大的不同。

从以上的论述中可以看到，随着新加坡华裔的寻根文化的兴起，在新加坡英语文学创作的晚期，中国的形象开始作为新加坡华裔的根文化形象而出现。之所以出现这种现象，有两方面的原因，一是在全球范围内寻根思潮的兴起，影响到新加坡华裔的文化心理；二是中国的崛起恰逢其时地为新加坡新一代的华裔提供了理想的文化寻根的目的地。

第二节　充满生机与活力的中国形象

随着改革开放的不断深入，中国在经济、政治、文化等方面取得巨大进步，在这一时期的新加坡英语文学作品中出现了很多描写充满生机与活力的中国形象的作品。

科林·常（Colin Cheong）的小说《母亲》（*The Mother*）就涉及了这一方面的内容。小说《母亲》的故事发生在二十一世纪的新加坡，小说描写的是一个华裔家庭的故事。故事的主人公华是一位性格坚强的华裔母亲，她早年丧夫，在极其困难的情况下，独自抚养三个未成年的孩子，"历尽千辛万苦，为了不使孩子们受气，她没有选择再婚，虽然她不乏追求者。"[30]在华的抚育下，三个孩子都考上了新加坡的著名大学，毕业后都找到了非常好的工作，孩子们知道母亲的艰辛，都非常孝顺母亲，华和自己的小儿子杰克一起生活。杰克毕业于新加坡国立大学，学习成绩优异，毕业后在一家新加坡著名的贸易公司工作，收入很高。杰克对母亲非常孝顺，经常在家里和母亲将一些工作上的事情，其中，"母亲最喜欢听的就是有关中国的事情，毕竟母亲的故乡在中国。"[31]

由于工作的关系，杰克经常到中国出差，从杰克对中国的描述中，我们可以看到呈现在读者面前的中国形象是如何的充满活力与生机。有一次在与他的母亲聊天中，他说：

> 你知道吗？现在的中国可真的了不得。在中国的改革开放政策的指导下，中国人迸发出了巨大的工作热情。整个中国就是一个巨

---

30 Colin Cheong, *The Mother*, Singapore: Times Books International, 2010, p156.
31 Colin Cheong, *The Mother*, Singapore: Times Books International, 2010, p209.

大的工厂一样，每一个人都在满怀希望的努力工作着。很多人都说二十一世纪是属于中国的世纪！我经常到中国的工厂去参观，我看到那里的工人们工作的热情非常高，工作也非常认真，就算让加班他们也没有怨言，这一点和我在美国看到的工人们可差别大了[32]。

随着杰克与中国的交往越来越多，他越来越认可中国人的工作态度钻研的精神，"因为他的公司在中国的订单从来没有延误过，不管订单有多急。他特别愿意与中国人做生意，因为和他们合作非常顺利。不像有些国家，和他们的合作经常会出问题"[33]

作者在小说中刻画给读者的是一副生机盎然的形象、充满了生机与朝气的中国形象。

菲利克斯·张（Felix Cheong）小说《故乡》（*The Homeland*），也刻画了一个充满生机与活力的中国形象。小说的故事发生的时间是二十世纪末，二十一世纪初的新加坡。故事讲的是一个新加坡的华裔家庭寻找故乡的故事。故事的主人公彭与梅是一对老年的新加坡华裔夫妇，他们都是来自中国广东的移民，早年为了谋生下南洋来到新加坡，并在新加坡定居下来。虽然在新加坡过着富裕的生活，"但是他们心中一直对家乡念念不忘。"[34]

随着年纪越来越大，他们就越来越思念自己在中国的故乡。这对老夫妻有三个孙子，其中的一个孙子马克在选择留学的时候，没有选择英美国家的大学，而是选择了中国的北京大学，因为在他高中的时候曾经随着自己的爷爷奶奶来中国，当时的中国"充满和生机与活力，到处都是机遇。"[35]之所以马克选择中国的大学作为留学对象，是因为他相信"处于发展之中的中国应该是一个干事业的好地方，他准备从北京大学毕业后就留在中国工作。因为在中国有一种在新加坡没有的生机与活力，深深地吸引着他。"[36]

在马克从北京大学毕业以后，在北京的一家跨国公司找到一份很好地工作，收入很高，比在新加坡收入还要高，这一切都让马克十分的满意，他十分看好中国的未来，他认为"一个充满生机与活力的中国，是世界经济的发动机，在这里可以充分施展自己的才华。"[37]

32 Colin Cheong, *The Mother*, Singapore: Times Books International, 2010, p239.
33 Colin Cheong, *The Mother*, Singapore: Times Books International, 2010, p240.
34 Felix Cheong, *The Homeland*, Singapore: Times Books International, 2012, p98.
35 Felix Cheong, *The Homeland*, Singapore: Times Books International, 2012, p189.
36 Felix Cheong, *The Homeland*, Singapore: Times Books International, 2012, p201.
37 Felix Cheong, *The Homeland*, Singapore: Times Books International, 2012, p239.

小说的结尾，老夫妻回到了他们的故乡养老，而马克也娶了一位中国女孩为妻，在中国定居下来。从小说中，我们可以感受到一个充满了生机与活力的中国形象。

菲奥娜·张（Fiona Cheong）的小说《受人尊敬的女士》（*Reputable Lady*）故事发生在二十一世纪的新加坡。小说讲述了一个新加坡华裔家庭的故事。这是一个三代同堂的大家庭，家庭成员有爷爷奶奶、父亲母亲和三个孙子。故事中的爷爷奶奶是早年下南洋的中国移民，已经在新加坡生活了 50 多年。故事围绕着家庭中的三个孙子的学业与婚姻展开。大孙子麦克毕业于英国的一所著名大学，学成归来后，在新加坡的一所著名的会计师事务所上班，属于高收入的人群，他在新加坡结婚并定居下来。二孙子布莱特也在英国上大学，大学毕业后留在了英国工作，故事的转折就发生在布莱特的职业选择上。在布莱特在英国工作几年后，突然提出要离开英国，到中国去工作，"因为中国处于高速发展的进程中，有更多的机遇，"[38]对于布莱特的决定，他的父母十分反对，因为在他们看来，"在英国工作，拿着高薪，同时又面子十足。为什么要去中国呢？中国毕竟是一个发展中国家，怎么能和发达的英国相比呢？"[39]因此他们极力劝阻布莱特，希望他继续留在英国。然而布莱特没有听从父母的建议还是去了中国发展。布莱特去了在中国后，在一个大型的跨国公司找到一个好职位，收入也很高。他告诉自己的家人，"现在的中国已经和以前不一样了，现在已经是二十一世纪了，人们都说二十一世纪是属于中国的世纪。现在的中国是世界经济的发动机，中国的经济充满生机与活力，而欧洲的经济则暮气沉沉，与新生的中国无法相比。"[40]

在中国，布莱特工作得心应手，与中国的同事们也相处得十分融洽，工作之余他游览中国的大好河山，他觉得"中国才是真正适合他生活和工作的地方，与中国的相比，新加坡太小了。他已经下定决心在中国定居生活。"[41]故事的结局是布莱特的父母最终认可了他的选择。这部小说也刻画了一个充满生机与活力的中国形象。

吴新图的小说《河流》（*The River*）也描绘了一个充满生机的中国形象。小说的时代背景是二十一世纪的新加坡，小说的主人公戴夫出生于新加坡一

38 Fiona Cheong, *Reputable Lady,* Singapore: Times Books International, 2015, p89.
39 Fiona Cheong, *Reputable Lady,* Singapore: Times Books International, 2015, p120.
40 Fiona Cheong, *Reputable Lady,* Singapore: Times Books International, 2015, p126.
41 Fiona Cheong, *Reputable Lady,* Singapore: Times Books International, 2015, p239.

个华裔家庭，他的父母都是新加坡的中产阶级，因此从小他的家庭条件就非常好，父母亲为他提供了优越的生活和教育条件，戴夫从小喜欢中国的武术，在他的学习之余，每天他都会跟随新加坡的武术师父学习中国武术，经过刻苦训练，他的武术功夫进步很快。大学毕业之后，由于武术特长，他被新加坡的警察系统选中做了一名警察，负责警察部门的对外交流与合作，由于工作的缘故，他去过很多国家，按照戴夫自己的说法，"至今，我已经去过世界上很多国家了，至少有五六十个国家了，在我所去的国家中，给我印象最深刻的就是中国，在中国你可以看到繁忙的建设场面，挖掘机外不停地工作着，勤劳的中国人在建高楼、修地铁、修公路、建工厂。在中国，你很难看到一些无所事事的人，所有人都在认真工作。中国就像是一个十几岁的年轻人，带着蓬勃的生命力向前发展着，带给人无限的希望。相比一下其他的国家，有很多国家的人给人的感觉就是无所事事，见不到在中国热火朝天的建设场面。"[42]

从上面的论述中可以看出，一个充满生机与活力的中国形象在该时期的新加坡英语文学中是常见的描写。

第三节　进步的中国形象

进步的中国形象也是新加坡英语文学创作后期常见的书写。

菲奥娜·张的小说《海员》（The Mariner）讲述了一个新加坡华裔家庭的故事，故事发生在二十一世纪的新加坡。这个家庭是一个来自中国福建的移民家庭，已经定居在新加坡 50 多年了。家庭中的父亲张在一家航运公司工作，是一名海员。张做海员从 20 多岁起，已经超过 30 年了，由于工作的缘故，他跑遍了世界各地，也见证了世界上的许多国家的变化，其中让他印象最深刻的是中国的变化，"在三十年前，中国还是一个贫穷落后的国家，而现在，中国已经是非常发达和强大的国家了。这过去的三十年，中国的变化太惊人了。"[43]

他走过世界上很多国家，在张看来。"中国的城市已经和发达国家没有区别，中国的上海与美国的纽约、日本的东京相比毫不逊色，甚至更发达。"[44]

42　Goh Sin Tub, *Bodyguard,* Singapore: Times Books International, 2015, p178.

43　Fiona Cheong, *The Mariner,* Singapore: Times Books International, 2018, p22.

44　Fiona Cheong, *The Mariner,* Singapore: Times Books International, 2018, p89.

其中最让张感到惊喜的是中国的高速铁路，他告诉自己的家人，"现在在中国旅行，真的是太方便了。因为中国有四通八达的高速铁路网，既便捷又舒适。从中国北京到中国上海，坐高速铁路只要四个小时，真是太方便了。中国的高铁是世界上最好的铁路系统，"[45]他希望自己的家人都能够到中国来看一看，看看现在发达的中国。用他自己的话来说，"中国已经在很多地方领先其他国家了。"[46]张自己经常在中国乘坐高速铁路，他告诉自己的父亲，"在中国乘坐高速铁路既方便又快捷，在其他国家我都没有乘坐过如此舒适的高速铁路，中国的高速铁路真的是世界领先。"[47]

最终，在张的安排下，他的家人也来到中国旅行，感受到了中国先进的高铁系统，让他们赞不绝口。这里描写的是中国先进的交通系统，刻画了一个进步的中国形象。

林宝音的小说《遥远的距离》（*Far Distance*）讲述的也是一个新加坡华裔家庭的故事。故事发生在二十一世纪的新加坡。这是一个典型的中产阶级的新加坡华裔家庭，父亲是一名法官，母亲是一名大学教授。在这个家庭中的小儿子卢卡斯就读于新加坡最好的大学——新加坡国立大学。卢卡斯在校期间学习刻苦，成绩优异，因此在读大学的期间有机会去国外的大学作为交换生去学习。在读大二的时候，卢卡斯作为交换生来到中国的复旦大学学习了一年，中国一年的学习生活给他留下了深刻的印象。在这一年里，他非常适应中国的生活节奏，"简直是如鱼得水一般。"[48]

当交换时间结束，回到新加坡后，他还在念念不忘在中国的生活，在他看来，"中国的城市发展非常迅速，像上海这样的大城市比新加坡还要发达。"[49]

还有很多事情也让他十分怀念，比如中国的移动支付，"因为他已经习惯了用手机支付，回到新加坡反而不习惯了，因为新加坡并没有像中国一样的在线支付服务。就算是在美国的纽约也没有这样方便的移动支付方式。"[50]经过在中国的一年学习，卢卡斯对于自己的未来也有了比较明确的规划，"他计划在新加坡国立大学完成学业后，申请中国的大学继续学习，以后就

---

45 Fiona Cheong, *The Mariner,* Singapore: Times Books International, 2018, p95.

46 Fiona Cheong, *The Mariner,* Singapore: Times Books International, 2018, p120.

47 Fiona Cheong, *The Mariner,* Singapore: Times Books International, 2018, p167.

48 Catherine Lim, *Far Distance,* Singapore: Times Books International, 2016, p167.

49 Catherine Lim, *Far Distance,* Singapore: Times Books International, 2016, p189.

50 Catherine Lim, *Far Distance,* Singapore: Times Books International, 2016, p201.

在中国发展了。"[51]

当他把自己的想法告诉自己的父母的时候，他的父母亲支持他的想法，因为在他们看来"作为世界第二大经济体的中国，是一个充满希望的国家。"[52]

在这里小说描写了中国的比较发达的移动支付系统，也是进步的中国形象。

吴新图的小说《保镖》（*Body Guard*）中也展现了进步的中国形象。小说《保镖》故事发生在二十一世纪的新加坡。故事的主人公生长于一个华裔家庭。这个华裔家庭中的大儿子服役于新加坡的警察部队，由于他训练刻苦，身体素质好，被选为新加坡政府首脑的护卫保镖。由于这个特殊的职业，他可以跟随政府首脑周游世界，至今他已经走过了世界上绝大多数的国家。在和家人的交流中，他认为，在他的印象中，"中国的高速公路等基础设施建设是世界上最好的，比超级大国美国还要好。中国的高速路简直是四通八达，非常方便。"[53]另外，"中国的高速铁路也是世界一流的，不仅速度快，而且非常的舒适方便。"[54]

这里描写的也是中国较为发达的基础设施与交通系统，刻画的也是一个进步的中国形象。

沃尔特·吴（Walter C. M. Woon）小说《没有翅膀的鸟儿》（*A Bird without Wing*）中也涉及进步的中国形象。小说的时代背景发生在二十一世纪的新加坡，主人公是一个新加坡的华裔家庭，在这个家庭中，有一对已经退休的老夫妻，他们热爱旅游，"他们的理想就是环游世界。"[55]在小说中，他们有着丰厚的退休金，因此从退休开始，他们已经环游了很多国家，见识到了很多美丽的风景。在小说中，在中国的旅游经历给他们留下了深刻的印象。在他们的眼中，中国不但有美丽的风景，还是一个在很多方面都很先进的国家，"乘坐中国的高速铁路环游中国简直是太美好的体验了。中国的高铁只有你乘坐过之后才会知道它有多么的舒适先进。"[56]不但如此，中国人对外国人非

51 Catherine Lim, *Far Distance,* Singapore: Times Books International, 2016, p212.

52 Catherine Lim, *Far Distance,* Singapore: Times Books International, 2016, p235.

53 Goh Sin Tub, *Body Guard,* Singapore: Times Books International, 2013, p126.

54 Goh Sin Tub, *Body Guard,* Singapore: Times Books International, 2013, p129.

55 Walter C. M. Woon, *A Bird without Wing,* Singapore: Times Books International, 2014, p98.

56 Walter C. M. Woon, *A Bird without Wing,* Singapore: Times Books International, 2014, p134.

常热情友好，"而且在中国社会治安非常好，这一点和新加坡一样，在中国旅游你不用担心碰到抢劫等不好的事情。因为在美国旅游的时候，他们曾经被抢劫过，这让他们想起来都后怕。但是在中国你完全不用担心这问题，因为中国十分的安全。"[57]在中国的旅行经历给他们留下了美好的印象，他们决定，以后方便的时候再来中国旅行一次。这里描写的是中国优良的社会环境，也是一种进步的中国形象。

格林·王的小说《地下铁路》（The Subway）也涉及了进步的中国形象。《地下铁路》的时代背景为二十一世纪的新加坡。故事讲述了一个新加坡华裔家庭的故事，这个家庭有两代人，父母亲都在新加坡的政府部门工作，这是一个典型的新加坡中产阶级家庭。家里有两个孩子，大儿子约翰尼高中毕业后去了英国读书，博士毕业以后留在了英国的大学里任教，收入丰厚、社会地位高、受人尊敬。小儿子查理在高中毕业后留在了新加坡的南洋理工大学学习，在查理大学毕业后，他的父母亲特别希望他能够像自己的哥哥一样去英国留学，将来不管是留在欧美国家，或者是回到新加坡都能够找到很好地工作，因为"在新加坡，英国的文凭就是通往好工作的敲门砖。"[58]但是，令查理的父母亲意想不到的是，查理决定申请中国的大学继续自己的学业，这让查理的母亲很是费解，"因为目前来看，中国的大学文凭在新加坡或者是在欧美国家并不是非常的受欢迎呀。"[59]查理告诉他的父母亲说，"现在中国是世界上发展速度最快的经济大国，在中国有很多的发展机会，是在欧美国家所没有的。等我在中国完成学业，我准备就在中国找工作了，我同学的哥哥就是在中国留学，目前在中国工作，收入等各方面都非常好。还有一点是在欧美国家所不能比的，就是在中国没有种族歧视，你们知道的，虽然表面上在欧美国家已经取消了种族歧视，但是在现实生活中，种族歧视还是存在的。而在中国就不存在这种情况。"[60]后来查理申请了中国的复旦大学完成了自己的学业，毕业后，他选择了在中国就业，他不但在中国找到了很好地工作，也收获了一个中国女孩的爱情，他告诉自己的妈妈，"我很高兴自己当初来中国的决定，中国是一个适合我发展的地方，这里有发达的交通、便

57　Walter C. M. Woon, *A Bird without Wing,* Singapore: Times Books International, 2014, p189.

58　Green Wang, *The Subway,* Singapore: Times Books International, 2014, p89.

59　Green Wang, *The Subway,* Singapore: Times Books International, 2014, p110.

60　Green Wang, *The Subway,* Singapore: Times Books International, 2014, p124.

利的生活条件，这些可以说比欧美国家并不差，甚至还要先进，例如你在中国互联网上购买东西，几天就能送到家门口，简直是太方便了！"[61]通过查理的讲述，我们也能够看到一个进步的中国形象。

林素琴的小说《你是一条河》（*You Are a River*）也涉及了进步的中国形象。小说的故事背景是二十一世纪的新加坡，故事的主人公是一个名叫杰森的华裔青年，他出生在新加坡一个中产阶级华裔家庭，杰森从小就聪明好学，高中毕业后考进新加坡的南洋理工大学学习工程专业，在大学毕业后，他以优异的成绩申请到了美国哈佛大学的奖学金，得以在美国继续深造，从美国毕业以后，杰森回到新加坡，在一家大型的建筑公司工作，由于工作的缘故，杰森经常有机会到中国出差。在中国，他有机会了解到中国先进的建筑技术。在他的眼中，"中国的建筑技术，尤其是造桥技术是世界上最为先进的。因为现在世界上绝大部分的高难度大桥都是中国人建造的，在这方面中国人真的非常了不起。"[62]每次从中国出差回来，当他把中国的大桥图片展示给家人的时候，都会引起家人的惊叹："怎么可能在如此险峻的地方建造大桥呀，中国人真是太了不起了！"[63]杰森告诉自己的家人，中国还在计划建造更加让人惊叹的大桥。这里描写的也是一个在基础建设方面先进的中国形象。

迈克·李的小说《兄弟》（*The Brothers*）也描写了一个进步的中国形象。小说《兄弟》的故事背景发生在二十一世纪的新加坡。故事的主人公生于一个新加坡的华裔家庭，一个两代人的新加坡华裔家庭。家庭里的父母亲都是教师，他们希望自己两个孩子能接受到好的教育，因此家里的男孩格林和史蒂芬从新加坡国立大学毕业以后，都选择了去美国的著名高校深造。格林和史蒂芬分别在美国的斯坦福大学和宾夕法尼亚大学获得了博士学位，毕业后，他们同时选择了在美国的大公司上班，他们父母为此感到非常骄傲，"因为两个儿子都在美国的大公司上班，这在新加坡是非常令人骄傲的事情。"[64]故事的转折发生在格林毕业 3 年以后，有一天，他突然打电话给自己的弟弟说他要去中国发展。这让他的弟弟史蒂芬感到很惊讶，"因为自己的

61 Green Wang, *The Subway,* Singapore: Times Books International, 2014, p187.
62 Su-Chen Christine Lim, *You Are a River,* Singapore: Times Books International, 2018, p145.
63 Su-Chen Christine Lim, *You Are a River,* Singapore: Times Books International, 2018, p178.
64 Mike Lee, *The Brothers,* Singapore: Times Books International, 2018, p101.

哥哥在公司工作得好好的，怎么突然想要去中国发展呢？而且在中国哪里有在美国这么高的收入呀。"[65]他问自己的哥哥格林为什么要突然去中国发展，格林告诉他，"美国公司虽然条件很好，但是目前中国的发展势头比美国还要好。自己学习的是与航天有关的专业，而目前中国的航天事业蒸蒸日上，正处于快速发展的时期，正是需要人才的时候，到了中国我可以更好地发挥自己的专业特长。"可是史蒂芬告诉自己的哥哥，如果去到中国发展，家里的父母亲可能会不同意，也会感到伤心。但是格林已经下定决心去中国发展，虽然他的父母亲并不同意他这么做。格林到中国后通过自己的努力建立和发展了自己的企业，企业的发展态势非常的良好。几年后，格林就已经是身价上亿元的大公司董事长，他告诉自己的父母亲，"这几年中国的航天事业发展迅速，已经迅速地赶超了美国和其他的发达国家。目前中国的航天飞机、载人飞船等技术都已经非常成熟了，中国的太空发展前景广阔，对于我的公司来说，有很大的机遇。"[66]他建议自己的父母亲平常多读一些有关中国的消息，他们就会了解到目前中国航天事业的发展势头。最终，中国发展进步的事实和格林日渐壮大的公司使他的父母亲认可了他的选择。通过格林的工作选择和事业的发展，小说从航天航空技术方面描绘了一个进步的中国形象。

从以上的论述中可以看出，在新加坡英语文学创作的后期，有关进步的中国形象是很常见的描写。这与新加坡英语文学创作中期落后的中国形象形成了鲜明的对比，之所以有如此大的反差有其社会经济文化原因。当时间进入到二十一世纪，中国已经不再是以前的积贫积弱的国家，经济飞速发展，跻身世界第二大经济体，其经济体量绝不是新加坡这种弹丸小国可以比拟的。中国和新加坡经发展的进程也深刻地影响了新加坡人的文化心理和价值观。在该时期，新加坡人看待中国的方式也发生了根本性的变化，反映到文学作品中，就是进步的中国形象不断地出现。

第四节　理性、自信的中国形象

在这一时期的作品里还有一些描写理性、自信的中国形象的作品。

林素琴的小说《铃声》（*The Bell*）描写了一个新加坡华裔家庭的故事。

65　Mike Lee, *The Brothers,* Singapore: Times Books International, 2018, p112.
66　Mike Lee, *The Brothers,* Singapore: Times Books International, 2018, p134.

故事的背景是二十一世纪的新加坡。这个家庭里有五口人，包括父亲、母亲和三个已经成年的孩子。故事的主要内容围绕着三个孩子的爱情和婚姻展开。大儿子约翰在英国读的大学，大学毕业后他回到新加坡，在一家跨国公司里工作，收入较高。在他回到新加坡不久，就和自己的女友结婚了，并在新加坡的高档住宅区买了房子定居下来。二儿子库克的爱情和婚姻与大儿子不同，库克的经历比其他的哥哥约翰要复杂得多，而库克本人也具有很强的叛逆性格，"从小就是一个不听话的孩子。"[67]在库克选择大学的时候，他没有选择去国外读书，而是在新加坡的南洋理工大学完成了自己的大学学业。在他就读大学的时候，遇到了一位来自中国的交换生王梅，随着两人交往的增多，库克渐渐地爱上了王梅，在他的眼中，王梅"自信、大方、美丽聪颖，正是他理想中的爱人。"[68]

为了更加深入地了解中国，有一年的暑假，库克跟随王梅去中国旅行，在中国旅行的过程中，库克接触到的中国人热情、友好而又自信。旅行结束后，库克告诉自己的父母，"现在的中国真的很好，自己所接触到的中国人都非常自信，大家都对未来充满了希望和憧憬，不再是过去那个非理性的中国了。现在的中国人能够理性而客观的看待自己和外面的世界，他们有着自己的远大目标，按照这样下去，中国人一定会实现他们的目标，成为世界上最强大的国家。我所接触到的中国人都对此充满了信心。"[69]故事的结局是库克和王梅结婚，并且一起回到了中国发展。小说里展示的是一个理性而有自信的中国形象，这样对未来的自信是建立在对自己和外部世界理性分析的基础上建立起来的，而不是盲目的自信。

陈慧慧的小说《芳香的花朵》（*Scent Flowers*）故事背景发生在二十一世纪的新加坡，讲述的是一个新加坡华裔家庭的故事。这是新加坡一个中产阶级的华裔家庭，父亲是一个成功的商人，母亲是一名教师，这个家庭的孩子基本上都有在欧美大学留学的经历，因为欧美的留学经历可以帮助他们在新加坡找到好工作。

故事的情节主要围绕小儿子迈克展开。这个家庭中的小儿子迈克，从小就学习优异，从英国留学回到新加坡以后，在一个新加坡的大型跨国公司中工作，在这个公司中，有来自美国的，有来自英国的，有来自日本的，也有

---

67 Su-Chen Christine Lim, *The Bell,* Singapore: Times Books International, 2016, p145.
68 Su-Chen Christine Lim, *The Bell,* Singapore: Times Books International, 2016, p189.
69 Su-Chen Christine Lim, *The Bell,* Singapore: Times Books International, 2016, p235.

来自中国的同事。在和同事们的交往中，迈克发现来自中国的同事工作能力都很强。他们都是中国或者西方的名牌大学毕业，做事效率高，"而且做事很有预见性，条理性好，有理性而自信。"[70]

后来迈克有机会到中国出差旅行，他发现"现在的中国人内心对未来充满了希望，有信心而又自豪。他们对于未来的中国发展有着自己的规划和目标，充满理性而不盲目乐观。他们有自己的两个奋斗目标，目前已经实现了一个，再过几十年中国人就会实现第二个奋斗目标，到时候中国就会是世界上最强大的国家，每一个中国人都在为此而努力着，看他们努力工作的样子，没有什么是他们做不到的！"[71]"你只要看一看现在中国热火朝天的建设场面，你就会相信我的判断，这与其他很多国家的停滞不前形成了鲜明的对比，"[72]小说中展现在迈克面前的中国是一个充满希望、自信而又理性的中国形象。

莱克斯·雪莉的小说《神圣的约定》（*The Holy Agreement*）讲述的是一个新加坡华裔家庭的故事。故事发生的时间是二十一世纪的新加坡。这个家庭中的父亲强是来自于中国广东的移民，后来在新加坡生活定居了下来，在新加坡繁衍生息了下来，作为家里的爷爷，强在家里受到家里人的爱戴，生活条件比较优越。由于强有很强的家族意识，因此，他每年的清明节都会回到家乡广东参加祭祖的活动。在强的眼中，"现在的中国人越来越自信，对于未来充满了希望。他们乐观而又理性，和几十年前完全不同了。"[73]他的中国亲戚告诉他，"虽然现在的中国还不是发达国家，但是到二十一世纪的中叶，中国将成为发达国家中的一员，到时候，中国将成为世界第一大经济体。我们对此有足够的信心，因为我们有勤劳的中国人民和很好的政府领导。"[74]以前回中国，他都要接济一下自己在中国的姐姐一家人，"但是渐渐地，姐姐一家人的日子过得越来越好，她们的家庭收入越来越高，姐姐的两个儿子一个是大学毕业后在广州做律师，一个大学毕业后经商，收入非常高，甚至比他们在新加坡的收入还要高。从此姐姐一家人再也不需要他的接济了，每次从中国回来，姐姐都要送给他很多的礼物呢！"[75]小说也刻画了一个富足、乐观、自信的中国形象。

70 Hwee Hwee Tan, *Scent Flowers,* Singapore: Times Books International, 2011, p157.
71 Hwee Hwee Tan, *Scent Flowers,* Singapore: Times Books International, 2011, p208.
72 Hwee Hwee Tan, *Scent Flowers,* Singapore: Times Books International, 2011, p212.
73 Rex Shelley, *The Holy Agreement,* Singapore: Times Books International, 2011, p125.
74 Rex Shelley, *The Holy Agreement,* Singapore: Times Books International, 2011, p178.
75 Rex Shelley, *The Holy Agreement,* Singapore: Times Books International, 2011, p201.

科林·常（Colin Cheong）的小说《欲望》（*The Desire*）也描述了一个全新的中国形象。小说《欲望》故事发生的时代背景是二十一世纪的新加坡。讲述的是一个新加坡华裔家庭两代人的故事。在这个家庭中的父辈早年从中国来南洋谋生，依靠着勤劳、善良在新加坡站稳脚跟，并把家里的两个女儿都培养成才。大女儿从英国留学回来后在新加坡的证券交易所上班，属于新加坡的高收入人群。小女儿英在新加坡国立大学毕业，学习的专业是法律。在继续深造的时候，英没有选择去欧美大学继续深造，而是选择到中国的北京大学深造，"因为听她的同学们讲，目前中国是世界上最有前途的经济体。"[76]在中国的大学学习期间，她学习努力，为人谦和，结交了很多中国的朋友，通过与她们的交往，英逐渐地开始深入了解中国。她所遇到的同学，"绝大部分都是天资聪颖而又刻苦努力的青年，他们对于中国的未来充满信心，对于自己的未来也都有清晰的规划。真的是优秀的一批人，理性而有自信，充满魅力。"[77]而且通过和中国好朋友的交流，英知道中国的学生对于中国即将成为世界第一大经济体这件事深信不疑，"因为在历史上很长一段时间，中国都是世界上经济最发达的国家，只不过到了近代才开始衰落。现在我们要把我们失去的东西再拿回来，就是再次成为世界第一的经济强国，我们有这个决心和信心！只要我们按照中国政府指定的目标和计划一步一步地前进，就一定能够实现最终的目标。"[78]在小说的结尾，英从中国的大学毕业后留在了中国工作，在一个大型的跨国公司找到了一个很好的职位。这里小说描述的也是一个充满信心而又理性的中国形象。

林宝音的小说《旅行者》（*The Traveler*）讲述的是一个职业旅行者在世界各国旅行期间发生的故事。故事的时代背景是二十一世纪的新加坡。故事的主人公李德来自一个富裕的新加坡华裔家庭，他的父亲是一位非常成功的商人，家庭条件异常优越，这使得李德在大学毕业后不必要像大多数人那样直接去找工作，"而是实现自己的环游世界的梦想。"[79]在他毕业后的几年里，他先后游历了亚洲、欧洲、美洲、非洲等很多的国家，在他看来，"世界上最发达的国家目前还是美国，它的科技非常先进，国力也非常强大，作为一个美国人，在世界上很多国家都会受到优待。作为一个新加坡人则不行，新加坡

---

76 Colin Cheong, *The Desire,* Singapore: Times Books International, 2016, p78.
77 Colin Cheong, *The Desire,* Singapore: Times Books International, 2016, p98.
78 Colin Cheong, *The Desire,* Singapore: Times Books International, 2016, p135.
79 Catherine Lim, *The Traveler,* Singapore: Times Books International, 2019, p101.

太小了，它的影响力十分有限，甚至很多国家的人都不知道新加坡的存在！在这个时代，做一个美国人无疑是很幸福的。"[80]通过他的游历，他发现，"目前发展潜力最大、最有活力的国家是亚洲的中国，在中国，他所遇到的中国人都是努力工作的、勤劳的而认真负责的，哪怕是送快递的人员都是工作十分认真的。中国人有着远大的目标，而且他们正向着他们的目标迈进，中国人都相信他们能够实现他们心目中的伟大目标。毫无疑问未来是属于中国的。"[81]这里描述的也是一个充满活力、乐观而又自信的中国形象。

加里·王的小说《通勤者》（The Commuters）也涉及了一个乐观而又自信的中国形象。小说《通勤者》的故事发生在二十一世纪的新加坡，故事的主人公是一个新加坡的华裔家庭的成员，在这个家庭中的父亲是一名新加坡的海关官员，母亲在一所小学里做老师，家里的两个孩子都在新加坡最好的大学新加坡国立大学学习，大女儿艾米丽学习的是医学，小女儿艾玛学习的是法律。故事的开始是艾米丽大学毕业后在新加坡的医院工作，不久艾玛也从国立大学毕业了，她通过自己的努力，通过了新加坡的执业律师考试，成为一名执业的律师，在新加坡收入很高，由于艾玛平时工作的缘故，她会遇到一些来自中国的客户，通过和中国的客户的交流，艾玛发现，现在的中国人几乎每个人都对于未来充满了希望，中国人乐观而又自信的状态让艾玛很是惊讶，"因为中国刚刚改革开放几十年，能发展得有多好呢！给自己的感觉好像中国人都很有钱，为什么自己的中国客户好像各个是百万富翁似的。"[82]后来艾玛有机会到中国出差，她亲眼看见了中国发展的现状，给了她很大的震撼，在和她接触的中国人中，"几乎每一个人都是乐观、自信的。即使是旅行团的导游都是一副对于未来充满了希望的样子。"[83]她的导游告诉她，"再过几十年，等到中华人民共和国建国一百周年的时候，中国将成为发达国家，中国的国力将会空前强大，绝不会是新加坡这种小国家可以比的。"[84]在小说中，呈现出来的也是一个充满生机、乐观而又自信的中国形象。

从上面的论述中可以看出，该时期，新加坡英语文学创作中展现乐观、自信、理性的中国形象的作品不在少数。

---

80 Catherine Lim, *The Traveler,* Singapore: Times Books International, 2019, p105.
81 Catherine Lim, *The Traveler,* Singapore: Times Books International, 2019, p107.
82 Gary Wang, *The Commuters,* Singapore: Times Books International, 2019, p98.
83 Gary Wang, *The Commuters,* Singapore: Times Books International, 2019, p156.
84 Gary Wang, *The Commuters,* Singapore: Times Books International, 2019, p189.

第五节　开放、包容的中国形象

开放包容是中华优秀传统文化的核心和精华之一，在中华文明发展的几千年来，中华民族从最初的汉族发展为现在的 56 个民族，中华民族的发展史就是各个民族汇集到一起，组成一个大家庭的历史，而这个融合的过程正是中华民族的开放包容精神发扬光大的过程。从春秋战国开始，中国就形成了百花齐放、百家争鸣的开放包容的良好社会风气。中华优秀传统文化所提倡的"大道之行，天下为公"的理念衬托出超越民族的志向。而"和衷共济、和而不同"的态度，展示着相互理解、求同存异、包容互补的文化精神。在中国的历史上也曾经由于内在的或者外在的原因，出现过闭关锁国的时期，但那都是短时期的，纵观中国历史，开放包容依然是中国传统文化的主流。

自二十世纪七十年代实行改革开放以来，中国的经济发展迅速，创造了世界历史的经济奇迹，中国的国力也在不断地壮大，中国又回到了开放包容的轨道。这时期的新加坡英语文学出现了很多开放包容、雍容大度的中国形象。

科林·常的小说《我们的未来是美好的》（*Our Future Is Beautiful*）刻画了一个开放包容的中国形象。故事发生在二十一世纪的新加坡，围绕着一个新加坡的华裔家庭展开。这是一个两代人的华裔家庭，家里的父亲是一名公务员，母亲在一个贸易公司上班，家里的男孩里奇是一个学习成绩优异的孩子，高中毕业的时候，他考进了新加坡著名的大学学习金融管理，经过四年的学习，里奇以优异的成绩毕业了。但是他暂时还不想找工作，他想继续自己的学习生涯，当时他面临着的选择，去美国的大学深造、去英国的大学深造、去澳大利亚的大学深造，是当时新加坡年轻人的主流选择。但是，里奇却令人意外地选择了中国的北京大学作为自己深造的目的地，虽然有些意外，但是里奇的父亲母亲还是支持了他的想法，因为他们也知道目前中国是世界上发展最快的经济大国，有很多的发展机会。就这样里奇从新加坡来到了中国的首都北京，在北京生活了一段时间后，里奇发现，"在北京，你几乎可以看到世界上任何国家的人。他们悠然自得地生活在北京，俨然把北京当成了自己的家乡一样，中国的开放包容程度让人惊讶。"[85]随着里奇在中国生活的时间越来越久，他去过了中国其他的大城市，他发现在其他的城市也

---

85 Colin Cheong, *Our Future Is Beautiful,* Singapore: Times Books International, 2019, p112.

有很多外国人生活，这些外国人看起来很适应中国的生活，中国人对待外国人也特别的友好。里奇的中国同学曾经告诉过他，"中国自古就是一个开放包容的礼仪之邦，就像孔子说的，有朋自远方来，不亦乐乎！"[86]在中国，里奇作为一个外国人没有丝毫的不便，因为中国的开放政策，更因为中国人民的热情好客，深深地打动了里奇。因此，在里奇从北京大学毕业后他申请留在了中国工作，"因为在中国，我生活的就像在自己的家里一样自在。"[87]通过小说中里奇的经历和感受，小说生动地描绘了一个开放包容、雍容大度的中国形象。

哈德森·李的小说《红色的围巾》（A Red Scarf）也刻画了一个开放包容的中国形象。小说《红色的围巾》故事发生在二十一世纪的新加坡，小说的故事情节围绕着一对新加坡华裔青年的爱情展开。小说的男主人公詹姆斯出生于一个新加坡的中产阶级家庭，家境良好。詹姆斯从小就是一个学习成绩优异的孩子，很自然的，詹姆斯考取了新加坡最好的大学，在大学里他遇到了自己的女友丽萨。丽萨也是一个新加坡的华裔青年，他们两人志趣相投，很快地进入了恋爱的阶段，在美好爱情的滋润下，他们都顺利地毕业，并且分别在新加坡找到了很好地工作。詹姆斯在一家新加坡的外国银行工作，工作体面、收入较高。丽萨在一个新加坡的中学做老师，"因为从小她就想做一名教师，现在是实现了自己的梦想。"[88]在工作几年后，两个人如约步入了婚姻的殿堂，开始了幸福的生活。由于詹姆斯在一个外国银行工作，有一段时间，他被派往中国工作，刚开始，丽萨很担心他，"因为怕他不适应在中国的生活，没有合适的饮食等。"[89]但是詹姆斯到了中国以后，告诉丽萨，"完全不用担心他的生活，因为现在的中国是一个开放的国家，在中国的任何大城市你都能够遇到外国人，并找到适合外国人的食品，而且中国人真的很热情好客，在中国生活真的没有任何的不便。这和几十年前的中国已经完全不同了。"[90]詹姆斯在中国的经历引起了丽萨的好奇，在某一个暑假，她和詹姆斯一起到中国旅游。果然，丽萨在中国的经历与詹姆斯讲的一模一样，

86 Colin Cheong, *Our Future Is Beautiful,* Singapore: Times Books International, 2019, p167.

87 Colin Cheong, *Our Future Is Beautiful,* Singapore: Times Books International, 2019, p221.

88 Hudson Lee, *A Red Scarf,* Singapore: Times Books International, 2019, p67.

89 Hudson Lee, *A Red Scarf,* Singapore: Times Books International, 2019, p89.

90 Hudson Lee, *A Red Scarf,* Singapore: Times Books International, 2019, p167.

在中国大城市的街上，可以看到很多的外国人，在中国几乎也可以找到世界上任何国家的食物，还有中国人的热情好客，也给丽萨留下了深刻的印象。后来，中国就成为他们旅游的首选目的地之一，"因为中国人热情好客，中国有美丽的自然风光，这都深深地吸引着这对年轻人。"[91]写小说也刻画了一个开放包容的中国形象。

拉塞尔·李的小说《神秘的礼物》（*A Mysterious Gift*）也刻画了一个开放包容的中国形象。小说的时代背景是二十一世纪的新加坡，故事的情节围绕着一个新加坡的华裔家庭展开。这个家庭中的父亲是一名警察，母亲是一名银行的职员，家庭条件在新加坡算是比较好的。这个家里只有一个男孩丹尼尔，他生长在优越的家庭条件中，但是丹尼尔本人从小学习不是太好，也许是因为贪玩儿，丹尼尔的学习成绩一直都让自己的父母很着急。为了提高丹尼尔的成绩，他的父母亲为他请了很多的家庭教师，但是一直效果不大。最终高中毕业以后，丹尼尔没有能够如愿的进入新加坡的大学学习，他进入了一个新加坡的职业学校学习导游专业，毕业以后丹尼尔在新加坡一家旅游公司担任导游，虽然工作很辛苦，而且收入也并不是很高，但是丹尼尔本人却很喜欢，"因为做导游可以去很多国家旅行，周游世界也挺好的。"[92]在丹尼尔工作几年后，他已经去过了世界上的很多国家，他认为，在这些国家中，他最喜欢去的就是中国，"因为现在开放的中国是一个十分适合旅游的地方，那里有适合自己的美食，有壮美的自然风光，有热情好客的中国人民。"[93]后来丹尼尔干脆选择了专门带旅游团去中国这一个国家，"因为现在中国的社会氛围非常好，对外国人非常的友好，没有任何的歧视和不友好的现象，这一点是非常重要的。"[94]通过小说的描写，我们也可以看到一个开放包容的中国形象。

道格拉斯·李的小说《冠军的荣耀》（*The Glory of the Champion*）也描写了一个开放包容的中国形象。小说故事背景发生在二十一世纪的新加坡，故事围绕着新加坡一个华裔家庭展开，这个家庭是一个典型的新加坡中产阶级家庭，父母都是高收入的人群，因此他们希望自己的儿子安德森以后也能够进入大学学习，今后成为高收入的人群。然而，安德松从小就是一个不爱学

---

91 Hudson Lee, *A Red Scarf,* Singapore: Times Books International, 2019, p211.

92 Russell Lee, *A Mysterious Gift,* Singapore: Times Books International, 2019, p89.

93 Russell Lee, *A Mysterious Gift,* Singapore: Times Books International, 2019, p123.

94 Russell Lee, *A Mysterious Gift,* Singapore: Times Books International, 2019, p198.

习的孩子，不管他的父母如何帮助他，安德森的成绩依然很差。不过，虽然他的学习成绩不好，体育成绩却名列前茅，而且非常有体育天赋。安德森自己也喜欢体育特别是打乒乓球一直是他的最爱，就这样，随着安德森的逐渐长大，他的乒乓球技艺日渐提高，他参加了很多新加坡的乒乓球比赛，每次都能够拿到单打冠军。渐渐地安德森引起了新加坡国家乒乓球队的教练的注意，经过一定的测试后，安德森如愿地加入了新加坡乒乓球国家队，在2006年的东南亚运动会上安德森代表新加坡获得了乒乓球男子单打的冠军。这让一直反对他打乒乓球的父母亲十分高兴，"因为能够打好乒乓球以后也可以在新加坡找到不错的工作，更何况是冠军。"[95]由于安德森是新加坡乒乓球国家队的队员，他经常有机会出国比赛。在过去的几年时间里，他去过很多国家，让他最喜欢的国家就是中国，"因为现在的中国是一个开放的国家，人民非常好客，一点都不排外。"[96]时间来到 2008 年，安德森终于能够代表新加坡参加奥运会，这可是他一直以来的梦想呀。在北京奥运会上，虽然安德森没有能够获得冠军，但是能够参加奥运会已经很荣耀了。从北京回来后，安德森对自己的父母说，"参加奥运会真是人生难得的经历呀。你在北京可以看到世界上各个国家的运动员，大家不但打比赛，还增加了友谊。不得不说北京奥运会组织得太好了，让人有宾至如归的感觉，完全展示了中国的开放包容的大国形象。"[97]通过安德森的描述，小说的中国形象也是开放包容的。

之所以该时期新加坡英语文学作品中出现开放包容的中国形象与当时的中国现实情况密不可分。时间进入到二十一世纪，中国引领着世界经济的发展，中国的国力日益强大，2008 年中国成功地举办了奥运会，向世界展示了开放包容、雍容大度的国家形象，传递了中国坚定开放的气度，这一切对于包括新加坡在内的整个世界都产生了巨大的影响。文学作品作为反映现实生活的创作，与上个时期相比，该时期的新加坡英语文学作品出现开放包容的中国形象，反映了新加坡人对于中国的态度和心理变化，也代表了新加坡人对于中国改革开放的认同。

---

95 Doglas Lee, *The Glory of the Champion,* Singapore: Times Books International, 2019, p99.

96 Doglas Lee, *The Glory of the Champion,* Singapore: Times Books International, 2019, p167.

97 Doglas Lee, *The Glory of the Champion,* Singapore: Times Books International, 2019, p201.

第六节 勤劳、善良的中国人形象

勤劳是中华民族千百年来的行为倡导和传统美德。对劳动的肯定和赞美是中国传统文化的重要内容。史前时代就有诸多歌颂勤劳的神话，因勤劳能干而被尧封赏土地的后稷、因争取更多劳动时间而追逐太阳的夸父、因解救人类于漫长黑夜而辛勤钻木取火的燧人等，无一不在勉励人们要勤劳勇敢、自强不息。古代经典著作中对勤劳的阐释更是多有论及。《左传》曰："俭，德之共也；侈，恶之大也。"俭是道德要求，侈是万恶之首。荀子在《天论》中强调"强本而节用，则天不能贫"，表达了对勤劳耕作和勤俭节约的认同。《墨子·非命下》指出："必使饥者得食，寒者得衣，劳者得息。"称得上是中国社会福利、劳动保障思想的萌芽。不少家规家训也教导子女谨记"勤劳之风"。勤劳是古代中国人民创造生活和文明的基本力量和重要内核。中华儿女自强不息，用劳动创造了生活、创造了灿烂文化，在劳动中培养了互助和团结精神。"种豆南山下，草盛豆苗稀。晨兴理荒秽，戴月荷锄归。道狭草木长，夕露沾我衣。衣沾不足惜，但使愿无违。"这首诗描绘了古代劳动人民辛勤劳动、创造生活的场景。不少古诗词更是融洽地将珍惜食物与辛勤劳动结合起来，深深影响并塑造着中国人勤劳的美德。

而善良是中华民族美德中最具特色的部分。"仁"是中华民族道德精神的象征，是各种道德中最基本的也是最高的目标，而且在世俗道德生活中也是最普遍的德性标准。"仁"德的核心是爱人，即"仁者爱人"；孝悌之德的基本内容是父慈子孝、兄友弟恭，它形成了一种浓烈的家庭亲情，维系着家庭的关系，从而也对中国社会的稳定起了极为重要的作用，是民族团结的基石。孝悌之情扩展是"忠恕"，"忠恕"之德的基本要求是以诚待人，推己及人，即"四海之内皆兄弟"，"不独亲其亲，不独子其子"的善良社会风尚。由此形成了中华民族在大家庭似的社会生活中浓烈的人情味和生活情趣。善良因此成了中华传统文化的基本内容，也是中华民族传统美德的集中体现。在这一时期的新加坡英语文学作品中，出现了很多勤劳、善良的中国人形象。

保罗·李的小说《父亲的秘密》(*Father' Secret*)刻画了一个善良的中国人形象。小说《父亲的秘密》故事发生在二十一世纪，故事的主人公来自一个新加坡的华裔家庭，一个三代同堂的华裔家庭。家里的爷爷奶奶是早年从中国来的移民，经过他们的努力在新加坡安定下来，繁衍生息。家里的父亲母亲是土生土长的新加坡华裔，父亲在一个公司里做职员，母亲在新加坡的一个小学里教书。小说重点描述的是家里第三代的两个孩子，男孩弗兰克林和女孩凯丽成长的故事。这两个孩子从小就学习认真，成绩优秀，高中毕业后都考进了新加坡著名的大学学习，大学毕业后，凯丽在新加坡找到一份不错的工作，经历了一段感情的波折后和自己的男朋友步入了婚姻的殿堂，在新加坡稳定下来。而弗兰克林在新加坡大学毕业后选择了到美国的著名大学继续深造，毕业后的最初几年弗兰克林在美国的大公司工作，这是一个很大的互联网公司，职员来自世界各个国家，有中国人、印度人、韩国人等，在弗兰克林看来，"在所有的同事中，中国人最好相处，他们工作非常的努力、性格和善、天性善良，经常在自己有困难的时候提供帮助。"[98]有时候他问自己的中国同事，是不是所有的中国人都是这样的勤劳、善良。他的同事回答说绝大部分中国人都是这样的，因为这是他们的传统文化。后来，弗兰克林有机会到中国旅行，他所碰到的中国人大部分都是和他的同事一样，工作努力而又天性善良。比如他在中国旅行的时候，找不到路问路的时候，每个人都愿意帮助他，"甚至会带他去他想去的地方"[99]在中国旅行和出差的经历让弗兰克林完全见识了中国人的勤劳和善良，"因为那是他们文化的不可分割的一部分，是他们的文化传统决定的。"[100]在这里通过弗兰克林的感受，刻画了勤劳、善良的中国人形象。

林宝音的小说《超级明星》（A Superstar）也刻画了一个勤劳、善良的中国人形象。小说的故事背景发生在二十一世纪的新加坡。故事围绕着一个新加坡的华裔家庭展开，这是一个两代人的新加坡华裔家庭，父亲经商，母亲则在家里做家庭主妇。这个家庭里有两个孩子，一个是女孩，一个是男孩子鲍勃。在大学毕业后，家里的女孩子在新加坡做了一名教师，后来和自己的男朋友结婚，在新加坡安定了下来。鲍勃在大学毕业后尝试了很多工作，他是一个喜欢音乐的人，曾经组织过自己的乐队进行商业演出，后来随着年龄的增大，鲍勃加入了父亲的公司并逐渐接手了父亲的经商业务。这是一家贸易公司，与很多国家都有业务的往来，公司的规模也很大。在接手公司不久鲍勃就发现在员工中，来自中国的移民是所有员工中最优秀的，"他们工作努力、勤劳、任劳任怨。在和他们的交往中鲍勃也感到他们性格和善，

---

98 Paul Lee, *Father' Secret,* Singapore: Times Books International, 2019, p101.
99 Paul Lee, *Father' Secret,* Singapore: Times Books International, 2019, p124.
100 Paul Lee, *Father' Secret,* Singapore: Times Books International, 2019, p189.

极易相处。很多时候都会替他这个老板考虑，体现出他们善良的品德。"[101] 后来，鲍勃到中国出差，他所遇到的中国人留给他的印象"都是勤劳能干，而又天性善良。"[102]这让他十分看好中国的未来，"因为一个如此勤劳的民族，将来必定能成为一个超级大国，和世界上的很多国家相比，中国人真是太勤劳了！"[103]小说通过鲍勃的经历和感受刻画了勤劳、善良的中国人形象。

林素琴的小说《大海的呼唤》（*The Call of the Sea*）也刻画了中国人善良、勤劳的形象。小说故事背景发生在二十一世纪的新加坡，故事围绕着一个华裔家庭展开。这是一个三代人的新加坡华裔家庭，家中的爷爷赵宝是一位远洋捕鱼的渔民，他的工作就是在大海上捕鱼，有时候他的渔船会航行到太平洋的深处去捕鱼。随着年龄的增大，家里人都叫他不要再干这个辛苦的工作了，但是赵宝喜欢大海上的感觉，自己也准备在最近的一两年退休了。在他过去的捕鱼经历中，经常可以碰到很多国家的人，有很多有趣的故事。小说描写赵宝在一次出海的过程中的遭遇。当时他们的船正航行在太平洋上，由于天气的原因，遭遇到了罕见的暴风雨，他们的渔船被暴风雨打翻了，所有的船员都掉到了大海里，情况非常危险。之前他们已经发出了求救的信号，幸好附近的一艘中国的大型渔船赶过来营救了他们，把他们救上了中国的渔船。在中国的渔船上，中国的渔民给他们拿来了吃的东西，安慰着他们。在和中国渔民的交流中，赵宝了解到，这艘中国的渔船已经出海超过一年了，渔船曾经到智利的海岸捕鱼，赵宝问他们什么时候回去，中国的船员说"大概还要半年的时间才能回国。因为现在是捕鱼的最好的时节，要抓住这段时间尽量地工作，哪怕再辛苦也要坚持住。"[104]这让赵宝认识到中国人的勤劳和善良，"因为出海捕鱼是一件十分辛苦的事情，更不要说出海一年以上了。"[105]在等待新加坡政府救援的时间，中国渔船上的船员和获救的新加坡船员一起分享不多的食物，丝毫没有嫌弃他们的意思，这让赵宝他们非常的感动。后来新加坡政府的救援船赶到了，接了遇险的新加坡船员回到新加坡，

---

101 Catherine Lim, *A Superstar,* Singapore: Times Books International, 2019, p124.

102 Catherine Lim, *A Superstar,* Singapore: Times Books International, 2019, p156.

103 Catherine Lim, *A Superstar,* Singapore: Times Books International, 2019, p201.

104 Su-Chen Christine Lim, *The Call of the Sea,* Singapore: Times Books International, 2016, p123.

105 Su-Chen Christine Lim, *The Call of the Sea,* Singapore: Times Books International, 2016, p134.

"但是这段经历让赵宝认识到了中国人的勤劳和善良。"[106]小说通过赵宝的海上遭遇，小说刻画了勤劳、善良的中国渔民形象。

　　新加坡英语文学创作后期的勤劳、善良的中国人的正面形象与中期的异化的中国人形象形成了鲜明的对比，其中也是中国和新加坡两个国家经济和国力发展的历程所决定的。在新加坡英语文学创作中期，新加坡在经济上领先于中国，这使得当时的新加坡人在看待中国是有着一定的心理优势。但是随着中国经济发展和国力的不断强大，新加坡人的心理优势不在，他们能够用客观的心态看待中国，这就使得在这时期出现了很多的勤劳、善良的中国人形象。

　　总之在新加坡英语文学发展的后期，随着中国经济的崛起，中国在政治、经济、文化等各个方面都取得了巨大的进步，成为世界第二大经济体，中国与新加坡在经济、政治、国力、世界影响力等方面的对比发生了逆转，相比于二十一世纪的中国，新加坡不再具有优势地位。正是这种国力对比之间的变化，深刻地影响了新加坡人的文化心理和价值观，新加坡人意识到他们已经没有能力从较高的地位俯视中国，现在他们需要做的也许是应该仰视中国这个未来的超级大国。因此，在该阶段的新加坡英语文学中出现更多有关中国相对正面的描写就变得很正常了。按巴柔的理论来说，该时期新加坡的华裔作家对于中国文化的态度开始改变，不再是以前的质疑与蔑视，变成了亲善。再加之新加坡寻根文化的兴起，该时期的中国形象是正面的、发展的、进步的、开放包容的、理性而又自信、善良和勤劳的。

　　通过之前新加坡英语文学作品的梳理，可以发现在新加坡英语文学中涉及中国形象的基本上都是新加坡华裔作家的作品，这主要是因为新加坡的族裔作家关注的焦点都在自己的族群上，因此极少有华裔以外的族裔作家的作品会关注新加坡华裔的生活，如印度裔作家戈培尔·巴拉山，其作品主要关注新加坡印度裔族群的生活；著名马来裔作家沙马的作品主要关注马来裔族群的生活。因此在本成果中涉及的作品基本上都是新加坡华裔作家的作品。由于在新加坡英语文学创作中，华裔作家占绝大多数，本成果所选取的作品又大多是华裔作家具有代表性的作品，因此可以说本成果所涉及的作品代表了新加坡英语文学创作的主流，在作品中的中国形象代表了当代新加坡英语文学中的主流形象。

---

106 Su-Chen Christine Lim, *The Call of the Sea,* Singapore: Times Books International, 2016, p145.

在作品的内容上，大多数作品反映的都是新加坡中产阶级华裔家庭的生活，这与新加坡的现实情况密切相关。根据新加坡国家统计局的统计，在新加坡超过 90%的新加坡华裔家庭的收入超过了 4 万新币[107]，达到了中产阶级的标准。因此在文学作品中就更多地出现了新加坡中产阶级华裔家庭。

另外，作家访谈作为文学研究的一种范式，在文学研究中也起着一定的作用。

法国学者巴柔认为一切形象，都是三重意义上的某个形象：它是异国形象，是出自一个民族的形象，最后是由一个作家特殊感受所创作出来的。也就是说一部作品是带有作家个性化的感受和价值判断的。通常情况下，作者的自身经历、社会观点和价值判断，都与其作品有很强的辩证关系。从马克思主义哲学的角度来说，意识来源于实践。相当于意识形态的文学艺术很大程度上都来源于作者的生活经历。从某种程度上来说，一部作品就是作者自身经历和价值观的现实化塑造。美国学者艾布拉姆斯在其著作《镜与灯》中提出了著名的文学四要素：作家、作品、世界（即作品所处的外部环境）和读者。按照艾比拉姆斯的观点，任何的文学研究都离不开这四种文学要素，缺乏任何一种要素，文学研究都是不全面的。因此作者研究、作者访谈也是文学研究的一种范式。在本成果的正文中，研究了新加坡英语文学作品，也涉及了作品所处的外部环境，而项目负责人对文本的解读也就是读者的观点，而作者的研究则没有涉及。为了更加科学、客观的研究当代新加坡英语文学中的中国形象，本成果负责人选择了有代表性的四个当代新加坡英语作家进行了访谈，在访谈中，涉及了新加坡英语作家的生活经历，更重要的是，在访谈中，记录了这几位作家的中国观的变化，以及在他们的作品中中国形象变化的内在原因，也从侧面证明了当代新加坡英语文学中的中国形象变化的内在规律，具体访谈内容见附录部分。

---

107 Leow Bee Geok, *Census of Population 2000: Advanced Data Release*. Singapore: Singapore Department of Statistics, 2001. p135.

第九章　结论：作为自我与他者混杂的中国形象

　　本文从几个方面论述了当代新加坡英语文学中的中国形象的变迁。"异国形象应被作为一个广泛且复杂的总体——想象物的一部分来研究。更确切地说，它是社会集体想象物（这是从史学家那里借用来的词）的一种特殊表现形态；对他者的描述。"[1]所以，从比较文学的角度来说，形象是一个复杂的整体。当代新加坡英语文学中的中国形象尤其复杂。由于塑造中国形象的新加坡华裔作家的混杂身份，在他们的笔下，中国形象是自我形象与异国形象的混合体。它既有中国传统文化的因素，又受到西方文化的影响。在某一时期中国形象代表了自我的形象，在另外一个时期，中国形象又作为他者的形象而存在。

　　异国形象是一个民族或者族群为解释本族群文化而引入的他者，在自我与他者之间的互动，异国形象学的创造者重新审视本国文化，确立自己的身份认同。"每一种他者形象的形成同时伴随着自我形象的形成。"[2]当代新加坡英语文学中的中国形象从某种程度上来说就是新加坡的作家为了确认自我身份而引入的他者。

　　或许当代新加坡英语文学中的中国形象很难使用经典的形象学理论进行考察。但是新加坡作家作为异国观察者在描述自我与中国的同时对观察对象做出了不同的价值判断。

1　达尼埃尔-亨利·巴柔，《从文化到集体想象物》，《比较文学形象学》，孟华主编，北京大学出版社，2001年版，第109页。
2　胡戈·狄泽林克，《论比较文学形象学的发展》，《中国比较文学》1993（01）：33。

　　总的来说，从历时性的角度来考察，当代新加坡英语文学中的中国形象大致经历了三个阶段。早期的中国形象作为想象的家园形象而存在，中期的中国形象则作为被质疑与蔑视的他者形象存在。在新加坡英语文学创作的晚期，中国形象趋于理性，作为一种客观的中国形象而存在。

　　之所以当代新加坡英语文学中的中国形象经历了以上流变，从表面上看，与当代新加坡的中国观密切相关。新加坡建国初年大量引进西方的文化和技术，因此西方世界的中国观影响着新加坡的中国观。由于形象是一种社会集体想象物，为了更加清晰地了解这种集体想象物形成的社会背景，就有"必要研究一个民族对异国看法的总和。"[3]新加坡的中国观总的说来经历了从仰慕、质疑、蔑视到肯定与认同的变化。从深层次来说，体现了中国与新加坡两个国家间的互动关系。新加坡中国观变化的根本原因与中国和新加坡这两个国家发展变化的历程息息相关。在新加坡成立之初，经济快速发展，一跃而成为亚洲四小龙之一，很快步入了发达国家的行列，在此时的中国正在进行社会主义改造等初级阶段的建设。在这个阶段，新加坡人看待中国是持有一种优越感的，对于中国是质疑和蔑视的。而随着中国的改革开放，中国的经济快速发展，成为世界上一支重要的经济力量。特别是进入二十一世纪，中国的经济总量一跃而成为世界第二大经济体，中国在世界上的影响越来越大。在这个阶段新加坡人对于中国的看法趋于客观，新加坡人开始肯定与认同中国的发展道路，因此该阶段的中国形象是客观与肯定的。

　　在新加坡英语文学创作的早期，中国的形象是作为新加坡华裔作家想象的家园而存在的。由于新加坡早期作家作为新加坡人的自我观念尚未形成，因此早期新加坡英语文学创作中的中国形象既包括了中国的形象，也包含着新加坡华裔本身的形象，是一种自我与他者身份的混杂。[4]当时的中国形象包含了想象的乌托邦形象、亲情中国形象、伦理中国形象等等。之所以如此塑造当时的中国形象是由于在 1965 年，新加坡成立之初，由于立国时间尚短，新加坡人还没有形成自己国家的身份认同。在当时指导新加坡华裔的是中国

3　孟华，《比较文学形象学论文翻译、研究札记》，《比较较文学形象学》，孟华主编，北京大学出版社，2001 年，第 15 页。

4　混杂性，（hybridity）是后殖民领域的重要概念。按照后殖民理论家霍米·巴巴的观点，在当今民族和人种极度混杂的世界上，纯洁的民族观念和纯真的民族文化观念都受到致命的冲击，不再原先的稳固性。此处借用混杂的概念来说明新加坡英语文学中的中国形象的复杂性。

的传统文化观念，所有在这个阶段的中国是作为新加坡华裔作家想象的家园而存在的。

巴柔认为，一个团体、个人、民族看待异国文化有三种态度，第一种基本态度是狂热。"一个作家或者团体把异国现实看着绝对优于主事者文化，优于本土文化。"[5]在新加坡英语文学创作的早期，由于新加坡作为一个国家刚刚成立，还没有形成自己的认同与民族文化。相比于新加坡建国初期的文化荒芜，博大精深的中国传统文化无疑具有优势地位，在新加坡英语文学的早期，指导华裔作家的也是中国的传统文化，当时新加坡华裔对中国文化是仰慕的，所以当时的文学作品中出现的中国形象很多都是正面的。在新加坡英语文学早期的文学创作很多都是对家园的思念与想象，其文学作品中的中国形象很多都是围绕着家园情结展开的。

随着时间的流逝，新加坡大量引进西方的技术与文化，新加坡的经济快速发展，到二十世纪九十年代，新加坡一跃而成为发达国家中的一员，新加坡成为举世闻名的花园城市，相比于当时的中国，新加坡在经济等方面是领先的。在这一阶段，随着当时的新加坡人自我认同的观念不断加强，中国就成为了当时新加坡的他者，而且是被否定的他者，所以当时的新加坡人看待中国的是质疑和轻蔑的。不可避免的，在该时期的英语文学创作中出现的中国形象，已经不像早期英语文学创作中出现的形象，在这个时期出现的中国形象大多是负面的、狂热的、非理性的和异化的形象。

按照巴柔的理论，对于异国文化的态度可以使亲善的。"异国现实被看成、被认为是正面的，它纳入了注视者文化而后者也被认为是正面的，且是对被注视者文化的补充。"[6]1978 年中国正式施行改革开放政策，对世界上包括新加坡在内的很多国家都产生了很大的影响。随着中国改革开放的深入和中国经济的不断发展，新加坡人对于中国的看法也在变化着，对于中国的认知渐渐地趋于客观、正面。特别是进入二十一世纪，中国的经济快速发展，一跃而成为世界第二大经济体，新加坡人开始肯定和认可中国的发展模式。新加坡人对中国文化开始从憎恶走向亲善。尤其是新加坡的华裔，开始向往中国文化，有越来越多的新加坡华裔开始认同中国文化，在新加坡政府的提倡下，讲华语

5 达尼埃尔-亨利·巴柔，《从文化到集体想象物》，《比较文学形象学》，孟华主编，北京大学出版社，2001 年版，第 109 页。
6 达尼埃尔-亨利·巴柔，《从文化到集体想象物》，《比较文学形象学》，孟华主编，北京大学出版社，2001 年版，第 111 页。

运动在新加坡蓬勃开展起来。越来越多的新加坡华裔开始文化寻根。在该阶段的中国形象的构建大都是正面的。在新加坡英语文学发展的晚期，随着中国经济的崛起，中国在政治、经济、文化等各个方面都取得了巨大的进步。在该阶段的新加坡英语文学中出现更多的是有关中国正面的描写，该时期新加坡的华裔作家对中国文化的态度开始改变，不再是之前的质疑与蔑视，变成了亲善。再加之新加坡寻根文化的兴起，该时期的中国形象是发展、进步、理性而又自信的、开放包容和勤劳善良的。

从以上简单地梳理可以看出，当代新加坡英语文学中的中国形象经历了三个不同的阶段。当代新加坡英语文学中的中国形象体现了新加坡华裔的身份的混杂，即中国的形象既是自我形象的塑造，又是异国形象的塑造。因此当代新加坡英语文学中的中国形象有其复杂性与独特性。而当代新加坡英语文学中中国形象的发展流变，其根本原因在于中国和新加坡两国关系的发展互动，可以预见的是随着中国经济、文化、社会等方面的不断发展和在世界上地位的不断提高，新加坡英语文学中的中国形象就会不断地趋于客观和正面，在未来的新加坡英语文学中，中国必将呈现出一个光明磊落、豪迈奔放、新鲜亮丽、热情善意、充满生命力的形象！

主要参考文献

一、中文参考文献

1. （美）艾恺，《世界范围内的反现代主义浪潮——论文化守成主义》，贵阳：贵州人民出版社，1991年。

2. （美）本尼迪克特·安德森，《想象的共同体——民族主义的起源与散布》，吴叡人译，上海：上海人民出版社，2003年。

3. （英）比尔·阿希克洛夫特等，《逆写帝国：后殖民文学的理论与实践》，刘自荃译，台北县：骆驼出版社，1998年。

4. （苏）弗·伊·安季波夫，《新加坡经济地理概论》施纯谋译，黄倬汉校，广东高等教育出版社。

5. 毕世鸿等编著，《新加坡概论》，广州：世界图书出版社广东有限公司，2012年。

6. （英）艾勒克·博埃默，《殖民与后殖民文学》，盛宁、韩敏中译，沈阳：辽宁教育出版社、牛津大学出版社，1998年。

7. （美）西里尔·布莱克，《现代化的动力——一个比较史研究》，段小光译，成都：四川人民出版社，1998年。

8. 〔美〕西里尔·布莱克编，《比较现代化》，杨豫等译，上海：上海译文出版社，1996年。

9. （加）卜正民、（加）施恩德，《民族的构建：亚洲精英及其民族身份认同》，陈城等译，长春：吉林出版集团有限责任公司，2008年。

10. 曹顺庆，《跨文化比较诗学论稿》，桂林：广西师范大学出版社，2004年。

11. 曹顺庆等,《比较文学论》,成都:四川教育出版社,2002 年。

12. 曹顺庆主编,《比较文学史》,成都:四川人民出版社,1991 年。

13. 曹顺庆主编,《比较文学学》,成都:四川大学出版社,2005 年。

14. 曹顺庆主编,《比较文学新开拓》,重庆:重庆大学出版社,2000 年。

15. 曹顺庆主编,《中外文学跨文化比较》,北京:北京师范大学出版社,2000 年。

16. 陈爱敏,《认同与疏离:美国华裔流散文学批评的东方主义视野》,北京:人民文学出版,2007 年。

17. 常永胜主编,《马来西亚社会文化与投资环境》,广州:世界图书出版社广东有限公司,2012 年。

18. 陈方,《当代俄罗斯女性小说研究》,北京:中国人民大学出版社,2007 年。

19. 陈涵平,《北美新华文文学》,银川:宁夏人民出版社,2006 年。

20. 陈实,《新加坡华文作家作品论》,桂林:广西师范大学出版社,1991 年。

21.(英)阿兰·德波顿,《身份的焦虑》,陈广兴、南治国译,上海:上海译文出版社,2007 年。

22. 戴勇,《民族主义与新加坡现代化》,华东大学 2005 届硕士研究生学位论文。

23. 狄其骢、王汶成、凌晨光,《文艺学通论》,北京:高等教育出版社,2009 年。

24. 董小燕,《西方文明史纲》,杭州:浙江大学出版社,2001 年。

25. 杜声锋,《拉康结构主义精神分析》,台北:远流出版事业公司,1988 年。

26. 段德智,《宗教学》,北京:人民出版社,2010 年 9 月。

27.(法)法侬,《全世界受苦的人》,万冰译,南京:译林出版社,2005,第 30 页

28. 范若兰等,《伊斯兰教与东南亚现代化进程》,北京:中国社会科学出版社,2009 年。

29.(新)方修,《独立 25 周年新华文学纪念集》,新加坡:新加坡文艺研究出版社,1990 年。

30. （新）方修，《马华新文学史稿》，（上）新加坡：世界书局，1962 年。

31. （新）方修，《马华新文学史稿》，（下）新加坡：世界书局，1963 年。

32. （新）方修，《新马文学史论集》新加坡：文学书屋，1986 年。

33. （新）方修，《马华新文学大系·理论批评一集》，新加坡：新加坡世界书局，1972 年。

34. 方壮璧，《新加坡啊！新加坡：一个独立斗士的呼声》，马来西亚：大汉山文化企业公司，2000 年。

35. 费小平，《家园政治：后殖民小说与文化研究》，北京：北京大学出版社，2010 年。

36. 冯清莲，《新加坡人民行动党——它的历史、组织与领导》，上海：上海人民出版社，1975 年。

37. （日）福原泰平，《拉康——镜像阶段》，王小峰、李濯凡译，石家庄：河北教育出版社，2002 年。

38. 江宜桦，《自由主义、民族主义与国家认同》，台北：台北扬智文化事业股份有限公司，1998。

39. 龚晓辉等，《马来西亚概论》，广州：世界图书出版社广东有限公司，2012 年。

40. 顾肃，《宗教与政治》，南京：译林出版社，2010 年。

41. （法）莫里斯·哈布瓦赫，《论集体记忆》，上海：上海人民出版社，2002 年。

42. 黄汉平，《拉康与后现代文化批评》，北京：中国社会科学出版社，2006 年。

43. 黄孟文主编，《新加坡华文文学史稿》，新加坡：八方文化企业公司，2002 年。

44. 黄万华，《新马百年华文小说史》，济南：山东文艺出版社，1999 年。

45. 黄晓娟、张淑云、吴晓芬，《多元文化背景下的边缘书写》，北京：民族出版社，2009 年。

46. 黄也平主编，《文学通论导论》，长春：吉林大学出版社，2009 年。

47. 黄作，《不思之说：拉康主体理论研究》，北京：人民出版社，2005 年。

48. 孔庆山，《新加坡社会文化与投资环境》，广州：世界图书出版广东有限公司，2012 年。

49. （新）李光耀，《李光耀回忆录》，新加坡：新加坡联合早报，1995 年。

50. （新）李光耀，《李光耀四十年政论选》，新加坡：新加坡报业控股，1993 年。

51. 李金龙，《国家地理百科：缅甸、泰国、孟加拉国、尼泊尔、马来西亚、新加坡》，广州：远方出版社，2005 年。

52. 李元瑾，《新马华人：传统与现代的对话》，新加坡：南洋理工大学中华语言文化中心，2002 年出版。

53. 李一平、周宁，《新加坡研究》，北京：国际文化出版公司，1996 年。

54. 李应志，《解构的文化政治实践：斯皮瓦克后殖民文化批评研究》，上海：上海三联书店，2008 年。

55. 李志东，《新加坡国家认同研究》，北京大学 2004 届博士论文。

56. 李自芬，《现代性体验与身份认同：当代现代小说的身体叙事研究》，成都：巴蜀书社，2009 年。

57. 梁立基、李谋，《世界四大文化与东南亚文化》，北京：经济日报出版社，2000 年。

58. 刘宏，《战后新加坡华人社会的嬗变》，厦门：厦门大学出版社，2003 年。

59. 刘宏、黄坚立主编，《海外华人研究的大视野与新方向：王赓武教授论文选》，新加坡：八方文化企业，2022 年。

60. 鲁虎编著，《新加坡》，北京：社会科学文献出版社，2004 年。

61. 罗钢、刘象愚主编，《后殖民主义文化理论》，北京：中国社会科学出版社，1999 年。

62. 罗荣渠，《现代化新论》，北京：北京大学出版社，1993 年。

63. 罗杰、傅聪聪等，《〈马来纪年〉翻译与研究》，北京：北京大学出版社，2013 年。

64. 郭惠芬，《马华新文学的先驱——1915 年到 1919 年马华白话小说研究》，厦门：厦门大学出版社，2001 年。

65. 郭洪纪，《文化民族主义》，台北：台北扬智文化事业股份有限公司，1997 年。

66. （英）斯图尔特·霍尔，《表征——文化表征与意指实践》，徐亮、陆兴华译，北京：商务印书馆，2003 年。

67. （英）巴特·穆尔-吉尔伯特，《后殖民理论：语境实践政治》，陈仲丹译，南京：南京大学出版社，2001年。

68. （英）巴特·穆尔-吉尔伯特等编撰，《后殖民批评》，杨乃乔等译，北京：北京大学出版社，2001年。

69. 简瑛瑛主编，《当代文化论述：认同、差异、主体性：从女性主义到后殖民文化想象》，台北：立绪文化事业公司，1997年。

70. （英）马林诺夫斯基，《文化论》，华夏出版社，2002年。

71. （沙）萨义德·侯赛因·纳速尔，《伊斯兰教》，王建平译，上海：上海古籍出版社，2008年。

72. 马云福，《伊斯兰文化：探索与回顾》，银川：宁夏人民出版社，2011年。

73. 孟华主编，《比较文学形象学》，北京：北京大学出版社，2001年。

74. （英）A. 乔西，《李光耀》，安徽大学外语系、上海人民出版社编译室译，上海：上海人民出版社，1976年。

75. 任一鸣，《后殖民：批评理论与文学》，北京：外语教学与研究出版社，2008年。

76. 任一鸣、瞿世镜，《英语后殖民文学研究》，上海：上海译文出版社，2003年。

77. （美）爱德华·W. 萨义德，《东方学》，王宇根译，第2版，北京：三联书店，2007年。

78. （美）爱德华·W. 萨义德，《人文主义与民主批评》，朱生坚译，北京：新星出版社，2006年。

79. （美）爱德华·W. 萨义德，《文化与帝国主义》，李琨译，北京：三联书店，2003年。

80. 饶芃子主编，《中国文学在东南亚》，广州：暨南大学出版社，1999年。

81. 盛宁，《人文困惑——西方后现代主义思潮批判》，北京：生活·读书·新知三联出版社，1997年。

82. 史碧华克，《后殖民理性批判：迈向消逝当下的历史》，台北国立编译馆主译、张君玫译，台北：群学出版有限公司，2006年。

83. （英）安东尼·史密斯，《民族主义：理论，意识形态，历史》，叶江译，上海：上海人民出版社，2006年。

84. 史英，《新华诗歌简史》，新加坡：赤道风出版社，2001 年。

85. （英）迈尔威利·斯徒沃德，《当代西方宗教哲学》，北京：北京大学出版社，2001 年。

86. 宋国诚，《后殖民理论：法农》，台北：擎松图书出版有限公司，2005 年。

87. 宋国诚，《后殖民论述：从法农到萨依德》，台北：擎松图书出版有限公司，2003 年。

88. 宋国诚，《后殖民文学：从边缘到中心》，台北：擎松图书出版有限公司，2004 年。

89. 苏菲，《战后二十年新马华文小说研究》，广州：暨南大学出版社，1991 年。

90. 孙景尧，《比较文学："自我"和"他者"的认知之道》，北京：中国青年出版社，2003 年。

91. （加）查尔斯·泰勒，《自我的根源：现代认同的形成》，韩震等译，南京：译林出版社 2001 年。

92. （英）尼古拉斯·塔林主编，《剑桥东南亚史目》，王士录等译，昆明：云南人民出版社，2003 年版。

93. 陶东风，《后殖民主义》，台北：扬智文化事业公司，2000 年。

94. 陶家俊，《思想认同的焦虑：旅行后殖民理论的对话和超越精神》，北京：中国社会科学出版社，2008 年。

95. 王逢振等编，《最新西方文论选》，桂林：漓江出版社，1991 年。

96. 王宁、薛晓源主编，《全球化与后殖民批评》，北京：中央编译出版社，1998 年。

97. 王润华，《华文后殖民文学：中国、东南亚的个案研究》，上海：学林出版社，2001 年。

98. 王润华、白豪主编，《东南亚华文文学》，新加坡：新加坡作家协会，1989 年。

99. 王岳川，《后殖民主义与新历史主义文论》，济南：山东教育出版社，1999 年。

100. 吴云贵，《伊斯兰教法：经典传统与现代阐释》序一，北京：中国社会科学出版社，2011 年。

101. （新）新加坡华文研究会编，《世界华文教学研讨会论文集》，新加坡：新加坡华文研究会，1990 年。

102. （德）马克斯·韦伯，《经济与社会（上）》，林荣远译，北京：商务印书馆，1998 年。

103. 邢贲思等主编，《影响世界的著名文献——政治·社会卷》，北京：新华出版社，1997 年版。

104. 徐贲，《走向后现代与后殖民》，北京：中国社会科学出版社，1996 年。

105. 严泽胜，《穿越"我思"的幻象：拉康主体性理论及其当代效应》，北京：东方出版社，2007 年。

106. （新）杨碧珊，《新加坡戏剧史论》，新加坡：海天文化私人企业公司，1992。

107. 杨乃乔，《诗学与他者视域》，北京：学苑出版社，2002 年。

108. （新）杨松年，《新马华文文学论集》，新加坡：南洋商报，1982 年。

109. 乐黛云、张辉主编，《文化传递与文学形象》，北京：北京大学出版社，1999 年。

110. （新）云惟利编，《新加坡社会和语言》，新加坡：南洋理工大学中华语言文化中心，1996 年。

111. 张德明，《流散族群的身份建构：当代加勒比英语文学研究》，杭州：浙江大学出版社，2007 年。

112. 张静主编，《身份认同研究：观念、态度、理据》，上海：上海人民出版社，2006 年。

113. 张京媛编，《后殖民理论与文化认同》，台北：麦田出版公司，1995 年。

114. 张京媛主编，《后殖民理论与文化批评》，北京：北京大学出版社，1999 年。

115. 张隆溪，《二十世纪西方文论书评》，北京：生活·读书·新知三联书店，1986 年。

116. 张其学，《后殖民主义语境中的东方社会：兼与马克思东方社会理论的比较》，北京：中国社会科学出版社，2008 年。

117. 张跣，《赛义德后殖民理论研究》，上海：复旦大学出版社，2007 年。

118. 张扬，《台湾女性文学场域中的"家园情结"的书写》，郑州大学硕士论文，2006 年。

119. 张永和,《李光耀传》, 广州: 花城出版社, 1993 年。

120. 张云鹏,《文化权: 自我认同与他者认同的向度》, 北京: 社会科学文献出版社, 2007 年。

121. 张志彪,《比较文学形象学理论与实践: 以中国文学中的日本形象为例》, 北京: 民族出版社, 2007 年。

122. 张中载、王逢振、赵国新编,《二十世纪西方文论选读》, 北京: 外语教学与研究出版社, 2002 年。

123. 周群,《宗教与文学》, 南京: 译林出版社, 2009 年。

124. 周宁,《新华文学论稿》, 新加坡: 新加坡文艺学会, 2003 年。

125. 朱崇科,《考古文学"南洋"》, 上海: 上海三联书店, 2008 年。

126. （新）诸家编,《新马汶华文文学评论集》, 新加坡: 斯雅舍出版, 2008 年。

127. 朱立立,《身份认同与华文文学研究》, 上海: 上海三联书店, 2008 年。

128. 朱立元主编,《当代西方文艺理论》, 上海: 华东师范大学出版社, 1997 年。

129. 庄钟庆主编,《当代东南亚华文文学多面观》, 厦门: 厦门大学出版社 1995 年。

130. 庄钟庆主编,《东南亚华文新文学史》, 北京: 人民文学出版社, 2007 年。

131. 庄钟庆等主编,《东南亚华文文学研究集刊》, 第一辑, 厦门: 厦门大学出版, 1995 年。

132. 庄钟庆主编,《东南亚华文文学与中国现代文学》, 厦门: 厦门大学出版社, 1991 年。

二、英文参考文献

1. Ahmad, Abu Talib and Tan Liok Ee, eds. *New terrains in Southeast Asian history*. Athens, OH: Ohio University Press, 2003.

2. Anderson, Benedict. *Imagined Communities: Reflections on the Origin and Spread of Nationalism*. London: Verso, 1991.

3. Ashcroft, Bill, eds. *The post-colonial Studies Reader*. London: Routledge, 1995.

4. Asiah, Abu Samah. *English language policies in Malaysia, Singapore and the Philippines,* Singapore: Institute of Southeast Asian Studies, 2007.

5. Aziz, Mohamed Pitchay Gani bin Mohamed Abdul, ed. *Unity in diversity: anthology of poems, short stories & essays.* Singapore: Special Training Programme (Mother Tongue), National Institute of Education, 2005.

6. Bennett, Bruce, Ee Tiang Hong & Ron Shepherd, eds. *The Writer's sense of the contemporary: papers in Southeast Asian and Australian literature.* Nedlands, W. A.: Centre for Studies in Australian Literature, University of Western Australia, 1982.

7. Benson, Eugene and L. W. Conolly, eds. *Encyclopedia of Postcolonial Literature in English.* London and New York: Routledge, 1994.

8. Birch, David, ed. *Interlogue: Studies in Singapore Literature,* Vol 6. Singapore: EthosBooks, 2006.

9. Bhabha, Homi K. *The Location of Culture.* London and New York: Routledge, 1994.

10. Bhabha, Homi K. *Nation and Narration.* New York: Routledge and Keegan Paul, 1990.

11. Brown, Adam. *Singapore English in a nutshell: an alphabetical description of its feature.* Singapore: Federal Pub, 1999.

12. Butcher, Melissa and Selvaraj Velayutham, eds. *Dissent and cultural resistance in Asia's cities.* London, New York: Routledge, 2009.

13. Chan, Mimi & Roy Harris, eds. *Asian voices in English.* Hong Kong: Hong Kong University Press, 1991.

14. Chee, Tham Seong, ed. *Essays on literature and society in Southeast Asia: political and sociological perspectives.* Singapore: Singapore University Press, 1981.

15. Chew, Phyllis Ghim Lian, ed. *Emergent lingua francas and world orders: the politics and place of English as a world language.* London: Routledge, 2009.

16. Chew, Phyllis G. L. & Anneliese Kramer-Dahl, eds. *Reading culture: textual practices in Singapore.* Singapore: Times Academic Press, 1999.

17. Chomsky, Noam. *Language and Responsibility.* New York: Pantheon Books, 1979.

18. Chong, Terence. *Civil society in Singapore: reviewing concepts in the literatuy.* Singapore: Institute of Southeast Asian Studies, 2005.

19. Choon, Ban Kah. *Of memory and desire: the stories of Gopal Baratham.* Singapore: Times Books International, 2000

20. Chrisman, Laura and Patrick Williams. *Colonial Discourse and postcolonial Theory.* New York: Columbia University Press, 1994.

21. Christiansen, Flemming, eds. *The politics of multiple belonging: ethnicity and nationalism in Europe and East Asia.* Burlington, VT: Ashgate, 2004.

22. Conrad, Joseph. *The Heart of Darkness.* New York: New America Library, 1950.

23. Crewe, W. J. (William James). *The English language in Singapore.* Singapore: Eastern Universities: Press, 1977.

24. Darma, Budi, ed. *Modern literature of ASEAN.* Jakarta: ASEAN Committee on Culture and Information, 2000.

25. Deterding, David. *Singapore English.* Edinburgh: Edinburgh University Press, 2007.

26. During, Simon. *Postmodernism or Postcolonialism.* Dunedin, New Zealand: Landfall,1985.

27. Eagleton,Terry. *Literary Theory.* Minneapolis, MN: University of Minnesota Press, 1996.

28. Fanon, Franz. *A Dying Colonialism.* New York: Grove,1965.

29. Fanon, Franz. *Black Skin, White Masks.* New York: Grove,1967.

30. Fanon, Franz. *Towards the African Revolution.* New York: Grove ,1967.

31. Fanon, Franz. *The Wretched of the Earth.* New York: Grove ,1961.

32. Foley, Joseph A., ed. *English in new cultural contexts: reflections from Singapore.* Singapore: Singapore Institute of Management, 1998.

33. Foley, Joseph A. *New Englishes: the case of Singapore.* Singapore: Singapore University Press, National University of Singapore, 1988.

34. Gendzier, Irene L. *Fanon: A critical Study.* London: Wildwood House, 1973.

35. Gesteland, Richard R. & Georg F. Seyk. *Marketing across cultures in Asia.* Copenhagen: Copenhagen Business School Press, 2002.

36. Goh, Daniel P. S., ed. *Race and multiculturalism in Malaysia and Singapore.* Milton Park, Abingdon, Oxon, New York: Routledge, 2009.

37. Gordon, Lewis R. *Fanon: a Critical Reader.* Oxford: Blackwell Publishers, 1996.

38. Hanna, Samantha. *An essential guide to Singlish.* Singapore: Gartbooks, 2003.

39. Gullick, J. M., eds. *Adventures and encounters: Europeans in South-east Asia.* Kuala Lumpur, New York: Oxford University Press, 1995.

40. Hill, Lewis, ed. *A new checklist of English-language fiction relating to Malaysia, Singapore and Brunei.* Hull:University of Hull, 1991.

41. Ho, Mian Lian. *Dynamics of a contact continuum: Singaporean English.* Oxford: Clarendon Press, 1993

42. Holden, Philip. *Autobiography and decolonization: modernity, masculinity, and the nation-state.* Madison, Wis.: University of Wisconsin Press, 2008.

43. Hosillos, Lucila. *Southeast Asian literature as reflection of liberation.* Manila: De La Salle College, 1975

44. Hussain, Yasmin. *Writing diaspora: South Asian women, culture, and ethnicity.* Aldershot: Ashgate, 2005

45. Jenkins, Jennifer. *The phonology of English as an international languages.* London: Oxford University Press, 2000.

46. Kachru, Braj B. Kachru. *The Other Tongue: English Across Cultures.* Urbana: University of illinois. 1982.

47. Kapur, Basant. *Singapore studies: critical surveys of the humanities and social sciences.* Singapore: Singapore University Press, 1986.

48. Kintanar, Thelma B. *Her story: women's narratives in modern Southeast Asian writing.* Pasig City, Philippines: Anvil Pub., 2008.

49. Klein, Ronald D., ed. *Interlogue: Studies in Singapore Literature,* Vol 8. Singapore: Ethos Books, 2009.

50. Klein, Rodald D., ed. *Interlogue: Studies in Singapore Literature,* Vol 4. Singapore: Ethos Books, 2003.

51. Klein, Ronald D. *The other empire: literary views of Japan from the Philippines, Singapore, and Malaysia.* Diliman, Quezon City: University of the Philippines Press, 2008.

52. Klokke, Marijke J., ed. *Narrative sculpture and literary traditions in South and Southeast Asia.* Leiden; Boston: Brill, 2000.

53. Koh, Tai Ann ,ed. *Singapore literature in English: an annotated bibliography.* Singapore: National Library Board Singapore, 2008.

54. Kuo, Eddie C. Y. *Language Management in a Multilingual State: the Case of Planning in Singapore.* Singapore: National University of Singapore, 1988.

55. Lai, Amy Tak-Yee. *Asian English writers of Chinese origin: Singapore, Malaysia, Hong Kong.* Newcastle: Cambridge Scholars, 2009.

56. Lee, Su Kim. *Border crossings: moving between languages & cultural frameworks.* Selnagor: Pelanduk Publications, 2007.

57. Leow, Bee Geok, *Census of Population 2000: Advanced Data Release.* Singapore: Singapore Department of Statistics, 2001.

58. Leong, Liew Geok, ed. *More than half the sky: creative writings by thirty Singaporean women.* Singapore: Times Books International, 1998.

59. Lim, Lisa., Anne Pakir and Lionel Wee, eds. *English in Singapore: Modernity and Management.* Singapore: NUS Press, 2010.

60. Lim, Shirley. *Nationalism and literature: English-language writing from the Philippines and Singapore.* Quezon City: New Day Publishers, 1993.

61. Lim, Shirley, *Writing Southeast Asia in English: against the grain, focus on Asian English-language literature.* London: Skoob Books Pub., 1994.

62. Lim, Tze Peng. *Fascinating landscapes: the art of Lim Tze Peng.* Singapore: Singapore Art Museum, 1998.

63. Lo, Jacqueline, ed. *Staging nation: English language theatre in Malaysia and Singapore.* Hong Kong: Hong Kong University Press, 2004.

64. Low, Ee Ling. *English in Singapore: an introduction.* New York: McGraw Hill, 2005.

65. Mallari-Hall, Luisa J., eds. *Texts and contexts: interactions between literature and culture in Southeast Asia: papers presented at the International*

Conference on Southeast Asian Literatures, University of the Philippines, Diliman, Quezon City, 19-21 May 1997. Quezon City: Dept. of English and Comparative Literature, College of Arts and Letters, University of the Philippines, 1999.

66. McClintlock, Anne. *Imperial Leather: Race, Gender, and Sexaulity in the Colonial Context.* London and New York: Routledge, 1995.

67. Minh-Ha, M. T. *Colonial Discourse and postcolonial Theory: A Reader.* Oxford: Basil Blackwell, 1997.

68. Nair, Chandran. *Singapore writing.* Singapore: Woodrose Publications, for the Society of Singapore Writers, 1977.

69. National Library of Singapore, ed. *Celebrations: Singapore creative writing in English: a bibliography.* Singapore: Reference Services Division, National Library, 1994.

70. National Library of Singapore. ed, *Creative writing in Singapore 1986-1990: a select bibliography.* Singapore: Reference Services Division, National Library, 1991.

71. National Library of Singapore, ed. *Our literary heritage: history and criticism: a select bibliography.* Singapore: National Library, 1989.

72. Nazareth, Peter, *Interlogue: Studies in Singapore Literature,* Vol 7. Singapore: Ethos Books, 2006.

73. Ng, Siew Ai. *The historical significance of delving into the Singapore-Malayan short stories of the late twenties: perceptions of society as reflected in the literary language.* Singapore: Dept. of Chinese Studies, National University of Singapore, 2005.

74. Ooi,Vincent B. Y., ed. *Evolving identities: the English language in Singapore and Malaysia.* Singapore: Times Academic Press, 2001.

75. Pakir, Anne, ed. *Voices of Singapore: multilingual poetry & prose.* Singapore: Faculty of Arts and Social Sciences, National University of Singapore, 1990.

76. Pang, Alvin, ed. *No other city: the Ethos anthology of urban poetry.* Singapore: Ethos Books, 2000.

77. Pang, Alvin, ed. *Tumasik: contemporary writing from Singapore.* Singapore:

National Arts Council of Singapore, 2009.

78. Pennycook, Alastair. *The cultural politics of English as an international language.* Harlow, Essex, England: Longman Group UK; New York: Longman Pub., 1994.

79. Platt, John Rader. *English in Singapore and Malaysia: status, features, functions.* Oxford: Oxford University Press, 1980.

80. Poon, Angelia, eds. *Writing Singapore: an historical anthology of Singapore literature.* Singapore: NUS Press: 2009.

81. Puthucheary, Rosaly. *Different voices: the Singaporean/Malaysian novel.* Singapore: Institute of Southeast Asian Studies, 2009.

82. Pugalenthi, S. R. *Myths and legends of Singapore.* Singapore: VJ Times, 1991.

83. Quah, Jon S. T. *Religion and religious conversion in Singapore: a review of the literature.* Singapore: Ministry of Community Development, 1989.

84. Quayum, Mohammad A. & Wong Phui Nam, Gwee Li Sui, eds. *Sharing borders: studies in contemporary Singaporean-Malaysian literature I-II.* Singapore: National Library Board in partnership with the National Arts Council, Singapore, 2009.

85. Quayum, Mohammad A, ed. *Singaporean literature in English: a critical reader.* serdang: Universiti Putra Malaysia Press, 2002.

86. Rajeeve, Patke. *Postcolonial poetry in English.* New York: Oxford University Press, 2006.

87. Rajeeve, Patke. and Philip Holden. *The Routledge concise history of Southeast Asian writing in English.* London; New York: Routledge, 2010.

88. Rajeeve, Patke. *Singapore Poetry in English.* Singapore: Ethos Books, 1998.

89. The Reference Dept ed. *A bibliography of creative writing in the English language in Singapore.* Singapore: University of Singapore, Library, 1976.

90. Richard, J. C, eds. *New Varieties of English: issues and Approaches.* Singapore: RELC Occasional Papers, 2001.

91. Rushdie, Salamn. *Imaginary Homelands.* New York: Granta, 1992.

92. Rutherford, Anna, Lars Jensen, and Shirley Chew, eds. *Into the nineties: post-colonial women's writing.* Armidale, N. S. W.: Dangaroo Press, 1994.

93. Said, Edward. W. *Beginnings: Intention and Method.* New York: Columbia University Press, 1975.

94. Said, Edward. W. *Culture and Imperialism.* New York: Knopf, 1993.

95. Said, Edward. W. *Representations of the Intellectual.* London: Vintage, 1994.

96. Said, Edward. W. *The World, the Text, and the Critic.* Cambridge, Mass.: Harvard University Press, 1983.

97. Shelley, Rex. *Sounds and sins of Singlish, and other nonsense.* Singapore: Times Books International, 2000.

98. Singh, Kirpal. ed. *Interlogue: Studies in Singapore Literature,* Vol 1. Singapore: Ethos Books, 1999.

99. Singh, Kirpal, ed. *Interlogue: Studies in Singapore Literature,* Vol 2. Singapore: Ethos Books, 2001.

100. Singh, Kirpal, ed. *Interlogue: Studies in Singapore Literature,* Vol 3. Singapore: Ethos Books, 2002.

101. Singh, Kirpal, ed. *The Writer's sense of the past: essays on Southeast Asian and Australasian literature.* Singapore: Singapore University Press, 1987.

102. Spivak, Gayatri Chakravorty. *A Critique of Post-Colonial Reason: Toward a History of the Vanishing Present.* Cambridge, Mass.: Harvard University Press, 1999.

103. Spivak, Gayatri Chakravorty. *In the Other Worlds: Essays in Cultural Politics.* London: Methuen, 1987.

104. Smyth, David, ed. *Southeast Asian writers.* Detroit: Gale, 2009.

105. Talif, Rosli, ed. *Malay in Malaysian and Singapore literature in English: an annotated bibliography.* Serdang: Universiti Putra Malaysia Press, 2006.

106. Tan, Chong Kee. *Ask not: the Necessary Stage in Singapore theatre.* Singapore: Times Editions, 2004

107. Tan, Gene, ed. *Celebrations: Singapore creative writing in English: a bibliography.* Singapore: Reference Services Division, National Library, 1994.

108. Tay, Mary Wan Joo. *The English language in Singapore: issues and development.* Singapore: UniPress, 1993.

109. Thamayanthi, Thirugnanam. *Discrimination by race and sex in the labour market: a study of the literature and its relevance to Singapore.* Singapore: University of Singapore, 1979.

110. Tham, Seong Chee, ed. *Essays on literature and society in Southeast Asia: political and sociological perspectives.* Singapore: Singapore University Press, 1981.

111. Thiongo, Ngugi wa. *Homecoming: Towards a National Culture.* London: HEB, 1972.

112. Thumboo, Edwin, ed. *The Fiction of Singapore.* Singapore: Unipress, 1993.

113. Thumboo, Edwin, ed. *The flowering tree/selected writings from Singapore/Malaysia.* Singapore: Educational Publications Bureau, 1970.

114. Thumboo, Edwin, ed. *Journeys: words, home, and nation: anthology of Singapore poetry, 1984-1995.* Singapore: UniPress, 1995.

115. Thumboo, Edwin, ed. *Literature and liberation: five essays from Southeast Asia.* Manila, Philippines: Solidaridad Pub. House, 1988.

116. Thumboo, Edwin, ed. *Perceiving other worlds.* Singapore: Marshall Cavendish Academic, 2005.

117. Thumboo, Edwin, ed. *The poetry of Singapore.* Singapore: Published under the sponsorship of the ASEAN Committee on Culture and Information, 1985.

118. Thumboo, Edwin, ed. *The Second tongue: an anthology of poetry from Malaysia and Singapore.* Heinemann, Educational Books (Asia), 1976.

119. Thumboo, Edwin, ed. *Words for the 25th: readings by Singapore writers.* Singapore: UniPress, 1990.

120. Tim, Yap Fuan, ed. *Singapore literature: a select bibliography of critical writings.* Singapore: National University of Singapore Library 2000.

121. Toh, Hsien Min, eds. *First words: a selection of works by young writers in Singapore.* Singapore: Unipress, 1996.

122. Tong, Chee Kiong, eds. *Ariels: departures & returns: essays for Edwin Thumboo.* Singapore: Oxford University Press, 2001.

123. Tongue, Ray K. *The English of Singapore and Malaysia.* Singapore: Eastern Universities Press, 1974.

124. Tope, Lily Rose. *Nationalism and the Southeast Asian post-colonial text in English: re-writing and re-interpreting historical and mythical narratives.* Singapore: Dept. of English Language and Literature, National University of Singapore, 1994.

125. Tope, Lily Rose. *(Un)Framing Southeast Asia: nationalism and postcolonial text in English in Singapore, Malaysia and the Philippines.* Quezon City, Philippines: University of the Philippines, Office of Research Coordination, 1998.

126. Wagner, Tamara *S. Occidentalism in novels of Malaysia and Singapore, 1819-2004: colonial and postcolonial financial straits and literary style.* New York: Edwin Mellen Press, 2005.

127. Watt, George, ed. *Interlogue: Studies in Singapore Literature,* Vol 5. Singapore: Ethos Books, 2004.

128. Wong, Cyril, ed. *But, a collaborative writing anthology.* Singapore: Hwa Chong ELDDFS and the VJC Writer's Circle, 2005.

129. Yamada, Teri Shaffer, ed. *Modern short fiction of Southeast Asia: a literary history.* Singapore: Association for Asian Studies, Inc., 2009.

130. Yeo, Robert, ed. *Singapore short stories.* Singapore: Pearson Longman, 2000.

131. Zach, Wolfgang, eds. *Nationalism vs. internationalism: (inter)national dimensions of literatures in English.* Tubingen: Stauffenburg Verlag, 1996.

附录一 新加坡英语作家访谈录

笔者在新加坡南洋理工大学访学期间，曾经拜会了很多新加坡较为著名的英语作家。下面的访谈记录由笔者的英文访谈录音整理而成。

1.埃德温·坦布访谈录

刘延超（以下简称刘）：首先，非常感谢您接受我的采访。作为新加坡文学的开拓者和最有影响力的新加坡作家之一，今天能够采访到您，我感到非常荣幸。之前有过中国学者采访您吗？

埃德温·坦布（以下简称坦布）：我去过中国几次，都是去中国讲学。不过还没有中国的研究者专门采访我，也许是因为新加坡的英语文学在中国影响不大的缘故。

刘：我想以后会有越来越多的人关注新加坡英语文学的。下面我们开始今天的采访吧。首先请您介绍一下您的家庭背景好吗？

坦布：好的。我出生于一个中印混血家庭。我的父亲是一个印度裔的教师，而我的母亲是一个带有中国潮州血统的土生华人，所以我是一个中印混血的人。我出生于新加坡，长在新加坡，可以说是一个土生土长的新加坡人。

刘：可以讲一下您的语言背景吗？

坦布：我的母语是潮州话，在家里我的父母亲之间也会讲英文和马来语。对于我来说，潮州话和英文都可以讲。虽然潮州话是我的母语，但是随着年龄的增大，再加上后来进入英语学校学习，英语慢慢的取代了潮州话的地位，成为我的主要语言，因为英语的确不能说是我的母语，但是却是我最主要的工作语言，英语以后就自然而然的成为了我进行文学创作的语言。

刘：您是如何走上文学创作的道路的？

坦布：在文学创作道路上，给我影响最大的是詹姆斯·弗雷泽尔。他是一个爱尔兰人。在文学的道路上他给了我巨大的影响和帮助，甚至可以说，没有他的帮助，我就不可能走上文学创作的道路。我记得在小学的时候我对于自然科学非常感兴趣，尤其化学是我的最爱。但是由于当时的学习比较轻松，因此学生们都可以有很多的其他爱好。文学就是我的爱好之一。大约是在二十世纪四十年代末的时候，我开始写诗歌。也许是我的一个老师将我的诗歌作品拿给弗雷泽尔，这样他才开始注意我。他是一个热心、慷慨和乐于奉献的人。还有其他的老师教我们有关诗歌的东西，例如词的发音和节奏以及押韵等，后来我和当时的诗人王赓武等有了比较密切的交往，应该说当时我们几个人形成了一个诗歌创作的小团体，对于我后来的诗歌创作也产生了很大的影响。

刘：您是如何开始自己的诗歌创作的呢？我的意思是说在诗歌创作上您是如何处理模仿与创新的关系的呢？因为大多数人开始创作的时候都是从模仿开始的。

坦布：是的，在开始诗歌创作的时候，任何人都会进行模仿，我也是一样的。但是文学创作仅仅靠模仿是不够的，你还必须学会创新。作为一名诗歌爱好者，你有可能学习过很多英国诗人的诗歌，但是最终，如果你想成为一名诗人，你必须要形成自己的风格。对于我来说，一方面语言是文学的一部分，它就像是一个文字游戏一样，别的诗人能够做到的事情，你也可以进行模仿。另一方面，语言对于我来说是我生命的一部分，是表达我情感的一个出口，我必须用语言创造，用我自己的诗歌来表达我的情感。

刘：在诗歌风格上对于您影响最大的是哪些作家？

坦布：英国诗人叶芝对我的影响最大，当然了，还有艾略特对我的影响也很大。这种影响可以从我早期的诗歌中看出来，但是慢慢的，应该说我的诗歌有了一些自己的风格，来表达自己的声音。

刘：在您的诗歌中，你是如何慢慢的形成自己的风格的呢？

坦布：在诗歌创作中，诗人可以慢慢的形成自己的节奏，来表达自己的情感。随着每一个人的长大，我们自己的世界会变得越来越丰富，在这个认识世界的过程中，我们就加入了自己的认识，我们的情感也会发生变化。这样我们的诗歌就会成为我们抒发情感的工具。

刘：有人说诗人写诗就是为了表达个人的情感，也就是您所说的这个意思吧。

坦布：是的，诗人写诗的时候都有着自己的目的，但是有时候文学批评家们会曲解诗人的本意。

刘：在新加坡的后殖民文学创作上您一直以来都非常活跃。可以谈谈这方面的情况吗？

坦布：坦率的说，我个人并不喜欢"后殖民"这个词汇。因为这并不是一个非常准确的词汇。我记得在一次英国学术会议上，我表达了这样的观点。当时在会议上，我质问那些英国人"如果我们是后殖民，或者说是后不列颠时代，那么你们英国人是否可以说是后罗马时代呢？"当时还是有些人认同我的观点的。

刘：如果不使用后殖民，那么用什么来表达呢？

坦布：以前我曾经用"英语新文学"来表达，但是我觉得还不是特别的满意。现在，我想用尼日利亚英语文学、印度英语文学比较合适。

刘：那么在新加坡用英语进行的创作就是新加坡英语文学是吗？

坦布：可以这么说。

刘：作为一个生于多元文化的作家，您是如何定义自己的身份的呢？也就是说，作为一个新加坡作家，或者说一个新加坡人，您认为一个新加坡人最重要的标记是什么？

坦布：这是一个非常难以回答的问题。应该说这也是我在自己的作品中一直努力追寻的东西。我经常会问自己，什么是新加坡人？我们和中国人、印度人、马来人有什么不同呢？毕竟新加坡是一个新生的国家，它的国家凝聚力还比较薄弱。我想这个问题困扰了很多新加坡人。就现在来说，我想一个新加坡人最重要的文化特质应该是它的多元文化，在新加坡你可以看到多元文化和谐共存，这就是新加坡的特色吧。

刘：您曾经说过英语是新加坡人国家认同的工具。但是在新加坡，人们之间进行交流的时候使用本土英语，即新加坡英语，也有很多的作家在自己的作品中使用新加坡英语，他们认为新加坡英语才是新加坡人的标志，就这个问题您是怎么看的呢？

坦布：这是个有趣的问题。就我个人来说，新加坡的英语文学想要得到世界的认可，最好是使用标准英语，因为我们需要有一个和外部交流的通道。而使用新加坡英语有时会影响到与外部的交流。当然了，在文学作品中，比如小说对话中出现一些新加坡英语会增添作品的本土特色，也是不可否认的。

刘：新加坡的文学现在已经形成了自己的特色，或者说形成了自己的民族文学了吗？

坦布：这真的是一个非常难以回答的问题，因为所谓民族文学的形成，需要两个条件，一个是要有数量的保证，在一个是要有质量的提高。

刘：追溯新加坡的英语文学创作似乎经历了这样的过程，在二十世纪的六七十年代，短篇小说的创作比较繁荣。在七八十年代则是长篇小说的创作比较繁荣。现在似乎是诗歌比较繁荣，您是怎么看的呢？

坦布：这的确是一个有趣的现象。我在很久以前就曾经预测了新加坡英语文学发展的曲线。我个人的看法是：首先是诗歌的繁荣，然后是短篇小说，最后是长篇小说和戏剧。但是我的意思并非是说，在某一个时期其他的文学样式就消失了，我的意思是说在某一个时期，某种文学形式更加繁荣一些。新加坡诗歌的创作曾经沉寂了一段时间，但是现在又有很多有天赋的年轻诗人开始诗歌创作，这是一个好现象。

刘：就年轻一代诗人来说，与您开始创作时有什么不同呢？

坦布：在过去的三十年中，新加坡发生了巨大的变化。新的一代有着他们自己独特的视角和感受，但是从我个人的角度来说，年轻一代诗人缺少了像我们这一代诗人那样丰富的人生经历，因为我们见证了我们的国家——新加坡——成长的过程，并且亲身参与其中。现在的年轻一代诗人有着优越的生活条件，但是同时也失去了很多人生历练的机遇。现在的世界是一个全球化的时代，新加坡也在建设一个国际化大都市。因而对于年轻的一代来说，他们亲身参与国家或者民族身份认同的时间太少了，他们的国家认同感多少会受到影响。

刘：作为一个诗人和教师，您和年轻的作家们接触多吗？您是如何鼓励他们进行文学创作的呢？

坦布：是的，我在很多方面指导过年轻作家，例如帮助年轻诗人等等，我想这也是我的责任。

刘：您认为自己是新加坡英语文学的教父吗？因为就我所接触的很多新加坡的学者和作家，很多人这样认为。

坦布：我从来没有认为自己是新加坡文学的教父。我可以说我帮助了很多的年轻人，但是我不能说我就是新加坡文学的教父。因为文学是一个不断发展的过程，在这个过程中会不断地涌现很多有影响的作家，毕竟社会是在不断向前发展的。如果说新加坡英语文学中存在着教父的话，那么这个教父应该是文学本身，而不是某一个人。因为我也是在别人的帮助下才走上文学创作道路的。

刘：现在人们一致的认为您是新加坡的桂冠诗人，虽然事实上新加坡并没有这样正式的头衔，但是很多学者和作家认为您就是事实上的新加坡桂冠诗人，您接受这样的评价吗？

坦布：非常感谢人们能够这样看待我，能够有这样的荣誉是我的荣幸。在我开始从事诗歌创作的时候，我就立意成为一名优秀的诗人。同时这也不仅仅是我个人的荣誉，也说明了诗歌在整个社会地位的提高。我希望，在我死后，能够还有其他的诗人能够享有桂冠诗人的荣誉。

刘：在您的作品中是否有刻意地描写中国或者与中国相关的内容呢？

坦布：你知道的，我的母亲是一个华裔，中国是她的族裔国，而且在家里有时候我们也会讨论和中国有关的话题，所以，我的作品难免会涉及中国。

刘：可以谈谈在您的心中，中国是一个什么样形象吗？

坦布：我认为自己作品中的中国形象不是固定不变的，在不同时期，我对中国印象、感觉等等都是不一样的，尤其是近年来，我去到中国，感觉中国的变化太大了，有时候我每隔几年去中国，都会给我留下不同的印象，所有这些都深刻地改变着作品里的中国形象，总的来说，我作品里的中国形象是一个从负面到正面的过程，具体原因，我相信你应该也会了解。

刘：可以谈谈未来的计划吗？

坦布：现在我已经从全职的工作岗位上退休了，但是我想不会完全停止我的工作，并且我还有很多的事情要完成，例如在我退休以后可以专心致志的从事写作，当然了，我也有更多的时间可以陪伴一下我的孙子了。

刘：非常感谢您接受我的采访，真心的祝愿您身体健康。希望以后还有机会再次采访你。谢谢。

2. 罗伯特·杨访谈录

刘延超（以下简称刘）：首先，非常感谢您接受我的采访。在正式的开始之前我想问一下，作为一个土生华人，您接受过来自中国学者的采访吗？

罗伯特·杨（以下简称杨）：到现在还没，应该说你是第一个采访我的中国学者，也许我还不够有名吧！

刘：您太客气了，这也和中国学者的研究兴趣有关。在中国，大多数研究新加坡文学的学者关注的是新加坡的华文文学创作，对于英语文学，中国学者关注的较少。不过现在也开始有学者关注这个领域的研究了，我相信以后会有越来越多的学者关注新加坡的英语文学。

杨：希望如此，因为新加坡的英语文学是新加坡文学重要的组成部分，研究新加坡文学，不研究它的英语文学是不可想象的。

刘：下面让我们回归正题吧，首先是否可以请您谈一下您的家庭背景？

杨：好的。我出生于一个新加坡的华裔家庭，由于生活在一个马来人的村庄，我小时候的母语也不是华语，而是马来语。在家里交流也是使用马来语。后来在我开始上学的时候，我的父亲将我送到了英文学校，这也是当时很多华裔家庭的选择，因为就读于英文学校，将在就业的时候会有一些帮助。我想父亲的决定影响了我一生的写作生涯，虽然后来我也学习过华文和马来文，但是英文一直是我进行文学创作的语言。

刘：您喜欢学校里的生活吗？

杨：我很喜欢学校的生活，而且我是一个成绩优异的学生，我的成绩在当时是名列前茅的。

刘：为什么你那么喜欢学校呢？

杨：在学校里我可以接触到很多不同的人，可以交到很多的好朋友，从他们的身上我学习到了很多的东西。

刘：您在大学里学习的是英文专业吗？您喜欢这个专业吗？

杨：是的，我在大学的专业是英文，而且我也非常喜欢这个专业，同时我还选修了历史，因为历史也是我喜欢的科目。我也曾经尝试学习经济，但是，事实证明，我的数学一塌糊涂，只能半途而废了。

刘：您是在大学的时候开始写作的吗？

杨：应该说，我是在中学的时候开始写作的。当时我非常喜欢华兹华斯的作品，尝试着模仿华兹华斯的风格写一些诗歌。当然，当时的那些作品还都不是非常成熟，模仿痕迹非常明显。后来到了大学，我继续保持着自己在写作方面的爱好，并且经常在当时的大学杂志上发表一些诗歌。但是和我早期的作品一样，那时候的诗歌还并不是非常成熟，因此我在出版自己的第一本诗集的时候，并没有收录那些诗歌。

刘：据我所知，您曾经在英国留学过一段时间，在英国的那段时间对于您的文学创作有什么影响呢？

杨：直到现在我都还认为留学英国的那段时间对于我来说是一段美妙的时光。我经历了很多在新加坡根本无法经历的事情，你知道，例如甲壳虫等。在我的作品中，尤其是在我的剧作《新加坡三部曲》中，你可以看到那种影响，剧作中主人公的很多经历就是来源于我自己的生活经历。

刘：下面让我们转到您的文学创作上来。作为一个全能的作家，您在诗歌，戏剧和小说上都有很高的成就，一般的评论界认为您的剧作《新加坡三部曲》代表着您最高的创作成就。您同意这种看法吗？在您所涉及的三种文学题材中，您最喜欢的是哪一种呢？

杨：就我个人来说，诗歌创作是我最喜欢的文学体裁。但是就像你说的，我对于自己最满意的作品是我的剧作《新加坡三部曲》。

刘：那我们就来聊一聊您的剧作《新加坡三部曲》。我知道，您的这部剧作历时有二十多年，在您创作第一部的时候，就已经规划好了后两部戏剧吗？为什么这三部剧作中间相隔如此长的时间呢？

杨：坦率的说，在创作我的第一部剧作的时候，对于后来剧情的发展当时自己并没有一个清晰地规划。后来随着自己阅历的增加，才开始慢慢的有创作后两部剧作的想法。

刘：在您的作品中，政治主题一直是您所关注的重要内容，为什么您对于政治主题这么感兴趣呢？您本人对于政治生活也非常感兴趣吗？

杨：其实从我个人来说，并不是刻意的关注政治主题。我本人对于政治也没有太大的兴趣。之所以我的作品看起来有强烈的政治色彩，也许是因为我的作品所描写的都是现实的生活，而在现实的生活中，我想很少有人能够与政治一点关系都没有。

刘：在《新加坡三部曲》中，给我留下深刻印象的是作品所描绘的主人公在二元对立中的艰难选择，事实上，在我们的生活中，很多事情并不都是简单的二元对立，还有很多中间的缓冲地带，那么您为什么要这样处理呢？

杨：首先文学作品不同于现实的生活，在文学作品中，我想要表现的是戏剧冲突和矛盾的尖锐程度，因此只有在非此即彼的抉择中才会充分的表现出人物内心的斗争和冲突的尖锐程度，其次，我想这样也和剧本中的情景设定有关，因为剧本中场景的设定是围绕着选举而展开的，你知道，在选举中，通常只能有两种结局——成功或者失败，你没有第三条路可走。这就是我选择那种方式的原因。

刘：在《新加坡三部曲》中的费尔南德斯是一个理想主义者。他为了追求自己的理想而奋斗，虽然他也为此付出了沉重的代价，被关进监狱。从您的作品来看，您充分支持他的行为，这是否说明您也是一个理想主义者？费尔南德斯的身上是否承载着您自己心中的理想呢？

杨：这是一个非常好的问题。我想我是一个理想主义者。同时我想大多数作家应该都是理想主义者，因为写作本身就是一种个人情感和想法的表达，当然不同的人有着不同的理想。像你刚才提到的，费尔南德斯是我非常喜欢的一个人物，可以说他是一个纯粹的理想主义者，明知道自己可能要面临失败，但是他丝毫没有动摇过自己的信仰，这样的人是我所尊敬的。

刘：在您的剧作中，您并没有交待出费尔南德斯最终的前途，您觉得他最终会被以政府为代表的主流阶层所同化甚至收买，从而放弃自己的信仰吗？您觉得他最终会同意加入政府而成为统治阶级中的一员吗？

杨：我想我自己也不是非常清楚，因为在那样的条件下坚持自己的理想和信仰是非常困难的，我们就把这个悬念交给观众来决定吧。

刘：下面我们谈一谈您的诗歌创作，您刚才提到了，诗歌是您最喜欢的文学创作题材。为什么呢？

杨：我想原因之一就是诗歌在表达情感方面有着自己的优势，同时由于我自己的文学创作是从诗歌创作开始的，所以它对于我的影响和吸引力要比其他的文学体裁大一些。

刘：您的很多诗歌都被认为是有关政治主题和关注社会生活的，您本人同意这种看法吗？

杨：我想是的。我尽可能的把自己的诗歌与现实生活联系起来。新加坡在过去的几十年里经历了非常大的社会变迁，我想我无法将自己的目光从纷繁变化的社会生活中抽离出来。

刘：在您的诗歌中，除了政治主题之外，还有什么是您关注的呢？

杨：另一个重要的主题就是旅行。旅行对于我来说非常重要。从我留学伦敦开始，我就意识到旅行可以为我提供一个不同的观察新加坡的视角。我也创作了很多有关旅行的诗歌。这些诗歌记录了我在世界各地旅行的经历，比如在美国，在澳大利亚，在中国，等等。对于我来说，离开新加坡去旅行可以使我更加清晰地了解新加坡，这非常重要。我可以从英国来观察新加坡，也可以从中国来观察新加坡，由于地点的不同，你观察到的结果是完全不同的，这一点非常重要。

刘：下面我们聊一聊您的小说，到现在您只是创作了一本小说。有人说您并不是非常喜欢进行小说的创作，是这样吗？

杨：对于我来说，小说的创作要比诗歌和戏剧创作艰苦很多，也许我在小说的创作上还没有掌握到合适的方法。

刘：在您的小说中，您花了很多的笔墨来描写和记述了主人公霍顿在追逐女人的经历，还有很多性的方面的描写。很多批评家都对此提出了不同的看法，对于这个问题您是怎么想的呢？

杨：是的，在小说刚刚出版的时候，有很多人批评我。当时我还不以为然，现在来看，他们是正确的。在我的小说中，霍顿在走向成熟。在我的作品中，我原本想探寻一下爱情和性欲的不同，不过我承认，这个主题的表达并不是非常的成功。

刘：您自认为是一名伟大的作家吗？

杨：我并认为自己是一个伟大的作家，但是我认为自己是一个有社会责任感的作家，我的作品从来没有离开过新加坡的现实的生活，我想这是一个作家的基本的责任。

刘：作为一个新加坡作家，处于一个多元文化和多种族的国家，您是如何定义自己身份的呢？或者说，作为一个新加坡人的身份认同是如何表现的呢？

杨：我想我是一个新加坡的民族作家。我的作品致力于构建新加坡的国家认同。我一直相信，一个国家必须要拥有自己的文学身份和传统，而我的作品就是用英语语言来构建这种新加坡独特的文学身份。我的意思是说，在我的作品中，从主题的选择到语言的使用等都是围绕着这个中心而展开的。因为我是一个新加坡人，我所熟悉的也都是与新加坡有关的内容。如果你问我新加坡人的标志是什么，也许我现在还无法回答你，我想塑造新加坡人最重要的是那种新加坡独特的文化和历史感，这种内在的东西比外在的东西更重要。

刘：我知道您同时也是个文学研究方面的著名学者，我想问的是，在新加坡，有四种官方语言，这四种语言都有自己的文学创作。在这四种语言的文学创作中，影响最大的是哪种语言的文学创作呢？

杨：从法律上来说，这四种语言的文学创作同等重要。当然了，在现实生活中我想影响最大的是英语文学创作，毕竟英语现在是沟通新加坡各个不同族群的共同语，有着它先天的优势地位，特别是新一代的新加坡人，使用英语进行阅读和写作的占大多数，因而新加坡的英语读物比较受欢迎。

刘：可以谈一下您将来的计划吗？

杨：我近期准备写一些短篇小说。还有我还有一部剧作要完成，总之还是有很多要做的事情，虽然我现在已经退休了。

刘：最后可以请您展望一下新加坡英语文学创作的未来吗？

杨：从我个人来看，新加坡英语文学当然有着非常光明的前途，因为我们有着很多非常有天赋的作家，虽然以前人们了解的不是太多，但是我想，今后会有越来越多的人开始关注新加坡英语文学。

刘：非常感谢您接受我的采访，希望下次有机会再和您交流。

3. 林宝音访谈录

刘延超（以下简称刘）：首先，非常感谢您接受我的采访。作为新加坡的文化名人，我相信您经常会接受这样的采访吧？采访者都是来自那些国家呢？有来自中国的学者采访您吗？

林宝音（以下简称林）：是的，经常会有学者对我进行采访，他们大都来自英语国家，还有些东南亚国家的学者也采访过我。不过你是第一个来自中国的学者对我进行采访，非常欢迎，希望能够扩大新加坡英语文学在中国的影响，毕竟现在中国在世界上的地位和作用越来越重要。

刘：请问是否可以首先请您谈谈您的家庭背景，我记得您说过你生长在一个大家庭中，是这样吗？

林：是的，非常非常大。我生活在一个 14 个兄弟姐妹的大家庭中，准确的说是 10 个女孩，4 个男孩。我相信你听到这个数字一定非常惊奇，但是在当时像这样的大家庭很多，很普遍。我们这些小孩子都生活在一个传统的中国式的房子里，当时是在马来西亚。当时的条件应该说并不是很好。但是现在回想起来，尤其是我们这些兄弟姐妹们团聚的时候，回想起当时的情景还是很温暖，是的，很温暖的感觉。

刘：您从小的教育是从英文学校开始的吗？

林：是的，我一开始就读的是一家教会学校，是用英文授课的。在当时将孩子送到英文学校学习是一种风气，因为对于父母亲来说，孩子进英文学校将来在就业的时候会有一些优势。同时我的父亲也是受英文教育长大的，我想这也是他们将我送到英文学校的原因。这里我要感谢的我的父母，他们在困难的情况下，并没有重男轻女的思想，我得到了和家里男孩子一样的教育待遇，应该说这在当时并不是非常容易，毕竟我们的家庭很大，就像我向你提到的。

刘：那么您现在可以讲华语吗？在家里，您是讲华语还是将英文呢？

林：在家里，我们两种语言都讲，作为华裔我们必须学习讲华语，而英语，你知道作为一种世界性的语言对于我来说也非常重要。

刘：就写作来说，您使用哪几种语言进行创作呢？

林：坦率的说，虽然我是一个华裔，但是我中文水平还无法达到进行文学创作的程度，用华语进行日常的交流问题不大，但是进行文学创作，还无法做到。因而，我目前的文学创作还都是英文的文学作品。

刘：您是什么时候开始写作的？

林：我记得我在很小的时候就喜欢听大人们讲故事，喜欢写作。早在十一二岁的时候我就已经开始写东西了。我记得那时候是给一个由学生们办的杂志投稿，有时候也写一些手抄本。我那个时候对于写作就非常的痴迷。现在我还记得，当时我写的一个小故事在学校里获奖了，奖金好像是 10 元钱，当时我真的是高兴极了。后来随着年龄的增长，我对于写作的兴趣越来越浓厚，慢慢就走上了写作的道路。

刘：当时的那些作品内容都是关于什么的呢？与您后来的作品内容一样吗？

林：我从来没有写一些关于本地人的故事，我记得当时故事里的人物都是一些虚构的，这可能和我从小喜欢听故事有关，正是那些故事丰富了我的写作内容。

刘：在您学习写作的过程中，有那些作家是您比较喜欢的呢？

林：坦率的说，还真没有哪个作家是我特别喜欢的。在学校的时候，我记得每天都忙于考试和写作等。但是我现在还记得有些作家是我所不喜欢的，至少在当时是这样的。比如说康拉德，当时我很不喜欢他的写作风格，当然我现在很喜欢康拉德。还有一些其他的作家，我当时也不是很喜欢。

刘：作为一个极具影响力的著名作家，您认为文学在新加坡的社会生活中起到了什么作用呢？

林：就我看来，文学在新加坡的社会生活中起到了非常重要的作用。在当今这个经济高度发展的时代，人们对于经济和物质的过分关注，可以使文学的作用得以凸显。它可以满足人类在精神层面的需求。随着新加坡经济的发展，我以为人们过于的拜物，不太关注精神层面的需求，文学可以弥补这方面的不足，起到净化心灵的作用。

刘：我们知道在新加坡有英语、华语、马来语、泰米尔语四种官方语言，在这四种语言之中，您认为哪种语言使用的最为广泛呢？

林：使用最为广泛的是英语和普通话。如果更准确的说，应该是在写作等书面语中，英语更为广泛一些。而在口语之中，则普通话要广泛一些。或者说，在年纪大的一代人中，普通话要广泛一些，在年轻一代，则是英语占有主导地位。

刘：与之相应的是新加坡有四种形式的文学形式，您认为哪一种语言形式的文学作品更加流行或者说阅读得更加广泛呢？

林：当然是英语文学作品。你知道，在新加坡有几个大的族群，比如说华裔、马来裔和印度裔等。人们在族群内部交流时，使用本族群的语言，但是当不同的族群的人进行交流的时候，英语就成为了所有族群的人共同的交流工具，这也是为什么英语更加普遍的原因之一。

刘：作为一种英语的变体，您会在您的作品中使用新加坡英语（Singlish）吗？

林：所谓新加坡英语，就是新加坡人使用的英语。它具有鲜明的地域特色，例如它的词汇中有很多的马来语和泰米尔语言的词汇。在我的作品中，我渐渐的使用越来越多的新加坡英语，因为它越来越被整个社会所接受，它会使我的作品具有很强的本土特色。通常我会在作品的对话中使用新加坡英语，因为它是一种口语化很强的东西。其实有很多作家在作品中使用口语，比如说英国作家 D. H. 劳伦斯、美国作家海明威等。我相信有很多中国作家同样会这样做，因为会带来一种幽默的效果。

刘：在您的所有作品中，您最满意的是那一部？

林：哈哈，也许我的回答有些奇怪，我最满意的作品是下一部作品。我总是习惯向前看。如果说在我已发表作品中的最好一部的话，我认为是《女佣》(The Bondmaid)，因为这是我第一部在欧美主流出版社出版的作品，在欧美的影响也比较大。

刘：作为一个生于马来西亚的华裔、同时用英语写作的新加坡人，您是如何定义您的身份呢？

林：非常非常复杂。我生于一个马来西亚的华裔家庭，但是在我很小的时候就被送到英语学校去学习，而且我本人也非常喜欢英语。我英语学习的很好，也喜欢学习英语。通常来说，学习一种语言意味着学习的是一种文化。我学习英语的时候，喜欢莎士比亚、狄更斯等英国作家。对于英国历史文化我也是了如指掌。我本人也非常喜欢那种文化环境。但是，当我成年以后，我开始学习和喜欢中国文化，中国传统文化对我产生了很大的吸引力。我认为我的身份是非常独特的，在我的身上，东方文化与西方文化混合在一起，而且我在这样的文化环境中可以说是如鱼得水，生活得很开心，就大多数的新加坡人一样，很多新加坡人都是这种文化融合的产物，这是新加坡文化的特色。

刘：下面的问题我问过了很多的新加坡人，到底是什么使你成为一个新加坡人呢？或者说一个新加坡人的标志是什么呢？

林：对于这个问题，不同的人应该有不同的答案。就我来说，也许是各种不同文化的融合造就了新加坡人。在新加坡，西方文化、印度文化、斯里兰卡文化、中国文化可以说完美的融合在一起，可以说在世界上的任何其他地方，你都找不到这样的一个地方，各种不同的文化相得益彰、和平相处。这也许就是新加坡人，或者说是新加坡文化的标志吧。

刘：我认为新加坡人有三重身份，我用 tridentity 一词来描述新加坡人的身份。具体来说三重身份分别是族裔身份、文化身份和国家身份，对此，您有什么看法呢？

林：你是完全正确的，以我为例，我的族裔是华人，但是却在使用英语写作。现在居住在新加坡，是一个新加坡人。大多数新加坡人可以说都具有这三重身份，这与新加坡的历史和地理有关，也是新加坡的特色。

刘：我最近刚刚拜读了您的作品《跟错误女神回家》(Following the Wrong God Home)，我非常感兴趣的是这本书的题目。在我看来这是个明显的悖论。因为通常神是不会错的，而您却使用了"错误"（wrong）一词来修饰女神，为什么您会选择这样的题目呢？

林：好吧，我可以告诉你有关这本书的一些想法。可以坦率的说，这本书的书名是一个隐喻。我认为跟着错误女神的是当今的新加坡人，而错误女神就是物质至上的拜金主义。当今的新加坡人在这个拜金的年代，对于物质的过分关注使他们迷失了前进的方向，迷失了自我。就像书里的主人公一样，不知道该去哪里，感到非常的迷茫。我写作这本书的目的就是希望通过这本书来警示现今的新加坡人。

刘：您的作品之中，您最关注的主题是什么

林：对于大多数的作家来说，我们关注的是人类的生存状况。我想做一个诚实的、敢讲真话的作家。我愿意将事物的本来面目示人，尽管有时候真相是丑陋和黑暗的。我认为一个作家的职责就是展示真相，而不是像政客一样试图隐瞒真相。因而在我的作品中，最常见的就是对于现实生活的关注。

刘：作为一个华裔作家，您的作品中有关中国的内容比较常见，可以谈谈在您的心中，中国到底是一个怎样的形象呢？负面的还是正面的？

林：作为一个华裔作家，我无法改变自己的身份，所以我的作品中涉及中国的内容还是比较多的。至于你说的中国形象，我个人认为自己并没有塑造负面的或者正面的中国形象，我的写作是靠自己的感觉进行的，我觉得一个人物该是什么样子就是什么样子，不管他是中国人或者新加坡人。

刘：您有时候会去中国旅行，您觉得您在中国的旅行经历会影响您作品中的中国形象或者中国人形象吗？

林：当然。近些年，特别是进入二十一世纪后中国的发展、变化给我留下了极为深刻的印象，这些都会影响我作品中的中国形象或者中国人形象。因为，作为一个现实主义的作家，我无法忽视中国的巨大变化，这也成为我作品中的中国形象的现实素材。虽然文学作品都是虚构的，但是也无法完全和现实脱离，这就是我的看法。

刘：您的下一部著作什么时候出版呢

林：我现在已经有了一个大致的脉络，准备明年开始写作。

刘：您认为作为一个成功的作家需要哪些条件呢？

林：90%的勤奋加上 10%的天赋，因为天赋是必不可少的，非常重要。写作是一种创造性活动，需要一些天赋。但是勤奋也同样重要。比如我会从其他的优秀作家身上学习写作，狄更斯、奥斯汀和莎士比亚等伟大作家教会了我很多，这些都是要通过勤奋获得的。

刘：您的创作生涯长达几十年，请问您是如何保持旺盛的创作精力呢？

林：我认为激情和对于生活的热爱是最重要的。

刘：我记得，您曾经向我提起过，您每年都会到世界各地旅行，那么这种频繁的旅行对于您的文学创作产生了什么样的影响呢？

林：我个人认为到世界各地旅行开阔了我的眼界，更加重要的是，让我可以从一个旁观者的角度来观察我的国家——新加坡。因为你知道的，当你处于国家里面的时候，你当然可以了解到很多东西，但是当你远离的时候，你可以从不同的角度来观察它，从而可以得出不同的答案。对于我来说，旅行使我能够更加深刻的理解现在的新加坡和新加坡人，这对于我的写作无疑是非常有帮助的。我有时候甚至怀疑，如果没有旅行，我是否可以写出我的那些作品。

刘：下一个问题也许与文学无关。但是我想很多读者都和我一样想知道您是如何保持年轻的呢？

林：热爱生活，保持一颗快乐的心是最重要的。每一个人在他的一生中都会遇到一些困难，我也是一样，就看你是如何看待困难的。怀着一颗快乐的心去体验生活，我想每个人都可以保持年轻的心境。

刘：可是在您的作品中却总是有很多的黑暗面，这会影响您快乐的心态吗？

林：不，完全不会。我是在快乐的心境下去寻找事情的真相，真相的价值是最重要的。在寻找事实真相的过程中我感到非常快乐。我以为人类是脆弱的，极其脆弱，同时人类自私而又贪婪。可是如果我们了解到这些，我们就会用我们的良知引导自己努力克服这些缺点，从而走向完美，这也是文学的价值，如果能做到这些，我会非常的快乐。

刘：作为老一代的作家，可能我这样表达不太准确，因为您现在依然活跃在文学创作的舞台上。您对于年轻一代的作家有一些了解吗？您对于新加坡英语文学的未来是怎么看的？

林：据我所知，现在的新加坡涌现出了很多有天赋的作家，如陈慧慧等，他们的作品显示出了惊人的创作才华，我个人认为新加坡英语文学的未来是美好的，它的影响正在日益扩大，我个人估计，在不远的将来，就会有来自新加坡的作家赢得布克文学奖。当然了，这只是我个人的看法。

刘：非常感谢您今天接受我的采访，希望下次有机会可以和您深入交流。

林：不用客气，非常高兴接受您的采访，欢迎下次有机会进一步交流。

4. 陈慧慧访谈录

刘延超（以下简称刘）：非常感谢你能够接受我的采访，以前有过中国的学者采访你吗？

陈慧慧（以下简称陈）：有很多学者曾经采访过我，有新加坡本地的，有澳大利亚的，有美国和英国的，但是，你是第一个来自中国的学者采访我。我想这和英语不是中国人的母语有关，毕竟我是一个英语作家。

刘：我很荣幸能够成为第一个采访你的中国学者。首先还是请你谈谈你的家庭和教育背景吧。

陈：我出生在一个新加坡的中产阶级华裔家庭，在我上学以前，在家里和家庭成员之间交流是用华语进行的，特别是我的祖父，非常希望我能够学习一些中国传统的文化，所以即使在我后来进入到英文学校学习之后，我的祖父也会在我放学后教我一些华文，但是坦率的说，我现在的华文水平还不足以进行文学创作，虽然日常的交流没有问题，就像现在大多数新加坡的年轻人一样。在我开始读书的时候，我被送进当时的英文学校，从此以后英文就成为我主要工作和文学创作的语言。

刘：你是从什么时候开始文学创作的呢？你从小就对文学创作有很大的兴趣吗？

陈：就像很多人小时候一样，我在小的时候也认为做一名作家是一件非常神圣的事情。我现在还记得在我 12 岁的时候，曾经看过一本书，上面说，做一名作家其实并非像想象中那么有趣。为了成为一名作家，你每天都要花至少两到四个小时进行写作，而且要长年累月的进行写作练习，而且还要忍受贫穷。至少在当时的我看来，成为一名作家并不是那么有吸引力，因此随后我就把当作家的念头抛到了一边。但是到我 16 岁的时候，我觉得我自己真的想成为一名作家，也许是一种来自上帝的召唤，让我成为一个作家，就是从那时起我开始决心成为一名作家，而且还有一点就是在学校的时候，我的英文非常优异，我想为了发挥自己的特长，作家会是一个不错的职业。我个人认为，之所以我的作品能够在我还比较年轻的时候就出版，这和我较早的时候就有自己的职业规划有一些关系。即使如此，在决定成为一名作家的时候，我是说，一名职业作家的时候，对于我来说还都是一个巨大的挑战。因为在当时还没有任何新加坡的作家作品能够在欧美的主流出版机构出版。当时新加坡人的思想有这样一个成见，那就是，除非你是一个来自美国或者英国的白人，否则无论你的作品有多么优秀也不可能在海外市场有销路。当时的很多新加坡作家对于打入欧美的主流文学圈也信心不足，毕竟新加坡是一个身处亚洲的小国，影响力还十分有限。因此在我下定决心成为一名专职作家的时候，我要求自己一定要做出一些前人没有做到的事情，也就是扩大新加坡英语文学在世界上的影响。

刘：祝贺你，应该说现在你已经做到了以前很多新加坡作家梦想做到的事情，将自己的作品打入欧美主流文学圈。你现在是一个职业作家吗？在新加坡做一名职业作家感觉如何？

陈：是的，我现在是一名全职的职业作家。在新加坡做一名职业作家存在着一些挑战，首先就是生存上的压力，因为你知道，由于新加坡的人口较少，相应的，作品的销量也会非常有限，而且有时候新加坡人还存在着一种对于本土作家的偏见，认为新加坡本土作家的作品难登大雅之堂，因此在新加坡做一名职业作家会有一些生存上的压力。这就需要政府在这方面提供一些帮助。如果我们的政府能够像美国和英国一样为一些优秀作家提供财政上的帮助，我想我们很多的新加坡作家也可以写出伟大的作品。

刘：在你成长的过程中，是否读过很多新加坡本土作家的作品呢？

陈：在我小的时候由于新加坡有很多英语作家的作品，那个时候读了很多新加坡本土作家的作品，例如林宝音的小说等，但是后来离开新加坡后，就很难在欧美国家找到新加坡作家的作品，从那以后读的就很少了。

刘：你最喜欢的作家有哪些呢？

陈：我记得小时候我是一个阅读狂。我每天都要阅读很多书籍，如果有那一天不读书，我就会觉得很无聊。我的父母在我很小的时候就给我买了很多欧美经典作家如莎士比亚的作品给我，虽然我当时并不是非常理解。我想它们对于我的影响是很大的。后来到了美国以后，当代一些美国小说家也对我产生过较大的影响，如内尔·西蒙（Neil Simon）等。

刘：作为一个生于新加坡的华人，长期在欧美接受教育，现在又大部分时间居住在美国，你认为自己是一个新加坡作家，还是一个国际作家？

陈：我当然认为自己是一个新加坡作家，虽然我的国外学习和生活的经历比较丰富，但是我还是认同自己是一个新加坡人，认同新加坡的价值观。我是以一个新加坡人的角度来看待新加坡的，虽然就像其他的新加坡人一样，我对新加坡也有很多不满意的地方，但是如果任何一个外国人批评新加坡的话，我会感到非常的不舒服。作为一个新加坡人，一个新加坡作家，我非常自豪。

刘：那么就个人来看，作为一个新加坡人的特质是什么呢？我记得老一代的新加坡作家曾经为身份认同所困惑，作为新一代的新加坡作家的代表，你是如何看待新加坡的身份认同问题呢？

陈：我想作为一个新加坡人的特质就是那种东西文化的交融与共存，这种多元文化构成了新加坡人的文化特质，世界上没有那个国家像新加坡一样多元文化共存，这也是新加坡近年来一直提倡的——成为一个国际城市，那么新加坡人就是国际公民。对于老一代的新加坡作家来说，当时的新加坡还是一个落后的岛国，现在已经发展成为一个世界著名的花园国家，应该说在这个过程中，新加坡人的国家凝聚力和国家自豪感大大增强，我想他们在身份认同方面的困惑应该减弱了很多。至少就我个人来说，做一个新加坡人，做一个国际公民是一件很快乐的事情。

刘：就像你作品中的主人公一样，享受不同文化交融所带来的新奇感。下面让我们转到你的作品。到现在为止你已经在企鹅出版集团出版了两本小说，可以谈谈它们的销售情况吗？

陈：据我所知，这两本书的销量都还不错，尤其是第一本书《异物》被翻译成了多种语言，在很多个国家的销量都不错，第二本书《玛猛公司》的销量也很好，但是目前为止我还没有十分确切的销售数字。

刘：你的第一本书《异物》出版的时，你才只有22岁，可以讲一下你写作第一本书的情况吗？

陈：那时候我在英国读书，一开始是写了几个短篇的故事，后来才开始将不同的部分连起来成为一个长篇。

刘：就《异物》的标题来说有什么特殊意义呢？

陈：它是一个双关语，首先它是一个医学上的名词，然后它暗示着那些埋藏在人物心中的不可向人说明的秘密。

　　刘：在你的小说中，经常涉及的主题就是跨文化的问题，我想这和你的经历有关。在你的第一部小说中，异域文化是以一种异物的形式存在的，它让人感到不舒服。但是在你的第二部作品中，好像异域文化不再成为影响人们交往的障碍了？为什么会出现这种变化呢？

　　陈：我想这和写作这两部作品时候的心态有关。在创作《异物》的时候，我还没有能够完全适应在英国的生活，当时对于异域文化的看法偏向消极。但是在创作《玛猛公司》的时候，应该说我已经非常习惯异域文化，在异域文化里生活我感到非常的愉快，因为我意识到克服跨文化的障碍并不是那么艰难，关键看你自己的心态。

　　刘：从你的作品中可以感受到一种强烈的宗教色彩，宗教对你的写作有很大的影响吗？

　　陈：是的，我想它的确带给我非常大的影响，不只是现在，还包括将来。

　　刘：你作品的人物大都是当代的青年人，你是否会尝试着写一些自己不太熟悉的人物呢？

　　陈：你说的对，现在我作品里所描写的东西可以说都是我所熟悉的生活，也许将来我会拓宽自己的创作范围，但是现在还不行，因为我还没更多的人生阅历，但是将来我肯定会写一些其他方面的东西，随着自己阅历的增加。

　　刘：你作品中的一个显著特点就是新加坡英语的使用。我知道在新加坡对于这种本土英语，人们有着不同的看法，有些人认为不应该讲这种本土英语，据我所知，新加坡政府近年来发起了"标准英语运动"，其目的就是为了使新加坡人能够讲标准的英语，因为很多人认为新加坡英语影响新加坡人与外界尤其是欧美国家的交流，同时也会被欧美国家的人所看不起。就这个问题你是怎么看的？

　　陈：这个问题提得很好。首先我要表明我个人对于新加坡英语的态度。你知道，在新加坡，英语是沟通新加坡不同族群的共同语。而英语在新加坡的长期传播过程中，形成了带有自己特色的本土英语。这种本土英语带有浓重的本土特色。我认为只有这种新加坡英语才能准确的表达出新加坡人的生活和思想，这是标准英语所无法起到的作用。在今天，新加坡英语几乎已经成为新加坡人的标志之一。就语言本身来说，原本不存在所谓的标不标准的问题，我认为只要能够起到交流的作用，它就是合理的语言。因此我会继续在我的作品中使用新加坡英语，因为对于我来说，新加坡英语是我身份的标志。

刘：《异物》中的梅和新加坡人讲新加坡英语，和英国人讲标准英语，这是否是一个比较好的交际策略呢？

陈：我想是的。

刘：我注意到《玛猛公司》里的女主人公在职业选择的时候最终选择了代表西方文化的玛猛公司，但是她却拒绝加入基督教，你想表达的是一种什么样的思想呢？

陈：你知道的，对于我们新加坡人来说，虽然我们现在对于自己的定位是要做国际公民，但是这要有一个前提，那就是在保证我们的东方传统文化的前提下成为国际公民。东方文化是我们新加坡人的根本，失去了这个根本，我们就无法生存，将变成没有根基的人。这是非常可怕的事情。所以在《玛猛公司》里我希望女主人公在西方的公司里实现自己的事业和理想，也就是在拥有一个西式外表的同时，保留一个东方的灵魂。

刘：你在很多地方都生活过，可以告诉我，在不同的地方进行文学创作有什么不同吗？

陈：新加坡人对于我的作品很欣赏，这给我很大的鼓励，但是在新加坡有一个问题就是，我对于这里的生活太熟悉了，以至于有时候会感到有些厌烦。因此我需要经常的到国外去体验生活，收集素材。就体验生活和收集素材来说，纽约是个不错的地方。

刘：你在中国的旅行经历对你的写作有什么影响呢？或者具体一点，作品中的中国形象是怎样的呢？如果用正面的或者负面的来概括，你觉得自己塑造的中国形象或者中国人形象属于哪一种呢？

陈：哦，我想很难用正面或者负面来形容自己作品中的中国。你知道的，我经常去中国旅行，虽然我长期居住在美国，但是在二十一世纪任何人都无法忽视中国的存在和影响，即使我身在美国。作为一个作家，我觉得现实生活对自己创作有着很大的影响，毕竟我不是一个科幻作家。在中国的旅行经历使我能够客观、冷静地塑造作品中的中国人，还有有关中国的一切，不一定都是冷静、客观的，所以你会在我的作品中看到负面的中国形象，也会出现正面的中国形象，所以我作品中的中国形象是一个相对复杂、变化的过程，至少到现在是这样的。

刘：好的，非常感谢你接受我的采访。希望在你的下一部书出版的时候能够再一次和你交流。

附录二　新加坡重要英语作家作品目录

为了方便学者的后续研究，在此列出新加坡英语文学的主要作家作品。

1. Abdul Ghani Hamid

诗集《春风》*Breezes: selected poems* 1978

2. Ahmad Md. Tahir

诗集《声音》*Voices* 1993

3. Alfian Bin Sa'at

剧本《黑柜子，白墙壁》*Black Boards, White Walls* 1997

诗集《狂暴的一小时》*One Fierce Hour* 1998

短篇小说集《走廊》*Corridor and Other Stories* 1999

剧本《视幻三部曲》*The Optic Trilogy* 2001

剧本《视幻三部曲》*The Optic Trilogy* 2001

剧本《亚洲男孩》*Asian Boys Vol.1* 2000, *Vol.2* 2004, *Vol.3* 2007

剧本《陌生人》*A Stranger* 2014

剧本《矮个子的兄弟》*A Short Brother* 2016

4. Arumugam Anand

小说《来吧，和我一起老去》*Come, Grow Old with Me* 1992

5. Joan Anderson

小说《回家》*Coming Home* 1992

小说《亲吻我吧，凯特》*Kiss Me, Kat* 1993

小说《正确的道路》*The Right Track* 1994

6. Gopal Baratham

短篇小说集《虚构的经历》*Figments of Experience* 1981

短篇小说集《让你哭泣的人》*People Make You Cry* 1988

小说《烛光还是阳光》*A Candle or The Sun* 1991

小说《萨扬》*Sayang* 1991

短篇小说集《黑暗中的回忆》*Memories that Glow in the Dark* 1995

小说《月升日落》*Moonrise, Sunset* 1996

短篇小说集《遗忘之城》*The City of Forgetting* 2001

7. Dennis Bloodworth

小说《任何一个数字都可以》*Any Number Can Play: a Novel* 1972

小说《欧米茄的代理人》*The Clients of Omega: a Novel* 1975

小说《斗嘴》*Crosstalk* 1978

小说《活门》*Trapdoor* 1980

小说《祝你愉快》*Have a Nice Day* 1992

8. Boey Kim Cheng

诗集《即将前往的某个地方》*Somewhere-bound* 1989

诗集《另一个地方》*Another Place* 1992

诗集《无名岁月》*Days of No Name* 1996

诗集《失去亚历山大》*Losing Alexandria* 2003

诗集《呼唤诗歌回家》*Calling the Poems Home* 2004

诗集《火灾之后》*After the Fire: New and Selected Poems* 2006

诗集《记忆》*Memory* 2011

诗集《生命》*Life* 2013

诗集《迷失》*Lost* 2015

9. Ming Lee Cameron

小说《城市女孩》*City Girl* 1993

10. Antonio Chan

小说《潜在的欲望》*Lusts from the Underworld* 1991

11. Joon Yee Chan

小说《分裂的世界》*Worlds Apart: a Novel* 1991

小说《像露珠一样》*Like a Dewdrop: a Novel* 1993

12. Barry Chan

小说《死亡之网》*Death Web* 1999

小说《死亡之吻》*Death Kiss* 2005

小说《坚硬的岩石》*Hard Rock* 2010

13. Colin Cheong

小说《诗人、牧师和妓女的故事》*Poets, Priests and Prostitutes* 1982

小说集《现代人的生命轮回》*Life-Cycle of Homo Sapiens, Male* 1992

小说《十七》*Seventeen* 1996

小说《丹吉尔人》*Tangerine* 1997

小说《衣柜里的男人》*The man in the Cupboard* 1999

小说《被偷走的孩子》*The Stolen Child: a First Novel* 2003

小说《母亲》*The Mother* 2010

小说《谎言》*Lies* 2013

小说《欲望》*The Desire* 2017

小说《奇怪的邻居》*The Strange Neighbor* 2019

14. Felix Cheong

诗集《诱惑》*Temptation and Other Poems* 1998

诗集《遥望星空》*I Watch the Stars Go Out* 1999

诗集《暴雨袭击》*Broken By the Rain* 2003

小说《鬼屋的呼唤》*The Call from Crying house* 2006

小说《最后一架马车里的女人》*The Woman in the Last Carriage* 2007

小说《故乡》*The Homeland* 2010

小说《马之死》*Death of a Horse* 2013

小说《陌生的旅行》*The Strange Travel* 2016

小说《伤心》*The Broken Heart* 2019

15. Fiona Cheong

小说《神的气息》*Scent of the Gods* 1991

小说《影子剧院》*Shadow Theatre* 2002

小说《海员》*The Mariner* 2012

小说《受人尊敬的女士》*Reputable Lady* 2015

16. Ming Cher

小说《蜘蛛男孩》*Spider boy* 1995

17. Eunice K. E Chew

小说《盛开的海洋》*The Sea in Blossom* 2003

小说《海之歌》*The Song of Sea* 2012

小说《丢失的鸽子》*The Lost Pigeon* 2015

18. Daniel Jin Chong Chia

小说《热爱彩虹的人》*Rainbow Lovers: Affairs of the Heart* 1996

19. Grace Chia

诗集《前进吧，女人》*Womango* 1998

20. Josephine Chia Over

小说《岳母的儿子》*My Mother-in-law's Son* 1994

21. Audrey Chin

小说《学习飞翔》*Learning to Fly* 1999

22. Dave Chua

小说《丢失的箱子》*Gone Case* 1997

23. Douglas Chua

小说《丢失的页码》*The Missing Page* 1999

小说《海峡危机》*Crisis in the Straits: Malaysia Invades Singapore* 2001

小说《消失的岛屿》*The Missing Island* 2002

小说《赎金》*Ransom* 2002

诗集《第二种命运》*The Second Fate: What is not Yours Is not Yours* 2003

小说《核爆倒计时》*The Nuclear Countdown* 2004

小说《逃跑的新娘》*The Runaway Bride* 2011

小说《生活》*Life* 2015

小说《海平面》*The Sea Level* 2017

24. Rebecca Chua

短篇小说集《报纸编辑》*The Newspaper Editor and Other Stories* 1981

短篇小说集《小故事》*Short Stories* 1992

25. Lloyd Fernando

小说《蝎子兰》*Scorpion Orchid* 1976

小说《绿色》*Green is the Colour* 1993

26. Raymond Anthony Fernando

诗集《心中的诗歌》*Poems from the Heart* 2003

诗集《情感》*Feelings: a Collection of Heartfelt Poems* 2004

27. Shamini Flint

小说《犯罪同伙》*Partners in Crime: a Singapore Murder Mystery* 2005

小说《四分之一决赛》*Quarter Final* 2010

28. Jenny Gay

短篇小说集《酸甜苦辣新加坡》*Sweet and Sour Singapore* 1992

短篇小说集《刺痛新加坡》*The Singapore Sting* 1997

29. David Fuhrmann-Lim

小说《在赤道上呼吸》*Sniffing the Equator* 1993

30. Fernandez Joseph George

小说《幸存者》*The Survivor* 1992

31. Bharath Raaj Giri

小说《恶魔手掌里的岛屿》*Islands of the Devil's Palm* 1993

小说《白犀牛的报复》*Revenge of the White Rhino* 1998

32. Goh Poh Seng

诗集《月色昏暗》*The Moon is Less Bright* 1964

诗集《微笑》*When Smiles are Done* 1965

诗集《兄长》*The Elder Brother* 1966

小说《如果我们梦的太久》*If We Dream Too Long* 1972

诗集《目击》*Eyewitness* 1976

小说《殉情》*The Immolation* 1977

诗集《欧亚混血儿拔都之歌》*Lines from Batu Ferringhi* 1978

诗集《一个翅膀的鸟儿》*Bird With One Wing* 1982

小说《娥之舞》*Dance of Moths* 1995

诗集《纵使神爱我们》*As Though the Gods Love Us* 2000

小说《与白云共舞》*Dance With White Clouds* 2000

33. Goh Sin Tub

短篇小说集《祖母的家》*Home for Grandma* 1985

短篇小说集《乐队的战斗》*The Battle of the Bands and Other Stories* 1986

短篇小说集《荣誉》*Honour and Other Stories* 1987

短篇小说集《新加坡的鬼魂》*Ghosts of Singapore* 1990

短篇小说集《12个女人》*12 Women and Other Stories* 1993

小说《孩子们的情人》*Loves of Sons and Daughters* 1995

短篇小说集《一个新加坡》*One Singapore: 65 Stories by a Singaporean* 1998

短篇小说集《校园精神》The Campus Spirit and Other Stories 1998

短篇小说集《一个新加坡 2》*One Singapore2: 65 Stories by a Singaporean* 2000

短篇小说集《一个新加坡 3》*One Singapore3: 65 Stories by a Singaporean* 2001

短篇小说集《像龙一样走路》*Walk like a Dragon: Short stories* 2004

短篇小说集《樟宜天使》*The Angel of Changi and Other Stories* 2005

小说《寒冷的冬天》*Cold Winter* 2010

小说《保镖》*Body Guard* 2013

34. Padmin Gunaratnam

小说《河流一去不复返》*River of No Return* 2005

小说《校长的承诺》*A Promise of Headmaster* 2010

35. Gwee Li Sui

诗集《谁会买诗集？》*Who Gants to Buy a Book of Poems?* 1998

36. Ho Mingfong

小说《歌颂黎明》*Sing to the Dawn* 1975

小说《收集露珠》*Gathering the Dew* 2003

37. Philip Antony Jeyaretnam

短篇小说集《弗兰杰潘尼之夜》*Evening Under Frangipani* 1985

短篇小说集《初恋》*First Loves* 1987

小说《莱佛士区的爵士乐》*Raffles Place Ragtime* 1988

小说《亚伯拉罕的承诺》*Abraham's Promise* 1995

短篇小说集《天堂里的老虎》*Tigers in Paradise: the Collected Works of Philip Jeyaretnam* 2004

38. Sakina Kagda

诗集《芳香之旅》*Fragrant Journeys: Poems of Travel* 1987

39. Jonathan Khoo

小说《差异》*Differences* 1992

小说《脏钱》*Dirty money* 2000

40. Koh Buck Song

诗歌《大巴窑简史》 *A Brief History of Toa Payoh and Other Poems* 1992

小说《武吉士街》 *Bugis Street: the Novel* 1994

诗歌《奇迹的价值》 *The Worth of Wonder* 2001

诗歌《海洋狂想曲》 *The Ocean Ambition* 2003

41. Stella Kon

剧本《移民》 *The Immigrant and Other Plays* 1975

剧本《审判》 *The Trial* 1982

小说《学者与龙》 *The Scholar and the Dragon* 1986

剧本《镶有龙牙的大门》 *Dragons Teeth Gate* 1990

剧本《寂静之歌》 *Silent Song* 1992

剧本《桥》 *The Bridge* 1992

剧本《翡翠山的艾米丽》 *Emily of Emerald Hill* 2000

剧本《机场》 *Airport* 2011

剧本《离别》 *farewell* 2013

42. Kuo Pao Kun

剧本《嗨，醒来吧》 *Hey, Wake up* 1968

剧本《斗争》 *The Struggle* 1969

剧本《家乡》 *hometown* 1970

剧本《棺材太大，墓穴太小》 *The Coffin is Too Big for the Hole* 1984

剧本《笨笨的小女孩和有趣的老树》 *The Silly little Girl and the Funny Old Tree* 1987

剧本《老九》 *Lao Jiu* 1990

剧本《鬼剧》 *The Spirits Play* 1998

43. Paul Lau

小说《太平洋》 *La Pacific* 1993

44. Aaron Lee Soon Yong

诗集《拜访阳光》 *A Visitation of Sunlight* 1997

诗集《五个正确的观点》 *Five Right Angles* 2007

诗集《孤独》*Solitude* 2010

45. Douglas Lee

小说《机遇与抉择》*Chances and Choice* 1992

小说《蟑螂》*Cockroach* 1992

小说《致命诱惑》*Fatal Seductions* 1993

小说《玫瑰有刺》*A Rose Has Thorns* 1994

短篇小说集《游荡》*Haunted* 2001

小说《致命诱惑 2》*Fatal Seductions two* 2001

小说《致命诱惑 3》*Fatal Seductions three* 2014

小说《致命诱惑 4》*Fatal Seductions four* 2015

46. Johann S. Lee

短篇小说集《性爱游戏》*Love Games: Stories About Sexual Encounters* 1993

小说《奇怪的克里斯》*Peculiar Chris* 2002

小说《想知道我来自何方》*To Know Where I'm Coming from* 2007

小说《寂静时光》*Quiet Time* 2008

小说《男孩的梦想》*The Dream of Boys* 2013

小说《火焰》*Fire* 2018

47. Madeleine Lee

诗集《孤独的头灯》*A Single Headlamp* 2003

诗集《53/03》*Fiftythree/Zerothree* 2004

48. Paul Lee

小说《温柔地敲钟》*Tenderly Tolls the Bell* 1973

小说《欲望的追求》*Pursuit of Desire* 1992

小说《成就》*Doings* 1994

49. Lee Tzu Pheng

诗集《沉没的景象》*Prospect of a Drowning* 1980

诗集《等待下一次海潮》*Against the Next Wave* 1988

诗集《祈祷的边缘》*The Brink of an Amen* 1991

诗集《加利利的朗巴人》*Lambada by Galilee & Other Surprises* 1997

50. David Leo

短篇小说集《垂死的老人》*An Old Man Dying* 1985

小说《不同的笔画》*Different stroke* 1993

诗集《细微的声音》*Somewhere a Tiny Voice* 993

短篇小说集《妻子、情人和其他女人》*Wives, Lovers and Other Women* 1994

诗集《趟过很多河流的一次旅行》*One Journey, Many Rivers* 1997

小说《莎士比亚的等候》*Shakespeare Can Wait: a Novel* 2001

51. Leong Liew Geok

诗集《仅有爱情是不够的》*Love is Not Enough* 1991

诗集《没有男人的女人》*Women Without Men* 2000

52. Liang Wern Fook

短篇小说集《其实我是在和时光恋爱》*In Fact I am in Love with Time* 1989

短篇小说集《梁文福的 21 个梦》*The 21 Dreams of Liang Wern Fook* 1992

短篇小说集《最后的牛车水》*The Last Years of Kreta Ayer* 1998

53. Liao San

小说《荷花盛开》*The Lotus Blossoms* 1991

小说《中国，我的最爱》*China, My Love* 1992

小说《回乡》*Going Home* 2010

小说《梦里鲜花》*The Flower in the Dream* 2013

54. Lim Boon Keng

小说《东方生活的悲剧》*The Tragedies of Eastern Life* 1927

55. Catherine Lim

短篇小说集《小小的讽刺：新加坡故事集》*Little Ironies: Stories of Singapore* 1978

短篇小说集《雷公的故事》*Or Else, the Lightning God and Other Stories* 1980

小说《毒牙》*The Serpent's Tooth* 1982

短篇小说集《他们一定会回来，请温柔的领他们回来》*They Do Return...But Gently Lead Them Back* 1983

短篇小说集《梦的阴影：新加坡爱情故事集》*The Shadow of a Shadow of a Dream: Love Stories of Singapore* 1987

短篇小说集《哦，新加坡！新加坡节日故事集》*O Singapore! Stories in Celebration* 1988

短篇小说集《爱的期限》*Deadline for Love and Other Stories* 1992

诗集《爱是孤独的脉动》*Love's Lonely Impulses* 1992

短篇小说集《请到伊丽莎白女王 2 号来找我！》*Meet Me on the Queen Elizabeth 2!* 1993

小说《女仆》*The Bondmaid* 1995

小说《长有泪痣的女人》*The Teardrop Story Woman* 1998

小说《跟错误女神回家》*Following the Wrong God Home* 2001

小说《爱的飞跃》*Leap of Love* 2003

小说《银色棕榈叶之歌》*The Song of Silver Frond* 2003

短篇小说集《在自己葬礼上的思考》*Unhurried Thoughts at My Funeral* 2005

诗集《讽刺》*Humoresque* 2006

小说《遥远的距离》*Far Distance* 20011

小说《仁慈的人们》*Kind People* 2017

56. Shirley Geok-lin Lim

诗集《穿越半岛》*Crossing the Peninsula and Other Poems* 1980

诗集《另一个国家》*Another Country* 1982

诗集《生命的密码》*Life's Mysteries* 1985

诗集《现代的秘密：新诗选》*Modern Secrets: New and Selected Poems* 1989

短篇小说集《两个梦》*Two Dreams: New and Selected Stories* 1997

小说《姊妹秋千》*Sister Swing* 2006

57. Su-Chen Christine Lim

小说《一把颜色》*Fistful of Colours* 1993

小说《饭碗》*Rice Bowl* 1984

小说《神的礼物》*Gift from the Gods* 1990

小说《一把颜色》*Fistful of Colours* 1993

小说《地球的一小块》*A Bit of Earth* 2001

短篇小说集《构建婚姻的谎言》*The Lies that Build a Marriage: Stories of the Unsung, Unsaid and Uncelebrated in Singapore* 2007

小说《未来之旅》*A Journey to Future* 2010

小说《囚犯》*The Prison* 2014

小说《铃声》*The Bell* 2018

58. Lim Thean Soo

诗集《诗歌》*Poems* 1953

诗集《自由的百合花》*The Liberation of Lily and Other Poems* 1976

小说《目的地新加坡》*Destination Singapore: from Shanghai to Singapore* 1976

小说《包围新加坡》*The Siege of Singapore* 1978

短篇小说集《碎纸片》*Bits of Paper and Other Stories* 1980

短篇小说集《布鲁斯与康乃馨》*Blues and Carnation* 1985

短篇小说集《11 个奇异的故事》*Eleven Bizarre Tales* 1990

短篇小说集《幸存者》*The Survival and Other Stories* 1990

59. Lin Hsin Hsin

诗集《偶然》*From Time to Time* 1991

诗集《感受诗歌》*Between the Lines* 2004

60. Vyvyane Loh

小说《折断舌头》*Breaking the Tongue* 2004

小说《男中音》*The Tenor* 2010

61. Low kay Hwa

小说《我信任你》*I Believe You* 2005

小说《旅程》*Journey* 2006

小说《你在这里》*You are Here* 2006

小说《奖学金》*The Scholarship* 2011

小说《身份》*The Identity* 2013

62. Lydia Kwa

诗集《海洛因的颜色》*The Colours of Heroines* 1994

小说《这个地方叫空旷》*This Place Called Absence* 2000

小说《走路的男孩儿》*The Walking Boy* 2005

小说《迟到的婚姻》*The Late Marriage* 2010

63. Ralph P. Modder

小说《狮子和老虎》*Lions and Tigers* 1993

短篇小说集《新加坡没有中国佬》*There are No Chinamen in Singapore and Other Stories of British Colonial Days* 2000

小说《被上帝抛弃的人》*Souls the Gods had Forsaken* 2003

64. Nicky Moey

短篇小说集《我们玩游戏吧》*Let's Play Games* 1986

短篇小说集《焦虑之歌》*Sing a Song of Suspense* 1988

65. Chandra Nair

诗集《过去的骑马者》*Once the horsemen and Other Poems* 1972

诗集《艰难时期过后的雨季》*After the Hard Hours, This Rain* 1975

66. Francis P. Ng

诗歌《F.M.S.R.》*F.M.S.R.: a Poem* 1935

67. Ng Yi-sheng

诗集《最后的男孩们》*Last Boys* 2006

诗集《勇气》*Brave* 2010

68. Ong Teong hean

诗集《蓝叶之歌》*The Blue Leaves of Poetry* 1973

诗集《绿叶之歌》*The Green Leaves of Poetry* 1975

诗集《粉叶之歌》*The Purple Leaves* 1980

69. Alvin Pang

诗集《扣问寂静》*Testing the Silence* 1997

诗集《雨之城》*City of Rain* 2003

70. Rosaly Puthucheary

诗集《破碎的自我》*The Fragmented Ego* 1978

诗集《请安心入梦》*Pillow Your Dreams* 1978

诗集《在他的门外跳舞》*Dance on His Doorstep* 1992

71. Wena Poon

短篇小说集《冬天里的狮子》*Lions in Winter* 2007

小说《正式邀请》*The Formal Invitation* 2012

72. Haresh Sharma

剧本《边缘》*Off Center* 1993

剧本《玻璃渣》*Glass Roots* 1993

剧本《灯笼》*Lanterns* 2003

剧本《好心人》*Good People* 2007

73. Rex Shelley

小说《虾人》*The Shrimp People* 1991

小说《梨树下的人》*People of the Pear Tree* 1993

小说《中央的岛屿》*Island in the Centre* 1995

小说《玫瑰河》*A River of Roses* 1997

小说《你是一条河》*You are a River* 2005

小说《神圣的约定》*The Holy Agreement* 2011

74. Daren Shiau

小说《心脏地带》*Heartland* 1999

诗集《半岛居民》*Peninsular: Archipelagos and Other Islands* 2000

诗集《门神》*The Door God* 2010

75. Kirpal Singh

诗集《诗歌二十首》*Twenty Poems* 1978

诗集《袖珍诗歌读本》*Palm Readings: Poems* 1986

诗集《猫步和我们的游戏》*Cat Walking and the Game We Play* 1998

76. Hwee Hwee Tan

小说《异国身体》*Foreign Bodies* 1997

小说《玛猛公司》*Mammon Inc.* 2001

小说《芳香的花朵》*Scent Flowers* 2011

77. Tan Mei Ching

小说《柴门之外》*Beyond the Village Gate* 1994

短篇小说集《穿越时空》*Crossing Distance* 1995

78. Paul Tan

诗集《好奇的路》*Curious Roads* 1994

诗集《行驶在雨中》*Driving into Rain* 1998

诗集《第一次握手》*First Meeting of Hands* 2006

79. Simon Tay

诗集《水晶柱》*Prism* 1980

诗集《5》*5* 1985

短篇小说集《独自站立》*Stand Alone* 1991

小说《略有喜事的城市》*City of Small Blessings* 2008

小说《沉重的石头》*Heavy Stones* 2014

80. Claire Tham

短篇小说集《法西斯岩石》*Fascist Rock: Stories of Rebellion* 1990

短篇小说集《拯救雨林》*Saving the Rainforest and Other Stories* 1993

小说《略读》*Skimming* 1999

短篇小说集《火药案件》 *The Gunpowder Trail and Other Stories* 2003

小说《以爱的名义》 *In the Name of Love* 2011

小说《没有花朵的春天》 *A Spring without Flowers* 2011

81. Edwin Nadason Thumboo

诗集《地球的肋骨》 *Rib of Earth* 1956

诗集《孩子的快乐》 *Child's Delight* 1972

诗集《神也会死去》 *Gods Can Die* 1977

诗歌《鱼尾狮旁的尤利西斯》 *Ulysses by the Merlion* 1979

诗集《第三张地图》 *A Third Map* 1993

诗集《朋友》 *Friend: Poems* 2003

诗集《依然在旅行》 *Still Travelling* 2008

82. Toh Hsien Min

诗集《关闭爱的大门》 *The Enclosure of Love* 2001

诗集《末日之路》 *Means to an End* 2008

83. Wang Gungwu

诗集《脉搏》 *Pulse* 1950

84. Eleanor Wong

剧本《出口》 *Exit* 1990

剧本《大厦销售》 *Block Sale* 1996

剧本《宴会的邀请》 *Invitation to Treat: the Eleanor Wong Trilogy* 2005

剧本《沉默的喜剧》 *Silent Trigedy* 2012

剧本《可爱的敌人》 *Lovely Enemy* 2016

85. Cyril Wong

诗集《静静的蜷伏》 *Squatting Quietly: Poems* 2000

诗集《航行终结了》 *the End of His Orbit* 2001

诗集《未标记的珍宝》 *Unmarked Treasure* 2004

诗集《奉献》 *Dedications: 8 Poems* 2004

诗集《像一颗纯洁的种子》 *Like a Seed with Its Singular Purpose* 2006

诗集《倾斜我们的碟子来承受日光》*Tilting Our Plates to Catch the Light* 2007

诗集《让我告诉你那晚发生的事》*Let Me Tell You Something About That Night* 2009

诗集《无尽的黄昏》*Endless Dawn* 2015

86. Wong May

诗集《坏女孩的动物书》*A Bad Girl's Books of Animals* 1969

诗集《报告》*Reports* 1968

诗集《迷信》*Superstitions: Poems* 1978

87. Patricia Wong

小说《回家》*Going Home* 1997

小说《寂静的山林》*Silent Forest* 2008

88. Walter C. M. Woon

小说《辩护者的魔鬼》*The Advocate's Devil* 2002

小说《未来之门》*The Door of the Future* 2012

小说《没有翅膀的鸟儿》*A Bird without Wing* 2014

89. Arthur Yap

诗集《诗歌而已》*Only Lines* 1976

诗集《老生常谈》*Commonplace* 1977

诗集《诗句之下》*Down the Line* 1979

诗集《人类、蛇和苹果的故事》*Man, Snake, Apple & Other Poems* 1988

90. Yen Chunng

小说《克莱伦斯玩游戏》*Clarence Plays the Numbers: a Novel* 2000

小说《野兽》*The Beast* 2012

小说《天空》*The Sky* 2015

91. Robert Yeo

诗集《回家吧，宝贝》*Coming Home, Baby* 1971

诗集《而且汽油不会带来帮助》*And Napalm Does not Help* 1977

小说《黄霍顿历险记》*The Adventures of Holden Heng* 1986

诗集《三分之一》*A Part of Three* 1989

剧本《历史的眼睛》*The Eye of History* 1992

剧本《第二次机会》*Second Chance* 1996

诗集《离家出走的母亲》*Leaving Home Mother* 1999

剧本《新加坡三部曲》*The Singapore Trilogy* 2001

92. Wang Gung Wu

诗集《脉搏》*Pulse* 1975

93. Yeow Kai Chai

诗集《秘密的披肩》*Secret Manta* 2001

诗集《假装我不在这里》*Pretend I'm not Here* 2006

94. Yong Shu Hoong

诗集《伊萨克》*Isaac* 1997

诗集《道海尔》*Dowhile* 2002

诗集《画作》*Frottage* 2005

诗集《偶像》*Idol* 2010

诗集《户外》*Outdoor* 2015

95. Ovidia Yu（Grace Chia）

剧本《三个形象各异的胖女孩儿》*Three Fat Virgins Unassembled* 1992

剧本《山顶树下的女人》*The Woman in a Tree on the Hill* 1992

剧本《追忆》*Haunted* 1999

剧本《坚定》*Firm* 2007

剧本《逃避》*Escape* 2010